Mikkel Robrahn

Signs of Magic

Die Suche nach Tzunath

Band 2

FISCHER Taschenbuch

Aus Verantwortung für die Umwelt hat sich der Fischer Kinder- und Jugendbuch Verlag zu einer nachhaltigen Buchproduktion verpflichtet. Der bewusste Umgang mit unseren Ressourcen, der Schutz unseres Klimas und der Natur gehören zu unseren obersten Unternehmenszielen.

Gemeinsam mit unseren Partnern und Lieferanten setzen wir uns für eine klimaneutrale Buchproduktion ein, die den Erwerb von Klimazertifikaten zur Kompensation des CO_2-Ausstoßes einschließt.

Weitere Informationen finden Sie unter: www.klimaneutralerverlag.de

FSC
www.fsc.org
MIX
Papier aus verantwortungsvollen Quellen
FSC® C014496

Originalausgabe

Erschienen bei FISCHER New Media
Frankfurt am Main, Juli 2022

Dieses Werk wurde vermittelt durch die AVA international GmbH
Autoren- und Verlagsagentur, München.

Lektorat: Kerstin Fricke
Satz: Dörlemann Satz, Lemförde
Druck und Bindung: GGP Media GmbH, Pößneck
Printed in Germany
ISBN 978-3-7335-5025-7

Für Nils

Kapitel 1

Albert Tubbs

Albert Tubbs war endlich Magier. Nein, er warf immer noch nicht mit Feuerbällen um sich oder ritt auf einem Besen durch den Londoner Straßenverkehr. Aber seine weißen Handschuhe, der Zylinder und der schwarze Frack verrieten sofort, welchem Berufsstand er angehörte.

Zufrieden sah er zu der großen Leuchttafel über der ausladenden Eingangstür.

Tonight: Abraham Kadabraham – magical worlds open up.

Die Buchstaben leuchteten in Neonblau auf und setzten sich von der grauen Fassade des baufälligen Gebäudes ab. Mr Relish senior hatte das alte Theater am Rande Londons für ihre gemeinsame Unternehmung gekauft und die nötigsten Reparaturen und Renovierungsarbeiten veranlasst. Eine funktionierende Heizung, neuer Teppich und Sitze, die nicht nach Muff rochen, und ein Kammerjäger, der in einen Feldzug gegen die Ratten im Gemäuer zog. Die Nager wehrten sich, aber Albert konnte es ihnen nicht verübeln. Das Gebäude hatte mindestens ein Jahrzehnt leer gestanden, also ziemlich viele Generationen für eine Rattenrotte. Es musste ein ganz schöner Schreck gewesen sein, als sie bemerkten, dass ihnen das Theater gar nicht gehörte.

Natürlich trat Albert nicht durch den Haupteingang ein. Nein, der war für die Besucher. Albert durfte durch den Hintereingang direkt in den Backstage-Bereich, geschützt vor neugierigen Blicken und Paparazzi. Er sah sich um. Heute war sein erster Auftritt, weder Besucher noch Paparazzi waren zu sehen, aber die Show würde auch erst in zwei Stunden beginnen.

Er lief an dem Gebäude vorbei über den Parkplatz, auf dem eine flackernde Laterne für eine unangenehme Horrorfilm-Atmosphäre sorgte. Albert ließ einen Brieföffner in seine Hand plumpsen, wie immer, wenn er sich an Orten befand, die ihm nicht ganz geheuer waren. Ein Brieföffner sah wie ein Messer aus, und wer ein Messer mit sich trug, würde nicht überfallen werden.

Bisher hatte es immer funktioniert, denn kein Räuber hatte sich je an ihn herangewagt.

Über der verbeulten Metalltür hing eine Lampe, und eine rote Schrift wies sie als Ausgang aus. Für Albert aber war es das genaue Gegenteil.

Er klopfte an, und die Tür schob sich ein Stück auf. Große, runde Augen starrten ihn an.

»Ja?«, fragte eine tiefe Stimme, und hätte Albert es nicht besser gewusst, hätte er einen Bären hinter der Tür vermutet.

»Ich bin es, Billy.«

»Ja?«, wiederholte die Person. »Ja«, sagte sie dann, aber es war keine Frage, sondern eine Feststellung. Der Mann riss die Tür auf und trat beiseite. Er war ein Hüne, groß wie breit. Leider galt das nicht für sein Hirn, aber dafür hatten ihn Albert und Mr Relish auch nicht eingestellt. Jedes Theater, war es noch so klein, brauchte eine Security. Und Billy brachte die wichtigsten Eigenschaften mit: kräftige Oberarme, einen festen Griff und die nötigen motorischen Fähigkeiten, um eine Schleuderbewegung zu machen, sollte er einen Gast wortwörtlich vor die Tür befördern müssen. Aber dass er seinen eigenen Chef, das Gesicht der Show und einen der beiden Typen, die beim Einstellungsgespräch auf der anderen Seite des Tisches gesessen hatten, nicht wiedererkannte, war schon ein dickes Pfund.

»Sorry«, murmelte der Mann. Das Licht der Lampe spiegelte sich auf seiner frischpolierten Glatze.

»Alles gut«, erwiderte Albert. »Wir sind alle aufgeregt, heute darf nichts schiefgehen.«

Billy nickte, und Albert schlüpfte an ihm vorbei in die Backstage des Theaters.

Die Backstage war für viele Menschen so ein unerreichbarer Ort wie Fort Knox oder das Klo der Queen. Für Albert war es einfach nur eine Garderobe mit Schminkspiegel, einer muffigen Couch und einem Tisch, auf dem eine Plastikpflanze thronte. In einer Schale lagen kleine Schokoladentaler, und Albert war sich nicht sicher, wie lange sie dort schon standen und ob sie vor den Ratten hier gewesen waren oder nicht. Deshalb machte er immer einen großen Bogen um die in goldenes Papier gewickelten Schokotaler.

Er legte seinen Zauberkoffer auf der Couch ab und setzte sich auf den Stuhl vor den Schminkspiegel. Er sah fürchterlich aus. Tiefe Augenringe, Dreitagebart und ungekämmte Haare. Aber das war okay, denn heute würde jemand vorbeikommen, um ihn zu schminken.

Es klopfte.

»Herein«, sagte Albert und spürte, wie er zufrieden lächelte. Es war ein tolles Gefühl, jemanden in die eigene Garderobe bitten zu können.

Mr Relish trat ein. Sein asketischer Körper steckte in einem schlichten braunen Anzug. Er wirkte ein bisschen aus der Zeit gefallen und altmodisch, aber passte damit perfekt in dieses Theater.

»Bereit für deinen großen Auftritt, Albert?« Er rieb die Hände aneinander.

»Wie viele Karten haben wir verkauft?«, fragte der Zauberer.

»Lass dich überraschen«, erwiderte sein Geschäftspartner mit einem zufriedenen Grinsen. »Wir haben ja auch noch die Abendkasse.«

»Also nicht ausverkauft«, murmelte Albert.

»Das wäre auch ein Wunder gewesen. Wir müssen den Standort und deine Show erst etablieren. Die Zeiten, in denen die Leute blind in jede Zaubervorstellung laufen, sind schon lange vorbei.« Er zog die Augenbrauen zusammen. »Ich bin mir gar nicht sicher, ob es solche Zeiten überhaupt mal gab.«

»Alles klar«, erwiderte Albert. »Vielleicht sollten wir doch Werbung machen?«

Mr Relish schüttelte den Kopf. »Wir setzen auf die Mundpropaganda. Wenn der Vorhang nachher zugeht, werden viele zufriedene Gäste nach Hause gehen und ihren Familien und Freunden davon erzählen, was sie hier gesehen haben. Die werden ebenfalls Shows besuchen, und die Sache wird zum Selbstläufer.«

Albert war sich da nicht ganz so sicher. Sie hatten viele verschiedene Angebote eingeholt: Plakatwerbung in Bussen, Anzeigen in der Zeitung, ein Werbespot im Radio und sogar Influencer, die die Show im Internet bewerben sollten. Das finanzielle Polster für solche Eskapaden wäre durchaus vorhanden. Von ihrem Gewinn der Jadefuchsjagd war immer noch ein Großteil übrig, aber Mr Relish saß auf dem Geld wie ein Drache auf seinem Schatz.

»Kann ich dir noch irgendwas abnehmen? Ansonsten findest du mich im Büro.« Der Geschäftsführer des Theaters war schon fast wieder aus der Tür verschwunden.

Albert überlegte. »Wenn meine Eltern heute die einzigen Gäste sind, werde ich heulend auf der Bühne zusammenbrechen«, sagte er geradeheraus. »Wie viele Tickets?«

Mr Relish schmunzelte. »Albert, die alleinige Tatsache, dass du jetzt deine eigene Show hast, sollte schon genügen. Es ist so viel mehr, als du dir hättest je erträumen dürfen. Es ist ein Privileg, und mit dem Geld, das auf der Bank liegt, können wir über viele Jahre Shows spielen, egal ob deine Eltern Tickets kaufen oder nicht. Aber wenn es dich beruhigt: Es sind mehr als zwei Tickets.«

»Danke.« Mehr als zwei Tickets. Im Kopf ging er durch, wer vielleicht noch ein Ticket gekauft hatte. Seine Ex-Freundin Patty möglicherweise. Sie hatten immer noch unregelmäßig Kontakt, und sie wusste vom neuen Job. Ein paar alte Schulfreunde vielleicht.

Matilda.

Er hatte sie eingeladen, aber nie eine Antwort erhalten. Das Ende der Fuchsjagd war jetzt über ein halbes Jahr her. Wenig Zeit, wenn man ein Theater eröffnete. Viel Zeit, um nichts voneinander zu hören. Hoffentlich ging es ihr gut.

Ein Gong ertönte. »Noch neunzig Minuten bis zum Showbeginn«, sprach eine mechanische Stimme, die vom Band abgespielt wurde. Neunzig Minuten noch. Das bedeutete, dass nun die Türen aufgingen und das Publikum hereingelassen wurde.

Die Angst, dass die Scheinwerfer nachher angingen und er auf leere Ränge sehen würde, überschattete all die Freude, die er verspüren sollte. Albert hatte sich seinen Traum erfüllt, konnte es jedoch nicht genießen. Die letzten Wochen waren hart gewesen, voller Proben, Termine und Gespräche. Er war nicht nur Zauberer, sondern auch Mitinhaber der ganzen Unternehmung. Zwar nahm ihm Mr Relish die wirklich anstrengenden Sachen ab, Behördenkram, Unterlagen für das Finanzamt, Personalfragen, aber Mr. Relish war wichtig, dass Albert über alles Bescheid wusste und in alle Entscheidungen eingebunden war. Das hatte wenig Platz gelassen, um sich über all das zu freuen.

Hoffentlich würde er nach der Show endlich anfangen, das alles ein bisschen zu genießen.

Es klopfte.

»Herein.«

»Boss, hier ist eine junge Frau, sie macht Schminke«, hörte er Billys Brummbärstimme durch die Tür.

»Lass sie herein, sie müsste auf der Liste stehen.« Die Liste war ein Zettel, auf dem Namen von Personen standen, die in die Backstage durften.

»Ach ja, der Zettel«, murmelte Billy. »Sorry, vergessen.«

»Kein Problem«, erwiderte Albert mit der Geduld eines Vaters, der seinem Nachwuchs das Fahrradfahren beibrachte.

Wenige Augenblicke später ging die Tür auf und eine junge Frau trat herein. Sie zog einen großen silbernen Koffer hinter sich her.

»Du bist der Patient?«, fragte sie und sah ihn an, als wäre er ein Gaul bei einer Auktion, den sie zu ersteigern in Erwägung zog.

Albert nickte.

»Dein erstes Mal?«

Nun zog Albert die Augenbrauen hoch. »Was?«

»Das erste Mal, dass du geschminkt wirst, meinte ich«, sagte die Frau und wuchtete den Koffer auf die Couch.

»Ach so, ja.« Albert sah sich im Spiegel an.

»Ich mach nicht viel. Nur ein bisschen Puder, damit du im Scheinwerferlicht nicht so glänzt. Bisschen was gegen die Augenringe. Ein paar Hautunreinheiten verstecken.«

»Super.« Hautunreinheiten? Er suchte im Spiegel nach Pickeln.

Die Frau hatte in kürzester Zeit die ganze Couch mit ihren Kosmetikartikeln in Beschlag genommen. Es roch unangenehm künstlich wie in einer Parfümerie, die Albert einmal besucht hatte, um ein Geschenk für Patty zu kaufen. Die Dämpfe und Gerüche dort hatten sich in kürzester Zeit einen Weg durch seine Nasenlöcher gesucht und ins Hirn gefressen.

Er ließ das Schminken über sich ergehen. Die Frau, die sich noch nicht mal vorgestellt hatte, sagte kein Wort. Der Pinsel kitzelte, als das Puder auf seinen Wangen verteilt wurde.

»Fertig«, erklärte die Frau und drehte den Stuhl so hin, dass sich Albert im Spiegel betrachten konnte. Er nickte, wie er es auch immer bei Friseuren tat, wenn sie ihm ihr Werk zeigten. Nie im Leben würde er in so einer Situation etwas anderes sagen als danke oder wunderbar.

»Wunderbar, danke.«

»Sehr gerne, dann bis nächste Woche«, sagte die Visagistin. Sie hatten die Show erst mal wöchentlich angesetzt, bis der Bedarf steigen und Potenzial für mehr Shows da wäre.

»Bis nächste Woche«, erwiderte Albert, und er sah noch den silbernen Koffer in der Tür verschwinden, bevor sie sich schloss.

Endlich war er wieder alleine.

Die Ruhe umgab ihn wie elektrisch aufgeladene Luft. Nicht mehr lange und er würde auf der Bühne stehen. In diesem Fall war es sogar seine eigene Bühne.

»Noch sechzig Minuten bis zum Beginn der Show«, ertönte dieselbe mechanische Stimme.

Albert wurde schlecht. Er hatte nicht viel gegessen, seit Tagen fehlte ihm der Appetit. Aber seine Mutter hatte ihm eine Banane und eine Scheibe Toast aufgedrängt. »Du musst etwas essen, sonst klappst du auf der Bühne zusammen«, hatte sie gesagt, und Albert wusste, dass sie damit recht hatte.

Obwohl er es sich hätte leisten können, war er immer noch nicht ausgezogen. Stattdessen hatte er sein ganzes Geld in das Theaterprojekt gesteckt. Nervös trommelte er mit den Fingern auf dem Tisch rum und versuchte, sich nicht zu viel im Spiegel anzustarren. Die Stille war so unangenehm wie ein Kettensägenkreischen. Albert war bemüht, sich zu konzentrieren, aber seine Gedanken waren wie ein Hundewelpe, der gleichzeitig fressen, spielen und schlafen wollte. Unzählige Male hatte er seinen Auftritt geprobt und gerade war alles wie weggeblasen.

Langsam wanderte sein Blick zu dem Zylinder, der an der Garderobe hing. Sein Freund würde für ein bisschen Zerstreuung sorgen. Albert lief hinüber und griff in das Hutinnere. Sofort fühlte er den flauschigen Pelz von Butterscotch, seinem Hamster, der so gar nicht nach einem weißen Karnickel aussah, aber dieselbe Funktion erfüllte. Das Tier lebte im Zylinder. Wie das möglich war, wusste Albert nicht. Er musste ihn nicht füttern und konnte ihn tagelang ignorieren. Wenn er ihn aber hervorholte, war er derselbe quietschvergnügte, sehr hungrige Hamster wie immer. Es war also kein gewöhnlicher Hamster, und Albert fragte sich, was ein Tierarzt herausfinden würde, wenn er das Fellknäuel genauer unter die Lupe nahm.

Butterscotch saß auf Alberts Hand und hatte die Nase emporgereckt. Sie zuckte hin und her.

»Nur ein paar alte Schokotaler«, erklärte Albert und zeigte auf die Schüssel. »Ich kann nicht riskieren, dass du dir jetzt, so kurz vor der Show, eine Lebensmittelvergiftung zuziehst. Die Dinger sind älter als der Mörtel in den Wänden.«

Butterscotch plusterte die Wangen auf und quiekte.

»Nein, erst nach der Show.« Sein Handy vibrierte in der Hosentasche, und Albert setzte den Hamster auf dem Tisch ab. Er kramte das Smartphone hervor, es war dasselbe alte Modell, das er sich mit dem von seinem Vater geliehenen Geld gekauft hatte. Er war noch nicht dazu gekommen, sich ein neues zu holen, und vor allem hatte er keine Lust, es neu einzurichten. Eine Nachricht ploppte auf. *Wir drücken dir die Daumen, Mum & Dad*. Ein Foto war angehängt, und Albert erkannte sofort, was darauf zu sehen war: die Bühne. Sie mussten in der ersten Reihe sitzen.

Albert antwortete nicht. Mehr als ein Danke hätte er sowieso nicht zusammenbekommen, und das konnte er ihnen auch nach seinem Auftritt ausrichten.

Sein Blick wanderte zum Tisch. »Wo bist du?«, zischte er. Das orange Fellknäuel war verschwunden, aber Albert suchte nicht lange. Butterscotch hing kopfüber in der Süßigkeitenschüssel. »Nach der Show.« Albert griff sich den

Hamster, der mit seinen kleinen Pfoten einen in Goldpapier gewickelten Schokotaler umklammert hatte, und beförderte ihn wieder in den Zylinder. Er nahm Butterscotch die Schokolade weg und ließ den Taler in die Tasche seines Sakkos wandern. »Nach der Show, habe ich gesagt«, wiederholte Albert. Butterscotch quiekte beleidigt.

Albert wollte sich mit der Hand durchs Gesicht fahren, erinnerte sich aber im letzten Moment an die ganze Schminke. Er würde sie verschmieren, glaubte er zumindest. Die Finger brauchten eine andere Beschäftigung. Ein Deck Karten aus seinem Koffer brachte endlich die gesuchte Ablenkung. Wie an einer Schnur gezogen flogen sie von einer Hand in die andere. Dabei lief er im Raum auf und ab wie ein eingesperrter Löwe.

Er hätte heute Sport machen sollen.

»Noch dreißig Minuten bis zum Auftritt.«

Warum tat er sich das an? Er hätte weiter auf Kindergeburtstagen auftreten können, das Geld war jetzt eh egal. Wenn er sich nicht ganz doof anstellte, hätte er ausgesorgt gehabt. Manche Träume verwandeln sich in Albträume und davor hatte Albert gerade Angst.

Was, wenn die Show nicht beim Publikum ankam? Was, wenn der Strom ausfiel und alles dunkel werden würde? Wenn er beim Betreten der Bühne stolpern und ins Publikum fallen würde? Es gab unzählige Möglichkeiten, heute Abend zu scheitern, und nur eine, unter tosendem Applaus die Bühne wieder zu verlassen.

Albert befürchtete, die Banane würde sich einen Weg nach draußen suchen, und beugte sich über den Mülleimer neben der Couch. Aber es war nur ein Fehlalarm.

»Du schaffst das«, murmelte er und setzte sich den Zylinder auf. »Eine ganz normale Show, wie immer. Stell dir einfach vor, es sei ein Kindergeburtstag.« Seine Arme schlüpften in den Frack.

In Uniform stellte er sich ein letztes Mal vor den Spiegel. Doch, er war ein richtiger Zauberer, und das Publikum würde aus dem Staunen nicht mehr herauskommen.

Wenig später stand Albert vor der Holztreppe, die zur Bühne führte. Sie hatte nur fünf Stufen und wirkte dennoch so unüberwindbar wie ein mit Alligatoren und Wasserschlangen gefüllter Tümpel. Wie lief man noch mal eine Treppe hinauf? Albert hatte es unzählige Male in seinem Leben getan. Zu Hause, in der Schule, beim Benutzen der U-Bahn, in Einkaufszentren. Nun hatte er aber den unbehaglichen Gedanken, dass er irgendwas Wichtiges vergessen hatte, um eine Treppe unfallfrei zu erklimmen. Es war irgendwas von hoher Relevanz. Nicht das Heben der Füße, sondern …

»Bereit?« Liz hatte ein Klemmbrett vor der Brust und sah ihn durch ihre runden Brillengläser an. Sie war Programmleiterin oder so was Ähnliches. Auf jeden Fall war sie verantwortlich für einen reibungslosen Ablauf. Angestellt hatten sie Liz, weil sie irgendwas mit Theater studiert hatte. Irgendwas, was Eltern gerne als brotlose Kunst bezeichneten. Sie schien sehr überrascht darüber, dass sie mit dem Abschluss einen Job bekommen hatte.

»Ja, es ist nur …«, sagte Albert und beendete den Satz nicht.

Liz musste seinem Blick gefolgt sein und betrachtete die Treppe.

»Die Beleuchtung wird hoffentlich nächste Woche angebracht«, entschuldigte sie sich.

»Beleuchtung?«

»Na, damit du die Stufen vernünftig siehst.«

»Ah.« Natürlich, Albert hatte gar nicht vergessen, wie man eine Treppe bewältigte. Sie lag im schummrigen Halbdunkel hinter dem Vorhang und war schlecht ausgeleuchtet, was die Gefahr, den Fuß nicht hoch genug zu heben, ins Unermessliche steigerte.

»Lichter aus«, sprach Liz durch das Mikrofon ihres Headsets. Schlagartig wurde es dunkel im Theater und auf der anderen Seite des Vorhangs hörte Albert ein überraschtes Aufkeuchen. Er kannte es. Seine Mutter klang so, wenn sie etwas sah oder erlebte, mit dem sie nicht gerechnet hatte, wie damals bei der bestandenen Physikarbeit in der neunten Klasse. Zugegeben, Albert hatte ähnlich geklungen, als der Lehrer ihm die Arbeit auf den Tisch gelegt und ein *Sehr gut* hinterher geschoben hatte.

»Musik starten«, hörte er Liz' Stimme in der Dunkelheit.

Bei den Bedingungen erwiesen sich die Stufen tatsächlich als ein Problem. Er sah seine eigenen Füße nicht. Waren es vier oder fünf Stufen gewesen? Er würde jeden Schritt zählen müssen, sich vortasten. Es würde alles im Chaos end…

Ein Lichtstrahl beendete die Gedankenspirale. »Das muss vorerst genügen«, erklärte Liz und hielt eine Taschenlampe in der Hand, mit der sie die Stufen ausleuchtete.

»Genügt«, japste Albert. Liz war auf jeden Fall jetzt schon ihr Geld wert gewesen.

»Dreißig Sekunden noch«, sprach Liz in ihr Headset. Albert atmete tief ein und aus. Er war aufgeregt, und zum ersten Mal kam ihm der Gedanke, dass es in Ordnung war. Denn das zeigte nur, wie viel ihm an diesem Projekt lag. Er würde die beste Show seines Lebens abliefern.

»Fünf ... vier ...«, Albert fixierte die Treppenstufen wie ein Hürdenläufer, »zwei«, hatte sie gerade die Drei übersprungen? Albert hatte keine Zeit, darüber nachzudenken. Einen Augenblick später spürte er die Hand der Programmleiterin im Rücken, wie sie ihn auf die Stufen zuschob. »Viel Spaß«, rief sie ihm hinterher, als er genau fünf Stufen nahm und plötzlich im Scheinwerferlicht stand.

Albert sah nicht, wie viele Personen im Publikum saßen. Das Licht blendete ihn. Hätte er schätzen müssen, wäre er irgendwo zwischen fünfzig und hundert gelandet. Vielleicht hatten sie die Hälfte der Tickets verkauft. Das war gut, glaubte er. Vorerst genoss er aber den Applaus des Publikums.

»Danke, vielen Dank«, sagte er und verbeugte sich tief. »Mein Name ist Abraham Kadabraham, und ich werde Sie die nächsten zwei Stunden in meine Welt der Magie entführen.« Keine besonders originelle Ansprache, aber sie war ehrlich. Sie hatten sich gegen eine große Show mit ausladenden Gesten, teurem Equipment und viel Tamtam entschieden. Auf der Bühne würde nur ein Zauberer stehen und zaubern. Keine Ablenkung, keine Tricks, die hatte Abraham Kadabraham nicht nötig. Denn wenn ihn eines von der Konkurrenz unterschied, dann, dass er wirklich zaubern konnte.

In der ersten Reihe erspähte er wie vermutet seine Eltern. Seine Mutter trug ein Kleid und sein Vater einen Anzug, der so schlecht saß, dass Albert vermutete, er hätte ihn das letzte Mal zu seiner Hochzeit getragen. Elani strahlte übers ganze Gesicht, sein Dad nickte zufrieden.

Egal, wie viele Zuschauer im Publikum saßen, die beiden hatten eine Show verdient.

Also legte Albert los.

Mittelpunkt seiner Show war natürlich der Frack. Es gab wenig, was Albert nicht daraus hervorholen konnte, vorausgesetzt, es passte durch die Ärmel und war technisch nicht zu anspruchsvoll.

Und es funktionierte. Keine Buhrufe, keine Gäste, die aufstanden und das Theater verließen. Er sah auch nicht das kalte Licht eines Handy-Displays, das das gelangweilte Gesicht des Besitzers beleuchtete.

Das war gut.

Die halbe Bühne lag mittlerweile voll mit Utensilien, die Albert aus seinen Ärmeln gezogen hatte. Das Ganze war in eine Story eingerahmt, eine Mischung aus Comedy und Zauberei. Es gab niemanden, den er hätte in der Hälfte durchschneiden können, und er wollte auch keine Person in einer Kiste verschwinden lassen. Damit hatte die Familie Tubbs schlechte Erfahrungen gemacht. Er konzentrierte sich voll und ganz auf seine Fähigkeiten, Dinge aus dem Nichts hervorzuholen.

Trotzdem wurde auch in seiner Show das Publikum eingebunden. »Ich brauche einen Freiwilligen«, rief Albert und schirmte die Augen gegen das Scheinwerferlicht ab, um sehen zu können, wer sich meldete. »Eine Person, die etwas vermisst. Oh, und damit meine ich keinen geliebten Menschen oder ein geklautes Auto. Sie sollten bedenken, dass es in meine Ärmel passen muss.«

Ein paar Hände gingen wieder runter, aber es blieben immer noch genug oben. Sogar seine Mutter meldete sich, aber die konnte er nicht nehmen. Zwar erwarteten die Leute regelrecht, angelogen zu werden, wenn sie eine Zaubershow besuchten, aber es war wichtig, dass sie nicht verstanden, wie es passierte. Im Falle von Albert waren es keine Lügen, aber wenn er seine eigene Mutter auf die Bühne holte, würde das Fragen aufwerfen.

»Sie da«, sagte Albert und zeigte auf eine junge Frau, die in den hinteren Reihen saß. »Genau, Sie mit den roten Haaren und dem grauen Oberteil«, bestätigte Albert, nachdem die Frau zögerte. »Kommen Sie bitte auf die Bühne.«

Albert nutzte die Zeit, die die Frau bis nach vorne brauchte, und ließ sich von Liz ein Mikrofon reichen.

Eine Treppe führte vom Zuschauerbereich hoch auf die Bretter. Die Frau war in Alberts Alter, einen halben Kopf kleiner und verhielt sich im Scheinwerferlicht wie ein Hund, der nicht wusste, ob er Sitz oder Platz machen sollte.

»Kommen Sie her«, bat Albert und zeigte mit einer einladenden Handbewegung auf seine Seite. Die Frau stellte sich neben ihn, und er roch ihr Parfüm. Lavendel. Er mochte Lavendel. »Wie heißen Sie?«

»Cynthia.«

»Meine Damen und Herren, einen großen Applaus bitte für Cynthia«, forderte Albert das Publikum auf, und es tat ihm den Gefallen.

»Cynthia, vielen Dank, dass Sie heute Abend hierhergekommen sind. Ich möchte Ihnen zum Abschluss ein Geschenk machen. Etwas, was Sie schon lange vermissen. Vielleicht etwas, das Sie als Kind verloren haben, ein Spielzeug oder etwas Ähnliches. Aber denken Sie dran, es muss durch meine Ärmel passen.« Er wackelte mit den Ärmeln wie eine luftbetriebene Wackelfigur vor Autohäusern.

Cynthia überlegte, und Albert kam es wie eine Ewigkeit vor. Das Scheinwerferlicht brannte auf sie nieder wie die Sonne in einer Wüste, und er spürte, dass das Publikum langsam ungeduldig wurde. Vereinzelte Räusperer waren zu hören, die Leute lehnten sich vor und zurück.

»Irgendwas«, forderte Albert sie auf.

Cynthia nickte nachdenklich. »Da gibt es was«, sprach sie zögernd in das Mikrofon und erschreckte sich vor ihrer verstärkten Stimme.

»Sehr gut«, ermutigte er sie. »Was ist es?«

»Ein Spielzeug«, sagte sie langsam und winkte ab. »Ach, eigentlich ist es total albern.«

»Kommen Sie, wir sind doch unter uns.« Das Publikum lachte, wofür Albert dankbar war.

»Na gut, als Kind hatte ich so kleine Figuren, Tiere. Kühe, Schweine, Hühner, so was.«

»Aus Holz?«

»Nein, nein.« Sie schüttelte vehement den Kopf. »Aus Plastik, und sie waren richtig angemalt. Die Kühe hatten Flecken, die Hühner gelbe Schnäbel, der Dalmatiner war gepunktet und das Zebra hatte Streifen.«

»Klingt nach einem richtigen Zoo«, warf Albert ein.

»Ja«, bestätigte Cynthia, ohne wirklich hinzuhören. Sie schien in ihren Erinnerungen versunken zu sein.

»Also, wer ist ausgebüxt?«

»Der Fuchs«, erwiderte sie sofort und sah ihm plötzlich in die Augen. Ihre erinnerten an enge Schlitze. Alberts Hemdkragen zog sich wie eine Schlinge zusammen, und der Schweiß trat ihm auf die Stirn.

»Ein Fuchs? Den bekomme ich –«

»Es war kein gewöhnlicher Fuchs«, unterbrach ihn Cynthia. »Sie wissen ja: Die anderen Tiere sahen ganz normal aus. Aber der Fuchs …«, sie beendete den Satz nicht, und Albert wusste trotzdem, was sie sagen würde.

»Der Fuchs?«, fragte er dennoch, um die Show am Laufen zu halten.

»Er war grün wie Jade.« Sie sprach die Worte aus, als könnte sie es bis heute nicht verstehen. »Von einem Tag auf den anderen einfach verschwunden. Er war immer in seiner Kiste, können Sie sich das vorstellen?«

Oh, und wie Albert sich das vorstellen konnte. Er wusste sogar ganz genau, wie der Fuchs verschwunden war, nämlich auf einem Container-Schiff.

»Das ist ja was«, murmelte Albert, um nicht zu schweigen. Seine Gedanken waren aber gerade ganz woanders, und alles in ihm strebte danach, von der Bühne zu verschwinden. Er wusste zwar nicht, wer die Frau war, aber er wusste, wer ihr Gehalt zahlte.

Watts & White.

Sie waren ihnen auf die Schliche gekommen.

»Und, können Sie mir meinen Fuchs zurückbringen?«, wollte Cynthia wissen. Von ihrer Unsicherheit war plötzlich nichts mehr zu spüren. Sie hatte die Hände in die Hüfte gestemmt.

»Ich … … äh … … Ja, also«, stammelte Albert. Das Tuscheln im Publikum wurde lauter. »Natürlich. Ein jadegrüner Fuchs?«

»Der Jadefuchs, so habe ich ihn immer genannt«, bestätigte Cynthia.

Schweißperlen traten auf Alberts Stirn. Eigentlich hatte er sich doch deswegen abpudern lassen.

Langsam suchte er die Ränge ab, hielt Ausschau nach einem bestimmten Gesicht. Es glich einer Kröte, und er stellte sich das zufriedene Grinsen bildlich vor. Zum Glück fand er es aber nicht.

»Ein Jadefuchs«, wiederholte er. »Das ist aber ein sehr spezieller Wunsch.«

»Ich hoffe, dass es Ihre Fähigkeiten als Zauberer nicht übersteigt.«

»Ganz und gar nicht, ganz und gar nicht«, murmelte er und konzentrierte sich. Er suchte den roten Faden, der ihm Zugang zur Magie gab. Mittlerweile schüttelte er sich alles Mögliche aus den Ärmeln, ohne nur darüber nachzudenken. Aber unter diesen Bedingungen war es etwas anderes. Sie waren ihm auf die Schliche gekommen, und ein Institut wie Watts & White würde ihn nicht so einfach von der Angel lassen. Zwar hatten sie keine belastenden Beweise gegen ihn, aber die brauchten sie auch nicht. Sie würden ja schließlich nicht zur Polizei gehen, um den Diebstahl eines Naturgeistes zu melden.

Es dauerte einen Augenblick, dann spürte Albert etwas Hartes in seiner Achselhöhle. Es bahnte sich einen Weg durch den Ärmel, heiß wie Kohlen fühlte es sich an. Er wollte es schnell loswerden, abgeben, die Show beenden und sich in der Backstage verkriechen.

Es polterte laut, als das Spielzeug zu Boden fiel. »Hoppla«, entfuhr es Albert, und er bückte sich nach dem grünen Fuchs. Der hatte mit dem echten Jadefuchs nicht viel gemein. Er erinnerte eher an einen heimischen, der in ein Topf grüne Farbe gefallen war. »Ist er das?«, fragte Albert und hielt ihn empor, damit das ganze Publikum den grünen Fuchs sehen konnte.

Cynthia zögerte. Sie kniff die Augen zusammen, als würde sie das Kleingedruckte auf einer Verpackung lesen. »Ich glaube … das ist … ja«, rief sie und spielte das Spiel mit.

Tosender Applaus füllte den Raum aus, aber Albert konnte

ihn nicht genießen. Er begleitete Cynthia zur Treppe, verbeugte sich und verließ die Bühne.

Was für ein Finale.

»Sehr gut gemacht«, lobte ihn Liz und klopfte ihm auf die Schulter, aber Albert nahm es kaum wahr. Es war, als wäre er plötzlich von einem dichten Nebel umgeben. Das war kein Zufall gewesen, er war in Mrs Lynbrooks Visier geraten, und er wusste, dass die Frau nur mit großen Kanonen schoss.

»Danke«, murmelte er. »Ich bin Backstage.«

»Aber nicht zu lange, die Leute wollen bestimmt Fotos machen und Autogramme haben.«

Er nickte. »Die Karten sind Backstage.«

»Und zieh dir ein frisches Hemd an. Du hast ziemlich geschwitzt da oben.«

»Verstanden.« Er taumelte zurück in die Backstage und ließ sich auf die Couch fallen. Das war schlecht. Das war nicht nur schlecht, das war richtig beschissen. Am meisten ärgerte ihn aber, dass er aufgrund von Cynthias Auftauchen seinen ersten Auftritt nicht genießen konnte. Er sollte jetzt Sekt trinken und mit dem Team und seinen Eltern anstoßen.

Was hatte die Kröte vor?

Es klopfte an der Tür. »Herein«, stotterte Albert.

Durch den Spalt trat eine Frau mit roten Haaren. Er erkannte sie sofort wieder. »Danke für das Spielzeug«, sagte sie und hielt den grünen Plastikfuchs in die Höhe. Seine Schnauze zeigte genau auf Albert.

»Wie bist du an Billy vorbeigekommen?«

»Hab ihm gesagt, dass ich auf der Liste stehe.«

»Das tust du aber nicht«, erwiderte Albert, »oder?«, schob er hinterher.

Cynthia setzte sich auf den Stuhl am Schminkspiegel und überkreuzte die Beine. Wenn Mrs Lynbrook eine Kröte war, dann war Cynthia eine Löwin. »Oh nein, aber er hatte mich gefragt, ob ich«, sie überlegte kurz, »Elani Tubbs bin. Ja, ich glaube, das war der Name. Und wenn er will, bin ich eben Elani Tubbs.«

Albert fluchte innerlich. Das würde mindestens eine Abmahnung geben. »Du bist im Auftrag von Mrs Lynbrook hier.« Es war keine Frage. In der Hinsicht hatte Albert keinen Zweifel.

»Sehr gut geschlussfolgert.« Cynthia sah sich im Raum um, und ihre Stirn kräuselte sich. »Kann man mit so einem Theater und einer Zaubershow wirklich Geld verdienen? Sieht aus, als müsstet ihr hier bald abreißen.«

Albert atmete laut hörbar aus. Er hatte keinen Nerv für Smalltalk. »Der Business-Plan wird aufgehen, wenn genug Tickets gekauft werden. Mr Relish hat das alles durchgerechnet. Und wenn wir gut angenommen werden, werden wir weiter in die Immobilie investieren.« Das war zumindest der Plan, den Mr Relish vorgeschlagen und Albert abgenickt hatte. Er hatte sich nicht mal die Mühe gemacht, einen Blick auf die Zahlen zu werfen, er hätte es sowieso nicht verstanden.

»Ihr habt das Ding gekauft?« Das Wort *Ding* sprach sie aus, als würde sie damit einen Kaugummi unter ihrer Schuhsohle meinen, und Albert konnte nicht anders, als es persönlich zu nehmen.

»Die Stadt hat uns sogar einen richtig guten Preis gemacht, weil sie froh war, dass jemand wieder Kultur in dieses Stadtviertel bringen will«, hielt er dagegen. Langsam spürte er die Wut in sich aufsteigen. Er wollte keine dummen Diskussionen führen, er wollte feiern. »Jetzt rück schon raus: Was will die alte Schachtel?«

»Entschuldige, dass ich dir deine Premierenshow ruiniert habe. Das war so nicht geplant, aber dann hast du mich auf die Bühne gebeten und ich konnte nicht anders, als mir einen Spaß daraus zu machen.« Sie spielte mit einer roten Locke, drehte sie um den Finger und wirkte fast unschuldig.

Albert entschied sich, in Zukunft jemand anderen entscheiden zu lassen, wer auf die Bühne durfte. Er hatte dafür offensichtlich kein Händchen und wollte sich nicht eingestehen, dass er sich vielleicht von Cynthias äußeren Erscheinung hat beeinflussen lassen. »Wenn du hier bist, um mich zu ärgern, dann ist dir das gelungen und du kannst dir dein Geld von Mrs Lynbrook abholen.« Er hielt seine schlechte Laune nicht mehr zurück. »Aber bitte verschwinde jetzt.«

»Oh, damit ist mein Auftrag noch lange nicht erledigt. Das ist gerade erst der Anfang.«

Sie sagte es in einer Art und Weise, die Albert nicht gefiel. Er überlegte, sich einen Brieföffner aus dem Handgelenk zu schütteln. Vorsicht war besser als Nachsicht. Aber sie war nicht hier, um ihn umzubringen. Das hätte sie besser draußen auf dem schlecht beleuchteten Parkplatz erledigen können.

»Mrs Lynbrook weiß noch nicht, was ihr getan habt und vor allem warum, aber der Jadefuchs ist aus seinem Schließfach in der Bank verschwunden.«

»Als wir ihn beim Turnierleiter abgegeben haben, saß er noch in seinem Käfig.« Albert sagte es eine Spur zu schnell. Es verriet, dass er sich die Antwort vorher zurechtgelegt hatte. Dass er wusste, warum Cynthia hier war.

Die Frau nickte. »Ich weiß, Albert, oder soll ich lieber Abraham sagen?«

Ihm entging der Spott in ihrer Stimme nicht. »Albert genügt. Nur auf der Bühne bin ich Abraham.«

»Ist das so ein Zaubererkodex-Ding?« Wieder klang es nach Kaugummi unter dem Schuh.

»Nein.«

»Meine Güte, du bist echt ein schwieriger Gesprächspartner.«

Vielleicht lag es daran, dass er keine Lust hatte, sich mit ihr zu unterhalten. Aber das sagte er nicht, sondern dachte es nur. »Mag sein.«

»Also, du weißt bestimmt nicht, wo der Fuchs ist, und hast auch nichts mit seinem Verschwinden zu tun«, schlussfolgerte Cynthia.

»Richtig.«

»Super, dann werde ich das Mrs Lynbrook ausrichten, und du hast deine Ruhe.«

Albert spürte, wie sich der Nebel lichtete. Das war viel zu einfach gewesen. »Perfekt.«

»Natürlich nicht«, entgegnete Cynthia genervt. »Das wird sie dir nicht glauben, und ich glaube dir auch nicht. Sie weiß, dass ihr irgendwas gemacht und dem Fuchs zur Flucht verholfen habt. Warum, kann sie nur vermuten. Aber sie ist sich sicher, dass ein Magier seine Finger im Spiel hatte. Und wenn ich die Autogrammkarten dort richtig deute«, sie zeigte auf den Stapel auf dem Tisch, »und deine Show vorhin, dann bist du so ein Zauberer.«

Das ließ sich nur schwer leugnen. »Du weißt, was meine Aufgabe bei der Jadefuchsjagd war?«

»Ja, ich habe mir alle Unterlagen angeschaut. Ich weiß

auch ganz genau, wer Elani Tubbs ist. Ich weiß sogar, wo deine Eltern wohnen. Und auch, dass du immer noch in deinem Kinderzimmer lebst. Bist du nicht zu alt dafür?«

»Ach, ich komme gut mit meinen Eltern aus«, antwortete Albert und versuchte, cool zu wirken, was ihm aber nicht gelang. Cynthia wusste, wo seine Eltern lebten, und er verstand die Drohung, ohne dass sie sie aussprechen musste.

»Das Problem ist: Mrs Lynbrook kann euch den Sieg nicht streitig machen. Wie du schon richtig erkannt hast, hat der Turnierleiter die Übergabe des Fuchses notariell bestätigt. Wenn sie das jetzt anzweifeln, würde es ein schlechtes Licht auf Watts & White werfen. Und die Bank steht, wie du ja als ehemaliger Mitarbeiter weißt, nicht gerne im Rampenlicht. Es würde so wirken, als würden sie ihre eigene Unfähigkeit auf euch abwälzen wollen.«

»Also macht sie uns das Leben jetzt lieber zur Hölle, wenn sie schon nicht an unser Geld kommt?«

Cynthia schüttelte den Kopf. »Nein, Mrs Lynbrook ist Geschäftsfrau. Sicherlich mit allen Wassern gewaschen. Aber sie schlägt euch ein Geschäft vor.«

»Sie kann nicht ins Theater einsteigen. Mr Relish würde dem nie zustimmen«, erwiderte Albert sofort.

Cynthia lachte laut auf. »Wie kommst du darauf, dass sie in so was investieren würde?«

Stimmt, das war ein dummer Gedanke gewesen. Mrs Lynbrook war an Sachen interessiert, die skalierten. So ein Theater skalierte nirgendwo hin. Wenn man es schaffte, machte es regelmäßig seinen Umsatz, und wenn man nicht ganz unfähig war, blieb auch ein bisschen Gewinn übrig, den man in die Immobilie reinvestieren konnte. So hatte es zumindest Mr Relish senior erklärt. Man machte es, weil man es wollte und für die Sache brannte, nicht weil am Ende des Jahres ein paar Prozentpunkte mehr unter dem Strich stehen sollten. »Nein, du hast recht, das ist ein Geschäft, das sie nicht versteht. Was will sie?«

»Sie will, dass du Matilda Godwins besuchst und ihr etwas überbringst. Alles andere wird sich dann ergeben.«

»Ich werde ihr ganz bestimmt keine Wanze oder so unterjubeln.«

Cynthia kramte in ihrer Tasche und holte einen grauen Umschlag hervor. Er war mit rotem Wachs versiegelt. »Das hier«, sagte sie und warf Albert den Umschlag hin. »Nicht aufmachen«, herrschte sie ihn an, als er das Wachssiegel brechen wollte. »Er ist für Matilda.«

»Das ist alles?«

»Nein, natürlich nicht. Alles Weitere klären wir wie gesagt vor Ort.«

»Wir?« Albert war sich sicher, dass sie es bewusst so gesagt hatte. Sonst hätte sie *ihr* gesagt.

»Ich komme mit. Mrs Lynbrook vertraut euch beiden nicht. Ich werde auf euch aufpassen.«

»Aber dann kannst du ihr doch einfach den Zettel geben.«

»Albert, stell dich nicht dümmer an, als du bist. Eigentlich bist du ein ziemlich kluger Kopf.« Sie hatte ihm gleichzeitig ein Kompliment gemacht und ihn beleidigt. »Das ist nur der Anfang.«

Albert starrte auf den Zettel.

»Aber -«, sagte er, als es an der Tür klopfte. Billy steckte den Kopf hindurch.

»Chef, da ist jemand, der behauptet, Elani Tubbs zu sein. Aber Elani Tubbs sitzt doch hier drinnen.« Er sah zu Cynthia, die ihm ein warmes Lächeln schenkte.

»Lass sie rein.« Albert seufzte, und Billy verschwand wieder.

Die ungebetene Besucherin erhob sich. »Ich hole dich morgen um elf Uhr ab. Stell dich darauf ein, dass wir ein paar Tage unterwegs sind.«

»In einer Woche muss ich zurück sein.«

»Das liegt ganz an dir, ob wir in einer Woche zurück sind«, sagte sie ihm zum Abschied. Als sie die Tür öffnete, wollten Elani und George gerade eintreten. »Bis morgen, Albert«, rief sie über ihre Schulter und ließ es irgendwie klingen, als wäre da mehr zwischen ihnen.

Seine Eltern traten ein, warteten, bis Cynthia verschwunden war, und starrten ihn an. »Echt jetzt, dein erstes Groupie?«, fragte sein Dad.

Kapitel 2

Matilda Godwins

Matilda Godwins hätte glücklich sein können. Sie hatten entgegen aller Wahrscheinlichkeit einen der bestdotierten Wettbewerbe auf diesem Planeten gewonnen. Sie hatte alle Schulden ihrer Familie abbezahlt. Ihr Vater, ein hoffnungsloser Trinker, war verschwunden, und sie hatte ihre Ruhe.

Aber Matilda Godwins war nicht glücklich.

Sie saß auf der Treppe, die runter in den Keller führte, und starrte in die Dunkelheit. Ihr Hintern war kalt vom rauen Stein. Es roch nach Baustelle, überall lagen Staub und Geröll. Das war schon seit vielen Wochen so. Sie hatte sich nicht die Mühe gemacht, aufzuräumen oder zu putzen. Ihr Vater hatte die Mauer nicht nur gebaut, um sie und andere daran zu hindern, den Keller zu betreten. Er hatte sie vor allem errichtet, um etwas davon abzuhalten, die Stufen hinaufzukommen und noch mehr Unheil anzurichten.

Ein paar Menschen waren verschwunden. Angestellte der Familie Godwins, die nur kurz etwas holen wollten. Ein paar Kartoffeln, eingemachtes Gemüse, Wäscheklammern. Aber dieser Keller hatte die Angewohnheit, Dinge und Lebewesen einfach zu verschlucken.

Auch ihre Mutter war verschwunden.

Zumindest glaubte Matilda das.

Sie wischte sich den Baustaub an ihrer Jeans ab. Irgendwann würde sie den Mut aufbringen und dort runtergehen. Aber wenn es eh irgendwann passieren sollte, warum nicht jetzt?

Sie spürte, wie sich ihr Körper aufrichten wollte, aber etwas zog sie runter. Es war wie ein unsichtbares Gewicht.

Matilda Godwins hatte Angst.

Es war Zeit, der Wahrheit ins Auge zu blicken. Sie wollte nicht auch verschwinden, so wie ihre Eltern. Ihr Vater hatte irgendwann doch noch genug Mut aufgebracht und war seiner Frau gefolgt. Sie wollte die beiden einfach nur zurückhaben und das schuldenfreie Leben auf dem Godwins-Anwesen genießen.

Wäre da doch bloß nicht dieser verflixte Keller.

Es nützte nichts. Seit Tagen starrte sie in die Finsternis, und sie hatte das Gefühl, dass die Schwärze zurückstarrte. Sie musste sich ihrer Angst stellen.

Matilda griff nach der Taschenlampe, die neben ihr auf der Treppenstufe lag. Sie drückte den Knopf, und ein greller Lichtkegel vertrieb die Dunkelheit. Sie sah das Ende der Treppe und den kalten grauen Steinboden des Flurs, der in die Kellerräume führte. Dort stand kein Killerclown, auch kein Dämon oder Schreckgespenst. Nichts, was sie entführen wollte. Aber etwas war da unten. Da war sie sich sicher.

Mit der anderen Hand griff sie nach dem Geländer. Es war genauso kalt und abweisend wie der Boden, auf dem sie saß. Mit einem Ruck zog sie sich hoch.

Heute würde sie es tun.

Über Wochen hatte sie mit sich gehadert, gehofft, dass ihr Vater und ihre Mutter wieder auftauchten. Aber es war nichts passiert. Also musste sie es jetzt in die eigene Hand nehmen, aber sie war auf sich allein gestellt. Botzki war seiner Liebe gefolgt. Albert besaß jetzt ein Theater und war mit anderen Dingen beschäftigt. Die Einladung zur Premiere lag unbeantwortet auf dem Küchentisch. Vielleicht würde sie hingehen, log sie sich an. Sie wusste, dass sie diesen Ort nicht verlassen konnte. Der Keller übte eine unheimliche Anziehungskraft auf sie aus wie ein Licht auf Motten. Sie konnte nicht anders, als hier stundenlang auf der ersten Treppenstufe zu hocken und in die Finsternis zu starren. Matilda war sich nicht sicher, was sie damit bezweckte, ob sie hoffte, irgendwas dort unten zu erblicken. Sie war nicht so naiv, wirklich zu glauben, von hier oben das Geheimnis um die verschwundenen Menschen lösen zu können.

Sie wagte einen Schritt auf die zweite Treppenstufe.

Ihre Nackenhaare richteten sich auf. Ihr Körper wollte nicht, weigerte sich, warnte sie vor der Gefahr. Aber Matilda musste es tun. Wenn sie diese Schritte runter in den Keller nicht machte, hätte sie sich die Teilnahme am Jadefuchsturnier auch sparen können. Sie hatte das Geld gebraucht, um das Anwesen behalten zu können und den Zugang zum Keller nicht zu verlieren. Ohne ihn würde sie nie herausfinden, was ihrer Mutter zugestoßen war.

Noch ein Schritt.

Sie stellte sich vor, was dort unten in den Schatten alles lauerte. Dämonische Fratzen mit blutroten Augen, die sie in ein anderes Reich verschleppten und sie bis in die Ewigkeit folterten.

Plötzlich stand sie am Treppenende. Matilda hatte es geschafft, wenn sie jetzt nicht umkehrte. Es roch muffig und feucht. Wahrscheinlich hatte sich Schimmel in all den Jahren ungestört ausgebreitet. Langsam schwenkte sie die Taschenlampe von links nach rechts. Ein langer Flur erstreckte sich vor ihr, von dem Türen abgingen. Sie war als Kleinkind das letzte Mal hier unten gewesen. Es gab viele Räume: Vorratskammern, Waschküchen, Abstellräume. Das Godwins-Anwesen war riesig, daher war auch der Keller groß. Ein kleines Labyrinth aus Türen und Kammern.

Langsam und vorsichtig lief Matilda den Gang entlang. Die Taschenlampe umklammerte sie mit beiden Händen und hielt sie vor sich gestreckt, als wäre sie eine spitze Klinge. Momentan spendete sie nur Licht und es war das Wertvollste, was sie hier unten hatte.

Ihre Schritte hallten von der niedrigen Decke zurück. Immer wieder blieb sie stehen, sah sich um und lauschte. Aber da war nichts, nur ihr eigenes Atmen und Herzklopfen. Matilda schlich den Gang weiter entlang, das Licht wanderte über die rauen Steinwände, den grauen Mörtel und die verblichenen Holztüren.

Das würde zu nichts führen.

Wahllos öffnete Matilda eine Tür und leuchtete hinein. Sie zuckte zusammen, beruhigte sich aber sofort wieder. Ihre Phantasie hatte ihr einen Streich gespielt und eingelegte Gurken und anderes Gemüse für Gehirne gehalten. Sie schwammen in einer trüben Flüssigkeit in großen Gläsern und standen ordentlich aufgereiht in einem Regal. Eine dicke Staubschicht hatte sich über sie gelegt.

»Nur Gemüse«, beruhigte sich Matilda selbst. »Daran ist nichts ungewöhnlich.«

Sie schloss die Tür wieder. Da drinnen waren weder ihre Eltern noch ein menschenfressender Dämon. Langsam wanderte sie den Gang weiter entlang, bis sie in einen größeren Raum kam.

Planen und Laken spannten sich über Gegenstände. Möbel, vermutete sie. An der Wand hingen Werkzeuge, und eine Werkbank fristete ihr einsames Dasein in der Ecke. Hier wurde schon lange nichts mehr repariert. Matilda hob eines der Laken an, und eine Wolke aus Staub schoss empor. Sie hustete, der Lichtkegel der Taschenlampe wanderte unkontrolliert durch die Finsternis.

»Verdammt.«

Unter dem Tuch befand sich eine alte Truhe. Davon hatten sie viele in ihrem Anwesen stehen. Es waren kunstvoll verzierte Kisten mit geschnitzten Blüten und anderen Reliefs. Viele von ihnen waren von ihren Vorfahren aus Übersee mitgebracht worden, wenn sie auf fernen Kontinenten Gewürze eingekauft und nach England gebracht hatten. Matilda ging in die Hocke und öffnete das Eisenscharnier. Es knarzte und quietschte, aber der Deckel ließ sich anheben.

Matilda leuchtete in das Innere der Kiste. Ein Wust aus Zetteln und Papier bot sich ihr dar. Sie erkannte Zeitungsartikel, Briefumschläge und handgeschriebene Texte. Das alles lag kreuz und quer, ohne Ordnung oder System. Matilda fischte eine Zeitung heraus. Sie sah alt aus, sehr alt. Das Erscheinungsdatum verriet, dass alt gar kein Ausdruck war.

13.01.1901

Sie zog die Augenbrauen hoch. Das Papier war trocken und brüchig, Fotos und Druckertinte zu großen Teilen verblichen. Warum hatte jemand eine so alte Zeitung aufbewahrt? Beim Überfliegen der Schlagzeile hatte sie zumindest eine Ahnung. Viel konnte sie nicht mehr lesen, aber sie war sich sicher, dass es um die Godwins Company ging. So hieß das Familienunternehmen über Hunderte von Jahren, bis irgendeiner ihrer Vorfahren beschloss, dass es Zeit für etwas Moderneres war.

Matilda versuchte, etwas zu entziffern, aber es war unmöglich. Konturen eines Fotos ließen sich erkennen, aber es war vergebliche Liebesmüh. Wieder fischte sie etwas aus der Kiste heraus. Eine Rechnung über drei Kisten Lavendel. Ihr nächster Griff verriet ihr, dass ihr Vorfahr Arnold Godwins eine Schwäche für Tabak gehabt hatte. Zumindest hatte er ihn in großen Mengen importiert. Bestimmt ein gutes Geschäft. Matilda hatte nie geraucht, und sie würde auch nicht damit anfangen.

Sie ließ die Zettel zurück in die Kiste fallen und schloss die Truhe wieder. Vorsichtig, um keine weitere Staubwolke zu provozieren, zog sie das Laken abermals darüber, um die Kiste vor dem Zahn der Zeit zu schützen. Matilda richtete sich auf und leuchtete in den Flur.

Vielleicht war es Zeit, umzukehren.

Nein, sie hatte nicht all ihren Mut aufgebracht, um jetzt umzudrehen.

Sie lief weiter. Ihre Muskeln waren angespannt, als würde sie jeden Moment von einem Raubtier angefallen werden. Sie rechnete hier unten mit dem Schlimmsten und wusste, dass sie gar keine Vorstellung davon hatte, was das Schlimmste sein konnte.

Matilda war sich nicht sicher, aber sie hatte den Eindruck, dass die Luft muffiger wurde. Unangenehm, als wäre irgendwo eine Pfütze stehenden Wassers. Hoffentlich gab es keinen Rohrbruch, der sich hier unten über viele Jahre unbemerkt austoben und das Gemäuer angreifen konnte. Das würde teuer und vor allem aufwendig werden.

Sie folgte ihrer Nase, ließ mehrere Türen links und rechts unbeachtet. Ihre Schritte wurden schneller, sicherer. Das Licht der Taschenlampe strich über Wände und Decken.

Sie wusste nicht, was sie erwartete – einen Wasserfall vielleicht. Als sie das Ende des Flurs erreicht hatte, konnte sie es hören.

Ein regelmäßiges Tropfen.

Es war eines dieser Geräusche, die einen nachts um den Schlaf brachten, wenn im Badezimmer ein Wasserhahn im Rhythmus des Sekundenzeigers tropfte. Das stete Aufprallen in der Keramik fraß sich ins Hirn, hinderte es daran, an irgendetwas anderes zu denken als an die Wasserrechnung, die einen erwartete. Ein Tropfen mochte nicht viel sein, aber viele Tropfen über Wochen und Monate, hier unten sogar Jahre oder Jahrzehnte ... Matilda wollte den Türknauf schon herumdrehen, hielt aber inne. Sie leuchtete auf den Boden, betrachtete den Türspalt. Alles trocken.

»Lass auf der anderen Seite bitte kein Tümpel sein.«

Matilda öffnete die Tür und erwartete fast, von einer Welle davongespült zu werden. Aber die blieb aus. Dafür kroch sofort der unangenehme feuchte Geruch in ihre Nase. Sie schüttelte sich. Irgendwas stimmte hier ganz und gar nicht.

Langsam wanderte der Lichtstrahl durch den Raum. Es war eine kleine Kammer. Die Backsteine grün und grau. Weiße Muster zogen sich die Fugen entlang. Schimmel. Aber das war nicht alles. Matilda traute ihren Augen nicht, weshalb ihre Finger kontrollierten, was sie sah.

Sie irrte nicht.

Auf den Steinen hingen Muscheln. Kleine und große. Die gehörten nicht an die Wand in einem Keller, sondern an einen Strand.

Sie leuchtete den Boden aus. Auch er war übersät mit Muscheln. Sie türmten sich auf, als würden sie versuchen, die

Wand hochzuklettern. Matilda ging in die Knie und fuhr über den rauen Boden. Er war nass. Ein Rohrschaden war also nicht ausgeschlossen, aber das erklärte nicht die Muscheln.

Was für ein Raum war das?

Ihr war niemand in der Familie bekannt, der leidenschaftlich gerne Muscheln gesammelt hatte. Und das hier sah auch nicht wie eine Sammlung, sondern wie eine Hafenkaimauer aus.

Langsam beschlich sie das Gefühl, dass sie der richtigen Sache auf der Spur war. Dieser Raum war nicht normal, so viel stand fest. Aber ein paar Muscheln erklärten noch keine verschwundenen Menschen.

Und vielleicht war es wirklich ein Rohrbruch, und die Muscheln … Nein, dafür fiel ihr kein guter Grund ein. Aber bevor sie durchdrehte, würde sie erst mal die Rohrbruch-Theorie abklären. Für heute hatte sie sich weit genug in den Keller vorgewagt.

Matilda lag die halbe Nacht wach. Sie versuchte, sich einen Reim darauf zu machen. Natürlich könnte Feuchtigkeit durch den Boden oder die Wände ins Gemäuer eingezogen sein. Das Haus war alt. Wie alt, wusste sie gar nicht so genau. Auf jeden Fall wurde es zu Zeiten gebaut, als man sich noch keine Gedanken über energetische Bauweisen und Brandschutzvorschriften machte. Wahrscheinlich musste so was irgendwann mal passieren, und sie war sich sicher, wenn sie noch andere Ecken des Kellers erkundete, würde sie viele weitere feuchte Wände entdecken.

Aber die Muscheln.

Nein, nicht nur die Muscheln, der ganze Raum war ihr

suspekt gewesen. Er wirkte wie eine Nasskammer, als würde er regelmäßig geflutet werden.

Am nächsten Morgen, nach einer kurzen Nacht und einem ersten Kaffee, fasste sie einen Entschluss. Matilda suchte auf ihrem Smartphone eine Nummer heraus und wählte sie.

»Guten Morgen«, meldete sich eine Stimme, die so freundlich klang wie das Röhren einer Kettensäge.

»Guten Morgen, Godwins ist mein Name. Spreche ich mit Baugutachter Berryfield?«

»Korrekt.«

Matilda war von der Wortkargheit des Mannes etwas überrumpelt. Sie wollte schließlich Geld bei ihm ausgeben. »Ich bräuchte ein Gutachten für meinen Keller. Ich möchte ihn renovieren lassen, und bevor ich Angebote einhole, will ich erst mal wissen, wie der Zustand ist.«

»Wie groß ist Ihr Keller?« Etwas am Tonfall des Mannes hatte sich geändert. Er klang nun nicht mehr ganz so schroff.

»Groß.«

»Können Sie mir die Quadratmeterzahl nennen, Miss Godwins?« Es wäre zu viel gesagt, zu behaupten, er hätte diese Worte durchs Telefon geflötet, aber die Laune des Baugutachters steigerte sich hörbar mit jeder Antwort.

»Nein, aber er ist sehr groß. Ich gehe fast davon aus, dass Sie im ganzen Umkreis keinen größeren finden können.«

»Oh, da helfe ich Ihnen doch gerne aus. Ich würde eine erste Begehung vorschlagen. Passt Ihnen nächste Woche?«

So lange wollte Matilda nicht warten. »Wie viel nehmen Sie für so eine erste Begehung?«

»In der Regel berechnen wir achthundert Pfund. Sie müssen verstehen, dass es nicht nur die Begehung ist, sondern auch die Anreise und -«, fing er an, seinen Preis zu rechtfertigen.

»Ich zahle Ihnen das Doppelte, wenn Sie es noch heute einrichten können.«

Zwei Stunden später stand der Baugutachter vor der Tür und betätigte die Klingel. Geld machte nicht glücklich, aber es beschleunigte viele Prozesse. Das hatte Matilda früh gelernt.

Matilda öffnete die Tür, und ihr gegenüber stand ein großer Mann mit einer schlechtsitzenden Krawatte und einem Jackett, das farblich besser in die 80er gepasst hätte. Die wenigen schwarzen Haare waren mit Gel zur Seite gekämmt, um die kahlen Stellen zu verdecken. In der Hand hielt er einen Aktenkoffer, der aussah, als hätte er bei einem Rugby-Spiel den Ball ersetzt. »Miss Godwins?« Nun flötete er ganz eindeutig. »Freut mich, Sie kennenzulernen. Martin Berryfield, der bestellte Baugutachter.« Er hielt eine Visitenkarte wie einen Polizeiausweis in die Höhe, die Matilda aus der Entfernung nicht lesen konnte. Aber sie wusste, dass er sich nicht wirklich freute, sie kennenzulernen. Nein, er war froh über das in Aussicht gestellte Honorar. Auf seiner Stirn spiegelte sich die Sonne. Der kurze Marsch von der Auffahrt und die Treppe hoch zur Tür hatte ihn zum Schwitzen gebracht. Hoffentlich würde er im Keller nicht zusammenklappen.

»Schön, dass Sie es so schnell einrichten konnten«, erwiderte Matilda, trat zur Seite und lud ihn mit einer Handbewegung ein, das Haus zu betreten.

Martin Berryfield kam der Aufforderung nach und sah sich in der opulenten Empfangshalle um. »Schönes Haus, in dem Sie wohnen«, staunte er. »Achtzehntes Jahrhundert?«

»Ich wohne hier nicht nur, ich besitze es auch.«

»Oh, verzeihen Sie, so war das nicht gemeint.« Martin Berryfield nahm eine unterwürfige Haltung ein. Trotzdem war er noch einen guten Kopf größer als Matilda.

Die Godwins-Erbin winkte ab. »Wollen wir gleich loslegen? Bei Ihrem Stundenlohn sparen wir uns den Smalltalk lieber.«

Martin überspielte den Seitenhieb mit einem unechten Lachen. »Sehr gut, kommen wir gleich zur Sache, das gefällt mir.« Es gefiel ihm nicht. »Also, wo brennt es?«

»Im Keller.« Matilda zeigte den Gang hinab. »Er war sehr lange zugemauert, und ich habe ihn jetzt freilegen lassen. Ich würde mich über eine gemeinsame Begehung und eine Einschätzung freuen, welche Arbeiten vorgenommen werden müssen. Können Sie das als Baugutachter leisten?«

»Selbstverständlich. Das gehört zu meinem täglich Brot.«

»Okay, dann folgen Sie mir bitte«, sagte Matilda und marschierte los. Wie ein Pinguin watschelte Martin Berryfield hinter ihr her, nichts ahnend, was er gleich sehen würde.

Am Treppenabgang drückte Matilda ihm eine Taschenlampe in die Hand.

»Kein Strom?« Er klang misstrauisch.

»Kein Strom«, bestätigte Matilda. Zwar waren Kabel und Lampen verlegt, aber ihr Vater hatte als letzte Tat, bevor er den Abgang hatte zumauern lassen, den Bereich vom Netz genommen. Ein Kabelbrand hätte das ganze Anwesen zerstört, wenn sie nicht in den Keller gekonnt hätten. Ein seltener, lichter Moment im Leben ihres Vaters.

Martin Berryfield schien der Gedanke nicht zu behagen. »Nun, dann werde ich hoffentlich nichts übersehen. Sie haben nicht zufällig einen Baustrahler?«

»Zufälligerweise nicht«, erwiderte Matilda tonlos. »Passen Sie auf, von den Stufen bröckelt manchmal etwas ab. Vielleicht nehmen Sie das auch in Ihr Protokoll auf.«

Matilda ging vorweg, und heute hatte der Keller einen Teil seines Schreckens verloren. Vielleicht lag es an ihrer Begleitung. Im Falle eines Dämonenangriffs hätte sie genug Zeit, um davonzulaufen, während sich das Monster an dem Baugutachter labte. Nicht wieder alleine hier runterzumüssen, war gut.

Martin Berryfield ächzte hinter ihr bei jeder Stufe. »Altes Gemäuer«, murmelte er. Langsam schritten sie Raum für Raum ab. Der Baugutachter schabte mit einem Stift hier und da im Mörtel, machte sich Notizen und sagte Dinge wie *interessant* oder *schau an*. Matilda spielte das Schauspiel mit, tat so, als würde sie wissen wollen, was er von Steinen und Holzbalken dachte, aber eigentlich ging es ihr nicht darum. Langsam, aber stetig arbeiteten sie sich zu der Muschelkammer vor.

»Wie viele Räume gibt es denn hier unten?«, fragte Martin und wischte sich mit einem Tuch über die glänzende Stirn. Trotz der kühlen Temperaturen kam er deutlich ins Schwitzen.

»Viele«, antwortete Matilda.

Martin Berryfield nickte und steckte sich das Tuch zurück ins Jackett. »Ja, den Eindruck habe ich auch.« Aus dem Zettel mit den Notizen waren mittlerweile drei geworden.

Irgendwann standen sie vor der Tür und Matilda roch wieder den muffigen Gestank. »Das dahinter habe ich noch nicht ganz verstanden, vielleicht können Sie mir erklären, was es damit auf sich hat«, deutete sie an und öffnete die Tür.

Der Baugutachter machte einen Schritt hinein und

schwenkte die Taschenlampe hin und her. »Das ist …« Er beendete den Satz nicht, sondern sah sich weiter um.

Matilda wollte erst nachhaken, aber sie ließ ihn machen.

Berryfield hob erst den Kopf, als würde er an einem Wolkenkratzer hochblicken, dann sah er nach unten, als würde er am Rande einer Klippe stehen. »Wissen Sie, wofür der Raum mal genutzt wurde?«

»Ich hoffte, Sie könnten mir das sagen.«

Aber Martin Berryfield sagte nichts. Er stand in der Kammer und war dabei zu verarbeiten, was er da sah. Es schien, als ob auch er sich keinen Reim darauf machen konnte. »Verlaufen hier Rohre in der Wand?«

»Das weiß ich nicht.«

»Das wäre auf jeden Fall höchst ungewöhnlich«, murmelte der große Mann in dem schlecht sitzenden Anzug. »Was ist darüber?«

Matilda überlegte und versuchte, den Grundriss im Kopf abzurufen. »Die Bibliothek oder das Herrenzimmer, glaube ich.«

Martin Berryfield sah über seine Schulter und nickte anerkennend. Wahrscheinlich hatte er noch nie ein Haus mit eigener Bibliothek und einem Herrenzimmer betreten. »Das stützt meine These.«

»Was ist Ihre These?« Matilda brannte darauf, sie zu hören, und das war ihr auch sechzehnhundert Pfund wert.

»Grundwasser«, erklärte er hochtrabend. »Es drückt von unten nach oben.« Er machte eine Handbewegung, die das Gesagte unterstrich.

»Erklärt das auch die Muscheln?«

Martin Berryfield drehte sich wieder zu der Wand um und schwieg einen Moment. »Nein«, gab er zu, und es war klar, dass er das nur ungern eingestand. »Das ist ungewöhnlich.«

»Welche Gründe kann das haben?«

Wieder Stille. Martin Berryfield legte den Kopf zur Seite. »Wenn ich ganz ehrlich zu Ihnen bin, und das bin ich meinen Auftraggebern gegenüber natürlich immer, habe ich keine Ahnung. Ich habe so etwas noch nie gesehen. Wie weit ist die Küste entfernt, Miss Godwins?«

»Weit.« Mit dem Auto brauchte man mehrere Stunden. Unmöglich, dass die Muscheln durch einen Sturm übers Land getragen worden waren und ihren Weg in den Keller der Godwins gefunden hatten.

»Da ist noch eine andere Sache«, murmelte er und hatte sofort wieder Matildas komplette Aufmerksamkeit. Vielleicht würde sie für ihr Geld noch etwas hören, was sie weiterbrachte. Berryfield schabte mit dem Stift in den Fugen. »Der Geruch, das ist kein Schimmel. Keine einfache Feuchtigkeit, wie man es aus Kellern gewöhnt ist.« Er klang, als würde er über Wein reden und diesen in seine einzelnen Noten sezieren. Martin atmete laut hörbar mit der Nase ein. »Da ist etwas, das ich nicht genau zuordnen kann.« Wie ein Trüffelschwein reckte er den Kopf nach links und rechts. Er hatte eine Spur aufgenommen. »Ich habe schon in vielen schimmeligen Kellern gestanden, alles gerochen. Ich erkenne einen normalen Kellergeruch, glauben Sie mir, aber das hier, das ist anders.«

Matilda zog die Augenbrauen hoch. Das war eine Vorführung, die sie nicht erwartet hatte. Vielleicht war der Mann ja doch sein Geld wert.

»Vor vielen Jahren war ich mit meiner Frau, ich meine Ex-Frau«, korrigierte er sich, »im Urlaub. Wir sind mit der

Fähre in die Niederlande gefahren. Dort hatten wir ein schönes, gemütliches Häuschen direkt an der Küste.« Er klang wehmütig, und Matilda wusste nicht, worauf er hinauswollte. »Morgens zum Frühstück haben wir uns immer auf die Veranda gesetzt. Es gab ein frisches Ei und im Ofen aufgebackene Brötchen. Dazu einen echten niederländischen Käse, den wir an unserem ersten Tag auf einem Markt gekauft hatten. Der Händler konnte kein Englisch, wir kein Niederländisch, aber irgendwie hat man sich mit Händen und Füßen verständigt. Von der Veranda aus konnte man das Meer nicht sehen, aber hören. Das Rauschen der Wellen hat eine ganz eigene, beruhigende Wirkung auf Körper und Seele. Die Therapie des kleinen Mannes, wenn Sie so wollen.« Matilda hörte ganz genau hin, aber da war nichts. Warum erzählte er ihr all das? »Aber das war nicht alles. Es lag dieser wundervolle Meeresgeruch in der Luft. Das feuchte, salzige Aroma hängt wie Nebel über allem. Es befreit die Atemwege. Wissen Sie, dass manche Asthmatiker extra an die Nordsee fahren, weil ihnen das Klima so guttut?«

»Nein.«

Wieder reckte sich seine Nase empor und er sog die Luft ein. »Ich rieche den muffigen Kellergestank. Eine Mischung aus Feuchtigkeit, Schimmel und Staub. Aber da ist noch eine Note Salzluft, die hier nicht sein sollte. Ganz schwach. Eigenartig.« Er machte sich eine Notiz auf dem Zettel. »Wurde hier mal Salz gelagert?«

Matilda beeindruckte die Akribie des Mannes. Mit seinem Talent gehörte er in eine Fernsehshow. »Ich weiß es ehrlich nicht.«

»Schade«, sagte der Baugutachter und sah sich noch mal

um. »Das würde immer noch nicht die Muscheln erklären. Vielleicht diente die Kammer auch als Lagerraum für Hummer oder Krebse oder etwas in der Art? Große Fässer voll Salz, in denen Fische haltbar gemacht wurden. Die Fässer wurden schon so von den Schiffen eingekauft. Sie mussten irgendwo an Bord gestanden haben, wo sie dem Meereswasser ausgesetzt waren. Muscheln hafteten sich an ihnen fest und gingen dann auf Wanderschaft, als Ihre Familie den Fisch eingekauft hat. Hier unten wurden sie eingelagert, ja, genau. Die Fässer verwitterten irgendwann, aber die Muscheln überdauerten die Zeit!« Mit Hut und Pfeife hätte er eine schlechte Imitation von Sherlock Holmes abgegeben, dachte Matilda. Und sie hatte auch die Vermutung, dass er mit seiner Einschätzung weit daneben lag.

»Interessanter Ansatz«, antwortete Matilda, um irgendetwas zu sagen. Das überstieg sogar ihre Phantasie, und sie wusste, dass es Magie und Naturgeister wirklich gab. Sie hatte einen Jadefuchs durch einen englischen Wald verfolgt. Grundsätzlich war sie also bereit, Dinge zu glauben, die für viele erst mal abwegig wirkten. Aber Berryfields Theorie war ihr dann doch eine Nummer zu sehr um die Ecke gedacht.

»Ich löse in meiner Freizeit gerne Rätsel.« Der Baugutachter trat aus der Kammer und schüttelte sich kurz. »Also, Sie sollten sich auf jeden Fall um den Boden kümmern. Ich vermute, dass die Feuchtigkeit von unten kommt und sich durch das Gemäuer frisst.«

»Aber es ist doch ungewöhnlich, dass es nur diesen Raum betrifft, oder?« Sie hatte den Eindruck, dass es sich der Baugutachter ein bisschen zu einfach machte.

Martin Berryfield sah sich um und suchte mit der Taschenlampe den Boden nach dunklen Flecken ab. »Ja, ungewöhnlich«, gab er zu.

Von ihm würde sie nichts Zufriedenstellendes mehr hören. Er hatte sich seine Theorie zurechtgelegt, und Matilda war sich sicher, dass sie nichts mit der Wirklichkeit zu tun hatte.

»Schauen wir uns noch den Rest an«, schlug Martin Berryfield vor, und Matilda nickte. Sie verbrachten noch viel Zeit damit, Zimmer und Räume zu betreten, in den Fugen zu schaben und die Decke anzuleuchten. Matilda war nicht interessiert, trotzdem redete Martin Berryfield wie ein Wasserfall, notierte sich Beobachtungen und tupfte sich die Stirn ab.

»Die hier sind bestimmt interessant für Sie«, sagte er und hielt einen Folianten in die Höhe. Es war ein dicker, in grünes Leder eingebundener Wälzer, den er aus einer Kiste gefischt hatte, als er die Ecke eines Raumes nach Feuchtigkeit absuchte. »Familienstammbaum«, erklärte.

Matilda kannte ihren Stammbaum sehr gut. Zumindest den männlichen Teil, der über Jahrhunderte Geschäfte in der ganzen Welt gemacht und die Familie so zu großem Reichtum gebracht hatte. Sie winkte ab.

Martin Berryfield legte das Buch zurück und verschwand wieder kopfüber in der Truhe. Sie hatte den Eindruck, dass er mittlerweile seine eigentliche Aufgabe vergessen und stattdessen viel mehr Spaß daran hatte, die Schätze unter dem Godwins-Anwesen zu entdecken. Unter anderen Umständen hätte Matilda gerne mitgemacht. Unzählige Dinge lagen hier unter Laken und einer dicken Staubschicht und waren im Laufe der Jahre vergessen worden. Aber sie wollte unbedingt wissen, was es mit dieser Kammer auf sich hatte. Es ließ ihr keine Ruhe.

»Hatten Sie Seefahrer in der Familie?«, fragte Berryfield und erhob sich wieder. In seiner Hand hielt er eine Mütze, wie sie Kapitäne trugen. Der Stoff war verblichen, einzelne Fäden lugten heraus.

»Unzählige«, antwortete Matilda knapp. »Ein Kapitän ist mir nicht bekannt, aber sie umsegelten die ganze Welt, um Gewürze und solche Sachen nach England zu importieren.«

»Spannend«, erwiderte Martin Berryfield und starrte gebannt auf die Mütze, drehte sie in seinen Händen und inspizierte sie wie ein Juwelier einen Diamanten. »Die hat schon viel Zeit auf dem Buckel.«

»Nehmen Sie sie gerne mit.«

»Oh, vielen Dank, Miss Godwins, aber ich bin hier zum Arbeiten, nicht, um ihnen –«

»Wirklich, kein Problem«, schnitt ihm Matilda das Wort ab.

Martin Berryfield zögerte. Er schien mit sich zu verhandeln, ob er das Geschenk einer Kundin wirklich annehmen konnte, oder war das schon Bestechung? Aber konnte man einen Baugutachter überhaupt bestechen? Schließlich hatte er kein politisches Amt inne. Die Frau würde sich so auch keinen Vorteil erschleichen. Das Gutachten würde alle Punkte auflisten, die ihm auffielen, ganz egal, wie viele Geschenke sie ihm machte.

Diese oder ähnliche Gedanken mussten ihm durch den Kopf gegangen sein, vermutete Matilda, als er die Mütze ehrfürchtig auf seinen Haarschopf setzte.

»Passt wie angegossen«, stellte er freudestrahlend fest.

Matilda nickte. »Wir haben noch ein bisschen was vor uns.«

»Stimmt.« Berryfield nahm erneut seine unterwürfige Haltung ein und watschelte hinter Matilda her.

Sie hielten sich noch sehr lange im Keller auf. Erst gegen Nachmittag glaubten sie, alle Räume und Kammern gefunden zu haben. Die Notizen erstreckten sich über unzählige Seiten. Matilda machte irgendwann einen Tee und brachte Kekse nach unten, die ohne Unterlass im Mund des Baugutachters verschwanden, bis keine mehr da waren.

»Ich muss zugegeben«, sagte er, und Krümel fielen aus seinen Mundwinkeln, »so ein großes Gutachten habe ich noch nicht erstellt. Natürlich bleibt es bei dem Preis«, versicherte er ihr sofort. »Aber das wird ein bisschen Zeit in Anspruch nehmen.«

»Ich habe Ihr Honorar verdoppelt, und Sie haben noch eine Mütze bekommen«, erinnerte ihn Matilda.

»Ja, vielen Dank dafür«, sagte Martin Berryfield und lachte unsicher.

»Hätten wir es dann?«

Der Baugutachter sah sich im Kellergewölbe um. »Ich denke schon. Gut möglich, dass ich bei den Lichtverhältnissen etwas übersehen habe. Grundsätzlich ist Ihr Keller in einem guten Zustand, Miss Godwins, wenn man das Alter beachtet. Es gibt keine größeren Baustellen, die mir Sorgen bereiten. Aber da ist eine Sache, die mir keine Ruhe lässt.«

Die Muschelkammer, dachte Matilda.

»Die Kammer mit den Muscheln«, fuhr Martin Berryfield fort. »Ich mag meine Theorie mit den Fässern von den Schiffen, aber je länger ich darüber nachdenke, umso weiter hergeholt scheint sie mir. Da muss noch mehr dahinterstecken.«

»Ja, Sie haben mich vorhin auch nicht überzeugt, wenn ich ehrlich bin.«

»Oh«, sagte er und klang gekränkt. »Würde es Ihnen etwas ausmachen, wenn wir noch einmal nachschauen gehen? Vielleicht habe ich etwas übersehen.« Sehr gut, sie hatte ihn an seiner Baugutachterehre gepackt.

»Ganz und gar nicht, nur zu.«

Dieses Mal lief Martin vorweg. Obwohl er das erste Mal hier unten war, navigierte er zielstrebig und sicher zu dem Raum mit den Muscheln. Matilda war beeindruckt. Der Baugutachter öffnete die Holztür und leuchtete hinein. »Interessant«, erklärte er und erläuterte nicht weiter, was er meinte. »Nehmen Sie mal bitte kurz«, bat er Matilda und hielt ihr den Notizblock entgegen.

Matilda kam der Bitte nach.

Nun trat Martin Berryfield in die Kammer und bückte sich nach den Muscheln. Er nahm eine in die Hand und drehte und wendete sie in den Fingern, wie er es schon mit der Kapitänsmütze gemacht hatte, die immer noch auf seinem Kopf saß. »Wirklich spannend«, murmelte er.

»Was denn?«

Aber der Baugutachter antwortete nicht. Er leuchtete die kleine Muschel mit der Taschenlampe an, kratzte Dreck ab und pustete dagegen. »Daran klebt Sand«, stellte er ungläubig fest. »Als käme sie direkt von einem Strand. Das terminiert meine Theorie auf jeden Fall.«

Martin Berryfield war ein sonderbarer Mensch, beschloss Matilda. Nicht unangenehm, aber sonderbar. Niemand sonst benutzte den Begriff *terminieren*. »Und das sagt uns was?«

»Dass es alles sehr viel mysteriöser ist, als wir dachten, Miss Godwins.«

Für diese Erkenntnis hätte sie keinen Baugutachter beauftragen müssen. »Sie haben also auch keine Ahnung, was es mit den Muscheln auf sich hat?«

»Nein, habe ich nicht«, gab er zu. Er hielt die Muschel nur wenige Fingerbreit von seinem Auge entfernt. »Haben Sie ein Buch über Muscheln? Vielleicht könnten wir herausfinden, was für eine Art das ist, wo sie herstammen. Ich bin mir sicher, dass Muscheln an der Nordsee anders aussehen als am Amazonas.«

Matilda war sich gar nicht sicher, ob es am Amazonas überhaupt Muscheln gab. »Nein.« Vielleicht stand in der Bibliothek ein Buch, das erklärte, was eine südamerikanische Muschel von einer asiatischen unterschied, aber sie glaubte es nicht. Ihr Vater hatte vor allem Bücher über den amerikanischen Unabhängigkeitskrieg gesammelt. Muscheln waren nur für ihn interessant, wenn sie auf seinem Teller lagen.

»Schade, ich werde zu Hause mal ein paar Nachforschungen tätigen.«

»Machen Sie sich bitte keine Mühe«, erwiderte Matilda und befürchtete, dass er nur sein Honorar in die Höhe treiben wollte.

»Keine Angst, das ist keine Mühe. In meinem Job ist es wichtig, immer dazuzulernen. Die Art, wie wir Häuser bauen, verändert sich ständig. Ich wäre also ein schlechter Baugutachter, wenn ich das hier mit einem Schulterzucken hinnehmen würde.«

»Es bleibt bei den vereinbarten sechzehnhundert Pfund?«, fragte Matilda eine Spur zu kritisch.

Martin sah gekränkt aus. »Ich will Sie nicht über den Tisch ziehen, Miss Godwins. Entschuldigen Sie meine schroffe Begrüßung am Telefon. Meine Frau, also Ex-Frau, hat letzte

Woche das Sorgerecht zugesprochen bekommen. Es waren stressige Tage, und ich hoffe, dass ich bald mal wieder zur Ruhe komme.«

»Kein Problem.« Matilda überkam ein schlechtes Gewissen.

»Also, ich werde mir das mal zu Hause anschauen und Ihnen dann Feedback geben«, sagte er und warf die Muschel zurück zu den anderen.

Matilda sah in seinem Gesicht, dass auch er es hörte. Es war wie ein fernes Rauschen, Wasser, das sich einen Weg durch ein enges Rohr suchte.

»Was ist –« Martin beendete den Satz nicht. Suchend sah er sich um.

Auch Matilda schwenkte ihre Taschenlampe auf der Suche nach einer Flutwelle hin und her. Das Geräusch wurde immer lauter und kam von überall. Sie hatte gewusst, dass mit der Kammer etwas nicht stimmte, und Martin Berryfield hatte es – ganz unabsichtlich – ausgelöst.

»Kommen Sie da raus«, rief sie dem Baugutachter zu. Martin machte einen Schritt nach vorne, da ergriff ihn die Fontäne. Das Wasser spritzte aus allen Fugen und flutete die kleine Kammer. Berryfield war untergetaucht, japste nach Luft. Trotz der offenen Tür drang kein Tropfen nach draußen. Es war, als würde eine unsichtbare Barriere die Flüssigkeit davon abhalten.

Matilda überlegte, was sie tun konnte. Sie schritt auf Berryfield zu, der mit den Armen im Wasser ruderte. Seine Augen waren weit aufgerissen.

Gerade, als sie an der flüssigen Wand angekommen war, zog sich das Wasser zurück in die Fugen und nahm Martin Berryfield mit sich. Urplötzlich war alles verschwunden, und nur die nassen Wände und die Muscheln auf dem Boden zeugten von dem, was sich eben hier ereignet hatte.

»Wie zum Teufel kann das sein?«, fluchte Matilda und versuchte zu verarbeiten, was gerade passiert war. Ein ausgewachsener Mann wurde vor ihren Augen davongespült. Wenn man an einem Strand war und ein Sturm sich aufs Festland kämpfte, passierte so was. Aber sie stand im Keller ihres Anwesens. Ein Ort, an dem es keine Flut gab.

Ungläubig blickte sie auf das Klemmbrett mit den Notizen in ihren Händen, das ihr der Baugutachter überreicht hatte. In dem Augenblick war es das Einzige, was sie davon abhielt, an ihrem Verstand zu zweifeln.

Martin Berryfield war jetzt wer weiß wo, und er würde ganz bestimmt nicht zur Ruhe kommen. Immerhin hatte sie jetzt eine Vermutung, was mit ihren Eltern und den verschwundenen Angestellten passiert war. Es war kein Dämon, der hin und wieder Menschen in sein Reich entführte. Es war eine Muschelkammer.

Matilda wusste nicht, was sie fühlen sollte. Ein Dämon hätte sie weniger verwundert, musste sie sich eingestehen. Das hier war ein sehr viel größeres Rätsel. Und vor allem war gerade eine weitere Person verschwunden.

Irgendwo in der Ferne hörte sie ein Läuten. Es war die Türklingel.

Matilda fluchte.

Ungebetener Besuch hatte ihr gerade noch gefehlt. Die Muschelkammer musste noch ein bisschen auf sie warten. Hoffentlich hielt es Martin Berryfield dort aus, wo er jetzt war. Rettung würde kommen.

Sie eilte durch die dunklen Flure und die Treppe hinauf. Auf dem Weg hatte es bereits zwei weitere Male geläutet.

Sie blickte durch den Türspion und war erfreut. Keine Vertreter, keine Polizei, keine Zeugen Jehovas.

Sie öffnete die Tür. »Albert«, sagte sie und umarmte ihn. »Sorry, dass ich es nicht zur Premiere geschafft habe, der Keller lässt mir keine Ruhe.«

»Macht nichts, schön, dich wiederzusehen.« Irgendwas an seiner Stimme gefiel ihr nicht. »Darf ich dir Cynthia vorstellen? Wir müssen reden, befürchte ich.« Erst jetzt bemerkte Matilda die rothaarige Frau, die hinter dem Zauberer stand, und ihr ungutes Gefühl verstärkte sich. Vielleicht wären die Zeugen Jehovas doch besser gewesen.

Kapitel 3

Albert Tubbs

Die Fahrt war trotz seiner Begleitung sehr angenehm gewesen. Pünktlich auf die Minute hatte eine Limousine vor dem Haus gestanden. Sein Vater hatte ihm auf die Schulter geklopft und gesagt: »Deine Karriere geht ja sofort steil.« Albert hatte ihm nicht erzählt, warum das Fahrzeug vor der Tür wartete. Er ließ seine Eltern in dem Glauben, dass ihn ein Manager treffen wollte und zu sich auf sein Anwesen eingeladen hatte. Er würde ein paar Tage weg sein und sie bräuchten sich keine Sorgen machen. Pünktlich zum nächsten Auftritt wäre er wieder da. Seine Eltern hatten den Braten geschluckt.

Cynthia trug Jeans und Lederjacke. Ihre großen Augen hatte sie hinter einer Sonnenbrille versteckt. Angelehnt ans Auto sah sie Albert dabei zu, wie er Zauberkoffer und Reisesack zum Kofferraum schleppte. Ein Chauffeur half ihm, die Sachen zu verstauen.

Ohne den Kontext zu kennen, hätte man wirklich glauben können, er sei jetzt eine große Nummer. Vielleicht war es gute Werbung für ihr Theater, wenn die neugierige Mrs Flynt von gegenüber beim Kaffeeklatsch erzählte, dass der junge Tubbs neulich mit einer Limousine abgeholt worden war. Ein bisschen Mundpropaganda. Die Leute würden sehen wollen, ob er es wirklich wert war, mit so einem teuren Auto chauffiert zu werden.

Albert ließ sich hinten auf die Sitzbank fallen, und Cynthia setzte sich neben ihn. Ihm wäre wohler gewesen, hätte sie am anderen Ende des Autos Platz genommen, am besten direkt neben dem Fahrer. Eine gewisse Distanz zwischen ihr und ihm hätte seiner Entspannung geholfen.

»Einen Drink?«

»Was?«, fragte Albert und sah aus dem Fenster, wie das Auto langsam die Straße verließ, in der er aufgewachsen war.

»Ob du etwas trinken willst. Martini, Wodka oder auch einfach nur eine Cola?«

»Eine Cola wäre nett«, erwiderte er und sah sie an. Sie griff in ein Fach seitlich von ihrem Sitz und reichte ihm eine Flasche.

»Bitteschön.«

»Danke«, murmelte Albert und nahm das Getränk entgegen. Es fiel ihm schwer, die Fahrt in der Edelkarosse zu genießen. Es fühlte sich an, als würden sie zur Schlachtbank fahren, und das war nie eine schöne Aussicht. Egal, ob man sich auf einem Lastkraftwagen oder in einer Limousine befand.

Zu seiner Erleichterung ließ ihn Cynthia in Ruhe. Er hatte befürchtet, dass die Stunden voll von unangenehmen Fragen und Verhören sein würden. Aber die Frau hatte einen Laptop auf dem Schoß und schaute sich eine Serie an. Welche, wusste Albert nicht, und er würde auch nicht nachfragen. Stattdessen sah er aus dem Fenster und beobachtete scheinbar vorbeifliegende Bäume und Schafe.

Irgendwann bogen sie auf eine Schotterpiste ab, und Albert wusste, dass es nicht mehr lange dauern würde. Sie passierten einen Schuppen und Felder, bis in der Ferne das

Godwins-Anwesen auftauchte. Der Chauffeur fuhr die Auffahrt hinauf und blieb im Bogen vor den Stufen zur Tür stehen. Wenige Minuten später sah Albert den Wagen in einer Staubwolke wieder davonfahren. Cynthia, Albert und ihr Gepäck standen vor der Treppe. Albert atmete tief ein. Das letzte Mal, als er hier vorgefahren worden war, hatte sein Leben eine ungeahnte Wendung genommen, und ihn beschlich das Gefühl, dass auch dieser Besuch bei den Godwins alles auf den Kopf stellen würde.

»Was machen wir, wenn sie nicht da ist?«, fragte Albert. »Können wir den dann anrufen und er kehrt wieder um?« Er zeigte dem Auto hinterher.

»Sie ist da«, erwiderte die rothaarige Frau mit der Sicherheit einer Pokerspielerin, die alle Wahrscheinlichkeit durchgerechnet hatte und wusste, dass sie das stärkste Blatt auf der Hand hielt.

»Gut.« Sie liefen die Treppe hinauf und läuteten. Dann klingelten sie ein zweites und ein drittes Mal. Nach dem vierten Mal warf Albert seiner Begleiterin einen Blick zu, der so viel bedeutete wie *Ich habe es dir doch gesagt!*

Als sich die Tür Sekunden später öffnete und er Matildas Gesicht sah, schalt er sich für den Blick. Die Begrüßung fiel herzlich aus, kühlte aber schnell ab, als Matilda die unbekannte Frau erblickte. Sie verfügte wohl über eine bessere Menschenkenntnis als Albert.

»Können wir reinkommen?«

»Klar«, sagte Matilda und trat zur Seite, ließ Cynthia aber nicht aus den Augen.

Sie betraten die große Empfangshalle. Es hatte sich nicht viel geändert. Sie wirkte immer noch, als würde sie im Winterschlaf verweilen. Staub lag auf Fensterbänken, Bilderrahmen und Kronleuchtern. Es war wie ein verblichenes Gemälde, das nichts mehr von seiner alten Strahlkraft besaß.

»Konntest du die Schulden tilgen?«, fragte Albert und sah sich um.

»Jeder Stein, jeder Nagel und jedes verbaute Holzbrett gehört wieder den Godwins.«

»Schön«, sagte Albert. »Und dein Vater, hat er es dir überschrieben?«

Matilda sah zu Cynthia hinüber, bevor sie antwortete. Die stand vor einem Bild und interessierte sich nicht für ihren Smalltalk. »Mein Vater ist unterwegs.« Matilda betonte das Wort *unterwegs* auf eine Art und Weise, die Albert zu verstehen gab, dass er nicht wirklich unterwegs war. Also, er war nicht anwesend, aber die Umstände seiner Abwesenheit waren unnormal.

»Verstehe, später, nicht jetzt.« Er machte eine Kopfbewegung in Richtung Cynthia, und Matilda nickte vielsagend.

»Wollt ihr etwas essen?«, fragte die Godwins-Erbin nun lauter, so dass sich auch Cynthia angesprochen fühlte.

»Oh, das wäre sehr freundlich«, erwiderte Alberts Begleitung und schenkte Matilda ein herzliches Lächeln. Albert wusste, wie falsch es war.

Wenige Minuten später saßen sie im Speisesaal, und Matilda hatte den Tisch mit Brot und Aufstrichen eingedeckt. »Ich war nicht auf Besuch eingestellt«, erklärte sie.

»Das macht gar nichts«, sagte Cynthia und griff sich eine Scheibe aus dem Korb. Albert hatte keinen Appetit.

Matilda strich sich Butter auf ihr Brot und belegte es mit Käse. »Also, was ist los?«, fragte sie und biss hinein. »Ich habe gerade echt viel um die Ohren, und so sehr ich mich freue, dich wiederzusehen, Albert«, sagte sie und sah dann zu Cynthia, »ist der Zeitpunkt denkbar schlecht.«

»Das tut mir leid«, antwortete Albert.

»Mrs Lynbrook wollte nicht länger warten«, warf Cynthia ein und biss von ihrem Marmeladenbrot ab.

Matilda griff zum Buttermesser und sprang von ihrem Stuhl auf. Sie richtete die stumpfe Klinge auf die Frau. »Sofort raus aus meinem Haus.«

»Selbst mit einem Langschwert hättest du keine Chance gegen mich«, zischte Cynthia.

Albert wusste nicht, was er sagen oder tun sollte. Also griff er zu seinem Wasserglas und trank.

»Wen hast du mir hier ins Haus geschleppt?«, wollte Matilda wissen, das Messer immer noch auf die ihr unbekannte Frau gerichtet.

»Das ist Cynthia …«

»Murphy«, warf die Rothaarige ein.

»Cynthia Murphy, sie arbeitet für Lynbrook und hat etwas für uns.«

Matildas Augenbrauen zogen sich zusammen. »Ich verzichte, was auch immer es ist.«

»Nur ein Brief«, erklärte Cynthia und griff in ihre Jackentasche. Einen Augenblick später landete ein Umschlag zwischen den beiden Frauen auf dem Tisch und verfehlte die Marmelade nur um Haaresbreite.

»Kannst du wieder einstecken«, fauchte Matilda und sah den Brief gar nicht an. »Ich will mit Watts & White nichts mehr zu tun haben.«

Cynthia lachte. »Ich glaube nicht, dass das deine Entscheidung ist. Mrs Lynbrook vermisst ihren Fuchs und sie weiß, dass ihr eure Finger im Spiel habt. Es gibt jetzt zwei

Möglichkeiten. Die erste ist, dass ihr diesen Brief da öffnet und lest. Dann könnt ihr entscheiden, wie das Ganze hier weitergeht. Die zweite Möglichkeit ist, den Brief nicht zu lesen. Ich ziehe unverrichteter Dinge wieder ab, und Lynbrook macht euch das Leben zur Hölle. Ihr wisst genauso gut wie ich, dass sie die Mittel dazu hat. Ein Brand in einem Theater, eine Gasexplosion in einem Anwesen, alles Unfälle, die passieren. Vielleicht wird in einer Zeitung darüber berichtet, aber am Tag darauf haben es alle wieder vergessen. Wenn ihr den Zorn des Drachen also nicht auf euch lenken wollt, öffnet ihr den Umschlag.«

Matilda und Albert tauschten Blicke aus. Sie führten eine Diskussion, ohne ein Wort zu sagen. Albert seufzte, als Matildas Entschluss feststand und sie sich auch nicht von seinem Welpenblick erweichen ließ.

»Nein, auf keinen Fall, verschwinde!«

»Komm schon, was kann denn passieren, wenn wir den Brief öffnen?«, fragte Albert. Er wollte nicht, dass sein frisch eröffnetes Theater niederbrannte.

»Du glaubst doch nicht, dass wir darin einen Scheck vorfinden. Egal, was da drin ist, es wird unser Leben um ein Vielfaches verkomplizieren. Sie wird uns nicht einfach vom Haken lassen, wenn wir erst mal zubeißen. Ich habe gerade ganz andere Sorgen, Albert.«

»Kann ich irgendwie helfen?«, bot er an.

»Vielleicht«, antwortete sie, »aber das besprechen wir nicht vor ihr.«

»Ihr müsst die Entscheidung auch nicht jetzt fällen«, erklärte Cynthia. »Zeig mir, wo ich übernachten kann, und morgen früh habt ihr dann einen Entschluss getroffen. Mrs Lynbrook erwartet morgen bis elf Uhr vormittags eine

Nachricht von mir. Ihr habt es in der Hand, ob sie die Bluthunde von der Leine lässt oder nicht.«

Albert sah hinüber zu Matilda, die immer noch das Buttermesser umklammerte.

»Findest du noch den Weg zu den Gästezimmern?«, fragte sie.

»Ich glaube schon«, erwiderte Albert ehrlich. »Es ging die Treppe beim Eingang hoch und dann irgendwo einen Flur hinab, und irgendeine Tür wird schon die richtige sein.«

»Gut, dann bring sie von mir weg«, befahl Matilda.

Albert irrte sich nicht. Mit Cynthia im Rücken marschierte er die Treppe hoch, irgendeinen Flur hinab und nach der fünften oder sechsten Tür fanden sie etwas, das wie ein Gästezimmer aussah. Albert und Cynthia befreiten das Bett von einem weißen Laken, und eine Staubschicht stob empor, spiegelte sich im Licht und fiel wieder zu Boden.

Albert nieste.

»Gesundheit«, sagte Cynthia und legte ihre Tasche auf dem Bett ab.

»Du wirst uns keinen Ärger machen, oder?«, fragte er.

Cynthia zögerte einen kurzen Augenblick. »Wie definierst du Ärger?«

»Ich muss heute Nacht keine Angst haben, dass du mir ein Kissen ins Gesicht drückst oder dass du einen Brand legst«, erläuterte Albert. Es so auszusprechen, war ein bisschen albern, aber nach allem, was er bei der Jadefuchsjagd erlebt hatte, traute er dem Dunstkreis von Mrs Lynbrook, zu dem Cynthia Murphy gehörte, alles zu.

Sie antwortete nicht gleich, sondern ließ sich auf dem Bett nieder und schlüpfte aus den Lederstiefeln. »Ich verstehe, dass du so denkst, Albert, aber das ist nicht meine Art.«

»Was ist denn überhaupt deine Art? Was soll das alles?«

»Lest den Brief, der wird alles erklären. Wenn ihr euch nicht dumm verhaltet, seid ihr mich bald wieder los.«

Albert beschloss, seine Tür nachts abzuschließen und mit einem großen Kleiderschrank zu versperren. Er traute Cynthia nicht. Statt klarer Andeutungen gab es nur Worthülsen. »Du weißt, dass ich Zauberer bin?«

»Das hast du auf der Bühne eindrucksvoll bewiesen. Es war eine tolle Show, das muss ich zugeben. Ich habe nicht viel erwartet, aber du hast eine sympathische, bodenständige Ausstrahlung.«

»Ich meine nicht diese Art von Zauberer«, deutete Albert an.

»Ja, das hat Mrs Lynbrook mir erzählt. Aber ich bin ganz ehrlich: Das macht mir keine Angst. Wenn ich es richtig verstanden habe, wirfst du weder Feuerbälle noch Kettenblitze.«

Albert ließ einen Brieföffner in seiner Hand auftauchen. »Lass Matilda in Ruhe; sie hat es verdient«, verlangte er.

Cynthia betrachtete das Metall in seinen Fingern. »Erst ein Buttermesser, jetzt ein Brieföffner – weiß hier niemand, wie eine richtige Klinge aussieht?«, fragte sie, griff in ihre Hosentasche und hielt plötzlich ein Messer in der Hand. »Das ist ein richtiges Messer. Eines von der Sorte, deren Klingen plötzlich herausfahren, in der Sonne glänzen und tödliche Wunden zuführen. Nichts, womit man Papier schneidet oder Brote schmiert.«

Albert riss die Augen auf.

Cynthia lachte. »Keine Angst. Aber dort, wo wir hinmüssen, ist es gut, wenn man bewaffnet ist.«

»Wo wir hinmüssen?«, wiederholte Albert.

»Der Brief«, sagte Cynthia geduldig. »Lest den verdammten Brief, und wir können uns viele Worte und Fragen sparen.«

Albert atmete genervt aus. »Okay, keine Dummheiten«, sagte er noch mal, war sich aber sicher, dass er sie nicht davon abhalten konnte.

»Ich werde einfach hier in meinem Bett liegen, noch ein paar Folgen schauen und irgendwann einschlafen«, versprach sie und klimperte übertrieben mit den Wimpern. »Ganz unschuldig.«

»Okay«, murmelte Albert. »Dann bis morgen früh.«

Als die Tür zu Cynthias Zimmer hinter ihm zufiel, atmete er laut aus. Albert war schon wieder in irgendwas reingeraten, mit dem er nichts zu tun haben wollte. Er wollte auf die Bühne, seine Show präsentieren und nicht in einen Messerkampf mit einer rothaarigen Killermaschine geraten. *Dort, wo wir hingehen*. Was hatte sie damit gemeint? Egal, er würde mit Matilda besprechen, ob sie es herausfinden wollten. Er selbst war sich da mittlerweile gar nicht mehr so sicher.

Albert bezog ein Zimmer gegenüber von Cynthia und packte seine Sachen aus. Er hatte Klamotten für ein paar Tage und sein Zaubererkostüm eingepackt. Danach wanderte er wieder durch das Anwesen und fand Matilda vor dem prasselnden Feuer eines Kamins in einem der vielen Räume. Die Möbel waren unter weißen Laken verhüllt, nur zwei große Sessel vor dem wärmenden Feuer hatte sie freigelegt. Es roch nach Lagerfeuer. Verträumt blickte sie in die Flammen und nahm Albert nicht sofort wahr.

»Ich hoffe, ich finde mein Zimmer wieder«, meinte er und ließ sich in dem Sessel neben ihr nieder. Auf einem Beistelltisch stand eine Flasche Whisky.

»Auch?«, fragte sie.

Albert nickte. Heute war so ein Tag, an dem ein Glas Whisky nicht schadete. Matilda stand auf, ging zu einem Schrank hinüber und holte noch ein Glas. Sie schenkte dem Zauberer ein, und er nahm einen kurzen Schluck. Er verzog das Gesicht und erinnerte sich wieder, dass er Whisky eigentlich nicht mochte. »Lecker«, behauptete er.

»Wo hast du die Frau aufgegabelt?«, erkundigte sich Matilda. Ihre Stimme war ruhig und ohne jede Anklage.

»Auf meiner Bühne«, gab Albert zu und erzählte die ganze Geschichte. »Ich glaube, sie ist keine Bedrohung für uns. Würde uns Mrs Lynbrook etwas antun wollen, hätte sie es einfach getan. Cynthia ist nicht wegen uns hier, sondern wegen etwas anderem.«

»Mein Vater ist verschwunden«, wechselte Matilda das Thema. »Als ich von der Jagd zurückkam, war der Kellereingang aufgebrochen und mein Vater war weg. Nur ein Zettel, dass er meine Mutter suchen geht, lag auf dem Boden.«

»Oh«, erwiderte Albert und wusste nicht, was er sagen sollte.

»Ich habe mich lange davor gedrückt, den Keller zu betreten. Er macht mir Angst. Wie ein großes Schwarzes Loch, das alles in meinem Leben verschlingt.«

Als Kind fand Albert Keller auch immer unheimlich, aber irgendwann hatte sich das gegeben. Im Gegensatz zu Matilda waren seine Eltern aber auch nicht in einem verschwunden. »Du warst da unten?«

»Ja.« In ihren Augen glänzten die orangen Flammen. Sie schien für einen kurzen Augenblick woanders zu sein.

»Und?«

Matilda schwenkte das Whiskyglas in ihren Händen. Der

Alkohol schwappte hin und her. »Ich vermisse einen Baugutachter.«

»Ah, okay … ähm, was?« Albert hatte mit vielem gerechnet, irgendwas, was er verständnisvoll abnicken konnte. Aber er glaubte, sich verhört zu haben.

»Gestern auf meiner Erkundungstour habe ich eine Kammer gefunden. So weit, so gut erst mal, denn davon gibt es da unten jede Menge. In den meisten stehen Einmachgläser mit Gurken oder Roter Bete. Ich befürchte, ein Großteil ist älter als die Queen.« Sie mühte sich ein Lächeln ab. »Aber dann fand ich diese Kammer. Die Wände waren nass.«

»Ein Rohrbruch?«

»Habe ich auch vermutet, aber da war noch etwas.« Sie machte eine kurze Pause und Albert rechnete mit nichts Geringerem als einer Leiche, die sie da unten gefunden hatte. »Muscheln.«

»Ähm, okay«, sagte Albert und nippte am Whisky. Muscheln waren ihm nicht in den Sinn gekommen, aber das war weitaus besser als eine Leiche.

»Hättest du es selbst gesehen, würdest du das nicht sagen. Sie hingen an den Wänden wie an einem Schiffsrumpf und lagen verstreut auf dem Boden. Ich wusste zu dem Zeitpunkt nicht, dass es übernatürlichen Ursprungs ist, war mir aber sicher, dass es nicht normal sein kann.«

Noch hatte Albert nichts gehört, was ihm übernatürlich erschien. Muscheln hatte er schon viele gesehen, vor allem an Stränden, aber zugegeben, in Kellern hatten die eigentlich nichts zu suchen. Aber er war guter Dinge, dass es dafür eine Erklärung gab. »Du hattest einen Baugutachter erwähnt?«

»Martin Berryfield. Wirkte erst mal ein bisschen ungehobelt, aber netter Typ, wenn man ihm Zeit gibt und er seine Unsicherheiten nicht mehr überspielt. Außerdem mag er Geld.«

»Daran mangelt es uns beiden ja gerade nicht«, warf Albert ein, und Matilda prostete ihm zu.

»Stimmt«, bestätigte die Godwins-Erbin und nahm einen kräftigen Schluck. »Ich habe ihn herbestellt, damit er sich den Keller anschaut, eigentlich ging es mir aber um die Kammer. Auch ihm kam das Ganze komisch vor, aber er wollte sich darüber schlaumachen und recherchieren.«

»Wollte?« Albert hatte mehr und mehr den Eindruck, dass dem Baugutachter etwas Schlimmes zugestoßen war. Und das gefiel ihm überhaupt nicht.

»Er ist verschwunden«, murmelte Matilda und starrte ins Feuer. »Zumindest glaube ich das. Das Wasser hat ihn mitgenommen.«

»Das Wasser?«

»Ja, das Wasser. Er hatte eine Muschel aufgehoben und sie wieder zu Boden geworfen, und ich vermute, dass das der Auslöser dafür war. Wir hörten erst nur ein Rauschen, und dann plötzlich füllte sich die Kammer mit Wasser. Es schloss Berryfield komplett ein und als es sich durch die Fugen und Ritzen wieder davonmachte, nahm es den Mann einfach mit sich, als wäre er selbst nur eine Flüssigkeit, die man in den Ausguss kippt.«

Albert blinzelte ein- oder zweimal, dann schüttelte er den Kopf. »Das ist nicht gut«, flüsterte er.

»Nein, irgendwann wird man ihn vermissen und herausfinden, wo er seinen letzten Termin hatte. Wahrscheinlich hat er zu Hause einen Terminkalender liegen und sein Auto steht vor meiner Haustür.«

»Weißt du, wo er hin ist?«

»Atlantis?« Matilda schnaubte auf. »Ich habe nicht die geringste Ahnung. Aber ich habe das Gefühl, dass meine Eltern ein ähnliches Schicksal ereilt hat. Mein Vater muss um diese Kammer gewusst haben, meine Mutter vielleicht auch. Vielleicht wurde sie gar nicht von einem Dämon entführt, sondern hat entschieden, uns durch die Muschelkammer zu verlassen.«

»Muschelkammer«, murmelte Albert, als hätte er es gerade auf einer Speisekarte gelesen und überlegte, sich das Gericht zu bestellen.

»Kaum ist der Keller auf, verschwinden wieder Leute. Ich habe langsam das Gefühl, dass auch Mrs Lynbrook von diesem Geheimnis wusste und das Haus deswegen um jeden Preis haben wollte. Glaubst du, Cynthia ist hier, um zu beenden, was Archibald Conteville angefangen hat?«

»Nein, dann hätte sie schon längst zugeschlagen.« Albert dachte an das Messer. »Sie ist nicht hier, um uns zu töten, glaube ich. Sie braucht uns, zumindest momentan.«

»Wofür?«

»Hast du den Umschlag noch?«, fragte Albert. »Der erklärt angeblich alles.«

»Hab kurz darüber nachgedacht, ihn zu verbrennen«, gab Matilda zu, und Albert hielt die Luft an. »Noch habe ich es aber nicht getan.«

»Gut«, murmelte Albert. »Ich glaube, Mrs Lynbrook wird uns den Krieg erklären, wenn wir in der Sache nicht nachgeben. Sie schien wirklich an dem Fuchs zu hängen.«

»Sie hat keine Beweise«, sagte Matilda sofort.

»Ich weiß.« Albert nippte am Glas. Er wusste nicht, ob es der Alkohol oder die Wärme des Feuers war, aber ihm wurde langsam schwummrig. »Aber jemand wie Mrs Lynbrook gibt nichts auf Beweise, und das weißt du auch.«

»Ja.«

»Ich bin der Meinung, wir sollten nachschauen, was sie von uns will.« Albert hatte einen Entschluss gefasst. Das Theater war eben erst eröffnet worden, und er wollte es nicht in Flammen stehen sehen. Die Sache hatte Potenzial, aber wenn Mrs Lynbrook sie jetzt ins Fadenkreuz nahm, gab er Abraham Kadabrahams Show keine lange Zukunft.

»Egal, was da drin steht, es wird nichts Nettes sein. Es wird uns Schwierigkeiten bereiten.«

»Eigentlich ist es doch nur ein Abwägen des kleineren Übels«, sprach Albert die Wahrheit aus.

Matilda legte den Kopf zur Seite. »Dieser Brief kann die Büchse der Pandora sein.«

»Ich weiß, ich weiß«, sagte er und gähnte. »Wir müssen eine Entscheidung treffen.«

»Lass mich drüber schlafen«, bat Matilda. »Eigentlich habe ich bereits genug Probleme. Ich muss meine Eltern und Berryfield irgendwie zurückbekommen. Lynbrook hat mir da gerade noch gefehlt.«

»Ist gut, aber denk an das Ultimatum, das uns Cynthia gestellt hat.«

»Wie könnte ich das vergessen«, murmelte Matilda. »Geh schlafen, du siehst müde aus. Wir entscheiden das morgen früh, noch bevor sie wach ist.«

Albert erhob sich. »Gute Nacht, Matilda.«

»Gute Nacht, Albert«, rief sie ihm hinterher, als er den Flur entlangschlurfte und nach vielen falschen Türen endlich die richtige zu seinem Zimmer fand.

Kapitel 4

Matilda Godwins

Matilda konnte noch nicht schlafen. Sie brütete lieber über ihre Probleme. Wochenlang hatte sie in kompletter Einsamkeit auf dem Godwins-Anwesen gewohnt, nachdem sich Botzki in Richtung Asien verabschiedet hatte, und kaum hatte sie den Keller betreten, war das Chaos über sie hereingebrochen.

Der Bauingenieur. Cynthia. Mrs Lynbrook.

Das alles bereitete ihr große Sorgen. Langsam wanderte ihr Blick zu dem Briefumschlag, der in sicherer Entfernung auf einer mit einem Laken zugedeckten Kommode lag. Sie hatte ihn weit weggepackt, damit sie ihn nicht spontan dem Feuer übergab. Die Versuchung war groß.

Sie wollte mit dieser reichen Kröte und ihrem Bankinstitut nichts mehr zu tun haben.

Matilda hatte mit offenen Karten gespielt, und Lynbrook hatte jede Chance genutzt, ihr in den Rücken zu fallen. So jemanden konnte sie in ihrem Leben nicht gebrauchen.

Wieder wanderte ihr Blick zu den lodernden Flammen. Es war einfach, sich von ihnen hypnotisieren und die Gedanken für einen Moment schweifen zu lassen. An nichts zu denken. Es war eine Flucht vor ihren Problemen, wenngleich nur für ein paar Sekunden.

Sie nippte am Whisky. Viel war nicht mehr in der Flasche.

Wo war Martin Berryfield? Sie war sich sicher, dass sie, wenn sie die Antwort wüsste, auch herausfand, wo sich ihre Eltern befanden. Ob sie alle noch lebten, war damit zwar nicht geklärt, aber zumindest wäre ein großes Fragezeichen in ihrem Leben aus dem Weg geräumt.

Sie hatte gehofft, dass der Sieg beim Jadefuchsturnier endlich ihr Leben in geordnete Bahnen bringen würde. Sie war alles andere als eine Vorzeigetochter: ein mittelmäßiger Schulabschluss, ein abgebrochenes Studium, keine Ausbildung. Ihr Lebenslauf war eine Beleidigung für jede Personalabteilung. Sie musste ihr Leben endlich in die Hand nehmen und mit anderen Dingen abschließen.

Wieder wanderte ihr Blick zu dem Brief. Es war ein einfaches Kuvert in Elfenbeinfarbe. Nur das rote Siegel verriet, dass es sich nicht um die Werbebroschüre eines Autokaufhauses oder einer Versicherung handelte. Die Ecken waren abgerundet.

Matilda atmete tief ein. Der Whisky forderte langsam seinen Tribut. Sollte sie es einfach wagen und das Ding öffnen? Wenn ihr der Inhalt nicht gefiel, könnte sie das Teil einfach verbrennen und Albert irgendwas erzählen.

Nein, das war nicht fair.

Albert hing mit seinem Kopf genauso in der Schlinge wie sie. Sie konnte diese Entscheidung nicht für sie beide treffen.

Sie erhob sich und ging hinüber zum Kamin. Ein Eimer Sand stand daneben. Sie kippte den Inhalt über das Feuer, und die Flammen erloschen. Der Raum wurde in Dunkelheit gehüllt, nur das schwache Mondlicht schien noch durch die deckenhohen Fenster.

Matilda stützte sich am Kamin ab, fühlte den heißen Stein. Sie hatte Gleichgewichtsprobleme.

»Scheiße«, fluchte sie. Wenn sie so weitermachte, würde sie noch wie ihr Vater enden.

Sie drehte sich um und marschierte auf den Flur zu. Im Türrahmen drehte sie sich noch mal um und betrachtete den Brief. Sollte sie ihn wegschließen? Auf dem Anwesen gab es einige Tresore, in denen ihr Vater vor langer Zeit viel Bargeld versteckt hatte. Es fühlte sich an, als würde sie eine tickende Zeitbombe hier liegen lassen.

Aber was sollte schon passieren? Es war ein Stück Papier, auf dem ein paar Zeilen standen. Der Inhalt wurde erst gefährlich, wenn man den Brief öffnete und ihn las. Bis dahin hatte er keine Wirkung. Aber Matilda wusste ganz genau, dass Lynbrooks Gift bereits angefangen hatte zu wirken. Dieser Brief war wie radioaktiver Müll.

Matilda riss sich los und stampfte den Flur hinab. In dieser Nacht schlief sie schlecht und wurde von Träumen geplagt. Sie warf sich hin und her, wurde mehrfach wach, und am nächsten Morgen hatte sie einen pelzigen Geschmack auf der Zunge.

Albert war schon auf den Beinen, als sie in die Küche kam. Er saß an dem kleinen Tisch, an dem sie damals Botzkis Bigos genossen hatten. Albert hatte sein Smartphone in der Hand.

»Guten Morgen«, murmelte er.

»Guten Morgen«, antwortete Matilda und holte sich ein Glas Wasser am Spülbecken. Sie musste dringend den widerlichen Geschmack loswerden. »Hast du auch so einen Schädel?«, fragte sie und kippte den ganzen Inhalt in einem Zug runter.

Albert nickte. »Jedes Mal, wenn ich Whisky trinke, und ich lerne nicht draus.«

»Wir Menschen tun selten das, was gut für uns ist«, sagte Matilda und setzte sich zu Albert an den Tisch.

»Hast du eigentlich ein WLAN-Passwort für mich? Sonst habe ich bald meine ganzen mobilen Daten aufgebraucht.«

Matilda freute sich über die Frage. Solange das ihr größtes Problem darstellte, war ihr Leben nicht wieder außer Kontrolle geraten. »Einfach Godwins, kleingeschrieben.«

Albert tippte das Passwort ein. »Ihr solltet euch nicht wundern, wenn das mal jemand hackt.«

Matilda winkte ab. Hier draußen gab es niemanden, der WLAN-Netzwerke hackte. Die größte Sorge der Menschen war, ob es am nächsten Tag regnen würde. In der Regel lautete die Antwort ja, denn sie lebten immer noch in England.

»Also, was machen wir?« Albert sah auf die Uhr, die über dem Türrahmen hing. »In einer Stunde will Cynthia eine Antwort von uns, und entweder öffnen wir den Umschlag, oder wir überlegen uns, wie wir mit dieser Frau klarkommen.«

»Du hast wirklich Angst vor ihr, oder?«

»Ich habe keinen Zweifel daran, dass sie mich umbringen könnte, wenn sie es wollte«, gab Albert zu.

»Sie wirkt sehr sportlich.«

»Und sie ist bewaffnet«, warf der Zauberer ein.

Matilda zog die Augenbrauen hoch.

»Ein Messer«, konkretisierte Albert.

Das war gut. Ein Messer war keine Pistole. Auch tödlich, keine Frage, aber Klingen gab es in diesem Haus genug. In manchen Fluren hingen sogar Degen und Schwerter an den Wänden. Wenn sie also ein Problem damit hätte, dass Cynthia ein Messer besaß, hätte sie sie nicht hereinlassen dürfen.

»Ich würde gerne den Brief öffnen«, sagte Albert. »Ich weiß, dass unser Leben dadurch bestimmt nicht einfacher werden wird. Aber Mrs Lynbrook wird uns so oder so das Leben zur Hölle machen. Wenn wir den Brief öffnen, habe ich zumindest das Gefühl, noch mitreden zu können, es nicht völlig aus der Hand zu geben.«

Da war etwas dran. Matilda stützte ihren Kopf mit der Hand auf dem Tisch ab. »Ja, je länger ich drüber nachdenke, umso weniger glaube ich, dass wir wirklich eine Option haben.« Außerdem wollte sie wissen, welchen Plan die Bankmatriarchin ausgeheckt hatte.

»Dann ist es beschlossen?«

Matilda massierte sich die Schläfen. »Ich kann eigentlich keine weiteren Probleme gebrauchen«, murmelte sie. »Aber ich befürchte, das Kind ist bereits in den Brunnen gefallen. Wenn wir eine Chance haben, aus der Nummer rauszukommen, sollten wir sie vielleicht ergreifen.«

»Ich glaube nicht, dass wir da wirklich rauskommen. Die Frage ist nur, wie schlimm der Autounfall wird, in den wir verwickelt sind.«

»Ja.«

»Wo ist der Brief?«

»Noch in dem Kaminzimmer, wo wir gestern getrunken haben«, antwortete Matilda.

»Ich hole ihn.« Albert sprang vom Stuhl auf und verharrte dann. »Okay, ich habe keine Ahnung, wo dieses Zimmer war. Dieses Anwesen ist ein verdammtes Labyrinth.«

Eigentlich war es nur ein Herrenhaus mit vielen Fluren, Türen und Zimmern. Für Matilda, die hier aufgewachsen war, glich es einem ganz normalen Haus, aber sie hatte Verständnis für Alberts Orientierungsprobleme. »Den Flur hinab, dann nach links bis zur Kreuzung, wo du rechts gehst, und dann ist es die Tür am Ende.«

Albert nickte. »Das habe ich in zwei Sekunden wieder vergessen. Wenn ich in zehn Minuten nicht zurück bin, dann ruf einen Suchhund. Der hat hier drinnen vielleicht eine Chance«, sagte er und verschwand aus der Küche.

Matilda sah auf die Uhr. Es dauerte keine zehn Minuten, sondern ganze fünfzehn, bis Albert zurück war. Den Suchhund hatte sie trotzdem nicht losgeschickt.

In seinen Händen hielt er das elfenbeinfarbene Kuvert, als er durch den Türrahmen in die Küche trat. Er trug es vorsichtig, als würde es eine explosive Substanz enthalten. Langsam legte er den Umschlag zwischen Teller, Marmelade, Wurst und Käse auf den Tisch.

Matilda starrte auf den Brief. »Mach du ihn auf.« Nur der Gedanke, sich mit Mrs Lynbrooks geschriebenen Worten auseinanderzusetzen, sorgte für ein schlechtes Gefühl in der Magengegend. »Mach ihn auf und sag mir, was sie will.«

Albert sah sie an, als hätte sie ihn gebeten, sich in ein Wildschwein zu verwandeln, das Weste und Zylinder trug. »Ich?«

»Ja, du«, beharrte Matilda. »Da wird schon keine Klapperschlange drin sein.« Ganz sicher wusste sie das nicht, aber das war nicht Mrs Lynbrooks Art.

Albert sah zwischen ihr und dem Brief hin und her. Ihm schien der Gedanke genauso zu missfallen. Gerade als Matilda den Entschluss gefasst hatte, den verdammten Brief selbst zu lesen, griff der Zauberer zu. Mit einem Buttermesser schnitt er die Seite auf und holte ein Stück Papier heraus. Es war kein langer Brief, nur ein Zettel.

Matilda sah das Logo von Watts & White durch das dünne

Papier scheinen. Hastig raste Alberts Blick über die Zeilen, Matilda beobachtete ihn ganz genau. Mal zog er die Stirn in Falten, dann zog er sie wieder glatt. Unwillkürlich schüttelte er den Kopf. »Absurd«, schloss er und warf den Zettel vor sich. »Absolut absurd.«

»Was will sie?«

Albert schüttelte immer noch den Kopf. »Sie bietet uns Frieden an, es klingt aber mehr wie ein Dolchstoß.«

»Was will sie, Albert?« Matildas Blick wanderte zu dem Papier.

»Dass wir einen Auftrag für sie ausführen, dann wären wir quitt, schreibt sie. Und deine Probleme soll das angeblich auch noch lösen. Vielleicht sogar die mit dem Baugutachter.«

Nun schüttelte Matilda den Kopf. »Nein, das klingt nach einer Falle.«

»Absolut.«

Sie schwiegen sich einen Moment an, starrten sich tief in die Augen, und in dem Augenblick wusste Matilda, dass sie im Begriff waren, etwas Dummes zu tun. Sie dachten beide darüber nach, Mrs Lynbrooks Vorschlag anzunehmen. Es war kein Friedensangebot, ganz egal, was da drin stand. Es war eine Mausefalle mit einem saftigen Stück Gouda in der Mitte und Matilda und Albert waren gierige Nager, die es eigentlich besser wussten, aber der Versuchung nicht widerstehen konnten.

»Lies ihn«, verlangte Albert und schob den Zettel zu ihr hinüber. »Es geht auch um deine Eltern, du solltest das wissen.«

Nun bröckelte auch der letzte Widerstand in Matilda. Sie nahm den Zettel und überflog die Zeilen.

Mr Tubbs, Miss Godwins,
wissen Sie eigentlich, wie tief die Scheiße ist, in der Sie stecken? Eigentlich ist es bei Watts & White üblich, kurzen Prozess mit Querulanten wie Ihnen zu machen. Es ist Ihnen gelungen, den Jadefuchs verschwinden zu lassen, während er in meiner Obhut war. Glauben Sie nicht, dass es mir auch gelingen würde, Ihnen etwas zustoßen zu lassen, während ich in der Karibik am Strand liege? So etwas ist keine Einbahnstraße.

Aber ich bin Geschäftsfrau, und Sie haben Fähigkeiten, an denen ich interessiert bin. Es geht um einen Schuldner, der sich außerhalb meines Zugriffs befindet. Im Grunde regle ich so was gerne selbst. In dem Fall würde ich Sie aber bitten, Cynthia zu begleiten. Und, Miss Godwins, Ihre Mutter finden Sie dabei vielleicht auch noch. Wenn Sie Cynthia helfen, bin ich gewillt, den Groll herunterzuschlucken und Ihnen einfach zu Ihrer kühnen Tat zu gratulieren.

Keine Unterschrift. Nur der Stempel des Bankinstituts. Matilda sah vom Zettel auf. Albert nickte langsam. Matilda las den Brief noch einmal. »Ich habe viele Fragen«, murmelte sie.

»So sehr ich mir wünsche, dass Lynbrook ihren Groll herunterschluckt, so sehr fühlt es sich an, als würde der Teufel uns einen Pakt vorschlagen.«

»Ja«, flüsterte Matilda, hörte aber gar nicht richtig hin. *Und, Miss Godwins, Ihre Mutter finden Sie dabei vielleicht auch noch.* Sie konnte den Blick nicht von diesen Worten lösen und fühlte sich davon angezogen wie eine Motte vom Licht.

»Wo ist jemand, der sich dem Zugriff von Watts & White entzogen hat?«, sinnierte Albert. »Vielleicht im Dschungel in Südamerika oder in irgendeiner Steinhöhle in Nepal?«

»Nein«, murmelte Matilda. »Dafür bräuchten sie uns

nicht.« Langsam verstand sie, was es mit der Muschelkammer und den vielen verschwundenen Menschen in ihrem Keller auf sich hatte. »Ich glaube, es ist ein Ort, den du in keinem Atlas finden wirst.«

Albert legte den Kopf schräg.

Eine Stunde später saß Cynthia mit am Tisch. Die rothaarige Frau schenkte sich gerade einen Kaffee ein, als Matilda das Wort ergriff. Den Brief und den Zettel hatten sie vorher verschwinden lassen. Sie hatten keine Ahnung, was Cynthia wusste, und jede zusätzliche Information konnte ihre Verhandlungsposition stärken.

»Was machst du?«, fragte Matilda.

»Mir Kaffee einschenken.«

»Nein, ich meine beruflich. Was machst du für Mrs Lynbrook?«

»Ach, das meinst du.« Es klang, als hätte sie wirklich gedacht, dass Matilda nicht verstand, warum sie diese schwarze Brühe in ein Tongefäß kippte. »Ich arbeite bei einem Inkasso-Unternehmen für … delikate Fälle.«

»Delikate Fälle?«, hakte Albert nach.

»Dinge, die nicht an die Öffentlichkeit dringen sollen. Fälle, die erfordern, dass das Inkasso-Unternehmen auch mal eine Extrameile geht.«

»Wo führt uns unsere Extrameile hin?«, wollte Matilda wissen und ließ Cynthia keine Sekunde aus den Augen. Sie glaubte, die Antwort zu kennen: in den Keller.

»Ihr habt den Brief also doch gelesen?«

Albert nickte. »Das heißt aber nicht, dass wir ihn verstanden haben.«

»Mrs Lynbrook hat mir auch nicht viel mehr verraten. Ich

habe einen Namen und einen Ort, wo sie ihn vermutet. Na ja, und natürlich noch der Betrag, mit dem er bei ihr in der Kreide steht.«

»Und wozu brauchst du dann uns?«

Cynthia zögerte einen Augenblick. Sie sah zwischen Albert und Matilda hin und her. »Ihr werdet mich nicht für verrückt erklären, wenn ich euch erzähle, dass er sich in eine Gegend zurückgezogen hat, die übernatürlicher Natur ist, oder?«

»Hättest du mich das vor dem Jadefuchs gefragt, hätte ich vielleicht etwas anderes gesagt, aber mittlerweile kann ich selbst zaubern«, erwiderte Albert und ließ eine Plastikrose in seiner Hand auftauchen. »Ein Klassiker in meinem Repertoire.«

»Ich habe gestern einen Mann in meinem Keller verschwinden sehen, direkt bevor ihr aufgetaucht seid. Ich nehme an, dass das miteinander zu tun hat?«

Cynthia nickte langsam. »Der Typ ist jetzt wohl auch in den Marschlanden.«

»In den Marschlanden?«, fragten Albert und Matilda fast gleichzeitig.

»Ja, die Marschlande, so werden sie genannt. Ich war selbst noch nicht da, aber Mrs Lynbrook hat mir ihre Bibliothek zur Recherche zur Verfügung gestellt. Ein Netzwerk aus Flüssen, Sümpfen und Inseln unter der Erde. Schnellstraßen zwischen den Kontinenten, wenn man weiß, wie man dort navigieren muss.«

»Was?«, polterte es aus Albert heraus.

»Habt ihr euch schon mal Gedanken gemacht, warum so viele englische Familien während der Kolonialzeit zu großem Reichtum gekommen sind?«

Matilda zuckte mit den Schultern. »Sie haben Menschen, Ressourcen und Gewürze geplündert, verschifft und verkauft. Auch meine Familie hat daran mitverdient«, gestand sie ein.

»Genau. Und warum waren manche damit erfolgreicher als andere?«

»Größere Schiffe?« Albert klang, als wüsste er, dass es nicht das war, was Cynthia hören wollte.

Zögernd nickte die rothaarige Frau. »Auch.«

Matilda fühlte sich an ihre Schulzeit erinnert. An Lehrer, die einen trotz falscher Antwort nicht demotivieren wollten. »Sie kannten Abkürzungen.«

»Exakt, sie kannten die Marschlande. Watts & White schätzt, dass es weltweit etwa einhundert bis zweihundert Zugänge zu dieser Parallelwelt gibt, und einer davon liegt direkt unter uns.«

»Die Muschelkammer«, begriff Matilda.

»Mit dem Aufkommen von immer mehr Technik, Flugzeugen und größeren Schiffen wurden die Marschlande überflüssig. Die Mengen, die man auf den kleinen Booten hindurchtransportieren konnte, waren zu gering, die Margen uninteressant. Aber in Zeiten, in denen Kapitäne noch auf den richtigen Wind auf den Meeren hoffen mussten, war ein Zugang zu den Marschlanden eine Gelddruckmaschine.«

Nun wusste Matilda, warum Mrs Lynbrook ihr unbedingt das Haus abnehmen wollte. Sie brauchte den Zugang, um die Schulden eintreiben zu lassen. Da sie den Zugang nicht bekam, versuchte sie jetzt, gemeinsame Sache mit ihnen zu machen.

»Also gehen wir jetzt mit dir in den Keller, zeigen dir den

Zugang zu diesen Landen und dann sind wir fein raus?«, fragte Albert.

Cynthia lachte auf. »Nein, so einfach wird es für euch nicht. Ich habe Mrs Lynbrook gesagt, dass ich da nicht alleine hingehe, und da schlug sie euch beide vor. Ich habe gehört, was ihr bei dem Turnier geschafft habt, und mit euren Fähigkeiten könntet ihr viel Geld verdienen. Die Betuchten mögen Problemlöser.«

»Ich habe viel Geld, ich muss keins mehr verdienen«, erwiderte Albert.

»Und ein Theater, ich weiß, ich weiß.« Cynthia klang gelangweilt. »Passt auf, das ist der Plan: Wir drei brechen gemeinsam auf, am besten heute noch, suchen den Mann, der bei Mrs Lynbrook in der Kreide steht, holen das Geld und kommen zurück.«

»Dann lässt uns die alte Schachtel in Ruhe?«

Cynthia nickte. »Das hat sie gesagt. Sie wird euch nicht für eure Dienste bezahlen, aber ihr werdet nie wieder von ihr hören.«

Albert schnaubte. »Das ist Erpressung.«

»Nenn es, wie du willst«, warf Cynthia gelangweilt ein, »aber das ist ihr Angebot.«

Matilda dachte nach. Vielleicht würden sie nicht nur Mrs Lynbrooks Problem mit ihrem Schuldner lösen können, sondern auch ihre eigenen. Sie könnte Martin Berryfield zurückholen und Nachforschungen bezüglich ihrer Eltern anstellen. Selbst wenn sie sie nicht fand, könnte sie jederzeit dorthin zurückkehren. »Du kennst die Marschlande?«

»Hab nur darüber gelesen«, gab Cynthia zu. »Klingt nach einem rauen Ort, aber ich würde es nicht machen, wenn ich etwas befürchten würde.«

»Rau?« Albert saß aufrecht auf dem Stuhl.

»Über die Jahrhunderte hat sich viel Gesindel dorthin abgesetzt. Gesindel, das vor dem Arm des Gesetzes fliehen musste.«

»Oder vor Mrs Lynbrooks Griffeln«, gab Matilda zu bedenken.

»Genau«, sagte Cynthia.

Albert legte den Kopf in den Nacken und seufzte. »Ich will doch nur meine Show spielen, verdammt.«

»Lass uns das hinter uns bringen, Albert.« Matilda hatte ihren Entschluss gefasst. Sie war auch nicht heiß darauf, in die Muschelkammer zu steigen, aber es würde sie näher zu ihren Eltern bringen, und das war die Sache wert.

Aber der Zauberer schüttelte den Kopf. »Wer verspricht uns, dass Mrs Lynbrook nicht anschließend doch noch Rache nimmt? Erst helfen wir ihr, und wenn sie hat, was sie will, wirft sie uns den Fischen zum Fraß vor.«

»Das kann durchaus passieren«, gab Matilda zu. »Aber wir sollten es riskieren.«

»Mrs Lynbrook steht zu ihrem Wort«, sagte Cynthia.

Matilda lachte laut auf. »Nein, den Fehler, mich auf ihr Wort zu verlassen, habe ich schon einmal gemacht. Sie ist eine durchtriebene Frau. Aber das ist auch der Grund, warum ich das Angebot in Erwägung ziehe. Wenn wir ihren Vorschlag zurückweisen, bricht direkt die Hölle über uns herein. So erkaufen wir uns aber noch ein bisschen Zeit und Wissen.«

»Ich weiß nicht«, murmelte Albert.

»Ihr habt mein Wort«, versprach Cynthia.

»Nichts für ungut, aber wir kennen uns noch nicht mal vierundzwanzig Stunden, da gebe ich nicht so viel auf dein Wort«, erwiderte Matilda.

»Das ist sehr nett von dir«, drückte Albert es diplomatischer aus.

»Es war meine Bedingung an Mrs Lynbrook, dass ich das nicht alleine mache. Als eure Namen erst mal im Spiel waren, habe ich konkret danach verlangt, dass ihr mich begleitet.«

»Nach uns verlangt?«, fragte Albert. Er klang geschmeichelt, und Matilda hatte den Eindruck, dass das genau die richtige Art war, um den Zauberer zu überzeugen.

»Ihr habt schließlich das Jadefuchsturnier gewonnen. Mit euch an meiner Seite wird das ein Spaziergang.«

Matilda schüttelte den Kopf. »Wird es nicht, und du lügst, aber ich bin trotzdem dabei. Ein letztes Mal Watts & White, danach kann mich diese Frau und ihre Bank am Arsch lecken.«

Cynthia nickte. »Das solltest du ihr so nicht sagen, aber ja, Mrs Lynbrook weiß, dass auch ihre und meine Zusammenarbeit gefährdet ist, wenn sie sich nicht an die Abmachung hält. Ich arbeite nur mit vertrauenswürdigen Kunden zusammen.«

»Das hast du ihr gesagt?«, fragte Albert.

»Das ist für mich ein Grundprinzip. Wer andere bescheißt, bescheißt auch mich. Wenn sie euch hintergeht, kann ich ihr nicht mehr vertrauen, und Mrs Lynbrook braucht meine Fähigkeiten.«

»Was sind das für Fähigkeiten?«

»Ich bringe jeden Job zu Ende.«

»Nun, das werden die meisten Klempner hoffentlich auch von sich behaupten«, erwiderte Matilda tonlos. »Wann brechen wir auf?«

»In einer Stunde.«

»Und wie kommen wir wieder zurück?«

»Laut Lynbrook genauso einfach wie dorthin«, antwortete Cynthia, und die beiden Frauen sahen Albert an, der anscheinend noch mit sich haderte.

Er legte den Kopf von der einen zur anderen Seite. »Zwei Bedingungen: Zu meiner nächsten Show bin ich wieder in London.«

»Ich werde alles dafür tun«, versprach Cynthia. »Was ist die andere?«

»Wir brechen in zwei Stunden auf. Ich will noch vernünftig und ohne Stress duschen, bevor ich mich in die Marschlande begebe. Das klingt nicht gerade nach Wellness.«

Kapitel 5

Albert Tubbs

Für einen Moment zog Albert in Betracht, die Dusche nicht mehr zu verlassen. Hier war es sicher, hier würde er nicht in irgendwas reingeraten. Klar, seine Haut würde mit der Zeit vom vielen Wasser austrocknen. Aber das war nichts, was man nicht mit ein bisschen Feuchtigkeitscreme wieder in den Griff bekam.

Aber die Marschlande. Das klang nicht wie etwas, bei dem man einfach Salbe auftrug.

Albert massierte das Shampoo ins Haar ein und wusch es unter dem warmen Wasser wieder heraus. Er sollte das nicht tun, das wusste er. Er war jetzt Besitzer eines Theaters und hatte eine eigene Show. Alles, was er wollte, und nicht ein bisschen weniger. Bei der Jadefuchsjagd hatte er sich mehr als einmal von seinem Leben verabschiedet. Als er im Stollen auf dem Boden lag, hatte er sich bildlich vorgestellt, wie die Polizei ihn dort unten nicht finden und er zum Festmahl von Würmern, Ratten und anderen Tieren werden würde. Das war kein schöner Gedanke gewesen, und ihn beschlich das Gefühl, dass die Marschlande genug Stoff für ähnliche Horrorvorstellungen boten.

Allgemein behagte es ihm überhaupt nicht, England zu verlassen. Und nun war es auch kein Trip nach Frankreich oder Deutschland, den sie planten. Es handelte sich um einen Ort oder einen Landstrich, der die verschiedenen Kontinente verknüpfen sollte.

Eigentlich war das der Punkt gewesen, an dem er vom Tisch hätte aufstehen und das Anwesen verlassen müssen. Aber er wusste, dass es Matilda nicht nur darum ging, Lynbrook vom Hals zu haben. Sie hatte auch die Hoffnung, ihre Eltern zu finden. Ihre Mutter musste irgendwo in den Marschlanden sein, und ihr Vater war ihr gefolgt.

Und irgendwie hatte er das Gefühl, ihr noch einen Gefallen zu schulden. Das Missverständnis um seine Zauberkräfte hätte sie fast den Sieg bei der Jadefuchsjagd gekostet, und damit wäre sie auch das Anwesen losgeworden.

Ein großer Klecks Duschgel landete auf der Handfläche und langsam, so als könnte er das Unvermeidliche noch hinauszögern, seifte er sich ein.

Irgendwann sah auch Albert ein, dass all das Wasser und die Seife nichts brachten. Er stieg aus der Dusche, trocknete sich ab und föhnte sich die Haare. Dann zog er die Zaubereruniform an. Ein kurzer Griff in den Zylinder, um sich zu vergewissern, dass Butterscotch immer noch da war, und der Hut wanderte auf seinen Schopf. Er betrachtete sich im Spiegel.

Ein echter Zauberer, auch wenn man es ihm auf den ersten Blick nicht ansah. Er sah immer noch wie jemand aus, der Zauberer sein wollte, nicht wie jemand, der Zauberer war.

Aber das war okay. Denn Albert wusste, was er konnte und wozu er in der Lage war. Er musste niemandem mehr etwas beweisen, und es war in Ordnung, dass die Besucher seiner Show davon ausgingen, betrogen zu werden. Dass es hinter jedem Zauber einen Trick gab.

Solange er die Wahrheit kannte, war all das in Ordnung.

Eine Locke schob sich unter dem Zylinder hervor. Albert suchte die Ablage ab. »Wo bist du?«, murmelte er. Ein kurzer Gedanke, und ein Kamm schoss aus seinem Ärmel in die offene Hand. Albert nahm den Hut ab, kämmte das widerspenstige Haar nach hinten und setzte den Hut wieder auf.

Perfekt.

Als sie sich wenig später vor dem Kellereingang trafen, tobten die Gedanken durch Alberts Kopf wie ein Fuchs durch einen Hühnerstall. Die Schwärze schluckte alles Licht und die letzten Stufen verschwanden in der Dunkelheit.

»Eine Muschelkammer?«, fragte er.

»Ja, es ist einfacher zu verstehen, wenn man es sieht«, erwiderte Matilda und ging vorweg. Sie hatte einen Sack mit Proviant und Wechselkleidung über der Schulter hängen. Albert hatte auch so einen in die Hand gedrückt bekommen, was ihn aber nicht davon abhielt, den Zauberkoffer mitzunehmen. Er wollte auf alles vorbereitet sein, auch wenn seine magischen Fähigkeiten beim Improvisieren eine große Hilfe waren. Theoretisch hatte er alles am Mann, vorausgesetzt es war klein genug und nicht zu komplex.

Cynthia folgte Matilda. Sie trug Jeans, Stiefel und Lederjacke. An ihrem Gurt sah er ein Waffenholster, in dem eine Pistole steckte, und Albert war sicher, dass in den Schuhen nicht nur Füße, sondern auch Messer waren.

Sie würden Ärger bekommen, keine Frage.

Zögernd folgte er den beiden Frauen in den Keller. Matilda hielt eine Taschenlampe in der Hand und der Lichtkegel tanzte über in Laken verhüllte Möbelstücke und Regale, in denen Einmachgläser standen. Eine unheimliche Stille breitete sich aus. Ihre Schritte waren wie ein Klopfen an der Tür um Mitternacht, wenn man keinen Besuch mehr erwartete.

»Das Wasser hat ihn weggespült?«, flüsterte Albert. Je näher sie der Kammer kamen, umso weniger gefiel ihm der Gedanke.

»Sind gleich da«, antwortete Matilda, ohne nach hinten zu schauen.

Wenige Augenblicke später standen sie vor einer unscheinbaren Tür, hinter der sich ein weiterer Raum mit Einmachgläsern oder ein Heizkessel hätte befinden können. Das Holz benötigte einen neuen Anstrich, die Balken waren der feuchten Umgebung über all die Jahre schutzlos ausgesetzt gewesen.

»Darin befindet sich das Portal in eine andere Welt?«, fragte Albert. Er war ein Mensch mit viel Phantasie. Sie reichte, um sich allerhand Dinge aus dem Ärmel zu schütteln. Aber hinter so einer beliebigen Kellertür war doch kein Tor in eine andere Welt verborgen. Nein, es fehlten die Runen, die magischen Schriften oder ein beeindruckendes Schlüsselloch. Das war nur ein Kellerraum.

»Einsteigen, bitte.« Matilda klang wie eine Busfahrerin, die weiterfahren wollte.

Die Kammer war klein, und die Wände wirkten feucht. Es roch modrig, und Albert rümpfte die Nase. »Da drinnen ist er verschwunden?«

»Vor meinen Augen.«

»Es deckt sich mit dem, was ich in Lynbrooks Unterlagen gelesen habe. Die Muscheln führen uns in die Marschlande. Eine Sache noch: Wir sollten dort drüben zusammenbleiben.

Einmal falsch abgebogen und es kann sein, dass sich jemand von uns in Afrika oder Südamerika wiederfindet.«

»Ist das der komplette Plan? Zusammenbleiben? Du hast doch hoffentlich schon ein bisschen weiter gedacht«, warf Matilda ein. Albert bemerkte im fahlen Licht der Taschenlampe ihren skeptischen Blick.

»So etwas lässt sich immer schlecht planen«, erwiderte Cynthia. »Wir müssen auf alles vorbereitet sein und es dann auf uns zukommen lassen. Wenn wir die gesuchte Person gefunden und die fällige Geldsumme eingetrieben haben, geht es direkt wieder zurück.«

»Und meine Eltern?«

»Hör dich gerne um unterwegs und kehre zurück in die Marschlande, wenn du willst. Mein Auftrag ist klar, und ich wäre euch dankbar, wenn wir fokussiert bleiben. Sonst endet es im Chaos.«

Chaos. Wieder dachte Albert an die Begegnung mit Archibald Contevilles Team und den Dellinger-Drillingen im Stollen. Chaos wollte er um jeden Preis vermeiden.

»Verstanden«, sagte Matilda. »Du hast die Leitung, bis ich ein schlechtes Bauchgefühl bekomme.« Sie konnte sich ein kurzes Grinsen nicht verkneifen.

»Da drinnen werden wir uns aufeinander verlassen müssen, und ich verstehe, wenn ihr mir nicht traut. Deswegen werde ich euch keinen Grund geben, an meinen Worten zu zweifeln«, versprach Cynthia, und Albert fing langsam an, die Frau zu mögen. Auf jeden Fall war er froh, sie bei ihrem Abenteuer an ihrer Seite zu haben.

Nacheinander zwängten sie sich in die kleine Kammer. Drinnen war nicht viel Platz, und sie standen Bauch an Bauch.

»Müssen wir jeder eine Muschel nehmen?«, fragte Albert. Die Schalen hingen an den Wänden und lagen auf dem Boden. Es knirschte unter seinen Schuhen.

»Ich weiß es nicht«, gestand Matilda. »Aber ich würde es empfehlen. Nicht, dass zwei von uns zurückbleiben.«

Sie alle bückten sich nach den Muscheln, was in der kleinen Kammer gar nicht so einfach war. Albert hatte Matildas Ellbogen in den Rippen und versuchte, sich an Cynthia vorbeizuschieben. Nachdem ihnen das kleine Kunststück gelungen war, sahen sie sich tief in die Augen.

Cynthia war die Erste, die ihre Muschel fallen ließ, Matilda zog gleich nach. Nur Albert zögerte noch einen langen Moment, bevor er sich überwand. Die Muschel flog in einer geraden Linie zu Boden, ein Stück Kalkschale splitterte ab, und ein kurzes, plumpes *Klack* war zu hören. Unwillkürlich griff er nach Cynthias und Matildas Händen. Es schien ihm eine gute Idee zu sein. Bei Matilda reichte es nur für einen Finger, da er mit dem Rest seiner Hand noch den Zauberkoffer trug.

Sie lauschten, und schon war es in der Ferne zu hören. Ein Rauschen, als würde sich Wasser durch eine Röhre zwängen, das beständig lauter wurde. Albert schloss die Augen und am liebsten hätte er sich auch die Nase zugehalten. Das hatte er auch immer gemacht, wenn er im Schwimmbad ins Becken gesprungen war. Er hasste Wasser in der Nase. Aber er hatte keine Hand mehr frei, und so ergab er sich seinem Schicksal.

Dann schoss das Wasser aus den Fugen und Ritzen. Die Kammer füllte sich blitzartig. Sie alle atmeten ein letztes Mal tief ein, bevor es zu spät war. Albert spürte, wie sich seine Klamotten mit Wasser vollsogen. Der Zylinder wäre davongetrieben, hätte er nicht so fest auf seinem Kopf gesessen. Wasser lief ihm durch die Nasengänge. Hoffentlich würde sein Zauberkoffer das unbeschadet überstehen.

Das Wasser zog sich zurück in die Wände und nahm sie mit sich. Albert hatte das Gefühl, winzig klein zu werden. Die Muschelkammer erschien ihm plötzlich übertrieben groß und dann wurde es schwarz.

Als er die Augen wieder aufriss, hielt er alles für einen Traum. Aber der Sand unter den Händen verriet, dass es keine Einbildung war. Albert rappelte sich auf und stöhnte laut. Er fühlte sich, als hätte er vergangenen Abend ein Bier in jedem verdammten englischen Pub getrunken. Seine Glieder schmerzten, ihm drehte sich der Kopf, aber immerhin der Zylinder saß noch an Ort und Stelle. Seine Kleidung war trocken, obwohl sie hätte durchtränkt sein müssen. Er schüttelte sich wie ein Hund.

Neben ihm kamen Cynthia und Matilda langsam zur Besinnung. Auch sie hatten noch alle Gliedmaßen, aber es war ihnen anzusehen, dass sie sich fürchterlich fühlten.

»Sind das die Marschlande?« Matilda fasste sich stöhnend an den Kopf, als hätte sie Albert bei seiner Tour durch die Pubs begleitet.

»Ja«, antwortete Cynthia und stand auf.

Albert ließ den Blick schweifen. Die Marschlande hatten ihren Namen verdient. Strich man den ersten Buchstaben, würde er sogar noch sehr viel besser passen. Sie lagen auf einer Sandbank, vor ihnen schlängelte sich ein Fluss, der so braun war wie abgestandenes Brackwasser, und hinter ihnen erstreckte sich ein Sumpf. Farne bewucherten die Ufer, und Nebelschwaden waberten umher. Als hätte man jede

Farbe mit Braun gemischt und daraus die Marschlande gemalt, das war Alberts Eindruck. In der Ferne hörte er das Quaken einer Kröte.

Ihn überkam ein schlechtes Gefühl.

Vom Strand erstreckte sich ein schmaler Steg in den Fluss. Er war alt, ein paar Planken fehlten oder waren durchgebrochen. Am Ende des Stegs war eine Glocke an einem Mast befestigt. Auch sie war braun angelaufen, verwittert und hing schräg an einem Seil.

»Verdammt, was ist das für ein Ort?«, sprach Matilda aus, was Albert dachte. »Hier wohnt doch keine Menschenseele.«

»Abwarten«, erwiderte Cynthia und stand auf. Sie streckte sich wie eine Katze, dann kontrollierte sie ihre Pistole. »Scheint trocken«, sagte sie.

»Wie alles«, antwortete Albert und hielt seinen Zauberkoffer in die Höhe. Das Familienerbstück hatte zu seiner großen Erleichterung keinen Schaden genommen. Der Koffer hätte voller Wasser sein müssen, die Spielkarten aufgequollen, aber es war, als wäre das Wasser nie da gewesen.

»Und jetzt?« Matilda schulterte ihren Reisebeutel und sah Cynthia an.

»Jetzt werden wir schauen, ob wir eine Überfahrt buchen können. Wir sollten uns den Ort hier merken, denn ich glaube, dass wir nur von hier zurückkommen.«

Albert und Matilda sahen sich um. Es gab Sand, Wasser, Sumpf und wenig Einprägsames. Die Wahrscheinlichkeit, dass der Rest der Marschlande genauso aussah, war groß.

»Ich habe eine Idee«, sagte Albert, und die beiden Frauen sahen ihn an. Er kontrollierte den Sitz der weißen Handschuhe, spreizte die Finger und zog dann eine Luftschlange aus seinem Ärmel. Sie war sehr lang und hörte scheinbar gar nicht mehr auf. Es war eines dieser Dinge, bei den Leute dachten, dass sie zu lang waren, um sie in einem Ärmel zu verstecken, und der Witz entstand genau dadurch. »Hab es gleich«, erklärte Albert. Ihm waren die ungeduldigen Blicke nicht entgangen. Als er ein Knäuel aus bunten Papierschlangen in den Händen hielt, liefen sie zum Steg hinüber und befestigten es an der Glocke. »So ein bisschen Farbe macht diesen Ort doch gleich sehr viel sympathischer.«

»Gut.« Cynthia blickte den Fluss hinab. Das Holz unter ihren Füßen knarzte bedrohlich. Das Wasser floss nicht schnell, aber beständig, und Albert konnte nur vermuten, dass in der Brühe Alligatoren und Piranhas auf Beute lauerten. Cynthia griff nach dem Tau an der Glocke und zog daran. Albert schrak zusammen, als das Läuten ertönte und die Ruhe störte. Es war laut wie in einer Kirche und das Quaken der Kröte verstummte sofort. Das Geräusch wanderte schnell über die flachen Sümpfe hinweg.

»Und jetzt kommt einfach so jemand und nimmt –« Albert konnte den Satz nicht beenden, denn schon sahen sie, wie sich in der Ferne ein Boot aus dem Nebel kämpfte. Es war ein schmales, kleines Holzboot, lang und spitz. Am Ende stand eine hagere Gestalt mit einem Strohhut. Sie hielt ein Paddel in den Händen, das ins Wasser ragte.

Das Boot ließ sich von der Strömung treiben und kam langsam näher. Der Mann, der nur eine Latzhose und einen Hut trug, machte eine Bewegung, und seine Nussschale hielt auf den Steg zu. Das Holz unter ihren Füßen ächzte bedrohlich, als das Boot andockte.

»Sie haben eine Überfahrt gebucht, Mam?«, fragte der Mann und fasste sich zur Begrüßung an den Hut. Er spuckte einen braunen Klumpen ins Wasser, und Albert ahnte auf einmal, woher der Fluss seine Farbe hatte.

»Wir müssen nach Port Exit«, sagte Cynthia. »Was kostet uns die Überfahrt?«

Der Mann sah in die Ferne, als würde er die Distanz abschätzen. »Mam, das macht einen Gulden. Wir werden einige Zeit unterwegs sein, Mam.«

Cynthia kramte in ihrem Reisebeutel. »Einen Gulden«, wiederholte sie, während sie suchte. »Ich fürchte, ich kann Ihnen nur Pfund anbieten.«

»Zeigen Sie mal her«, verlangte der Mann und streckte die Hand aus. Der Dreck unter den Fingernägeln war so schwarz wie Öl. Seine Zähne waren nur gelbe Stümpfe. Er leckte sich mit der Zunge über die Lippen.

Cynthia reichte ihm einen Penny. In London reichte das nicht mal, um sich einen Lolli am Kiosk zu kaufen. Sie pokerte hoch.

Der Mann nahm die Münze und hielt sie in die Luft. Sie spiegelte sich in der Sonne. Er verengte die Augen zu schmalen Schlitzen. »Nein, Mam, tut mir leid, Mam, das kann ich nicht annehmen. Dafür bekomme ich hier nicht mal eine Sumpfratte, Mam.«

Cynthia sah zu Matilda und Albert hinüber. Matilda deutete mit einer Kopfbewegung auf die Pistole an ihrem Gürtel, aber Cynthia schüttelte den Kopf, und Albert war froh, dass sie in ihren ersten fünf Minuten in den Marschlanden nicht gleich ein Boot kaperten.

»Ich habe da vielleicht etwas«, warf Albert ein und nahm den Zylinder vom Kopf. Der Fährmann beobachtete ihn argwöhnisch. »Bin ganz Ohr, Sir.«

Albert kramte einen Augenblick im Inneren seines Zylinders. Er fand Butterscotch, kraulte ihm kurz das Fell und suchte weiter. Wenn der verdammte Hamster es nicht gefressen hatte, musste es noch hier sein. Dann strichen seine Finger über das glatte Zellophanpapier. Albert holte den Schokotaler hervor. Zugegeben, es war ein kühner Plan, aber wenn es nicht klappte, könnte er den Mann auch noch mit Gold aus den Ärmeln überschütten. Aber es war besser, wenn er mit seinen Fähigkeiten nicht gleich hausieren ging. »Mein Notgroschen«, erklärte Albert und überreichte ihn dem Fährmann. Er hoffte, dass der Schwindel nicht auffiel.

Wieder hob der Mann die Münze, die mehr Schokolade als Edelmetall war, in die Höhe und beäugte sie kritisch. »Sir, das ist, was ich einen Gulden nenne, Sir. Port Exit also, Mam?«

Alle drei atmeten erleichtert aus. Sie bezahlten gerade mit einem Schokotaler für eine Überfahrt.

»Port Exit«, erwiderte Cynthia und nickte.

»Dann steigen Sie bitte ein, Mam. Wenn wir gleich aufbrechen, Mam, sind wir noch vor Einbruch der Nacht dort. Sobald es dunkel ist, wird es gefährlich auf den Flüssen, Mam«, erklärte der Fährmann. »Ihr erstes Mal hier, Mam, wenn ich fragen darf?«

»Das erste Mal«, bestätigte Cynthia und lud ihr Gepäck auf das schmale Boot.

»Mam, dann geben Sie mir mal das, was Sie einen Gulden nannten, und ich erzähle Ihnen alles, was Sie wissen wollen, Mam.«

Also wechselte der Penny doch noch seinen Besitzer, und Albert, Matilda und Cynthia nahmen Platz. Das Boot war so schmal, dass sie hintereinander sitzen mussten, und die Verkleidung reichte nur knapp über die Wasseroberfläche.

Mit dem Paddel stieß sie der Mann vom Steg ab, und der Fluss trug sie mit sich. Albert warf noch einen Blick über die Schulter und sah die bunte Papierschlange im Wind wehen.

Es war eine gute Idee gewesen. Wie sich schnell herausstellte, war auch der Rest der Marschlande so unwirtlich, hässlich und braun wie der Ort, an dem sie angekommen waren.

»Wie lange sind Sie schon hier?«, erkundigte sich Cynthia. Sie saß zwischen Albert und Matilda, die ganz vorne Platz genommen hatte.

»Schon lange, Mam«, antwortete der Mann. Sein Atem roch, als dürfte er gar kein Boot führen. Billiger, selbstgebrannter Fusel, da war sich Albert sicher. »Kam als junger Bursche her, Mam. Der Zufall wollte es so. Meine Neugier hat mich hergeführt, Mam.«

»Irgendwelche Überlebenstipps?«, fragte Albert.

»Nicht auffallen, Sir, keine Fragen stellen, Sir, niemanden provozieren, Sir.« Der Mann drückte das Paddel tief ins Wasser, und die Nussschale machte einen leichten Bogen. Hier gabelte sich der Fluss, und sie befuhren einen größeren Ausläufer. Die Strömung war schneller und rauer.

Nicht auffallen war von einem Zauberer ziemlich viel verlangt.

»Gibt es in Port Exit eine Polizei?«, wollte Cynthia wissen. »Jemanden, an den wir uns wenden können?«

»Mam, es gibt einen Sheriff, gewählt von den Bewohnern von Port Exit. Das wäre ein guter Anlaufpunkt. Aber für Außenstehende, Mam, arbeitet sie nicht umsonst. Ich hoffe, Sie haben noch mehr Goldtaler.«

Albert war froh, dass der Mann hinter ihm stand und er

sein Schmunzeln nicht sah. »Finden Sie den Weg zurück, wenn wir wieder heim wollen?«

»Aye, Sir, aye. Ich kenne diese Flüsse besser als andere den Weg von ihrem Bett zum Pisspott. Fragen Sie beim Hafenmeister einfach nach Old Larry, Sir, und ich werde Sie zurückbringen.«

»Okay, Old Larry, vielen Dank«, sagte Albert und beobachtete die Farne an den Flussufern.

»Haben Sie einen Williams Godwins transportiert?«, rief Matilda von ganz vorne. Wenn Albert die Marschlande richtig verstand, dann musste auch ihr Vater an dem Steg angekommen sein.

»Kann sein, Mam, frage nie nach den Namen meiner Passagiere. Nicht zu viele Fragen stellen, Mam, habe ich Ihnen ja gesagt. Und was ich nicht weiß, bringt mich nicht unter die Erde, Mam.«

Klar, das passte zu Old Larry. Der Mann wollte einfach nur sein Boot über die Flüsse steuern und abends in einer Taverne seine Schokotaler gegen selbstgebrannten Schnaps eintauschen.

»Was willst du in Port Exit?«, fragte Albert Cynthia.

Sie drehte sich zu ihm um. »Port Exit ist die größte Stadt hier. Wenn wir die gesuchte Person irgendwo finden, dann dort«, erklärte sie.

Albert hatte die Vermutung, dass sie viele Fragen stellen würden, und wenn man Old Larry glaubte, war das keine gute Idee.

Das Wasser nahm immer mehr Fahrt auf, und Albert bekam mehr und mehr das Gefühl, dass der Mann in seinem Nacken das Boot einfach machen ließ. »Gibt es so was wie eine Karte von den Marschlanden, Old Larry?«

»Sir, nein, Sir.« Er lachte und klang wie ein Teekessel. »Was Sie heute zu Papier bringen würden, wäre morgen schon wieder für die Katz. Die Marschlande leben, also hört man lieber auf, Fragen zu stellen, und hört ihnen gut zu, Sir.«

Albert runzelte die Stirn. Hatte Old Larry ihm gerade durch die Blume gesagt, dass er gefälligst den Mund halten sollte? Auf jeden Fall verkniff er sich jede weitere Frage, auch wenn er davon noch genug hatte.

Er ließ den Blick schweifen und sah nichts als Moore, Farne, Nebel und die orange Sonne am Horizont. Kaum vorstellbar, dass hier Menschen lebten. Aber er hatte schon eine eindeutige Vorstellung von der Art von Menschen, die es hier aushielten. Und je länger er darüber nachdachte, umso klarer wurde ihm, dass er die lieber nicht besser kennenlernen wollte. Die hatten sicherlich nichts über für Theater und Zaubershows. Wäre er Braumeister geworden, hätte er es hier bestimmt zu was bringen können.

Das Boot ließ sich von der Strömung treiben und Albert war gerade im Begriff, sich zu entspannen, als er Old Larry hinter sich fluchen hörte. »Stromschnellen«, rief ihr Fährmann. »Die waren das letzte Mal aber noch nicht hier.«

Albert sah an Cynthia und Matilda vorbei. Weit vor ihnen kräuselte sich das Wasser zu weißer Gischt.

»So was taucht einfach auf?«, fragte Cynthia.

»Aye, Mam, der Fluss lebt, Mam.«

Schon griff das reißende Wasser nach dem Bootsrumpf und riss ihn in die Stromschnellen. Albert wusste nicht, wie Old Larry das Gleichgewicht halten konnte, aber der Mann hielt seine Stellung und lenkte sie an spitzen Steinbrocken und Felsen, die aus dem Wasser ragten, vorbei.

Das ging lange gut, und Albert konnte vor ihnen schon sehen, wie sich das Wasser wieder beruhigte, da durchbrach Matildas Schrei das Rauschen. »Vorsicht!«

Das Boot rammte frontal einen Felsen und beförderte Matilda über Bord. Sie flog im hohen Bogen durch die Luft und tauchte ins Wasser. Ein Platschen zeugte von ihrem Aufprall, dann war sie in der braunen Suppe verschwunden.

Albert schrie auf.

Kapitel 6

Matilda Godwins

Matildas Lunge füllte sich mit kaltem Wasser. Es war so schnell gegangen, dass sie keine Möglichkeit mehr gehabt hatte, noch mal Luft zu holen. Der Stein war aus der Gischt aufgetaucht und hatte sie alle überrascht. Sie hatte sich nicht mehr festhalten können. Dunkelheit umgab sie und sie spürte, wie die Strömung sie mit sich riss. Das braune Wasser schmeckte erdig.

Sie musste wieder an die Oberfläche gelangen, Luft atmen.

Aber wo war oben und wo war unten? Aktuell war das unmöglich zu sagen. Sie ruderte mit den Armen, stieß gegen Felsen und wirbelte umher wie ein Blatt im Wind. Ihre Lungenflügel schmerzten.

Dann plötzlich wurde alles ruhig. Die Strömung ließ nach, und Matilda bekam wieder die Kontrolle über ihren Körper. Sie glaubte, durch das trübe Wasser den matten Sonnenschein zu sehen, und schwamm los. Hoffentlich war es die richtige Richtung.

Es dauerte drei oder vier Züge, dann durchbrach sie die Oberfläche. Sie riss den Mund auf, sog die Luft ein und fing an zu husten. Sie würgte, spuckte Wasser und versuchte, sich zu beruhigen. Aber sie war am Leben.

Nachdem sie sich wieder beruhigt hatte, sah sie vor sich

die Nussschale im Wasser treiben. Old Larry hatte das Boot quergestellt, und die drei sahen sie mit aufgerissenen Augen an.

»Mam, kommen Sie da bitte raus, Mam, das Wasser ist nicht sicher.«

Als hätte es dafür eine extra Aufforderung gebraucht. Matilda hatte nicht vor, länger als nötig in diesem Tümpel zu verbringen. Mit ausufernden Bewegungen hielt sie auf das Boot zu.

»Mam, beeilen Sie sich bitte.«

Matilda hatte schon miserable Laune, und mit jedem *Mam* wurde es schlimmer. Als sie am Boot ankam, griffen ihr Cynthia und Albert unter die Arme und zogen sie aus der Brühe. Der Zauberer sah ganz blass aus. Sie blieb auf dem Boden liegen und sah hinauf in den Himmel. Die nassen Kleider klebten an ihrem Körper. »Jetzt können Sie es mir sagen, Old Larry, was darin ist gefährlich?«

Old Larry brachte das Boot wieder auf Spur. »Mam, der Tzunath hätte Sie fressen können.«

»Der Tzunath?«, fragte Albert gedämpft. Nervös blickte er über den Rand ins Wasser.

»Über ihn zu reden, Sir, bringt Unglück, Sir.« Old Larry stieß mit seinem Paddel tief ins Wasser und sie beschleunigten ihre Fahrt. »Erst wenn man festen Boden unter den Füßen hat, redet man über den Tzunath.«

Matilda hatte den Eindruck, dass der letzte Satz von Old Larry vor allem an sich selbst gerichtet war. Es klang, als würde er sich für sein vermeintlich loses Mundwerk tadeln.

»Ich muss dringend aus dem Mist raus«, murmelte Matilda und zog sich die Schuhe von den Füßen. Sie drehte sie um, und eine braune Flüssigkeit ergoss sich in den Fluss.

Danach nahm sie wieder ganz vorne Platz. »Wie weit ist es noch?«

»Mam, wir sind bald da«, rief Old Larry. »Hier, Mam, der ist für die Umstände. Kaufen Sie sich davon neue Kleider, Mam.« Matilda drehte sich gerade noch rechtzeitig um, dass sie den Schokotaler auffangen konnte.

»Oh, das ist wirklich nicht nö-«

»Fährmannehre, Mam. Unser Auftrag ist es, unsere Passagiere sicher ans Ziel zu bringen, Mam. Wenn wir das nicht schaffen, werden wir auch nicht bezahlt, Mam.«

»Wirklich, behalten Sie ihn«, versuchte Matilda es noch einmal. Es war nur ein Schokotaler, und zumindest den sollte er für seine Mühe haben. Sie machte Old Larry auch keinen Vorwurf. Selbst sie, die ganz vorne saß, hatte den Felsen erst im letzten Augenblick gesehen.

»Nein, Mam«, lehnte der Fährmann ab und machte deutlich, dass er nicht von seiner Position abrücken würde.

»Können wir irgendwo anlegen, damit ich mich umziehen kann?«

»Natürlich, Mam.«

Sie machten einen kurzen Stopp am Ufer. Old Larry sprang ins Wasser, als das Boot aufsetzte, und schob sie das letzte Stück, damit seine Passagiere trockenen Fußes an Land gelangten. Allerdings war es für Matilda dafür zu spät. Sie entledigte sich ihrer Kleider und tauschte sie gegen frische aus ihrem Reisesack aus. Einen Augenblick später waren sie wieder auf dem Fluss.

»Ein oder zwei Weggabelungen noch«, erklärte Old Larry. Er hatte einen Halm im Mund stecken, als wäre es eine Zigarette.

Er lag daneben.

Matilda hatte mitgezählt. Es waren vier Weggabelungen und ein toter Baum, der wie eine Leiche im Wasser trieb und von ihnen umfahren werden musste.

»Da sind wir«, sagte Old Larry, und Matilda konnte sich vorstellen, wie er mit seinen dreckigen Fingern nach vorne zeigte. Es hätte den Hinweis gar nicht gebraucht, Matilda hatte sofort die Hütten und Schuppen bemerkt, als sie aus dem Nebel auftauchten. Es waren Baracken, zusammengezimmert aus Planken und Treibholz, das den Fluss hinabgekommen war. Wild und ohne Konzept wuchsen die Häuser krumm und schief in die Höhe. Ohne Rücksicht auf Bauvorschriften oder Brandsicherheit hatte man sie errichtet. Brücken spannten sich zwischen ihnen, Laternen hingen an Ketten und leuchteten in bunten Farben und Stege führten hinauf auf den Fluss, der hier sehr breit war. Manche Häuser hatte man auf Stelzen gebaut.

Unzählige Boote, kaum eines größer als das, in dem sie saßen, waren an den Stegen befestigt. Vögel kreischten in der Luft. Matilda war sich nicht sicher, ob es Möwen oder andere waren, auf jeden Fall war ihr Gefieder weiß und das Gekreische genauso nervenraubend.

Langsam brachte sie Old Larry parallel zur Strömung näher, und sie hörten Stimmen, Lachen und sogar Musik. Es roch nach Gewürzen und Feuer, irgendwo hingen bestimmt große Kessel über der Glut, in denen Currys und Eintöpfe köchelten.

Mit einer geübten Bewegung bugsierte Old Larry das Boot an den Steg und befestigte es mit zwei Seilen. »Da wären wir, Port Exit, geliefert wie bestellt.« Er sah zu Matilda, deren kurze Haare immer noch nass waren. »Also fast, Mam, entschuldigen Sie, Mam.«

Matilda winkte ab. »Vielen Dank.«

Sie luden ihre Sachen auf den Holzsteg.

»Also, wenn Sie wieder einen Fährmann brauchen, fragen Sie nach Old Larry.« Er tippte sich noch mal an den Strohhut, machte die Leinen los und stieg zurück auf das Boot. Die drei sahen ihm einen Moment nach, wie er sich von der Strömung mitnehmen ließ, wer weiß wohin.

Matilda drehte sich um. Auf dem Steg herrschte ein reges Treiben, und niemand interessierte sich für sie. Das war gut. Vielleicht konnten sie einfach in der Masse untertauchen und würden keine Aufmerksamkeit erregen.

»Wie kommen wir zum Sheriff?«, fragte Albert.

»In der Regel gibt es dafür immer zwei Möglichkeiten: Man fragt nach ihm, oder man überfällt eine Bank. In diesem Fall würde ich die erste Option bevorzugen«, sagte Cynthia.

»Ja, ich denke, das ist besser«, pflichtete ihr Matilda bei. »Old Larry hat zwar gesagt, wir sollen nicht zu viele Fragen stellen, aber die eine wird man uns hoffentlich zugestehen.«

Langsam gingen sie den Steg hinab und auf Port Exit zu. Auch auf den zweiten Blick blieb Matilda bei ihrer Einschätzung: Die größte und vielleicht einzige Stadt der Marschlande war ein Schmelztiegel. Sie sah Menschen aller Hautfarben und Herkünfte. Manche trugen Latzhosen, andere praktische Lederkleidung. Wiederum andere waren in mittelalterliche Leinengewänder gehüllt. Es war wie ein Querschnitt durch die verschiedenen Kontinente und Kulturen.

Immerhin schien man sich auf eine gemeinsame Sprache, nämlich Englisch, geeinigt zu haben. Das war gut.

Eine Frau bot fangfrischen Fisch am Ufer an, und Matilda, Cynthia und Albert lehnten dankend ab. Andere schleppten

Kisten auf die Boote, und Kinder spielten in dem Getümmel Fangen.

»Wenn wir uns verlieren, treffen wir uns genau hier wieder«, rief Albert, bevor sie komplett in der Menschenmenge eintauchten.

Sie liefen einen Weg entlang, links und rechts ragten abenteuerlich gebaute Hütten in die Höhe. Stände waren zu ihren Seiten aufgebaut, die ihre Waren mit bunten Leinentüchern gegen die stechende Sonne schützten. Matilda sah Hummer, Fische, gebratene Ratten, Wurzeln und anderes Gemüse in den Auslagen. Es war wie das Abtauchen in eine unbekannte Kultur. Aus einer Taverne drang Gelächter und Gebrüll an ihre Ohren. Die Menschen hier wussten auf jeden Fall zu leben.

Cynthia packte ein junges Mädchen am Arm, das sich an ihr vorbeidrängelte. Es hatte kurze schwarze Haare und trug etwas, das in England gerade so als Kartoffelsack durchgehen würde.

»Wo ist der Sheriff?«, raunzte sie das Mädchen an.

Die Augen der Kleinen weiteten sich. Dann zeigte sie die Straße runter.

»Danke«, sagte Cynthia und klang nun nicht mehr so bedrohlich.

»Müssen wir uns gleich Feinde machen?«, fragte Matilda im Laufen.

»Ich habe Erfahrung mit dem Verhören von Menschen und wusste, dass ich so am schnellsten an meine Information komme. Wäre ich netter gewesen, hätte sie vielleicht gedacht, wie der Fährmann mit mir handeln zu können.«

»Der wirklich schlecht verhandelt hat«, warf Albert ein.

»Und am Ende sogar ganz leer ausgegangen ist«, erinnerte Matilda sie. »Was vielleicht besser ist, als wenn er herausgefunden hätte, dass er uns nur für ein Stück Schokolade über den Fluss befördert hat.«

»Sei froh, dass dich Tzunath nicht gefressen hat«, warf Cynthia ein, was wohl ein Scherz sein sollte. Aber die Stimmung um sie herum kühlte sich merklich ab, als wäre gerade ein Blizzard über Port Exit hereingebrochen. Das Gelächter und die Stimmen erstarben, Köpfe drehten sich zu ihnen um, eine alte Frau bekreuzigte sich.

»Wie könnt ihr es wagen, diesen Namen hier auszusprechen?«, schrie ein Mann. Es war einer von der Sorte, die Albert sofort als Türsteher für das Theater eingestellt hätte. Sein vernarbtes Gesicht verriet, dass er nicht vor Schlägereien zurückschreckte.

Cynthia hob verteidigend die Hände. »Schon gut, Entschuldigung, wir sind neu hier und nicht mit den Gegebenheiten vertraut. Ich werde drei Vaterunser sprechen, und dann ist Tzu-«

»Nicht noch mal«, mahnte Matilda sie.

»Dann ist dieses Monster hoffentlich beruhigt«, beendete Cynthia den Satz.

Köpfe wurden geschüttelt und Menschen wandten sich von ihnen ab. Ihr Einstand in der Hafenstadt war ordentlich misslungen.

Cynthia war das anscheinend egal. Sie schoben sich weiter durch die Massen und kamen auf einem Stadtplatz an. Er war rund wie ein Käserad und in der Mitte stand ein hölzernes Podest mit einem Galgen.

»Das macht man also mit Leuten, die zu oft diesen Namen aussprechen«, murmelte Matilda.

»Oder Fragen stellen«, schob Albert nach.

»Oder für öffentlichen Aufruhr sorgen«, ergänzte Cynthia.

Matilda schirmte ihre Augen mit der Hand gegen die Sonne ab. Es war brütend heiß in Port Exit und die Luft zum Zerschneiden dick. »Da drüben«, sagte sie und zeigte auf einen Schuppen, über dem *Sheriff* stand. »Das Mädchen hat dich nicht angelogen.«

Cynthia knurrte zufrieden und marschierte vorweg.

»Mir gefällt das nicht«, flüsterte Albert, der direkt hinter Matilda ging. »Das riecht doch wieder nach Ärger.«

»Wir sind schon mittendrin, Albert. Dafür ist es jetzt zu spät, befürchte ich.«

Cynthia trat ein, ohne anzuklopfen. Das Büro des Sheriffs war ein kleines, stickiges Zimmer mit einem Schreibtisch, der unter Zetteln ächzte, und einem großen Tresor. Ein Türrahmen führte in die hinteren Zimmer, wo sich wahrscheinlich auch eine Zelle befand.

»Hallo?«, rief Cynthia.

»Hallo«, hörten sie aus einem Hinterzimmer.

»Wir suchen den Sheriff«, rief Cynthia. »Wir brauchen seine Hilfe.«

Schwere Stiefelschritte auf dem Holzboden verrieten, dass die Person langsam näher kam. Im Türrahmen stand eine große Frau; sie füllte ihn komplett aus. Über ihre Brust spannten sich Hosenträger, und ihre Füße steckten in Lederstiefeln. Der oberste Knopf ihres Hemdes war geöffnet, und ihr langes blondes Haar hing offen über die Schultern.

Matilda hatte sich den Sheriff anders vorgestellt.

»Sheriff Winter, wer macht Ärger?«, wollte die Frau wissen und musterte die drei gründlich. »Beifang, was?«

»Beifang?«, wiederholte Albert.

»Na, ihr kommt nicht von hier, ihr seid durch die Kanäle an unsere Strände gespült worden«, erklärte Sheriff Winter. »Beifang eben.«

»Ja, so kann man das wohl sagen. Sind noch nicht lange hier«, erwiderte Matilda.

»Und schon Ärger?«, fragte die Frau, die mindestens einen Kopf größer als die Godwins-Tochter war. Sie verschränkte die Arme vor der Brust. »Ihr wisst, dass ich das jetzt sagen muss: Als Sheriff kann ich keine Leute in der Stadt gebrauchen, die Ärger machen.«

Es dauerte einen Augenblick, bis Matilda verstand, dass die Frau einen Scherz gemacht hatte.

»Wir suchen jemanden«, erklärte Cynthia.

»Das geht dem meisten Beifang so. Sie kommen her, fragen nach Angehörigen, irren ein paar Tage durch die Stadt, bis sie selbst Teil des Organismus werden.« Winter löste sich vom Türrahmen und marschierte zum Schreibtisch hinüber, ließ sich auf dem Stuhl nieder und sortierte ein paar Blätter. Das Chaos auf dem Tisch wurde dadurch nicht weniger.

»Name?«

»Charles Lynbrook«, sagte Cynthia, und Matilda spürte, wie ihr Mund austrocknete.

»Ein Lynbrook? Hier?«, fragte sie, aber Cynthia ignorierte sie. Winter machte ein mindestens so überraschtes Gesicht, und Matilda gefiel das überhaupt nicht.

»Bist du dir sicher, dass du diesen Typen finden willst, Schätzchen?«, fragte Winter im Ton einer besorgten Großmutter.

Cynthia nickte.

»Dann dreh dich mal um.«

Die drei sahen sich um. An der Wand hingen Papiere, die

sich schnell als Steckbriefe herausstellten. Zeichnungen von Menschen, die allesamt aussahen, als würden sie es mit dem Gesetz nicht so genau nehmen. Auf die meisten Köpfe war eine Belohnung von fünfhundert Gulden ausgesetzt. Nur einer tanzte aus der Reihe. Er hatte ein rundes Gesicht, der in der Form an einen Fußball erinnerte. Die Augen waren klein wie Knöpfe und das Haar glatt gekämmt. Auf seiner Nase saß eine Brille mit winzigen Gläsern. Die Belohnung: zweitausend Gulden. Sein Name: Charles Lynbrook.

»Oh«, entfuhr es Albert.

»Das war nicht Teil der Abmachung«, sagte Matilda.

»Beruhigt euch«, fuhr Cynthia sie an. »Das ist mir auch neu. Aber wir sollen ihn ja nicht einfangen, sondern nur Geld eintreiben.«

Nur Geld eintreiben. Sie sagte das, als wäre jemand, auf den so ein hohes Kopfgeld ausgesetzt war, stets darauf bedacht, seine Schulden zurückzuzahlen.

»Da habt ihr euch aber gleich den dicksten Fisch im Becken ausgesucht«, stellte Winter fest und legte die Füße auf den Tisch. Dass die Zettel davon dreckig wurden, interessierte sie anscheinend nicht. »Seid ihr Kopfgeldjäger?«

»Zauberer«, stellte sich Albert vor, und Winter hob eine Augenbraue.

»Ich muss eine offene Forderung eintreiben«, erklärte Cynthia. »Das da«, sie zeigte mit dem Finger nach hinten auf den Steckbrief, »ist mir aber neu. Was hat er angestellt?«

Winter stieß Luft aus, als würde ein anstrengender Treppenaufstieg vor ihr liegen. »Wo fange ich da an? Charles Lynbrook kam vor vielen Jahren als Beifang in die Marschlande. Er ist nicht von hier. Seine Karriere begann vielversprechend: Er handelte mit Schilfrohr, nutzte das Geld, um eine Bank aufzubauen, wurde Bürgermeister von Port Exit und bekam trotzdem den Hals nicht voll. Er schröpfte die Stadtkasse und bereicherte sich, wo es möglich war. Er war durch und durch korrupt und eigentlich qualifizierte ihn das als Bürgermeister für Port Exit.«

»Ein klassischer Lynbrook«, murmelte Matilda.

»Und dann?« Cynthia klang angespannt.

»Er war zu gierig. Als er sogar den Fährmännern Gebühren fürs Anlegen im Hafen auferlegte, zettelten die eine Revolte an. Sie sind das Herzstück der Marschlande, ohne sie funktioniert nichts, und sie arbeiten schon für einen Hungerlohn. Die Menschen versammelten sich eines Abends im Hafen, die Luft war so schwül wie heute und an jedem anderen Tag im Jahr.« Winter fächelte sich mit einem Stück Papier Luft zu. »Sie hatten Fackeln und Mistgabeln und stürmten die Villa des Bürgermeisters. Der hatte schon längst Reißaus genommen, war mit ein paar Getreuen in die Sümpfe geflohen. Seitdem überfällt er mit seinen Leuten Warenlieferungen auf den Flüssen und klaut Vieh. Er ist ein Dorn im Fleisch der Stadt, und es gibt Gerüchte, dass er eine Armee aufstellt, um hier einzumarschieren. Manche von ihnen schlagen sich als Sammler durch, das sind die schlimmsten von allen.«

»Sammler?«, fragte Albert.

»Sie reisen zurück in die normale Welt, klauen, was sie finden können, und entführen Menschen. Einige von ihnen bekommen Aufträge, andere handeln auf eigene Faust.«

Das erklärte die verschwundenen Menschen und Sachen im Keller der Godwins.

»Durch und durch Lynbrook«, flüsterte Albert, und Matilda konnte sich ein Grinsen nicht verkneifen.

»Ihr habt Erfahrung mit denen?«, fragte Winter und richtete sich auf dem Stuhl auf. »Ihr könnt die zur Strecke bringen?«

»Wir kennen seine Frau«, erklärte Matilda. »Und sie ist keinen Deut besser.«

Cynthia legte den Kopf zur Seite. »Wir sind nicht hier, um ihn umzubringen.«

Sheriff Winter winkte ab. »Es reicht mir, wenn ihr ihn hier abliefert. Um den Rest kümmere ich mich.«

»Klingt gefährlich«, gab Albert zu bedenken.

»Ja, unser ursprünglicher Auftrag wirkte weniger bedrohlich«, sagte Matilda an Cynthia gewandt, die nur mit den Schultern zuckte.

»Das ist auch für mich neu. Aber wir haben eine Mission, und ich werde jetzt nicht umdrehen. Wo finden wir ihn?«

»Das ist eine gute Frage, Schätzchen. Er ist wie ein Geist und taucht überall in den Marschlanden auf. Am einfachsten wäre es wohl, sich einen Fährmann zu nehmen und darauf zu hoffen, dass ihr unterwegs überfallen werdet.«

»Und wenn wir nicht so viel Zeit haben?«, wollte Cynthia wissen.

»Hört euch in den Tavernen und Saloons um. Seine Bande soll hier Anwerber haben, die arbeitswilliges Volk aus der Stadt bringen.«

»Alles klar«, sagte Cynthia und drehte sich bereits zur Tür um.

»Das wäre nicht alles«, warf Matilda ein. »Wir suchen noch zwei Personen: Williams und Elizabeth Godwins. Kennen Sie die beiden?«

Sheriff Winters buschige Augenbrauen zogen sich zusammen. »Godwins?«

Matilda nickte und spürte Zuversicht in sich aufkeimen. »Meine Mutter muss schon seit vielen Jahren hier sein, mein Vater erst seit ein paar Monaten.«

»Tut mir leid, Schätzchen, spontan klingelt da nichts.« Es war wie ein Schlag in die Magengrube. »Nicht alle kommen nach Port Exit, und die wenigsten werden Bürgermeister. Nur weil ich sie nicht kenne, heißt das noch gar nichts. Vielleicht führen sie ein friedliches Leben in einem der zahlreichen kleinen Fischerdörfer an den Ufern des Flusses. Oder sie waren nur auf der Durchreise und sind gar nicht mehr in den Marschlanden. Hier herrscht ein ständiges Kommen und Gehen. Jeden Tag neue Gesichter und Menschen in«, sie warf einen kurzen Blick zu Albert, »interessanten Klamotten.«

»Ich bin Zauberer«, sagte Albert noch einmal.

»Aha.«

»Wir werden uns weiter nach ihnen umhören«, versprach Cynthia.

»Ein Tipp noch: Stellt nicht zu viele Fragen. Die Bewohner von Port Exit mögen das überhaupt nicht. Viele sind hier, um ihre Vergangenheit hinter sich zu lassen. Die mögen niemanden, der mit der Nase im Boden schnüffelt und Dreck aufwühlt, okay?«

Das war schon die zweite Person, die ihnen den Tipp gab. »Danke«, sagte Matilda.

»Viel Glück«, rief Sheriff Winter ihnen hinterher, als sie durch den Türrahmen wieder in die sengende Hitze traten.

In Matildas Kopf schwirrten die Gedanken. Keine Spur von ihren Eltern, und sie suchten einen Lynbrook.

»Es ist ihr Ehemann, oder?«, sprach Albert aus, was sie dachte.

»Ja«, antwortete Cynthia knapp.

»Und du dachtest, dass diese Information nicht wichtig für uns ist?«, fuhr sie Matilda an. »Wir jagen ihren verdammten Ehemann, keinen einfachen Schuldner.« Ihr Zeigefinger pochte auf Cynthias Brust.

Cynthia wischte den Finger beiseite. »Zeig nicht mit dem Finger auf mich. Und wir jagen ihren Ehemann auch nicht, sondern wir wollen ihn finden und ein paar Schulden eintreiben. Das ist alles. Wir werden Charles Lynbrook nicht ausliefern, weder hier noch in London.«

»Was will Mrs Lynbrook von ihm?«, verlangte Albert zu erfahren.

»Oh, nach so vielen Jahren gibt es einige offene Rechnungen zu begleichen«, deutete Cynthia an. »Er hat sie verlassen, wie er sein Amt hier verlassen hat. In einer Nacht-und-Nebel-Aktion.«

»Du erzählst uns jetzt alles, was du weißt«, verlangte Matilda. »Das wäre eine sehr wichtige Information gewesen, bevor wir uns entschlossen haben, mit dir auf dieses Abenteuer zu gehen.«

»Es hätte gar nichts geändert. Du hättest trotzdem gehofft, deine Eltern hier zu finden«, fauchte Cynthia sie an, und Matilda wusste, dass sie recht hatte. Lynbrook und der Schuldner waren ihr egal. Aber die Aussicht, etwas über den Aufenthaltsort ihrer Eltern zu erfahren, hatte sie jegliche Vorsicht vergessen lassen. Cynthia sah sich um. »Nicht hier, lasst uns irgendwo hingehen, wo wir in Ruhe reden können.«

Sie entdeckten einen Saloon direkt auf der gegenüberliegenden Straßenseite. In der hinteren Ecke nahmen sie Platz an einem runden Tisch. Es stank nach Pfeifentabak und

Schweiß. Irgendwo klimperte jemand auf einem Piano, und Matilda sah an mehreren Tischen, dass mit Karten gespielt wurde. Kaum hatten sie sich hingesetzt, stand auch schon eine Bedienung vor ihnen. Es war ein hagerer Junge. Über seiner Schulter lag ein Handtuch, und das weiße Leinenhemd war voller Flecken.

»Was darf ich bringen?«, fragte er.

Matilda, Albert und Cynthia tauschten Blicke aus, dann antwortete der Zauberer das denkbar Dümmste. »Eine Cola?«

Der Junge machte ein Gesicht, als hätte Albert ihn gebeten, den Sound des Fernsehers lauter zu stellen. Denn in Port Exit gab es keine Fernseher und, soweit Matilda das beurteilen konnte, nicht mal Strom. »Kohle?«

Albert winkte ab. »Irgendwas, das nicht aus dem Fluss kommt.«

»Bier«, schlug der Kellner vor. »Für die Damen ebenfalls?«

Cynthia und Matilda nickten. Die Herren am gegenüberliegenden Tisch hatten ihre Kartenpartie noch nicht beendet, da stand der Junge schon wieder am Tisch. In den Händen trug er drei große Krüge. Die Schaumkronen wippten hin und her. »Macht dann dreißig Schillinge, bitte«, sagte er und hielt ihnen die Hand hin. »Fünfunddreißig, wenn Ihnen der Service gefallen hat.«

Albert suchte in seiner Tasche. »Wie sehen diese Schillinge aus? Entschuldigung, aber wir sind Beifang und noch nicht lange in Port Exit.«

Der Junge seufzte und holte eine silberne Münze aus einem Beutel hervor, der ihm um die Hüften hing. Er war daumennagelgroß. »Das sind zehn Schillinge, Mister.«

»Vielen Dank«, sagte Albert und kramte weiter in seinem Beutel. Matilda wusste nicht, was er vorhatte, Geld hatten sie auf jeden Fall keins eingetauscht. »Bitteschön.« Albert überreichte dem Jungen vier silberne Münzen. »Den Rest kannst du behalten.«

»Danke, Mister«, sagte der Junge und deutete eine Verbeugung an.

Cynthia sah so überrascht aus, wie sich Matilda fühlte. »Wie?«, stieß sie hervor.

»Schon vergessen? Ich bin Zauberer und solche kleinen Münzen sind da die geringste Herausforderung. Ich brauchte bloß eine Vorlage, etwas, an dem ich mich orientieren kann«, erklärte er und zupfte seinen Frack zurecht. »Für dich«, sagte er und ließ den Schokotaler über den Tisch rollen. »Da Old Larry ihn nicht haben wollte, steht er dir nach deinen Eskapaden im Fluss wohl zu. Wollen wir?« Er griff zum Bierhumpen.

Sie stießen an. Matilda ließ die Münze in ihrer Hosentasche verschwinden und nahm einen großen Schluck. Sie verzog das Gesicht. Das Bier in Port Exit war nicht unbedingt schlecht, bloß ganz anders, als sie es aus England gewohnt war. Bitter wie ein Kaffee, der zu lange gezogen hatte.

»Gewöhnungsbedürftig«, murmelte Albert.

»Besser als das Brackwasser, vermute ich«, warf Cynthia ein.

Matilda stellte den Humpen auf dem Tisch ab. »Raus mit der Sprache, wer ist Charles Lynbrook? Warum lässt die alte Schachtel ihren eigenen Mann von dir jagen?«

Cynthia ließ den Blick umherschweifen, dann beugte sie sich vor. Matilda und Albert machten es ihr nach. Ein paar Betrunkene sangen schief und schräg ein Lied, was es schwer machte, die rothaarige Frau zu verstehen. »Mrs Lynbrook hat ein Prinzip: Jeder bezahlt seine Schulden. Danach hat sie schon immer gelebt. Sie hat Angst, dass auch andere aus der Reihe tanzen, wenn es sich rumspricht. Und ihr eigener Mann stand bei ihr in der Kreide. Irgendwann hat er sich dann davongemacht.«

»*Davon* ist gut«, sagte Albert und sah sich um. »Ich hätte ja Verständnis gehabt, wenn er sich eine Hütte in den Highlands gesucht hätte. Aber gleich durch ein magisches Tor verschwinden?«

»Wir alle wissen, wie unangenehm diese Frau sein kann«, flüsterte Cynthia. »Sie ist beileibe kein Sonnenschein. Ich glaube, dass Charles Angst hatte, als er hierherkam.«

»Über wie viel Geld sprechen wir?«, fragte Matilda. Sie wollte wissen, wie hoch der Schuldenberg war, wenn Lynbrook ihre Fühler sogar bis in die Marschlande ausstreckte.

»Keine zehntausend Pfund.«

Matilda schnaufte und schlug auf den Tisch. »Die Frau hat doch einen Dachschaden!«

»Das dachte ich mir schon, als sie dir den Conteville auf den Hals gehetzt hat. Du weißt, wie sein Auftrag lautete«, gab Albert zu bedenken und nahm einen Schluck vom Bier.

»Mich umzubringen, stimmt. Es gab schon vorher Anzeichen, aber Geld spielt für diese Frau doch keine Rolle mehr. Soll sie den Kerl einfach in Ruhe lassen und sich freuen, dass sie keine komplizierte Scheidung durchmachen muss. Die Anwälte würden wahrscheinlich sehr viel teurer werden.«

»Ähnlich habe ich auch argumentiert«, verriet Cynthia, »aber hier geht es ums Prinzip, wie Mrs Lynbrook so schön sagte, nicht um das Geld. Sie muss ihr Gesicht wahren.«

»Wenn sie ihr Gesicht wahren will, sollte sie nachgeben«,

sagte Albert. »Das würde sie auf jeden Fall sympathischer machen.«

»Wieder eine Kategorie, in der Lynbrook nicht denkt«, hielt Cynthia dagegen.

»Dein Plan ist es, jetzt einfach zu diesem Charles Lynbrook zu latschen und ihm die offenen Forderungen zu übergeben? Du erinnerst dich noch an die Worte des Sheriffs, oder?« Matilda hielt das Ganze für eine einfältige Idee.

Cynthia zog die Schultern hoch und legte den Kopf zur Seite. »Sie zahlt sehr gut.«

»Und uns lässt sie dafür in Ruhe«, sagte Albert und starrte auf das Bier vor ihm. »Irgendwie absurd. Früher hätte ich immer gedacht, dass man einfach zur Polizei geht, wenn einem so was passiert, aber jetzt fühle ich mich so …«, er suchte das richtige Wort.

»Machtlos?«, schlug Matilda vor.

»Ja, machtlos, das passt perfekt.«

Matilda beobachtete, wie sich die Männer am gegenüberliegenden Tisch lautstark vorwarfen, mit gezinkten Karten zu spielen. Wahrscheinlich kam so eine Diskussion hier häufiger vor, als dass jemand ein Wasser bestellte.

»Wir haben einen Vorteil.« Cynthia legte die Pistole aus ihrem Waffenholster auf den Tisch. Es war ein schlichtes schwarzes Modell. Keiner der großen Ballermänner aus den alten Fernsehserien.

»Du willst Charles und seine Bande umbringen?«, fragte Matilda. Sie hatte Cynthia viel zugetraut, aber das nicht.

»Nein, aber es ist ein guter Meinungsverstärker, denke ich. Bisher habe ich noch niemanden mit einer Waffe gesehen. Sie tragen Speere, Messer und Bögen mit sich, aber keine Schusswaffen.«

Matilda ließ abermals den Blick schweifen. Tatsächlich, das Detail war ihr bisher entgangen.

»Falls wir es mit einer großen Gruppe zu tun bekommen, wirst du auch mit der Pistole verlieren. Ich glaube nicht, dass Charles Lynbrook erfreut sein wird, wenn du ihm eine Rechnung überreichst, nachdem er wer weiß wie viele Kilometer geflüchtet ist. Nach allem, was wir gehört haben, könnte er ungehalten reagieren.«

Cynthia hob ihren Bierkrug an. »Worüber diskutieren wir hier? Wir tun so, als wäre es eine Option, den Auftrag nicht auszuführen«, sagte sie und trank.

Egal, wie groß Matildas Bedenken waren, damit hatte Cynthia einen Punkt. »Ich bin nur dabei, wenn wir nach meinen Eltern Ausschau halten«, verhandelte sie. »Bei jedem, den wir nach Charles Lynbrook fragen, erkundigen wir uns auch nach den Godwins. Und wenn es einen handfesten Hinweis zum Aufenthaltsort meiner Mutter oder meines Vaters gibt, werde ich meine Prioritäten überdenken.«

Cynthia zögerte kurz. »Klingt fair. Ich bin ehrlich: Ich ziehe das im Zweifelsfall auch alleine durch, wenn ihr jetzt einen Rückzieher macht. Aber ich kann für nichts garantieren, was Mrs Lynbrook anbelangt.«

»Für diese Frau kann niemand garantieren«, erwiderte Matilda und kippte den Rest ihres Biers herunter.

Beide sahen zu Albert, der seinen Krug anstarrte. Er schüttelte den Kopf. »Das ist völlig bekloppt. Unser Kopf landet schneller in der Schlinge, als Butterscotch eine Süßigkeit auftreiben kann.«

»Aber?«, fragte Cynthia, die zu ahnen schien, dass das nicht alles war.

»Ich mag mein Theater wirklich gerne. Also gut, aber

meine Bedingung ist, dass ich bis zu meinem nächsten Auftritt zurück bin.«

Der Junge kam wieder an den Tisch. »Darf es noch etwas sein?«

»Du weißt nicht zufällig, wo wir Charles Lynbrook finden?«, fragte Albert. Die Augen des Jungen wurden groß und die Männer, die bis eben noch Karten gespielt hatten, drehten die Köpfe zu ihnen. Einer mit einer Augenklappe und derart vergammelten Zähnen, dass sie an Baumstümpfe erinnerten, fixierte den Zauberer.

»Du stellst zu viele Fragen, Bursche!«

Kapitel 7

Albert Tubbs

Aus irgendeinem Grund hatte Albert ein sehr ungutes Gefühl. Vielleicht lag es an den vielen unrasierten, grobschlächtigen Gesichtern, die ihn böse anstarrten, vielleicht auch an dem bitteren Bier.

Der Junge, der auf ein weiteres Trinkgeld gehofft hatte, schlich davon wie eine Katze. Es wurde schlagartig ruhig im Saloon. Das Lachen, die Musik und die Gespräche erstarben. Alle Köpfe drehten sich zu den beiden Tischen in der Ecke.

»Warum seid ihr plötzlich so still?«, wollte der Mann mit der Augenklappe wissen. »Ihr habt doch die ganze Zeit nicht den Mund gehalten.«

»Wir sind … äh … nur Durchreisende«, versuchte Albert es wenig überzeugend.

»Kannst du uns zu Lynbrook bringen?«, fragte Matilda. Der Name sorgte für ein Raunen in der Kaschemme. Manche stürmten fluchtartig durch die Schwingtüren ins Freie.

Der Mann grinste. »Warum sollte ich das tun?«

»Wir zahlen gut. Albert?«, forderte ihn Cynthia auf.

Der Zauberer brauchte einen Augenblick, bis er verstand, was von ihm verlangt wurde. Dann schüttelte er sich einen Gulden aus dem Ärmel. Er hatte keine Ahnung, wie viel der in den Marschlanden wert war, aber es reichte, um einen Fährmann vom Anleger bis nach Port Exit zu buchen. Außerdem war es bestimmt mehr als ein paar Schillinge. Das goldene Metall fiel in seine Handfläche und er warf es dem Mann zu, der es verdutzt auffing. Er starrte auf den Gulden zwischen seinen Fingern.

»Das sollte deinen Verlust beim Kartenspielen wieder wettmachen«, sagte Albert. Er hatte keine Ahnung, wie es um die Finanzen des Mannes beim Glücksspiel stand, aber es klang schlagfertig.

»Bist du ein verdammter Goldesel, oder was? Fallen aus dir die Münzen raus, wenn man dich kopfüber schüttelt, so wie Früchte von einem Baum?« Der Mann und seine Kameraden machten Anstalten, aufzustehen.

»Oh, nein, nein«, versuchte Albert, sie zu beschwichtigen, und die Gauner hielten tatsächlich in ihrer Bewegung inne. »Das ist alles, was ich gerade dabei habe. Seht ihr?« Er zeigte ihnen seine Handflächen und krempelte die Taschen des Fracks nach außen. »Keine Münzen, nur Luft.« Kurz juckte es ihn, eine weitere Münze herbeizuholen. Das Publikum wäre auf jeden Fall verblüfft gewesen. Allerdings handelte es sich nicht um das klassische Theaterpublikum. Diese Herren waren Räuber und wenn sie merkten, dass er Münzen hervorholte wie eine Henne Eier legte, hätte er ein Problem.

Der mit der Augenklappe nickte langsam. »Aha.« Dann sah er zu Cynthia. »Was willst du von ihm?«

»Kannst du uns hinbringen?«

»Vielleicht.« Er grinste wieder.

»Wir wollen ihm ein Geschäft unterbreiten«, deutete Cynthia an und verbog die Wahrheit so weit, dass sie kurz vor dem Durchbrechen war. Theoretisch hatte sie die Wahrheit gesagt. Sie würden ihm das Geschäft anbieten, seine Schulden zu bezahlen und dafür Ruhe vor seiner Frau zu haben.

Diese Männer, die hier vor ihnen saßen, dachten dabei aber bestimmt an etwas komplett anderes.

»Geschäfte sind seine Spezialität«, sagte der mit der Augenklappe und nickte langsam. »Das kann er gut.«

»Also?«

»Zehn Gulden und ich werde mit ihm sprechen.«

»Mit ihm sprechen?«, fragte Matilda.

»Ja, mit ihm sprechen«, der Mann machte dabei eine Bewegung mit den Fingern, als würden sich seine Hände unterhalten. »Ihr glaubt doch nicht, dass ich euch einfach in sein Lager bringe. Dafür könnte ich den Kopf verlieren.«

»Oder du bekommst eine dicke, fette Gehaltserhöhung, weil du ihm das Geschäft seines Jahres ermöglicht hast«, hielt Cynthia dagegen. Albert sah schon den Schädel des Mannes über den sandigen Boden rollen.

Der Mann schien kurz nachzudenken und drehte sich zu den anderen Kartenspielern um. Sie tuschelten miteinander. Erst jetzt fiel Albert auf, dass es mittlerweile erschreckend leer geworden war. Am Tresen stand noch eine großgewachsene Frau, die stoisch ein Bierglas abtrocknete und die beiden Tische böse anfunkelte. Kein Wunder, sie hatten sie Umsatz gekostet. Am Klavier saß ein hagerer alter Mann mit weißem Haarkranz und wartete darauf, dass die Stimmung ein bisschen Geklimper wieder hergab. Der Moment erschien ihm dafür wohl unpassend. Dann drehte sich der Mann mit der Augenklappe um.

»Fünf Gulden. Für jeden von uns. Wir bringen euch in die Nähe seines Lagers. Einer von uns wird mit ihm sprechen. Wenn er euch sehen will, bringen wir euch hin, ansonsten jagen wir euch in die Sümpfe wie ein paar verdammte Hunde.«

»Drei Gulden vorher, zwei Gulden bei Erfüllung der Aufgabe«, erwiderte Cynthia sofort.

»Drei Gulden vorher, drei Gulden bei Erfüllung«, hielt der Mann dagegen.

Cynthia schüttelte den Kopf. »Drei Gulden vorher, einen bei Erfüllung und einen, wenn wir trockenen Fußes dort ankommen.«

Kurzes Schweigen breitete sich aus. Der Mann runzelte die Stirn und leckte sich mit der Zunge über die Lippen. »Abgemacht«, sagte er, schien sich seiner Sache aber nicht so richtig sicher zu sein. Wurde er gerade über den Tisch gezogen?

»Boss, ich glaube, du hättest …«

»Schnauze«, unterbrach Augenklappe einen seiner Männer. »Kommt, wir brechen gleich auf.«

»Draußen wird es dunkel«, gab Matilda zu bedenken, und auch Albert gefiel der Gedanke nicht, bei solchen Lichtverhältnissen durch einen Sumpf zu marschieren.

»Umso besser, das schützt uns vor neugierigen Blicken. Darf ich um die Gulden bitten?«

Albert schüttelte sich fünfzehn Gulden aus den Ärmeln. Das kalte Metall wanderte seine Arme entlang und landete in seinen Handflächen. Er fühlte sich wie ein Bankautomat. »Bitte sehr, die Herren«, sagte er, als er der Augenklappe den Münzenturm überreichte.

»Ich glaube, ich werde dich noch schütteln«, murmelte der Kerl nachdenklich. »Bist doch ein verdammter Obstbaum.«

»Schluss jetzt und liefert, wofür wir euch bezahlen«, herrschte ihn Cynthia an.

Der Mann starrte noch einen Moment auf Albert, dann

grunzte er. »Los Jungs, das Spiel kann warten, wir haben heute noch ein bisschen Strecke zu machen.« Die Männer erhoben sich und verließen den Saloon. Albert, Cynthia und Matilda folgten ihnen. Draußen hatte sich eine Traube aus den restlichen Besuchern gebildet, die darauf warteten, dass der Disput geklärt war, das Klavier wieder erklang und das Bier in Krüge floss. Als die beiden Gruppen aus dem Saloon traten, wurde es noch einmal schlagartig still. Das Getuschel erstarb.

Augenklappe lachte. »Alles gut, Leute, hier wird heute niemand abgestochen. Ihr könnt wieder rein und feiern!«

Die Menschen tauschten Blicke aus, dann, vorsichtig wie geschlagene Hunde, schlichen sie zurück in den Saloon, und das Klavierspiel setzte erneut ein. Das Leben kehrte in die Kaschemme zurück, als wäre nichts vorgefallen.

»Habt ihr Pferde?«, fragte Matilda.

Die Männer lachten. »Ihr seid noch nicht lange hier, oder?«, fragte Augenklappe.

»Beifang«, erklärte Albert beiläufig.

»Habt ihr hier schon Pferde gesehen? Die Viecher gehen in den Sümpfen unter wie Steine im Fluss. Wir laufen.« Damit war alles gesagt, und die Truppe marschierte davon. Albert, Cynthia und Matilda tauschten Blicke aus, dann folgten sie ihren Fremdenführern. Sie hatten schon viele schlechte Ideen gehabt, aber das hier erschien Albert die dümmste zu sein. Sie folgten einer Truppe von zwielichtigen Halunken in eine Sumpflandschaft. Und die zwielichtigen Halunken waren der Meinung, dass es sich bei Albert um einen Goldesel handeln musste. Er würde den Kerlen nie den Rücken zudrehen.

Im Türrahmen des Sheriffbüros stand Winter. Sie hatte

sich angelehnt und die Arme vor der Brust gekreuzt. Albert überlegte, ob er etwas sagen sollte, aber sie wusste ganz sicher, was hier ablief. Sie nickte ihnen zu, als hätten sie alles richtig gemacht.

Sie liefen durch die engen Gassen von Port Exit. Die Sonne hing tief am Horizont und tauchte alles in ein oranges, warmes Licht. Händler verstauten ihre Waren und schlossen ihre Stände. Die Stadt wurde von einer Mauer beschützt, und sie passierten ein großes Tor. Albert erkannte Männer, die man mit viel gutem Willen als Miliz hätte bezeichnen können. Für eine Stadtwache oder Polizei fehlten die Uniformen. Sie trugen Mäntel und Hosen aus Stoff und waren mit Speeren, Äxten, Bögen und Säbeln bewaffnet.

Aber keiner von ihnen interessierte sich für Matilda, Cynthia, Albert und ihre Begleiter. Sie drehten sich wie zufällig weg, als sie dem Tor näher kamen, und niemand behelligte sie.

»Ihr habt die geschmiert, oder?«, fragte Cynthia. Augenklappe sagte nichts, sondern lachte nur laut, was auch sehr viel verriet. Und da wurde klar, dass Sheriff Winter hoffte, sie würden das Problem mit Charles Lynbrook ein für alle Mal lösen. Port Exit selbst war dazu nicht in der Lage.

Ein Feldweg schlängelte sich aus dem Tor hinein in die Sümpfe. »Immer schön auf dem Weg bleiben, sonst werden eure Füße nass, und das will ich ja nicht«, ermahnte sie Augenklappe.

Albert zweifelte keinen Moment, dass es ihm nur um seine Bezahlung ging, nicht um ihr Leben.

»Wie lange laufen wir?«, fragte Matilda.

»Bis tief in die Nacht. Wir müssen vorsichtig sein, wenn wir uns nicht verirren wollen.« Ihr Weg führte sie immer weiter in die Marschlande. Mücken umschwirrten sie, und Albert wurde nicht müde, sie mit gezielten Schlägen von seinem Blut fernzuhalten. Die Zaubererklamotten waren schweißdurchtränkt, und er wünschte sich nichts sehnlicher als eine kalte Dusche.

Als die Sonne untergegangen war und es dunkel wurde, entzündeten die Männer Fackeln. Es waren Äste mit in Öl getränkten Tüchern an den Enden. Das Licht reichte aus, damit sie den Weg fanden und sich nicht in das nächste Moor verirrten. Sie begegneten hier draußen niemandem mehr und waren vollkommen auf ihre Begleiter angewiesen. Nie im Leben hätte Albert den Weg bei diesen Lichtverhältnissen zurückgefunden.

»Ab hier wird es kompliziert«, sagte Augenklappe. »Wir verlassen den eigentlichen Pfad und begeben uns ins Moor. Bildet eine Kette und setzt euren Fuß genau dahin, wo der des Vorausmarschierenden war. Dann kann euch nichts passieren. Und verlasst auf keinen Fall die Kolonne, verstanden?«

Die drei nickten. Albert hatte nicht vor, in den Sümpfen baden zu gehen.

»Gut, dann los«, brummte Augenklappe.

Sie verließen den Weg und Albert spürte das feuchte Moos unter seinen Füßen. Es schmatzte bei jedem Schritt, und er hatte ein schlechtes Gefühl bei der Sache. Alle schwiegen und achteten nur penibel genau darauf, wo sie ihre Füße hinsetzten. Vor ihm lief einer der ungepflegten Männer aus Lynbrooks Bande.

Albert wusste nicht, wie lange sie schon unterwegs waren. Links und rechts hörte er das Quaken von Fröschen, und das Surren der Mücken raubte ihm langsam den Verstand, da durchschnitt ein Brüllen die Ruhe. Es war kein menschliches Geräusch, sondern klang wie das eines Raubtiers. Eines hungrigen Raubtiers.

Albert dachte gar nicht drüber nach, sondern spürte plötzlich das kalte Metall eines Messers in seinen Händen.

»Was ist das?«, fragte Cynthia.

»Leise«, schnauzte sie Augenklappe an. »Waffen raus, Männer.«

Albert fühlte sich nicht angesprochen und ging in die Hocke. Die Männer verkrampften sich sichtbar. Sie zogen Messer, Hackebeil und einer nahm einen Bogen in die Hand. Sie suchten die Umgebung ab, sahen in der Finsternis aber auch nicht mehr als Albert.

Das Knurren rollte wieder über ihre Köpfe hinweg wie eine Lawine. Alberts Herz pochte laut. Was auch immer das war, es hatte mächtig Hunger.

»Nicht den Pfad verlassen«, erinnerte sie Augenklappe, und Albert sah, wie sich der Mann vor ihnen bekreuzigte.

»Warum muss der Tzunath gerade uns aufs Korn nehmen?«, fragte einer.

»Sag seinen Namen nicht«, schimpfte Augenklappe. »Das ist irgendeine Sumpfechse.«

»Es ist der Tzunath«, hielt der Mann mit schriller Stimme dagegen.

»Ruhe!«, brüllte Augenklappe.

Aus den Knurren war ein tiefes, bedrohliches Grollen geworden, und es kam immer näher. Albert suchte die Umgebung ab, aber das Licht reichte kaum aus, um das Ende ihrer Menschenkette zu sehen.

»Plim, Algan, sichert unsere linke Flanke ab, Börni und Daff, ihr übernehmt die rechte.«

Die Männer kamen dem Befehl nach und reckten ihre Klingen empor. Albert hatte wenig Hoffnung, dass es irgendwas half, aber auch er hatte das Messer fest umklammert und hielt es vor sich.

Dann sahen sie es. Es waren zwei gelb glühende Sonnen in der Finsternis. Schwarze Schlitze durchzogen sie. Der Abstand zwischen den Augen verriet, dass der Kopf breit wie bei einem Krokodil war. Das Grollen drang tief aus der Kehle. »Ein Sumpfbasilisk«, schrie Augenklappe, und Albert wusste nicht, ob das gut oder schlecht war. Der Mann mit dem Bogen schoss einen Pfeil ab. Ein dumpfes Geräusch verriet, dass er nur Schuppen getroffen hatte.

Das Biest machte einen Satz und riss den Mann neben Albert mit sich in die Dunkelheit. Der Schrei ging schnell in ein Gurgeln über.

»Haltet die Stellung«, schrie Augenklappe.

»Er wird uns alle fressen«, jammerte ein Mann.

Kurz war Ruhe, dann tauchten die Sonnen in der Finsternis erneut auf. Sie fixierten Albert. Das Monster sprang, und ein höllischer Lärm hallte durch die Nacht. Alle zuckten zusammen, als das Tier tot vor ihnen zu Boden fiel.

»Direkt zwischen die Augen«, sagte Cynthia zufrieden und steckte ihre Waffe wieder weg.

Die Männer starrten zwischen ihr und dem toten Basilisken hin und her. »Sie ist im Besitz einer Donnerbüchse«, japste Augenklappe.

»Pistole heißt das bei uns«, erklärte Cynthia.

»Ich gebe euch jetzt einen guten Tipp, weil ihr uns gerade das Leben gerettet habt: Zeigt das Ding nicht überall rum. Waffen dieser Art sind selten und wer eine hat, besitzt viel Macht. Ich muss euch nicht erklären, was das bedeutet«, sagte Augenklappe. »Ihr anderen haltet den Mund, kein Wort zu jemandem.«

Die Männer nickten wortlos. Sie hatten immer noch nicht verarbeitet, was gerade passiert war. »Was machen wir mit Plim?«, fragte einer.

»Liegenlassen. Er ist genauso tot wie die Echse. Der Sumpf wird ihn aufnehmen, so wie viele andere zuvor. Kommt!«

Albert wünschte sich, er wäre einfach unter der Dusche stehen geblieben und schrumpelig geworden. Der Mann hinter ihm schob ihn an und langsam setzte er sich wieder in Bewegung.

Es musste weit nach Mitternacht sein, als Augenklappe seine Fackel in den Boden rammte. Insekten umschwirrten das Feuer. »Hier ist es sicher«, sagte er. »Ihr anderen bleibt mit denen hier. Ich gehe ins Lager und spreche mit Lynbrook.«

»Aber was ist, wenn es noch mehr von den Viechern hier gibt?«, jammerte einer ihrer Aufpasser.

»Dann seid ihr bei der Frau am sichersten.«

»Also gut«, murmelte Albert. »Dann warten wir jetzt?«

Matilda und Cynthia setzten sich auf den Boden. »Eine Pause kommt mir ganz gelegen«, gestand die Godwins-Erbin.

Albert nahm neben ihr Platz, während die Männer die Umgebung im Auge behielten. Die Erde war feucht, das Gras nass, und er würde diese Flecken nie wieder aus seiner Hose bekommen.

»Ich habe ein schlechtes Gefühl bei der Sache«, verriet er.

»Das hattest du bei der Jadefuchsjagd auch«, sagte Matilda.

»Und es hätte nicht viel gefehlt, und ich hätte recht behalten.«

»Wenn alles gut verläuft, sind wir im Morgengrauen wieder in Port Exit und haben noch genug Zeit, uns nach Matildas Eltern umzuhören. Vielleicht ist Charles ja froh, dass er seine Schulden begleichen kann«, warf Cynthia ein.

Albert hatte daran so seine Zweifel. Sehr große sogar. Wäre Charles Lynbrook Buchhalter gewesen, der den ganzen Tag seine Nase in Bücher steckte und Gewalt verabscheute, dann hätte man das annehmen können. Aber nach allem, was er über den Mann gehört hatte, und nachdem er nun wusste, mit was für Leuten er sich umgab, hielt er Charles Lynbrook für einen Warlord. »Wir sollten uns einen alternativen Plan überlegen«, flüsterte er. »Also für den Fall, dass wir nicht mit offenen Armen empfangen werden.«

»Wir haben einen Zauberer und eine Donnerbüchse«, sagte Matilda hochtrabend.

»Einen Zauberer ohne Feuerbälle«, erinnerte sie Albert.

»Er wird uns nicht gleich auf der Stelle umbringen«, dachte Cynthia laut nach. »Ich mache den Job schon ziemlich lange. In diesen Kreisen hat man ungern eine Geldeintreiberin vor der Tür stehen. Die Nachbarn könnten etwas mitbekommen.«

»Wie viele deiner Schuldner waren Anführer einer kriminellen Bande?«, fragte Albert.

Cynthia dachte kurz nach. »Auf jeden Fall einer. Ein Drogenbaron in Kolumbien, der mehrere Helikopter nicht bezahlt hatte. Da gab es noch so einen Typen, der glaube ich bei der Mafia war.«

Albert stutzte. Mit der Antwort hätte er nicht gerechnet.

»So ein Helikopter würde uns das Leben auch einfacher

machen«, murmelte Matilda und schlug nach ein paar Mücken, die summend auswichen. »Ich hätte mich vorher noch mal durchimpfen lassen sollen.«

»Wie viele dieser Aufträge hast du für Lynbrook schon gemacht?«, fragte Albert.

»Dreißig.« Cynthia klang, als hätte sie die Zahl grob überschlagen. »So in dem Dreh. Aber es ist das erste Mal, dass ich dafür die mir bekannten Kontinente verlassen muss.«

Dreißig Aufträge. Das war in Anbetracht ihres jungen Alters viel, fand Albert. »Wo lernt man so was?«

»Das, was ich mache, nirgendwo. Natürlich gibt es viele Schuldeneintreiber, aber nur wenige arbeiten in meinem Metier.«

»Und was befähigt dich dazu?«, fragte Matilda. Albert bemerkte einen angriffslustigen Unterton, der bestimmt auch Cynthia nicht entgangen war.

»Einmal ist da die Pistole in meinem Holster, die mir sehr viel Sicherheit gibt. Aber es ist vor allem mein Auftreten. Niemand würde hinter diesem unschuldigen Gesicht so jemanden erwarten. Die Leute schätzen mich falsch ein«, sie schenkte Albert ein Lächeln, der unangenehme Erinnerungen an seinen ersten Auftritt hatte, »und deswegen liegt meine Erfolgsquote auch bei hundert Prozent.«

»Aber du musst das doch irgendwie gelernt haben. Du bist doch nicht eines Morgens aufgewacht und hast gesagt: Geil, ich treibe ab jetzt Schulden bei sehr reichen Menschen ein.«

Cynthia zuckte mit den Schultern. »Es ist eine Art Familienunternehmen. Ein Handwerk, das wir seit vielen Generationen weitergeben.«

»Das Handwerk und den Kundenstamm«, bohrte Matilda weiter nach.

»Ja, vorher haben meine Eltern bereits Schulden für Lynbrook eingetrieben«, bestätigte sie und da verstand Albert, worauf Matilda hinauswollte.

»Hätten wir das Haus nicht als Sicherheit hinterlegt, hättest du also eines Tages bei uns vor der Tür gestanden und das Geld eingetrieben?«

Cynthia antwortete nicht sofort, sondern schien jedes ihrer Worte genau abzuwägen. »Ja, gut möglich. Wahrscheinlich sogar. Aber das ist nichts Persönliches, sondern Teil des Geschäfts.«

Matilda schnaubte.

Albert hielt die Luft an. Er hatte das Gefühl, zwischen zwei Katzen geraten zu sein, die sich mit gebuckelten Rücken belauerten.

»Los, packt eure Sachen, der Boss will euch sehen«, hörten sie die vertraute Stimme von Augenklappe. Sein Zwischenruf hätte keinen Moment später kommen dürfen. Matilda und Cynthia vertagten ihren Disput auf ein anderes Mal. Sie erhoben sich und folgten dem Fackelschein. Es dauerte nicht lange, und sie nahmen in der Ferne Lichter wahr. Weitere Fackeln, die von Männern und Frauen auf einer Mauer gehalten wurden.

Die Palisade war ein Wirrwarr aus Brettern, Bäumen, Blechen und Gerümpel. Lynbrooks Bande hatte alles aufgetürmt und versteckte sich dahinter in Zelten. Der Eingang wurde von zwei Kerlen bewacht, die so sympathisch waren wie eine Reißzwecke unter dem Nagel. Sie trugen Speere und lange Mäntel und hätten so auch vor den Toren von Port Exit stehen können. Nichts unterschied sie von den Wachen der Stadt.

»Passt schon, der Boss will sie sehen«, raunte Augenklappe, als sich ihnen einer der Hünen in den Weg stellte. Bereitwillig wurde Platz gemacht, und Albert, Matilda und Cynthia betraten die Höhle des Löwen.

Das Lager bestand aus vielen Zeltreihen. Männer und Frauen saßen um Feuer, und ein paar Rinder standen eingezäunt am Rand und beäugten die Neulinge. Es stank nach ungewaschenen Achseln und menschlichen Hinterlassenschaften. Mit jeder Zeltreihe, die sie passierten, sahen ihnen weitere Augenpaare hinterher. Ein Esel trabte an ihnen vorbei, und Gänse schnatterten aufgeregt in einem Käfig.

Am Ende des Gangs war ein großes Zelt aufgebaut. Es stand außer Frage, wer dort lebte oder besser residierte. Wie ein Mosaik war die Plane aus vielen bunten Stoffen, die mal ein Dasein als Segel, Hemden oder Decken gefristet hatten, zusammengenäht.

»Wartet hier«, sagte Augenklappe und ließ die drei mit den anderen Männern stehen. Alberts Gefühl in der Magengegend wurde mit jeder Sekunde schlechter. Dann steckte Augenklappe den Kopf aus dem Zelt heraus. »Okay, er empfängt euch jetzt.«

Die Planen am Eingang wurden beiseitegeschoben, und sie traten ein. Im Inneren stand ein großer viereckiger Tisch, auf dem eine Karte ausgerollt war. Dahinter war ein opulenter Stuhl, fast ein Thron, auf dem ein Mann saß. Das runde Gesicht und die kleine Brille ließen keinen Zweifel zu: Es war Charles Lynbrook. Wer auch immer den Steckbrief in Winters Büro gemalt hatte, musste ein Meister seines Fachs sein.

Er wischte sich mit einem Tuch über die Glatze und entfernte den Schweiß. Albert war nicht sicher, ob der Mann einen Bademantel trug oder ob es doch etwas Edleres sein sollte. Der glänzende Stoff sah seiden aus.

Lynbrook leckte sich über die Lippen. »Willkommen in meinem Reich, Beifang. Ich hoffe, ihr habt keine schlechten Nachrichten, wenn ihr mich schon zu so später Stunde stört. Wir mögen hier keine schlechten Nachrichten.« Die Art, wie er die Worte betonte, ließ Alberts letzte Hoffnungen schwinden, dass sie am nächsten Morgen wieder in Port Exit sein würden.

Kapitel 8

Matilda Godwins

Wenn Mrs Lynbrook eine Kröte war, dann war Mr Lynbrook auch eine. Sie hätten Geschwister sein können, dachte Matilda. Es war eine absurde Szenerie wie in einem postapokalyptischen Film. Charles Lynbrook saß auf einem zusammengeschusterten Stuhl, der ein Thron sein sollte, trug einen Bademantel und stierte sie aus seinen großen runden Augen an, als wären sie ein leckerer Snack.

»Wir haben leider nicht so gute Neuigkeiten«, sagte Cynthia und griff in ihre Tasche. Sofort wurden die Männer und Frauen im Raum unruhig und langten nach ihren Waffen. Cynthia hielt in ihrer Bewegung inne. »Darf ich?«

Lynbrook gab ihr mit einem Handzeichen zu verstehen, dass sie fortfahren sollte. Trotzdem waren alle Blicke auf die rothaarige Frau gerichtet.

Sie holte einen Brief heraus. Der Umschlag hatte dasselbe elfenbeinfarbene Papier wie ihre Nachricht von Mrs Lynbrook, in der sie sie aufforderte, Cynthia zu begleiten.

Charles Lynbrooks Stirn zog sich augenblicklich zusammen. »Ich will das nicht sehen.«

»Aber –«

»Nein, behalte das. Damit habe ich abgeschlossen.«

Matilda bemerkte, wie die Wachen im Raum zunehmend unruhiger wurden. Manche hatten ihre Waffen bereits in der

Hand und sahen immer wieder von ihrem Boss zu den Gästen, als würden sie auf einen Startschuss warten, um über sie herzufallen.

»Es ist -«, versuchte es Cynthia noch mal, wurde jedoch wieder unterbrochen.

»Ich weiß, was das ist«, sagte Charles Lynbrook mit quäkender Stimme. »Ein Brief aus London, und ich weiß auch, wer ihn unterschrieben hat: meine Ex-Frau. Ich habe mit diesem Kapitel meines Lebens abgeschlossen und mir ein neues, schöneres aufgebaut.«

Matilda sah sich um, roch den Schweiß und überlegte kurz, ob sie in diesem Augenblick nicht lieber auf dem Stuhl in Lynbrooks Büro in London gesessen hätte. Es fiel ihr schwer, sich zu entscheiden.

»Ich muss leider darauf bestehen, dass Sie diesen Brief annehmen«, beharrte Cynthia mit Nachdruck. »Es stehen nur ein paar Zeilen darin, die an Sie gerichtet sind, und zwar nichts, was Sie umbringen wird. Danach können Sie immer noch entscheiden, den Inhalt einfach zu ignorieren. Aber wir haben eine weite Anreise hinter uns und einer Ihrer Männer wurde sogar von einer Monsterechse gefressen.«

»Das passiert hin und wieder«, murmelte Charles und sah aus, als würde er nachdenken. »Bist du die Frau mit der Pistole?« Im Gegensatz zu seinen Männern benutzte er nicht das Wort Donnerbüchse, was erkennen ließ, dass er nicht in den Marschlanden aufgewachsen war.

»Die bin ich.«

»Du solltest verdammt noch mal auf das Teil aufpassen, so lange du hier bist. Solche Waffen sind mehr wert als viele Leben. Die Revolver werden in den feuchten Sümpfen schnell unbrauchbar, oder einem geht die Munition aus.

Dann können nur noch Sammler helfen, aber die sind teuer. Volles Magazin?«

Cynthia zögerte. »Noch neunundzwanzig Schuss.«

Charles schien nachzudenken. »Der Brief gegen die Pistole. Wenn du sie mir schenkst, werde ich nachlesen, was die alte Schachtel von mir will.«

»Nicht«, flüsterte Matilda. Wenn Cynthia die Waffe abgab, verschlechterte sich ihre Verhandlungsposition immens. Gerade war sie vielleicht das Einzige, was die Wachen davon abhielt, über sie herzufallen.

Aber Cynthia ignorierte sie. »Wären wir drüben in unserer Welt, würde ich auf den Handel sofort eingehen. Aber hier erscheint es mir ein schlechtes Geschäft zu sein.«

Charles Lynbrook lachte so heftig, dass sein ganzer Körper bebte. »*Unsere Welt*«, äffte er sie nach. »Das hier ist genauso unsere Welt wie London oder Edinburgh. Nur, weil es nicht in den Atlanten verzeichnet ist, heißt es nicht, dass es kein Teil davon ist. Wir haben einfach irgendwann aufgehört, die Welt weiter zu erforschen, nachdem die ganze Oberfläche erkundet war. Ich frage mich oft, was in den Meerestiefen noch so alles auf uns wartet. Würde mich nicht wundern, wenn wir uns den Planeten mit einer anderen Zivilisation teilen, die in der Schwärze der Ozeane lebt. Vielleicht ist es aber besser, wenn es dabei bleibt. Ich wüsste ganz genau, was der Mensch mit ihr macht.«

»Das hier ist Teil der Welt?«, fragte Albert.

»Natürlich ist das ein Teil unserer Welt. Zugegeben, die Zugänge sind etwas ungewöhnlich. Wie seid ihr hier hergekommen?«

»Mit einer Muschel«, antwortete Matilda. »In meinem Keller.«

Charles musterte sie genauer. »Es gibt in England nur einen Zugang durch einen Keller. Ich habe jahrelang versucht, dem Besitzer das Anwesen abzukaufen. Bist du eine Godwins?«

Matilda nickte. Selbst in diesem entlegenen Winkel kannte man ihren Namen, und sie war sich nicht sicher, ob das gut oder schlecht war.

»Dann seid ihr gar nicht nur wegen des Zettels hier, ihr wollt auch deine Mutter finden, oder?« Charles lehnte sich vor, faltete seine Hände und stützte den Kopf darauf ab.

Damit traf er genau den richtigen Nerv bei Matilda. Mrs Lynbrook war vergessen. »Sie wissen, wo sie sind?«

»Selbstverständlich weiß ich, was mit ihnen passiert ist. Zumindest bei deiner Mutter bin ich mir sicher, schließlich bin ich der Baron der Marschlande. Es ist meine Aufgabe, über so etwas Bescheid zu wissen.«

»Wo sind sie?«, fragte Matilda.

Aber Charles schüttelte den Kopf. »Unangenehme Situation, was? Ich will die Waffe, deine Freundin will, dass ich den Brief lese, und du willst wissen, wo deine Mutter ist. Wie lösen wir das Problem?«

Cynthia seufzte laut, und Matilda wurde bewusst, dass sie ihre Verhandlungsposition deutlich geschwächt hatte. »Sie lesen den verdammten Zettel, dann können wir weiter verhandeln. Wir sind hier wegen eines Auftrags, alles andere ist zweitrangig.«

Für Matilda war es das nicht. Für sie war von Anfang an am wichtigsten gewesen, etwas über ihre Mutter und ihren Vater zu erfahren.

»Die Pistole«, verlangte Charles ruhig. »Dann können wir über alles andere sprechen.«

Cynthia schleuderte den Brief durch die Luft, und er landete direkt vor Lynbrooks Füßen. Der Mann sah hinab, dann wieder zu Cynthia und beobachtete, wie ihre Hand langsam zum Griff der Waffe wanderte. »Lesen, habe ich gesagt.« Ihr Ton wurde rau wie Schmirgelpapier.

»Du drohst mir?«, fragte Charles. »Du drohst mir, wie meine Ex-Frau es immer getan hat.«

»Genau genommen ist sie noch Ihre Frau«, korrigierte ihn Cynthia.

Mit Reflexen, die ihm Matilda nicht zugetraut hatte, sprang Charles Lynbrook von seinem Stuhl auf. Dabei trat er auf den Brief. »Ich bin der Baron, und ich habe keine Frau mehr, verstanden?« Speichel flog durch die Luft.

»Lesen«, sagte Cynthia und zeigte auf den Umschlag unter seinen Füßen. »Ich werde mindestens einen Schuss abgeben, bevor mich einer Ihrer Leute erreicht, und ich weiß, wer diesen Schuss abbekommt.«

Matilda hörte Albert neben sich seufzen. Auch ihr gefiel es gar nicht, welche Wendung das alles nahm. Wenn sie Charles Lynbrook erschoss, brachte sie vielleicht auch den einzigen Mann um, der ihr bei der Suche nach ihren Eltern weiterhelfen konnte. »Ihre Ex-Frau will Geld von Ihnen«, erklärte Matilda und hoffte, dass es die Wogen glättete.

Tatsächlich beruhigte sich Charles und beäugte Matilda. »Sie will Geld von mir?«

Matilda zuckte mit den Schultern. »Ich weiß, davon hat sie eigentlich genug. Aber wenn es stimmt, was man mir erzählt hat, dann will sie einfach nur, dass irgendwelche Schulden beglichen werden.«

»Das würde zu ihr passen«, murmelte er. Charles bückte sich und hob das Papier auf. Er hielt es an einer Ecke zwischen zwei Fingern weit von sich weg, als wäre es der Grund für den unangenehmen Gestank im Zelt. »Gib mal her«, sagte er zu einem seiner Leute und ließ sich ein Messer reichen. Ein Schnitt und der Umschlag war offen. Charles holte den Brief heraus und las. Sein Gesicht verriet gar nichts. Er sah aus, als würde er den Wetterbericht studieren. »Das klingt ganz nach ihr«, murmelte er, und Matilda machte sich darauf gefasst, dass er sie jeden Moment gefangen nehmen oder töten ließ. »Ihr habt euer Leben aufs Spiel gesetzt, um hier herzukommen, wisst ihr das?«

Natürlich war es ihnen bewusst. Sie nickten.

»Möchtet ihr auch wissen, für welche Summe sie euch in die Marschlande geschickt hat?«

»Das spielt keine Rolle«, erwiderte Cynthia sofort. »Auch ein Pfund kann man eintreiben lassen.«

»Achttausend Pfund«, las Charles klar und deutlich vor. »Wegen achttausend Pfund schickt euch diese verrückte Frau in die Marschlande. Wegen achttausend Pfund ist einer meiner Männer gestorben, der euch hierhergeführt hat, was er nicht getan hätte, wenn diese Frau, die so viel Geld besitzt, dass sie sich jeden Tag den Arsch mit einer Tausend-Pfund-Note abwischen könnte, euch nicht zu mir geschickt hätte.«

»Es gibt keine Tausend-Pfund-Noten«, meldete sich Albert zu Wort und klang wie ein Schüler, der nicht sicher war, ob er die richtige Antwort gab.

»Das ist doch egal!«, raunzte ihn Lynbrook an. »Hauptsache, ihr versteht das Beispiel. Ihr ist wichtiger, mir eins auszuwischen, als ihr euer Leben bedeutet.«

»Für diese Erkenntnis hätten wir nicht erst in die Marschlande gemusst«, kommentierte Matilda.

»Also geben Sie uns das Geld?«, fragte Cynthia. »Und die Unterschrift?«

»Welche Unterschrift?«

»Am Ende des Briefes. Damit sie weiß, dass Sie den Zettel gelesen haben und wir nicht zur nächsten Bank gegangen sind, um achttausend Pfund abzuheben.«

Charles Lynbrook schüttelte langsam den Kopf. »Hört dieser Albtraum denn nie auf? Sie kann es einfach nicht lassen.«

»Dieser Albtraum hört für achttausend Pfund auf«, beharrte Cynthia.

Für einen kurzen Augenblick sah es so aus, als würde Charles Lynbrook darüber nachdenken, sich seine Ruhe zu erkaufen. »Von mir bekommt sie einen Scheißdreck. Ich weiß ja nicht mal, wofür ich ihr das Geld schulde. Wie lange ist es jetzt her, dass ich von da weg bin?«

»Dreiundzwanzig Jahre«, antwortete Cynthia und musste die überraschten Blicke ihrer Begleiter gemerkt haben. »Ich habe mich vorbereitet.«

»Dreiundzwanzig Jahre und sie schickt drei junge Menschen auf eine lebensgefährliche Mission, um achttausend Pfund einzutreiben. Achttausend Pfund, die sie auf dem Konto genauso wenig merkt wie ein verlorenes Haar auf dem Kopf.«

»Das tut nichts zur Sache«, hielt Cynthia dagegen. »Schulden sind Schulden.«

»Nein«, sagte Lynbrook. »Schulden sind Schulden, wenn wir ihnen diesen Stellenwert beimessen. Eigentlich sind das nur Zahlen, nicht mehr. Aber ich will kein Spielverderber sein. Dein Vater«, sagte er an Matilda gerichtet, »und ich haben etwas gemeinsam: Wir sind beide große Zocker.«

Matilda war ganz Ohr. Wie er von ihm sprach, klang, als wäre ihr Vater noch am Leben. »Das hätte uns fast Haus und Hof gekostet.«

Charles nickte. »Gut möglich, dass die achttausend Pfund Schulden aus irgendeinem Casino sind. Vielleicht hat sie mir mit einer Kreditkarte ausgeholfen, weil ich meine im Zimmer vergessen habe. Oder ich habe aufs falsche Pferd gesetzt, keine Ahnung. Ist aber auch nicht wichtig. Ich möchte euch einen Vorschlag machen, eine kleine Wette.«

Immerhin wollte er sie nicht gleich umbringen, das war schon mal gut.

»Was wollen Sie?«, fragte Cynthia.

»Deine Waffe, ich will deine Waffe. Hast du noch mehr Munition dabei?« Seine Augen leuchteten förmlich.

»Zwei Magazine.«

»Gut, sehr gut«, er rieb sich die Hände. »Also, wir machen es so: Wenn ihr die Wette gewinnt, bekommt ihr die achttausend Pfund. Wenn ihr die Wette verliert, kriege ich eure Waffe. Wenn ihr es innerhalb der nächsten achtundvierzig Stunden schafft, erhaltet ihr nicht nur das Geld, sondern auch eine kostenlose Information über den Verbleib deiner Eltern.«

»Abgemacht«, erklärte Matilda sofort.

»Aber ihr kennt doch nicht mal die Wette«, wieherte Charles.

Matilda war das egal. Und wenn sie noch mal einen Jadefuchs durch einen Wald jagen musste, sie würde es sofort wieder machen.

»Was wollen Sie?«, fragte Cynthia.

»Meine Leute haben Angst.« Er kratzte sich am Kopf. »Nein, nicht nur meine Leute, die ganzen Marschlande. Ein

Gespenst geht um. Ein Dämon, der Unglück bringt, wo immer er auftaucht. Ich möchte seinen Namen nicht aussprechen. Manche von ihnen«, er zeigte auf die Wachen, »sind abergläubisch.«

»Tzunath?«, fragte Albert und bereute es sofort. Ein Raunen ging durch das Zelt.

Charles seufzte. »Ja, danke für nichts.« Der Baron der Marschlande ließ sich zurück auf seinen Stuhl fallen. »Ich glaube nicht an solche Dinge. Natürlich weiß ich, dass es Magie gibt und Dinge passieren, die in den naturwissenschaftlichen Fächern an den Universitäten nicht gelehrt werden. Aber dieses Wesen, nein, es ist nicht das, was alle glauben.«

»Sondern?«, hakte Cynthia nach.

Charles zuckte mit den Schultern. »Eine Sumpfechse mit Tollwut, ein besonders großer Alligator, irgendwas.«

»Was hat es denn mit ihm auf sich?«

»Menschen verschwinden in den Marschlanden wie Handtücher aus einem Hotelzimmer. Wir wissen nicht, woher dieses Ding stammt. Gut möglich, dass es genauso Beifang war wie ihr und ich. Vielleicht nicht von der Erde, sondern von einem anderen Ort. Ich halte es für ein Wildtier, das sich den Gegebenheiten perfekt anpassen kann.«

»Kann es durch eine Pistolenkugel sterben?«

Charles lachte auf. »Keine Ahnung, du wirst niemanden hier finden, der dir das sagen kann. Jede Begegnung mit Tzu-«, er stoppte gerade noch so, »dem Monster verlief tödlich. Es gibt keine Augenzeugen.«

»Und wir sollen uns jetzt dieser absolut tödlichen Kreatur stellen, damit wir deine Unterschrift und die achttausend Pfund bekommen?«

»Ja«, sagte Charles. »Ihr habt euer Leben schon einmal riskiert, also könnt ihr es noch ein zweites Mal tun.«

»Und wenn mich die Kreatur samt Pistole frisst?«, fragte Cynthia. »Dann gehen Sie leer aus.«

Charles winkte ab. »Dann ist das eben so. Mit der Waffe wäre es einfacher, Port Exit zurückzuerobern. Ohne wird es mir aber auch gelingen. Allerdings weigert sich ein Großteil meiner Truppe, in die Boote zu steigen, und wenn wir über das Wasser kommen, kann uns niemand aufhalten. Das Vieh muss verschwinden, damit ich freie Fahrt auf den Gewässern habe.«

»Das ist keine Entscheidung, die ich jetzt für uns alle treffen kann«, erklärte Cynthia.

Matilda hatte schon eine getroffen, sagte aber nichts.

»Gibt es ein Zelt, in das wir uns zurückziehen können? Wir sagen Ihnen dann morgen früh, wie wir uns entschieden haben. Ihre Frau«, Charles brummte bei dem Wort unzufrieden, »zahlt gut, aber nicht so gut, dass ich dafür sofort loslaufen und ein Monster erlegen würde.«

»Denkt nicht nur an das Geld, denkt auch an ihre Eltern.« Er grinste zufrieden. Er wusste ganz genau, was seine Worte bewirkten. »Tyron, sorg dafür, dass sie ein Zelt bekommen. Irgendjemand soll heute Nacht unter freiem Himmel schlafen. Und kümmere dich darum, dass sie mit Eintopf und sauberem Wasser versorgt werden. Sie können schlecht das Monster jagen, wenn sie morgen alle Durchfall haben.«

»Aye, Boss«, antwortete der Mann mit der Augenklappe.

»Dann freue ich mich auf eure Entscheidung morgen früh«, sagte Charles und verwies sie mit einer Handbewegung seines Zeltes. Er war ein Spieler, und in diesem Moment schien er äußerst siegesgewiss.

Sie folgten Tyron durch das Zeltlager, stiegen über Schnüre und Leinen, die überall gespannt waren, und passierten Gruppen von neugierigen Wachen und Kämpfern. Neue Gesichter fielen hier auf.

»Da könnt ihr pennen.« Tyron zeigte auf ein Zelt, das aus nicht mehr als einem dreckigen Laken und ein paar Holzstangen bestand.

»Da drin?«, fragte Albert, als wäre seine Anweisung unklar gewesen.

»Aye.«

Nacheinander betraten sie das Zelt. Drei Matten aus Stroh lagen darin. Das war alles. Der Platz genügte kaum, um ihr Gepäck mit unterzubringen, aber Matilda war sich sicher, dass es am nächsten Morgen weg sein würde, wenn sie es draußen stehen ließen. Diese Leute, und dafür brauchte man keine gute Menschenkenntnis, waren nicht vertrauenswürdig.

Im Zelt roch es schimmelig, und sie hatte, wenn sie sich lang hinlegte, Alberts Füße im Gesicht und Cynthias Ellbogen in den Rippen.

»Ihr habt schon eine Entscheidung getroffen, oder?«, fragte Albert.

»Es wäre der erste Auftrag, den die Familie Murphy in all der Zeit nicht zu Ende bringt«, legte Cynthia ihren Standpunkt dar.

Matilda war froh, dass sie sich in der Sache einig waren. »Wenn er mir etwas über meine Eltern erzählen kann, dann muss ich den Pakt mit dem Teufel wohl eingehen«, sagte sie und blickte auf. Ihr gegenüber lag der Zauberer. Butterscotch turnte auf seiner Brust herum. Die Nase des Hamsters zuckte hin und her. »Was sucht er?«

»Süßigkeiten«, murmelte Albert, als wäre er in Gedanken woanders. »Pass auf den Schokotaler auf, sonst ist er gleich wieder weg.«

»Der steckt sicher in meiner Hosentasche«, versprach Matilda.

»Wie lebt er in deinem Hut? Es ist das erste Mal, dass du ihn rausholst, seit wir unterwegs sind«, fragte Cynthia. Sie hatte sich einen Rucksack als Kopfkissen zurechtgelegt.

Albert seufzte. »Wenn ich das wüsste. Ich kann ihn tagelang nicht füttern, und er ist trotzdem putzmunter. Einfach nicht totzukriegen, zum Glück, sonst wäre mir das sicher schon gelungen.«

»Das ist eine gute Eigenschaft, vor allem in so einer Gegend«, fand Cynthia und drehte sich auf die Seite. »Wir sollten uns erholen. Morgen wird ein Monster erlegt.«

Kurz herrschte Stille im Zelt. Aus der Ferne hörte man das Grölen und Feiern im Lager. »Ich habe noch nicht gesagt, was ich davon halte«, sagte Albert zögerlich. »Und ich glaube, dass ich als Zauberer der Truppe auch mitzureden habe.«

»Nun, wenn du dagegen bist, steht es zwei zu eins, auch wenn wir dich nicht zwingen können«, erwiderte Cynthia.

Albert ging darauf nicht ein. »Charles Lynbrook ist genauso vertrauenswürdig wie seine Frau. Er sitzt hier draußen in den Sümpfen und wartet nur darauf, Port Exit anzugreifen. Wir sollen ihm dafür auch noch eine Waffe aushändigen. Es ist also einerseits eine dumme Idee, weil er uns eh hintergehen wird, und andererseits moralisch verwerflich.«

Damit hatte er auf jeden Fall einen wichtigen Punkt angesprochen. Matilda war der Gedanke auch schon gekommen, dass er sie vielleicht einfach umlegen würde, nachdem sie den oder das Tzunath erlegt hatten. Es war ein Spiel mit dem Feuer, und früher oder später würden sie sich verbrennen.

»Ich weiß nicht, ob uns das Schicksal von Port Exit interessieren sollte«, redete Cynthia gegen die Müdigkeit an und gähnte. »Ich meine, im besten Fall sind wir spätestens übermorgen wieder in England. Was die hier machen, geht uns doch nichts an.«

»Da machst du es dir ein bisschen einfach, finde ich«, erwiderte Albert. »Wir können nicht einen riesigen Scherbenhaufen hinterlassen.«

»Wenn wir den Tzunath erlegen, helfen wir den Leuten vielleicht sogar«, gab Matilda zu bedenken.

»Und dann geben wir Lynbrook die Pistole, und er erschießt uns«, hielt Albert dagegen.

»Wenn es ihm nur darum gehen würde, hätte er uns auch gleich umbringen können. Vielleicht ist eine Pistole hier viel wert, aber man ist deswegen nicht unsterblich. Er könnte heute Nacht einfach jemanden in dieses Zelt schicken, uns die Kehlen durchschneiden lassen und die Pistole an sich nehmen.«

»Danke, jetzt werde ich kein Auge zumachen«, kommentierte Albert.

»An dem Tzunath ist mehr dran, als er sich eingestehen wollte. Er hat Angst davor, sonst würde er uns nicht losschicken. Wir werden es herausfinden, uns das Geld und die Informationen über Matildas Eltern holen und dann von hier verschwinden. Mit Pistole.«

Albert schnaufte, was man mit ein bisschen Phantasie als Zustimmung verstehen konnte.

»Gute Nacht«, sagte Cynthia und drehte sich um.

Die Nacht war nicht erholsam. Matilda machte kaum ein Auge zu. Entweder hielt sie das Gegröle am Lagerfeuer wach, oder sie schielte immer wieder in Richtung Zelteingang, in Erwartung, gleich zu sehen, wie sich eine Hand mit einer Klinge durchschob.

Am nächsten Morgen wurde Matilda von der unsäglichen Hitze im Zelt wach. Es war wie in einer Sauna. Die Sonne stand hoch am Horizont und brannte auf sie nieder. Die Luft war stickig und feucht, Matildas Haare klebten ihr im Gesicht, und sie fühlte sich, als hätte sie zwei Wochen nicht geduscht.

Sie erhob sich und versuchte, niemanden zu wecken. Vorsichtig verließ sie das Zelt und atmete die frische Luft ein. Es war ruhig im Zeltlager. Wer lange gefeiert hatte, schlief seinen Rausch aus. Der Rest musste Wache halten. Matilda streckte sich und sah sich um. Eine Dusche oder zumindest ein Bottich mit frischem Wasser wäre jetzt genau das Richtige gewesen. Sie hatte einen fahlen Geschmack im Mund und Hunger. Bisher hatten sie ihren eigenen Proviant noch nicht angerührt und wenn sie die nächsten Tage dort draußen verbringen wollten, war das auch besser so.

Sie beschloss, sich die Beine zu vertreten, und marschierte in die Richtung, in der Charles Lynbrooks Zelt stand. Es war leicht im Lager zu erkennen. Wie ein Palast in einer Stadt thronte es über allen anderen Zelten, groß und dekadent – zumindest für die hiesigen Zustände. Matilda stieg über Schnüre und einen schnarchenden Mann, der mitten auf dem Weg im Matsch lag und seinen Rausch ausschlief.

Sie genoss den Moment der Ruhe und ließ sich auf einer Kiste nieder. Bald hätte der ganze Albtraum hoffentlich ein Ende. Sie würde ihre Eltern finden, sie mit nach England nehmen und dann könnte ihr Leben weitergehen. Ein normales Leben wie bei einer normalen Familie. Kein magischer Keller, keine immensen Schulden, keine Fabelwesen, die sie durch einen Wald jagte. Vielleicht würde sie eine Ausbildung machen.

Mehr wollte Matilda nicht, aber das Leben hatte andere Pläne für sie.

Kapitel 9

Albert Tubbs

Als Albert erwachte, fand er Matildas Schlafplatz leer vor. Das erklärte auch, warum er ein Gefühl von Bewegungsfreiheit empfunden hatte. Den Großteil der Nacht hatte er wie ein Holzbrett verbracht und sich nicht getraut, sich zu bewegen. Zu groß war die Angst, Matilda ins Gesicht zu treten. Cynthia wurde auch gerade wach.

»Guten Morgen«, murmelte sie und rieb sich die Augen. Ihre roten Locken standen wild von ihrem Kopf herab.

»Ebenfalls«, antwortete Albert. Seine Klamotten klebten am Körper. Im Zelt war es brütend heiß und stickig wie in einem Auto, das in der Sonne stand. »Wo ist Matilda?«

»Keine Ahnung«, erwiderte Cynthia. »Vermutlich draußen.«

Sie packten ihre Sachen und schälten sich aus ihrem Nachtquartier. Matildas Gepäck teilten sie untereinander auf. Albert setzte den Zylinder auf und krempelte die Ärmel seines Hemdes hoch. Er war mal wieder für den Anlass völlig falsch angezogen. Schon im Wald bei der Fuchsjagd war das ein Problem gewesen. Aber als Zauberer konnte er nicht einfach in Outdoor-Klamotten auftauchen. Das würde dem Ganzen die Magie nehmen.

»Nichts von ihr zu sehen«, stellte Cynthia fest und blickte sich um.

»Sie will sich bestimmt nur kurz die Beine vertreten«, vermutete Albert. Wenn sie vor ihnen wach geworden war, hatte sie es nicht länger im Zelt ausgehalten und sich ein bisschen im Lager umgeschaut.

Tatsächlich kam Matilda wenig später zurück. Sie sah so schrecklich aus, wie Albert sich fühlte, und hatte offensichtlich genauso schlecht geschlafen.

»Tut dir auch alles weh?«, fragte er.

»Fühle mich wie eine Maschine, die noch nie einen Tropfen Öl gesehen hat.«

»Lasst uns aufbrechen, ich will das hinter uns bringen«, warf Cynthia ein.

Das war auch ganz in Alberts Sinne, und sie machten sich zu Charles Lynbrooks Zelt auf.

Am Eingang versperrte ihnen eine Wache den Eingang. Es war eine großgewachsene Frau, und in ihren Händen trug sie einen Speer, dessen Spitze aus einem geschliffenen Blech zu bestehen schien. Es war auf jeden Fall kein Eisen. »Er empfängt euch bald«, sagte sie.

»Wir würden aber gerne jetzt los«, erwiderte Cynthia und verschränkte die Arme vor der Brust.

»Lass sie rein«, tönte es von drinnen, und die Frau machte Platz.

Matilda, Cynthia und Albert betraten das Zelt. Lynbrook war an diesem Morgen alleine. Er saß am Tisch, auf dem in der Nacht zuvor noch die Karte der Marschlande gelegen hatte, und studierte irgendwelche Papiere. Vor ihm standen eine Schüssel mit einer weißen, breiigen Masse und ein Krug mit einer trüben Flüssigkeit. Er hatte sich einen blau glänzenden Morgenmantel übergeworfen. Graues Haar wuchs auf seiner Brust wie Moos. »Guten Morgen«, sagte er, ohne aufzublicken. »Würde euch auch gerne etwas anbieten, aber die Rationen sind knapp und meine Leute hungrig wie ein verfressener Mops.«

»Passt schon, wir können auf uns selber aufpassen«, erwiderte Cynthia. »Wir nehmen das Angebot an.«

Matilda räusperte sich, und Albert hatte den Eindruck, dass sie etwas sagen wollte, aber sie schüttelte nur den Kopf und blieb ruhig.

Nun sah Charles Lynbrook von seinen Unterlagen auf. Die Augen hinter den kleinen runden Brillengläsern schienen zu strahlen. »Sehr gut, sehr gut.«

»Aber wir brauchen schon einen Anhaltspunkt. Wir können nicht einfach losmarschieren und hoffen, dass uns«, Cynthia stockte kurz, »was auch immer es ist, über den Weg läuft. So funktioniert das nicht.«

Charles nickte. »Ja, das wäre wohl etwas zu viel verlangt. Ich gehe gerade die neuen Berichte meiner Späher durch. Ich habe ein Netzwerk über die ganzen Marschlande gespannt. Hier geht keine Lieferung von einem Kontinent zum anderen, ohne dass ich das mitbekomme.«

»Und mitverdiene?«, fragte Cynthia.

»Man muss schauen, wo man bleibt. So eine Unternehmung hier ist ja auch keine Wohlfahrtsaktion. Die Leute wollen ihren Sold und ein bisschen Eintopf im Kessel. Ansonsten hat man hier schneller eine Revolution an den Backen als die Franzosen früher.« Er grinste, und als er bemerkte, dass er der Einzige war, sprach er weiter. »Wie auch immer. Gestern Abend trieb ein Boot wie Treibholz den Fluss hinab. Es war ein großer Kahn mit Kisten aus Afrika. Jemand wollte wohl Diamanten an den Zöllnern vorbeischmuggeln und hat sich für den Weg über die Marschlande entschieden.

Nichts Ungewöhnliches, dafür gibt es diese Routen ja. Ungewöhnlich ist es aber durchaus, wenn die Mannschaft fehlt. Kisten voller Diamanten schickt man ja nicht unbewacht den Fluss hinab.«

»Diamanten?«, fragte Albert. Er verstand nicht, was Charles Lynbrook da erzählte.

»Ja, Junge. Die werden irgendwo in Afrika für viel Geld eingekauft und dann hier durchgeschmuggelt. So fragt niemand nach Zertifikaten und Herkunftsbestätigungen. Früher hat man hier Gewürze oder Menschen transportiert. Die Überfahrt war zwar teurer als über die Weltmeere, ging aber auch bedeutend schneller. Das hat man sich was kosten lassen. In Zeiten von Flugzeugen und riesigen Container-Schiffen haben die Marschlande aber in der Hinsicht an Bedeutung verloren. Dafür sind sie jetzt ein beliebter Umschlagplatz für Schmuggelware«, erklärte Charles und schob sich einen Löffel des weißen Schleims in den Mund. Er nickte zufrieden. »Das ist gut.«

»Macht es einen nicht krank, wenn etwas mit dem Wasser aus dem Fluss gekocht wird?«, fragte Cynthia.

»Berechtigter Einwand«, murmelte Charles Lynbrook. »Mein Magen hat sich mittlerweile dran gewöhnt, aber Beifang ist so was nicht zu empfehlen. Ist aber abgekocht und genauso tot wie alles, was dem Tzunath begegnet ist.« Weißer Brei klebte in seinen Mundwinkeln.

Albert erwischte sich, wie er für einen kurzen Moment die Luft anhielt. Charles schien es zu bemerken. »Keine Angst, Junge, das ist nur Aberglaube. Man kann den Namen so oft aussprechen, wie man möchte. Aber irgendwas ist da draußen, und ich möchte es loswerden.«

»Warum?«, wollte Matilda wissen.

»Es ist schlecht fürs Geschäft. Wir verdienen einen Teil unseres Geldes damit, dass wir Lieferschiffe abfangen, die Port Exit ansteuern. Mittlerweile meiden sie aber diese Ecke der Marschlande.«

»Ihr habt ein verdammtes Diamantenschiff in euren Händen. So schlimm kann es um euch nicht stehen.«

Charles tunkte den Löffel wieder in den weißen Kleister. »Die Dinger sind hier nicht mehr wert als die Kisten, in denen sie stecken. Vielleicht ist es euch schon aufgefallen, aber in den Marschlanden macht man sich nicht so viel aus Luxus.« Er hob die Arme, und Albert ließ den Blick schweifen. Ja, es war ihm schon aufgefallen. Selbst Charles Lynbrooks Zelt hätte man nach einem Festival stehen gelassen, weil es die Nerven, die so ein Abbau mit sich brachte, nicht mehr wert war. »Die wichtigste Ressource ist Wasser. Also Wasser, das einen nicht direkt umbringt. Es gibt Brunnen, daraus könnt ihr bedenkenlos trinken. Direkt nach dem Wasser kommt der Mais, der hier wie der Schimmel an einer feuchten Kellerwand wächst. Sie machen alles damit: Brot, Bier, Brei.« Er zeigte auf seine Schüssel. »Aber Diamanten kauft dir nur irgendein Bauer für ein paar Schillinge ab, weil er glaubt, dass die Steine seinen Esel vor bösen Geistern beschützen, wenn er sie ihm um den Hals hängt. Ich muss schauen, dass ich ein paar Sammler auftreibe, die mir die Ware abkaufen und außerhalb der Marschlande weiterverhökern. Dann könnte ich noch ein bisschen Geld damit machen.«

»Wie viele von den Leuten hier sind Beifang?«, erkundigte sich Albert.

»Das ist schwer zu sagen, Junge. Jeden Tag werden neue arme Seelen an unsere Strände gespült. Aber viele haben ihre Wurzeln hier. Die Marschlande sind so alt wie die Welt selbst, sagt man. Es gibt Generationen, die haben nie die andere Welt gesehen.«

»Was ist das hier für ein Ort? Warum existiert er?«, fragte Matilda.

Lynbrook lachte heiser auf. »Warum fragst du nicht, warum der Nordpol existiert oder die Alpen? Die Marschlande sind genauso Teil der Erde wie alles andere. Die Menschheit war bloß nicht sehr gründlich beim Vermessen und Kartographieren. Sie sind ein Wurzelwerk unter der Oberfläche, das alles miteinander verbindet.«

»Um an den Nordpol zu gelangen, muss ich keine Muschel fallen lassen«, gab Albert zu bedenken.

»Alles eine Frage der Gewohnheit«, schmetterte Charles sein Argument ab. »Also, wollt ihr hier Wurzeln schlagen oder den Tzunath erlegen? Meine Leute können es kaum abwarten, dass dieses Problem behoben ist.«

»Die haben wirklich Angst, oder?«, warf Cynthia ein.

»Verdammter Aberglaube«, knurrte Lynbrook. »Der ist hier so stark wie der Gestank in den Klamotten. Sie glauben nicht an einen Gott oder ein Leben nach dem Tod, aber Ungeheuer, Monster und Dämonen sind so selbstverständlich wie der Schweiß auf der Stirn nach einem harten Arbeitstag auf den Feldern.«

»Und, ist da was dran?«, bohrte Cynthia nach.

»Nein«, erwiderte Charles sofort. »Nicht, was die Leute denken. Tzunath ist etwas, das existiert, aber nicht übermächtig. Wenn ihr das Lager verlasst und der Sonne folgt, bis ihr zu einem Weg kommt, solltet ihr den Fluss sehen. Dort in der Gegend hat man das Diamantenboot aus dem Wasser gezogen. Es gibt viele Bauern in der Gegend, fragt dort nach und horcht ganz genau hin. Ihr müsst zwischen den Zeilen lesen, ein Muster suchen. Die glauben alle, dass das Ding irgendeine übernatürliche Macht ist, die Rache des Flusses oder so.«

»Die Rache des Flusses?«, wiederholte Albert.

»Ja, weil wir Menschen dafür verantwortlich sind, dass er braun wie die Hinterlassenschaften eines Esels ist. Im Norden gibt es Bergwerke, in denen nach Erzen geschürft wird und wo die Bergleute ihr Material im Fluss waschen. Die ganze Suppe läuft hier runter. Ist natürlich Quatsch, ein Fluss kann sich nicht rächen. Er kann höchstens übers Ufer treten, ein paar Felder und Dörfer fluten, aber selbst das ist keine Rache, sondern einfach nur Natur.«

Für Albert wurde das Ganze immer undurchsichtiger. Er wollte bloß zaubern, und nun mussten sie im Falle eines vermeintlich übernatürlichen Monsters ermitteln, das womöglich aber auch ein Fluss war.

»Wir erlegen Tzunath, was auch immer es ist, und du unterschreibst den Brief mit den offenen Forderungen und gibst uns das Geld«, erinnerte Cynthia noch mal an die Vereinbarung.

»So ist es abgemacht«, bestätigte Charles Lynbrook. »Aber gelingt es euch nicht innerhalb von zwei Tagen, gehört deine Waffe mir.«

»Wir bekommen nicht nur das Geld, sondern du verrätst mir auch, was du über meine Eltern weißt«, rief ihm Matilda alle Bedingungen des Deals in Erinnerung.

Charles nickte, und die Art, wie er es tat, gefiel Albert nicht. Es war langsam und zögernd, und vielleicht interpretierte er auch zu viel darein, aber Albert war sich sicher, dass Charles keine guten Nachrichten für sie hatte.

»Achtundvierzig Stunden ab jetzt?«, fragte Cynthia.

»Sobald ihr euren Fuß vor mein Lager setzt und keine Minute weniger, aber auch nicht mehr.«

»Dann sehen wir uns in spätestens zwei Tagen wieder«, versprach Cynthia, und Albert zweifelte nicht daran, dass sie vom Erfolg ihrer Mission überzeugt war. Er war nicht ganz so optimistisch.

»Viel Glück, ihr werdet es brauchen«, rief ihnen Lynbrook beim Verlassen des Zeltes hinterher. Sie marschierten durch die Zeltreihen in Richtung Ausgang. Im Lager erwachte langsam das Leben. Köpfe wurden aus den Zelteingängen gesteckt, Hände schirmten die Augen vor der Sonne ab. Lynbrooks Armee war eine Trümmertruppe. Säufer und Taugenichtse. Albert konnte sich kaum vorstellen, dass er damit Port Exit einnehmen wollte. Aber die Wachen in der Stadt sahen auch nicht groß anders aus. Wahrscheinlich würde es vor allem ein Duell zwischen Sheriff Winter und Charles Lynbrook werden, alle anderen waren zu vernachlässigen.

Der Mann am Tor ließ sie passieren, und schon standen sie wieder in den Marschlanden. Die pralle Sonne hatte aber nicht nur Nachteile: Immerhin sahen sie dieses Mal, wohin sie ihre Füße trugen. Die Gegend, in der Lynbrooks Lager stand, war ein einziger Sumpf. Blubbernde Teiche wurden von schmalen Pfaden getrennt, und Farne und anderes Gestrüpp wuchsen an ihren Ufern.

Albert schluckte schwer. »Da sind wir letzte Nacht durchnavigiert?«

Matilda nickte, als könnte sie es auch nicht glauben. »Ein Wunder, dass niemand von uns reingefallen ist.«

»Kommt«, forderte Cynthia sie auf. Sie war bereits vorweggelaufen. »Achtet auf eure Füße, dann passiert auch nichts.«

»Das schützt mich nicht gegen Sumpfechsen«, kommentierte Albert.

»Dafür haben wir meine Pistole«, tat Cynthia seine Bedenken ab.

Sie hielten sich an die Weganweisung von Charles Lynbrook: immer der Sonne hinterher. Das war auch nicht das Problem. Ebenso wenig die Sümpfe. Wenn man hin und wieder zu Boden sah und kontrollierte, was die eigenen Füße machten, war es gar nicht so schwer, auf dem Pfad zu bleiben. Man durfte sich nicht von den Insekten, die einem um den Kopf schwirrten, ablenken lassen. Davon gab es hier jede Menge. Große, dicke, kleine, dünne. Mit Stacheln und mit riesigen Flügeln. Die meisten hatte Albert noch nie gesehen, also entschied er, sich möglichst nicht stechen zu lassen. Er hatte keine Ahnung, was diese Viecher mit ihm anstellten, wenn sie ihm Blut stahlen. Die Marschlande erschienen ihm aber die falsche Umgebung, um so etwas herauszufinden.

Wirklich schlimm war aber die Sonne. Sie brannte unerbittlich auf sie nieder, und Schatten war hier so wahrscheinlich wie die Queen in einem Hafenpub. Sie waren der sengenden Hitze schutzlos ausgeliefert und hatten nicht mal Sonnenmilch dabei. Albert öffnete den obersten Hemdknopf und krempelte die Ärmel hoch. Das Jackett hatte er bereits über die Schulter geworfen. In einer Hand trug er seinen Zauberkoffer, in der anderen den Reisesack. Sollten sie so etwas öfter machen, was er nicht hoffte, musste er unbedingt über ein sommertaugliches Zaubereroutfit nachdenken. Aber ein Zauberer in Hawaiihemd und kurzen Cargo-Shorts sah auch nicht besonders beeindruckend aus. Er musste leiden, um Eindruck zu schinden.

Irgendwann kamen sie an einen Weg und blickten in eine Talsenke hinab. Maispflanzen wuchsen im Schlamm. Gerade und aufrecht strebten sie der Sonne entgegen.

»Dahinter«, sagte Cynthia und zeigte in die Ferne.

Albert schützte seine Augen gegen die Sonne. Mit viel Phantasie erkannte er einen Fluss am Horizont. Einen großen Fluss mit tosendem Wasser. »Das ist er, oder?«

»Ich denke schon«, erwiderte Cynthia. »Keine Ahnung, wie viele Flüsse es gibt.«

»Der sieht genauso dreckig wie das Wasser aus, in das ich gefallen bin«, mutmaßte Matilda.

Sie liefen den Hang hinab und befanden sich mitten im Feld, als sie ein Geräusch hörten. Es brauchte keine Anweisung, keinen Befehl. Sofort blieben alle drei stehen und lauschten.

Es war das Knacken eines Maishalms gewesen, glaubte Albert. So eine Sumpfechse würde sich nicht durch ein Maisfeld bewegen, ohne ein paar Halme zu zerstören. Da war er sich sicher.

Wieder knackte es.

Sie rissen ihre Köpfe herum, und vor ihnen stand ein Mann. Er trug nicht mehr als eine zerschlissene braune Jeanshose. Sein Körper war dreckig und der Bart ungepflegt. Seine Haare hingen in langen Zotteln vom Kopf. Das alles wäre nicht schlimm gewesen, wenn der Mann keinen Bogen auf sie gerichtet hätte. Die Pfeilspitze zeigte auf Alberts Brust.

»Maisdiebe«, zischte er.

»Was?«, protestierte Albert, »nein, wir sind keine Diebe.«

Das klang nicht sehr überzeugend, wie er selbst zugeben musste.

»Wir wollen nur zum Fluss«, erklärte Matilda.

»Maisdiebe«, wiederholte der Mann und kam einen Schritt näher.

»Hören Sie, wir klauen keinen Mais. Wir müssen nur von dem Weg da«, Cynthia zeigte den Hang hoch, »zu dem Fluss dahinten.« Sie zeigte in die entgegengesetzte Richtung. Die Pistole steckte immer noch im Holster. Dort nützte sie ihnen nichts.

»Niemand klaut mir meinen Mais, nein, niemand.«

Albert wusste, dass es sein Ende war, wenn der Mann sich entschied, den Pfeil abzuschießen. Die Spitze sah aus, als würde sie bei Eintritt in seinen Körper noch allerhand Krankheiten und Infektionen übertragen. Tetanus oder so was. Er hätte das mit dem Impfen nicht so schleifen lassen dürfen. Falls der Mann allerdings schoss und ihn in der Brust traf, war das wohl seine geringste Sorge. »Kein Mais, nur laufen«, versuchte er es noch mal, als würden sie verschiedene Sprachen sprechen.

»Hab den Acker mit meinen eigenen Händen umgepflügt, den Mais durch diese Finger rieseln lassen und das Wasser vom Fluss geholt«, zählte der Mann auf. Seine Zähne waren kaum noch vorhanden. »Er ist alles, was ich besitze. Geht zurück zum Baron und sagt ihm, er soll mir meinen Mais aus meinen kalten, toten Händen reißen, wenn er ihn haben will.«

»Oh, wir gehören nicht zum Baron«, erklärte Matilda.

Der Mann zog eine buschige Augenbraue hoch. »Maisdiebe?« Dieses Mal war es eine Frage, keine Feststellung.

»Nein«, sagte Albert sofort, und die Pfeilspitze senkte sich ein bisschen, blieb aber etwa auf Alberts Hüfthöhe, was ihm irgendwie noch viel weniger behagte.

»Wer seid ihr dann?«

»Beifang«, erklärte Cynthia. »Gestern angespült.«

Der Bauer sah zwischen ihnen hin und her. »Das erklärt diese komischen Klamotten.«

Albert wollte etwas sagen. Schließlich trug er einen Anzug und der Mann nur verschlissene, kaputte Jeans. Er war eindeutig nicht der Typ mit den komischen Klamotten, aber er hatte auch keinen Bogen, also schwieg er lieber.

»Wir sind auf einer Mission«, fuhr Cynthia fort.

»Mais klauen?«

»Nein, Ihr Mais hat damit nichts zu tun.« Nun klang sie langsam ungeduldig.

»Der Tzunath«, sagte Matilda, und der Maisbauer fuhr zusammen.

»Nicht diesen Namen, nicht diesen Namen«, rief er aufgeregt. Die Pfeilspitze schwenkte hin und her. »Nehmt den Mais und verschwindet«, forderte er sie auf.

»Wir wollen gar keinen Mais, verdammt«, fluchte Albert. Ihn nervte die Unterstellung, dass sie den Mann bestehlen wollten.

»Haben Sie ein Boot? Irgendwas Kleines, für den Fluss?«

»Nehmt den Mais, aber nicht mein Boot«, bat der Mann. Obwohl er immer noch den Bogen auf sie gerichtet hatte, klang er nun, als hätte er Angst vor ihnen. Das Wort Tzunath war in diesen Gefilden stärker als jede Pfeilspitze, zumindest, wenn man sich traute, es auszusprechen.

»Wir können dafür zahlen«, sagte Cynthia. »Albert?«

»Ich müsste dafür mein Jackett anziehen, wenn das okay ist.«

Der Mann sah ihn an, als wüsste er nicht, was ein Jackett ist, und das hielt Albert für gar nicht so unwahrscheinlich. Ganz langsam setzte er den Koffer und die Reisetasche auf dem sandigen Boden ab. Er bewegte sich in Zeitlupe, um nichts zu provozieren. Dann krempelte er die Ärmel runter und warf das Jackett über. »Also, Sir, wie viel ist Ihr Boot wert?« Sofort hatte er wieder seine Bühnenstimme aufgesetzt.

»Ich … ich weiß nicht«, stotterte der Mann.

»Einen Schilling?« Die Münze fiel in Alberts Handfläche. »Zwei Schillinge?« Noch eine Münze. »Oder sogar drei Schillinge?«

Der Bauer sah ihn an, als wäre Albert nicht ganz dicht. »Das ist mehr, als ich in einem ganzen Jahr mit meinem Mais verdiene. Ihr solltet nicht so viel Geld mit euch rumtragen.« Dann blitzte es in den Augen des Mannes auf, als hätte er ein Geschäft gewittert. »Ich will alles. Alles, was ihr bei euch habt.« In seinem Gesicht trat die Gier klar hervor. Die Pfeilspitze wanderte zwischen den dreien hin und her.

»Ach, kommen Sie«, versuchte Cynthia abzuwiegeln. »Wir wollen doch nur zum Fluss. Erst werfen Sie uns vor, dass wir Sie beklauen wollen, und wenn sich herausstellt, dass wir das nicht tun, überfallen Sie uns?«

Der Mann sah sie an, als bräuchte er einen Augenblick, um den langen Satz zu verarbeiten. Dann antwortete er: »Ja.« Es waren nur zwei Buchstaben, die aber sehr viel mehr aussagten. Sie verrieten, was für ein Menschenschlag dieser Maisbauer war, wie schwer es sein musste, in dieser Gegend zu überleben. Hier galten die Gesetze der Natur: Der Stärkere fraß den Schwächeren und jetzt gerade wähnte sich der Mann in der Rolle des Stärkeren. Vielleicht zum ersten Mal.

Wenn man es sonst eher mit Lynbrooks Truppe zu tun bekam, konnte das Leben bestimmt ziemlich schwer sein.

»Das ist alles«, versuchte es Albert und eigentlich entsprach es der Wahrheit, aber gleichzeitig auch nicht. In seinem Hemd befand sich nichts mehr, solange er es nicht wollte. Wenn er wollte, war er aber vollgestopft wie eine Weihnachtsgans.

»Ich glaube dir nicht«, knurrte der Mann.

Langsam musterte Albert Matilda und Cynthia, die genauso ratlos wie er aussahen. »Vielleicht noch ein paar Schillinge?«

»Ich will alles«, verlangte der Kerl und fuchtelte mit dem Bogen rum.

Albert ließ ein paar kupferfarbene Münzen in seine Hände fallen und warf sie dem Bauer vor die Füße. »Das ist jetzt aber wirklich alles.«

Der Mann nickte. »Gut, ihr könnt verschwinden. Aber klaut nie wieder meinen Mais.«

»Wir haben keinen Mais geklaut.« Albert wurde langsam wütend.

»Verschwindet«, knurrte der Bauer und gab seiner Forderung mit dem Bogen Nachdruck.

»Kommt«, sagte Cynthia. »Wir schauen, ob wir irgendwie am Ufer weiterkommen.«

Sie schoben sich durch die Maispflanzen, weg von dem Mann, der wahrscheinlich immer noch mit der rostigen Pfeilspitze auf sie zielte.

Das Ufer sah matschig aus und der Fluss braun. Das Wasser war hier fast still, eine Strömung kaum zu erkennen. Albert sah sich um. Es gab kein Boot, das sie sich hätten ausleihen können. »Wonach suchen wir eigentlich?«, fragte er.

»Nach dem Tzunath«, erwiderte Matilda trocken.

»Ich weiß, aber wie erkennen wir ihn, wenn wir ihn finden? Beim Jadefuchs war gut zu wissen, dass er grün leuchtete und Glitzer verteilte. Sonst wären wir jedem normalen Fuchs hinterhergerannt«, gab er zu bedenken.

Matilda nickte.

»Wir werden jemanden finden müssen, der ihn uns beschreibt«, sagte Cynthia.

»Du weißt, was Charles gesagt hat: Niemand hat die Begegnung überlebt«, erwiderte Matilda.

Die Schuldeneintreiberin wischte sich den Schweiß von der Stirn. »Es gibt immer jemanden, der mehr weiß, als er zugeben möchte. Sie haben Angst zu reden. Wir müssen nur den Richtigen finden. Kommt«, sagte sie entschlossen und lief das Flussufer hinauf.

»Wo willst du hin?«, rief Albert.

Cynthia drehte sich im Gehen um. »Keine Ahnung, finden wir es raus. Hier wartet nur ein Bauer mit einem Bogen auf uns und wenn der erst mal herausfindet, wie viel Geld wirklich in dir steckt, lässt er dich nicht mehr gehen, sondern kettet dich vor seinem Haus wie einen Köter an.«

Der Gedanke gefiel Albert noch viel weniger, als einer Sumpfechse gegenüberzustehen. So eine Begegnung hatte zumindest ein absehbares Ende, schnell und einigermaßen schmerzlos – je nachdem, welchen Körperteil das Monster erwischte. Aber angekettet auf dem Bauernhof des Mannes würde er über Jahre wie Trockenobst in der Sonne liegen und jeden Tag eine Münze auswerfen. Wenn er sich weigerte, kam der Bogen wieder raus.

Albert marschierte los, Matilda hinterher.

Sie wanderten bis in den frühen Nachmittag hinein. Zumindest ließ das der Stand der Sonne vermuten, als sie sich für eine Pause entschieden. Sie ließen sich am Ufer nieder, und Albert schlüpfte aus seinen Schuhen. Er massierte sich die Füße. Sie litten unter dem Marsch und schmerzten.

Matilda holte drei Energieriegel aus ihrem Rucksack und verteilte sie. Es waren Nüsse, die zusammengepresst eine nährstoffreiche Mahlzeit ergaben. Zumindest versprach das die Verpackungsaufschrift. Albert biss ab. »Besser als das Trockenfleisch«, murmelte er und dachte an die Jadefuchsjagd. Ständig hatten sie da Dörrfleisch gegessen.

»Ersetzt keine Mahlzeit«, meinte Matilda. »Hier«, sie reichte ihm eine Trinkflasche. »Besser als die Brühe aus dem Fluss, versprochen.«

Albert hätte die ganze Flasche leer trinken können, aber er beherrschte sich. »Wie viel haben wir davon mit?«

»Zu wenig, wenn du weiter so säufst wie ein Gaul«, antwortete Cynthia. Es klang schroff, war aber freundlich gemeint. »Nein, ernsthaft, wenn wir es nicht innerhalb der Zeit schaffen, müssen wir schauen, wo wir weiteres Wasser herbekommen. Ich hätte nicht gedacht, dass unser Ausflug in so etwas ausartet.«

Albert hatte hingegen genau so was befürchtet. »Ach, Matilda und ich haben ja schon Erfahrung mit dem Jagen von übernatürlichen Lebewesen«, kommentierte er.

»Wobei mir ein Jadefuchs lieber wäre. Der hat die Angewohnheit, vor einem wegzulaufen. Nach allem, was wir über diesen Tzunath wissen, scheint das bei dem nicht der Fall zu sein. Was glaubt ihr, was es ist?«

Albert hatte sich schon sehr genaue Gedanken darüber gemacht. Vor allem in seinen Albträumen war er kreativ geworden. »Ein Kraken, der sich zu Land und zu Wasser bewegen kann. Er umschlingt seine Opfer mit seinen Tentakeln und zerrt sie in den Fluss. Deswegen treiben auch so viele Boote ohne Mannschaft über den Fluss.«

Die beiden Frauen nickten anerkennend.

»Nicht schlecht«, lobte Cynthia. »Ich kann mir vorstellen, dass er eine Echse ist. Keine gewöhnliche, sondern eine große, schnelle. Vielleicht kann sie sich auf die Hinterbeine aufrichten wie ein Dino. Im Wasser verhält sie sich auf jeden Fall wie ein Krokodil. Leise und absolut tödlich.«

Albert überlegte einen Moment. Ja, das konnte er sich gut vorstellen. Dafür brauchte es gar nicht so viel Phantasie wie für einen Kraken.

»Und wer würde gewinnen, wenn die beiden gegeneinander antreten müssten?«, stellte Matilda die wichtigste aller Fragen.

»Der Kraken würde die Echse mit seinen Fangarmen einfach erwürgen«, erklärte Albert sofort und gab sich siegesgewiss.

»Mach es dir nicht so einfach. Die Echse würde mit ihrem Maul die Tentakel zerbeißen«, konterte Cynthia.

»Der Kraken würde dann -«, Albert stockte. Ihm fiel nicht ein, was ein Kraken ohne Tentakel machte. Dann war er nicht viel mehr als eine glibberige Kugel mit zwei Augen und einem Maul. Kein schöner Anblick, aber damit würde er keine Echse in die Flucht schlagen.

»Schaut mal«, sagte Matilda und rettete den Zauberer aus der kniffligen Lage. Sie zeigte den Fluss hinauf.

Albert sah, wie sich ein Boot am Horizont abzeichnete. Langsam kam es näher. Es war ein bisschen größer als die Nussschale, mit der sie Old Larry nach Port Exit gebracht hatte.

Ein Mann stand auf dem Boot und hatte die Hände hinter dem Rücken verborgen. Als das Schiff immer näher kam, erkannte Albert, dass die Person nicht freiwillig so posierte. Der Mann war an den Mast gefesselt. Sein Mund war geknebelt und die Füße festgebunden. Auf dem Kopf saß eine Kapitänsmütze.

»Ich kenne den Typen«, japste Matilda. »Das ist Martin Berryfield, mein Baugutachter.«

Kapitel 10

Matilda Godwins

Albert, Matilda und Cynthia sprangen auf und beobachteten, wie das Boot langsam an ihnen vorbeitrieb.

»Was machen Sie da, Berryfield?«, rief Matilda.

Die Antwort wäre aufschlussreich gewesen – wie kam der Baugutachter auf das Schiff, und dann auch noch gefesselt? Aber seine Worte klangen durch den Knebel, als hätte er eine heiße Kartoffel verschluckt.

»Das ist der Mann, der in deinem Keller verschwunden ist?«, fragte Albert.

»Das ist er, hat sogar noch die Mütze auf, die er bei mir gefunden hat.«

»Für einen Kapitän gibt er eine ziemlich schlechte Figur ab«, kommentierte Cynthia.

»Immerhin haben wir ihn gefunden«, sagte Matilda und strich seinen Namen von ihrer imaginären Liste. Natürlich hatte Martin Berryfield nicht die gleiche Priorität wie ihre Eltern, aber wenigstens würde die Polizei keine Fragen stellen, wenn sie zurück waren. »Wir müssen ihn da irgendwie runterbekommen.«

»Ich werde nicht ins Wasser gehen«, erklärte Albert sofort.

»Ich auch nicht«, legte Cynthia gleich nach. »Da drinnen lauern bestimmt Piranhas und andere eklige Viecher.«

»Glücklicherweise haben wir einen Zauberer. Albert, darf ich um ein Seil bitten?«

Sie durfte. Der Zauberer zog ein scheinbar nie endendes Tau aus seinem Ärmel. Meter um Meter kam hervor und er machte wie immer eine große Show daraus.

»Bist du bald fertig?«, fragte Matilda und sah dem davontreibenden Boot hinterher. Die Strömung war nicht stark und sie mussten keine Angst haben, dass der gefesselte Martin Berryfield aus ihrem Sichtfeld verschwand, aber sie war nicht für eine Zauberaufführung hier.

»Sekunde«, murmelte Albert und zog mit großer Geste das Ende des Taus aus seinem Ärmel. Er riss beide Arme hoch und hielt das Seil wie eine Trophäe empor. Der Applaus fiel leise aus, Cynthia ließ sich zu zwei halbherzigen Klatschern hinreißen.

»Gib her.« Matilda nahm ihm das Tau aus der Hand. Sie verknotete das eine Ende, damit sich eine Schlaufe wie bei einem Lasso bildete.

»Woher kannst du das?«, fragte Cynthia.

»Von den Pfadfindern, bin allerdings nur drei- oder viermal hingegangen«, erwiderte sie und prüfte den Knoten, »aber den habe ich mir gemerkt.«

Sie nahm Maß und schätzte die Entfernung. Es würde schwer werden, den Mast zu erwischen, an dem der Bauprüfer gefesselt war. Sie schwang das Lasso über ihren Kopf und ließ es über den Fluss segeln. Mit einem Platschen kam es im Wasser auf.

Martin Berryfield nuschelte irgendwas unter dem Knebel.

»Knapp daneben«, versuchte Albert, sie zu motivieren, aber es war gelogen. Das Lasso war weit hinter dem Boot gelandet.

Matilda zog das Tau wieder ein. Es war jetzt schwerer, weil es sich mit Wasser vollgesogen hatte. Wieder schwang sie es über ihrem Kopf und ließ es davonsausen. Immerhin streifte es dieses Mal schon das Deck des Bootes. »Bis ich das hinbekomme, ist das Schiff in Port Exit«, murmelte sie und zog das Seil wieder heran.

»Du musst die Strecke bedenken, die das Boot während des Wurfs zurücklegt«, riet ihr Albert. Matilda warf ihm einen strafenden Blick zu. »Entschuldigung.«

»Willst du dein Glück mal versuchen?«, fragte sie und reichte ihm das Lasso.

Abwehrend hob er die Hände. »Ich glaube wirklich nicht, dass ich dafür ein Talent habe. Ich bleibe lieber bei dem Zaubern.«

»Gib mal her.« Cynthia schnappte sich das Lasso. Im Gegensatz zu Matilda schwang sie es nicht über dem Kopf, sondern warf es mehr aus der Hüfte. Der erste Wurf landete auf dem Deck und traf Martin Berryfield auf der Brust. Der gefesselte Mann riss die Augen auf und sagte irgendwas.

»Bloß nicht am Kopf erwischen. Die Schlinge darf sich nicht um den Hals zuziehen«, ermahnte der Zauberer.

Nun war es Cynthia, die ihm einen bösen Blick zuwarf, und Albert verstummte wieder. Der nächste Wurf war besser. Die Schlaufe flog im hohen Bogen über den Fluss, verharrte kurz in der Luft und legte sich dann um den Pfahl. Sofort zog Cynthia und das Boot kam langsam von seinem natürlichen Weg ab.

»Helft mir mal«, presste sie hervor, und gemeinsam gelang es ihnen, das Boot ans Ufer zu ziehen. Matilda sprang aufs Deck und löste die Fesseln.

»Hilfe, Hilfe«, schrie Martin Berryfield. »Diese Irren wollen mich opfern, Hilfe.«

»Ist doch gut, Sie sind jetzt in Sicherheit«, beruhigte ihn Matilda und löste auch die letzten Fesseln. Der Mann sprang vom Boot und landete mit beiden Schuhen am flachen Ufer. Wie ein Ertrinkender rettete er sich auf den matschigen Boden und rollte sich auf den Rücken.

»Der Herrgott schickt euch.« Er starrte seufzend in den Himmel. Sein Bauch hob und senkte sich wie ein Blasebalg.

Matilda sprang vom Boot, und Cynthia und Albert zogen es an Land. Vielleicht war es noch für irgendwas gut. »Was ist mit Ihnen passiert?«, fragte Matilda.

»Was mit mir passiert ist?«, wiederholte Martin und starrte weiter in die Sonne. »Erklären Sie mir das. Eben war ich noch in Ihrem Keller und plötzlich bin ich«, er sah sich um, »keine Ahnung, wo ich hier bin.«

»Das sind die Marschlande«, erklärte Cynthia seelenruhig und ging vor dem Mann in die Hocke. »Was haben Sie angestellt?«

»Angestellt?«

»Warum wurden Sie auf dem Boot festgebunden?«, konkretisierte Cynthia ihre Frage.

»Was weiß ich denn? Die sind alle völlig bekloppt hier.«

Matilda beschlich das Gefühl, dass das zu nichts führen würde. »Martin, ich weiß, wie Sie zurückkommen. Bevor ich Ihnen das sage, bitte ich Sie aber, mir zu erzählen, was Ihnen hier passiert ist. Wer wollte Sie opfern?«

»Weiter oben am Fluss, ich bin vielleicht eine Stunde auf dem Boot getrieben, da gibt es eine Siedlung. Die Frau, die mich am Steg eingesammelt hat, nachdem ich die Glocke läutete, brachte mich dahin. Erst waren sie alle nett zu mir, und dann, als wieder jemand verschwunden war, banden sie mich auf dieses Boot als Opfergabe. An …«, er stockte. »Keine Ahnung, irgendein Monster.«

»Tzunath?«, mutmaßte Albert.

Martin Berryfield riss die Augen wieder auf. »Ja, so haben sie es genannt. Tzunath.«

»Die Spur wird heißer«, murmelte Cynthia. »Einfach den Fluss hinauf, um zu der Siedlung zu kommen?«

Martin Berryfield zögerte, dann sah er Matilda an. Sie war die Einzige, die er aus der richtigen Welt kannte, und das schien ihr einen Vertrauensvorschuss zu verschaffen. »Ich gehe da nicht wieder hin, Miss Godwins. Ich würde sehr viel lieber zurück nach England, zurück in mein Büro.«

»Das bekommen wir hin, Mr Berryfield«, sicherte ihm Matilda zu. »Wir sind aber gerade auf einer Mission und müssen den Tzunath, was auch immer er ist, erlegen.«

»Bitte nicht«, jammerte der Mann. Er trug immer noch denselben schlecht sitzenden Anzug, in dem er Matildas Anwesen betreten hatte. Bloß war er jetzt bedeutend dreckiger. Das Hemd steckte nicht länger in der Hose, und die Krawatte hing locker um den Hals. Große Schweißflecken zeichneten sich unter seinen Achseln ab.

»Wenn wir den Tzunath nicht finden, findet er vielleicht uns?«, dachte Albert laut nach und deutete auf das Boot. »Wir könnten das Vieh so vielleicht anlocken.«

»Vielleicht«, sagte Matilda, »vielleicht treiben wir dann aber auch zwei Wochen über den Fluss und nichts passiert.«

»Wir sollten diese Siedlung aufsuchen«, pflichtete ihr Cynthia bei. »Dort werden wir weitere Informationen über den Tzunath bekommen.«

»Martin, wären Sie bitte so nett, uns den Weg zu zeigen?«

Der Mann hob eine Hand, und sein Zeigefinger löste sich zitternd. Er zeigte den Fluss hinauf. »Ist ganz einfach«, winselte er. »Aber bitte, ich will da nicht wieder hin.«

Matilda, Cynthia und Albert sahen sich ratlos an. »Die Sache ist so: Wir werden so oder so in diese Siedlung gehen, und entweder können Sie uns begleiten, oder Sie schlagen sich selbst bis Port Exit durch. Dort fragen Sie nach dem Fährmann Old Larry, der Sie zu dem Anleger mit der Papierschlange bringen soll. Er wird sich daran erinnern. Der Anleger führt zurück in meinen Keller«, erklärte Matilda.

Martin Berryfield nickte zufrieden.

»Aber«, fuhr Matilda fort, und Berryfield machte ein Gesicht, als hätte er schon befürchtet, dass ein *Aber* folgen würde, »der Weg ist gefährlich. Unterwegs werden Ihnen Sumpfechsen auflauern, große, gefräßige Viecher. Und wenn die Sie nicht erwischen, dann wird es einer der Bauern tun. Die Menschen hier besitzen nicht viel, und so ein gut angezogener Mann wie Sie weckt gewisse Erwartungen, was den Inhalt seiner Taschen anbelangt.«

»Aber ich habe nichts«, jammerte Berryfield, und Matilda bezweifelte nicht, dass es die Wahrheit war.

»Das wird man Ihnen nicht abkaufen. Wie sieht es aus, wollen Sie uns begleiten?«

Der Baugutachter zögerte. Langsam schüttelte er den Kopf. »Was ist das hier, Miss Godwins?«

»Ich erkläre es Ihnen gerne unterwegs.« Matilda reichte ihm die Hand. Sie war dafür verantwortlich, dass der Mann in den Marschlanden gelandet war, und sie fühlte sich besser dabei, wenn er in ihrer Nähe blieb. Sie traute ihm nicht zu, in dieser Gegend lange zu überleben.

Wie ein trotziges Kind stapfte der Baugutachter hinter ihnen her, während Matilda ihm zu erklären versuchte, was es mit diesem Ort auf sich hatte. Es war schwierig, einem Mann, der sein ganzes Leben damit verbracht hatte, Bausubstanzen zu analysieren und Balken oder Fliesen zu vermessen, davon zu überzeugen, dass es so etwas auf der Welt gab. »Stellen Sie es sich wie einen Fahrstuhl auf eine andere Ebene der Welt vor«, sagte sie.

»Und wenn der Fahrstuhl einen Abgang macht, landet man in der Hölle?«, fragte Martin. Die Frage klang ernst.

»Nein, so habe ich das nicht gemeint. Das hat weniger mit Religion zu tun. Versuchen Sie einfach zu akzeptieren, dass es Orte auf dieser Welt gibt, von denen im Schulunterricht nichts erzählt wurde. Stellen Sie sich vor, Sie seien Christoph Columbus und entdecken gerade einen neuen Kontinent. So ähnlich wie das, was Sie gerade erleben, muss es sich für ihn angefühlt haben.«

»Sie meinen, wir schreiben hier gerade Geschichte?« Martin sah aus, als würde ihm die Idee gefallen. Er nahm die Kapitänsmütze vom Kopf und wischte sich über die Stirn.

»Wenn Sie es so ausdrücken wollen«, erwiderte Matilda nichtssagend, war jedoch froh, dass der Mann endlich sein Schicksal akzeptierte.

»Was müssen wir über die Siedlung wissen?«, fragte Cynthia, die vorwegging.

»Ruhiges Dörfchen, ein paar Häuser, ein paar Kühe. Es gibt ein Bergwerk in der Nähe. Sie haben mich erst mit offenen Armen empfangen, wollten meine Geschichte hören. Ich habe mich für ihre Häuser interessiert, sie bauen viel mit Lehm. Ein Baustoff, der bei uns in Vergessenheit geraten ist, leider. Damit lassen sich immer noch hervorragende Häuser errichten. Der Lehm sorgt für ein sehr angenehmes Wohnklima.« Der Mann war wieder voll in seiner Rolle als Baugutachter und dachte nicht mehr an die zurückliegende Opferung.

»Warum ist die Situation dann gekippt?«, fragte Cynthia.

»Ein Kind wurde vermisst. Es sollte am Fluss Wasser holen für die Tiere, kam aber nicht zurück. Man fand nur den Eimer. Dann hat man sich entschieden, dem Ding ein Opfer zu bringen, und das Los fiel auf mich.« Er kratzte sich an der Stirn und zog seine Augenbrauen zusammen, als könne er es immer noch nicht nachvollziehen. »Sehr nette Menschen, eigentlich, also bis dahin.«

»Wir werden das klären«, versprach Cynthia.

Am frühen Nachmittag zeichneten sich die ersten Häuser am Horizont ab. Es waren ein gutes Dutzend und noch ein paar Ställe und Scheunen. Matilda sah Rinder, die auf dem sandigen Boden nach Pflanzen suchten, und Kinder, die auf dem Weg mit Stöcken spielten. Die Kleinen hielten inne, als sie die Fremden bemerkten, und rannten davon. Als sie das Dorf erreichten, hatte sich schon eine Menschentraube gebildet. Manche trugen Knüppel und Sicheln in den Händen. Unbekannten Gesichtern trat man hier grundsätzlich erst mal skeptisch gegenüber, aus guten Gründen, wie Matilda wusste.

»Willkommen in Marrys Grave, wer seid ihr?«, fragte ein älterer Mann. Er hatte einen weißen Bart und die Ärmel hochgekrempelt. Seine Haut hatte unter der ständigen Sonne gelitten und sah aus wie Leder. Dann fiel sein Blick auf Martin Berryfield. Er seufzte, als er den Mann wiedererkannte. »Hat der Fluss dich nicht genommen? Das ist ein schlechtes Omen.«

»Wir sind hier, um euer Problem mit dem Tzunath zu lösen«, sagte Cynthia.

Ein Raunen ging durch die Menge, wie schon zuvor in Charles Lynbrooks Zelt. Alle hatten davor Angst, aber niemand konnte so richtig sagen, was es war.

»Sprecht diesen Namen nicht aus. Wir können keine Kinder mehr verlieren, wir brauchen endlich Frieden«, tadelte sie der Mann und sah sie streng wie ein Lehrer an. »Wer seid ihr?«

»Beifang auf einer Mission«, erwiderte Cynthia. »Unser Ziel ist das Ding, das euch terrorisiert. Wir haben aber nicht vor, jemanden auf einem Boot festzubinden. Wir wollen es umbringen.«

Das Raunen schwappte wie eine Welle durch den Menschenpulk. Der Mann mit den hochgekrempelten Ärmeln starrte die vier an. »Ihr seid noch nicht lange hier, oder?«

Um das zu bemerken, brauchte es keine besondere Auffassungsgabe. Vor allem Albert tanzte mit seinem Outfit komplett aus der Reihe. Die Menschen hier trugen funktionale Kleidung, die bei der Arbeit nicht störte und sich leicht waschen und flicken ließ. Ein Zylinder fiel eindeutig nicht in diese Kategorie. »Was hat uns verraten?«, fragte Cynthia.

»Die vielen Fragen«, knurrte der Mann. »Wir Marschländer wissen, dass das nur Probleme macht.«

»Wollt ihr euer Problem jetzt loswerden oder hier Wurzeln schlagen? Kommt aber nicht auf die Idee, uns auch auf einem Boot festzubinden«, fauchte die rothaarige Frau und legte ihre Hand an die Pistole.

»So was haben wir hier lange nicht mehr gesehen. Der letzte Mann, der mit so einem Ding vorbeikam, raubte uns aus. Wir haben ihn drei Tage später nachts überfallen und ihm den Kopf eingeschlagen. Das ist eine Warnung, keine Drohung, verstanden?«

Für Matilda war das kaum ein Unterschied, aber sie nickte, genau wie die anderen drei.

»Ist das euer Freund?«, fragte der Mann und zeigte auf Martin Berryfield.

»Mein Baugutachter«, antwortete Matilda.

Der Mann mit dem Bart und der Lederhaut nickte, als wäre das so etwas Ähnliches wie ein Freund. »Tut mir leid, dass es ihn erwischt hat, aber das Monster hat uns schon vier Kinder geklaut.«

»Hat es jemand gesehen?«, fragte Cynthia.

Der Mann lachte, dann spuckte er aus. »Ihr seid wirklich erst seit kurzem hier. Wer es sieht, überlebt die Begegnung nicht, verdammt.«

»Und ihr dachtet, es wird euch in Ruhe lassen, wenn ihr hin und wieder etwas den Fluss hinabschickt?«, fragte Matilda.

»Wenn euch eine bessere Lösung einfällt, sind wir ganz Ohr«, knurrte der Mann.

»Wird es bestimmt. Aber erst mal müssen wir wissen, womit wir es zu tun haben und wo wir es finden«, erwiderte Cynthia ruhig.

»Kommt mit. Der Rest geht wieder an die Arbeit, ich kümmere mich um den Besuch.« Widerwillig löste sich die Traube auf. Sie folgten dem alten Mann in ein Haus. Es war klein und bestand nur aus einem Raum. In der Mitte stand ein Ofen und ein Rohr führte durch die Decke nach draußen. Zwei Strohmatten deuteten an, wo Menschen schliefen, und die Wände waren glatt verputzt.

Martin Berryfield strich mit der Hand darüber. »Lehm, einfach faszinierend«, flüsterte er. »Wusstet ihr, dass die Menschen im Mittelalter schon damit gebaut haben?«

»Setzt euch bitte.« Sie bildeten einen Kreis auf dem Boden. Jeder bekam einen Krug mit Wasser. »Ist nicht aus dem Fluss, macht euch keine Sorgen«, sagte der Alte, nachdem er ihre kritischen Blicke bemerkt haben musste. »Ich bin Dorfvorsteher Samuel, mit wem habe ich die Ehre?«

Nacheinander stellten sich alle vor.

»Ihr wollt das Biest wirklich erlegen?«, fragte er. »Warum? Alle machen einen Bogen um diese Ecke des Flusses, auch wenn man mittlerweile in den ganzen Marschlanden Angst davor hat. Aber hier wütet es am schlimmsten.«

»Wir wurden dafür angeheuert«, erklärte Cynthia, aber Samuel durchschaute ihre List.

»Nur wenige haben das Geld, um jemanden für so eine Aufgabe zu bezahlen. Und noch viel weniger sind dumm genug, so einen Auftrag anzunehmen. Es ist mehr im Spiel als Geld.«

Cynthia nahm einen Schluck vom Wasser. »Sie sind nicht auf den Kopf gefallen, Samuel. Umso mehr wundert es mich, dass ihr einen Mann auf ein Boot bindet und hofft, dass euch das Ding in Ruhe lässt. Sind Sie ein abergläubischer Mensch?«

Samuel lachte. »Oh, in meinem alten Leben bin ich jeden Sonntag in die Kirche gegangen. Ich habe meine Hände gefaltet und zum lieben Gott gebetet. Aber hier glaube ich nur an das Korn, das wir von den Feldern holen. Gott hat in diesem entlegenen Winkel keine Macht.«

»Sie kommen auch von der Erde?«, fragte Albert.

»Wir alle kommen von der Erde. Die Marschlande sind davon genauso ein Teil wie der Amazonas oder der Mississippi. Ich stamme ursprünglich aus New Johnsonville. Keine schöne Gegend für einen Mann mit meiner Hautfarbe, wenn ihr versteht, was ich meine. Hier interessiert keinen, wo du herkommst oder wie du aussiehst. Es zählt nur, was du abends vom Feld ins Lager bringst.«

Matilda brannte die Frage schon die ganze Zeit unter den Nägeln, und endlich konnte sie sie jemandem stellen. »Wie sind Sie hierhergekommen?«

»Zufall. Ich befürchte, meine Eltern dachten bis zu ihrem Tod, dass mir etwas Schreckliches zugestoßen ist. In unserer Nachbarschaft gab es genügend, denen ich so etwas zugetraut hätte. Aber es war meine eigene Neugierde, die mich in die Marschlande gebracht hat. Ich war im Wald, habe mal wieder die Schule geschwänzt und bin auf einen alten Brunnen gestoßen. Er war mit Pflanzen überwuchert.« Seine Augen glänzten, als er das erzählte. »Ein verdammter Brunnen mitten im Wald, ist doch klar, dass ein Junge wie ich da neugierig wird.«

»Sie sind reingefallen?«, fragte Albert.

»Nein, ich war neugierig, aber nicht lebensmüde. Zwischen den Pflanzen lagen Muscheln. Ich nahm eine und warf sie in den Brunnen, um herauszufinden, wie tief er war. Ich hörte die Muschel nie aufkommen, aber ehe ich mich versah, erfasste mich eine Wasserfontäne und zog mich mit sich.«

»Interessant«, murmelte Matilda. Wieder die Muscheln. Die Zugänge zu den Marschlanden waren also nicht immer Kammern, aber hatten stets etwas mit Muscheln zu tun.

»Ihr seid Engländer, oder?«, fragte Samuel.

»Was hat uns verraten?«, wollte Cynthia wissen.

Samuel deutete auf Albert. »Der eigenwillige Kleidungsstil und euer Akzent.«

»Ich bin Zauberer«, verteidigte sich Albert sofort.

Samuel lachte, und sein weißer Vollbart wippte auf und ab. »Ja, so siehst du auch aus.«

Albert schien gekränkt. »Nein, wirklich, schauen Sie«, murmelte er und holte eine seiner berühmten Plastikrosen aus dem Ärmel.

»Danke.« Samuel nahm die Blume entgegen. »Ich weiß zwar nicht, was ich hier damit soll, aber wirklich beeindruckend.« Er klang wie ein Vater, der seinen Sohn für ein mäßig gelungenes Bild lobte und versprach, es an den Kühlschrank zu hängen.

»Lass gut sein, Albert, wir sind nicht für deine Zaubertricks hier«, bat ihn Matilda.

»Also, der Tzunath«, brachte Cynthia das Thema erneut zur Sprache, »wo müssen wir suchen?«

»Es schlägt immer am Fluss zu«, berichtete Samuel. »Was es auch ist, es greift nicht an Land an.«

»Dann sind wir hier ja sicher«, murmelte Martin und klang ehrlich erleichtert.

»Und ihr habt keine Ahnung, was es ist? Irgendwelche Anhaltspunkte?« Cynthia ließ nicht locker.

»Wir hatten vor einiger Zeit noch bei einem alten Bergwerk nach Gold geschürft. Das Bergwerk war schon hier, als wir diesen Fleck besiedelten, aber der Eingang war versperrt und keiner von uns hatte Lust, sein Leben unter Tage zu gefährden. Aber im Fluss fanden wir Goldflocken so groß wie mein Daumennagel. Allerdings wurde das Schürfen zu gefährlich.«

»Was meinen Sie damit?«, fragte Matilda.

»Wir haben das Geröll direkt im Fluss gewaschen. Alles, was wir aus der Erde geholt haben, ging in ein Sieb. Es hat drei oder vier Männer erwischt. Dann haben wir unsere Arbeit eingestellt und uns komplett der Landwirtschaft gewidmet.« Er trank seinen Krug aus. »Seitdem ist das Leben noch härter geworden, aber wir konnten niemanden mehr verlieren.«

»Und ihr seid nicht auf die Idee gekommen, dem Ding einfach aufzulauern?«, fragte Cynthia.

Samuel sah ihr tief in die Augen. »Die Menschen fürchten sich«, erklärte er. »Sie verlassen ihre Häuser nicht mehr, wenn es dunkel ist. Die Kinder werden nicht mehr in die Nähe des Flusses gelassen. Die verschwundenen Menschen sind das eine, aber was es mit unserem Leben macht, ist eine ganz andere Sache. Wir leben nicht mehr in Freiheit.«

»Ihr wollt es also auch loswerden.«

Samuel nickte. »Aber ich könnte mir so jemanden wie euch nicht leisten und ich bin auch nicht dumm genug, es selbst zu probieren. Ich habe nicht schon so lange gelebt, um mein Leben dann leichtfertig aufs Spiel zu setzen. Also, wer schickt euch?«

Sie antwortete nicht sofort, und im Raum baute sich eine spürbare Spannung auf. »Charles Lynbrook«, gab Matilda zu, die es nicht länger aushielt.

Samuel rümpfte die Nase. »Der Baron, wie er sich selbst nennt.« In jedem Wort schwang Ablehnung mit. »Was habt ihr mit so einem Mann zu tun?«

»Offene Rechnungen«, antwortete Cynthia, und Samuel hatte wahrscheinlich keine Ahnung, wie treffend diese Beschreibung war.

»Mit so einem Mann lässt man sich besser nicht ein. Das bereut man früher oder später«, riet ihnen Samuel. »Er hat nie mit den Händen gearbeitet, nie den Acker gepflügt oder die Saat gestreut. Er hat immer andere die Drecksarbeit für sich machen lassen und jetzt lagert er irgendwo mit seiner Truppe aus Dieben und Halunken und wartet darauf, Port Exit einzunehmen.«

»Was hindert ihn daran?«, erkundigte sich Matilda.

»Das müsst ihr ihn schon selbst fragen. Aber er wird seine Gründe haben. Man erzählt sich, dass seine Leute das Monster genauso fürchten wie wir Bewohner von Marrys Grave. Sie müssen die Stadt vom Wasser aus einnehmen, die Stadtmauer ist zu gut verteidigt. Lynbrook soll nicht mehr als Bögen und Speere besitzen. Zahlenmäßig wären sie überlegen, aber sie müssen erst in die Stadt gelangen. Auf weitem Feld haben sie keine Chance.«

»Das erzählt man sich?«, fragte Albert.

»Das erzählt man sich«, bestätigte Samuel. »Auf dem Fluss ist es ruhiger geworden, zumindest in unserer Ecke der Marschlande. Viele bevorzugen die Routen zu Land, obwohl sie nicht weniger gefährlich sind. Nur die Fährmänner machen so unbeirrt weiter wie bisher. Ich weiß gar nicht mehr, wann ich das letzte Mal einen Schmuggler gesehen habe.«

»Lynbrook erzählte von einem Diamantenschiff, das den Fluss ohne Mannschaft hinabtrieb«, sagte Matilda.

»Da haben es also ein paar Dumme wieder mal probiert.« Samuel schüttelte den Kopf. »Es gab Zeiten, da hat es noch nicht die Marschlande terrorisiert. Ich will nicht sagen, dass es bessere Zeiten waren, aber sie waren auf jeden Fall einfacher. Man konnte mit dem Boot nach Port Exit fahren und

Handel treiben. Angst musste man nur vor Piraten und Flusslagerern haben. Versteht mich nicht falsch, auch damals gab es genug Möglichkeiten, ums Leben zu kommen. Aber die Angst war nicht so allgegenwärtig. Sie lähmt uns alle.«

»Wir werden uns dem annehmen, und ich weiß auch schon, wo wir suchen müssen«, verkündete Cynthia. Alle Köpfe im Raum drehten sich zu ihr. »Die Antwort liegt doch auf der Hand: beim Bergwerk. Wenn die Männer dort so schnell verschwanden, müssen wir irgendwelche Spuren finden. Besser, wir brechen gleich auf.«

»Ihr seid gerne noch auf einen Eintopf eingeladen«, bot Samuel an. »Auch Sie, Sir.« Damit war Martin Berryfield gemeint, den man kurz zuvor noch zu opfern versucht hatte.

Martin schien abzuwägen. »Ihr wollt dieses Ding wirklich jagen?«

»Wenn wir es heute noch schaffen, liegen wir gut in der Zeit«, sagte Cynthia, die aufgestanden war. »Wir haben nicht ewig Zeit für diesen Auftrag, und ich möchte meine Pistole gerne behalten.«

Berryfield sah zwischen Samuel und Matilda hin und her. Auf der einen Seite wartete der Tzunath auf ihn, auf der anderen würde er bei den Menschen bleiben, die ihn opfern wollten. Allerdings hatten sie nun Eintopf im Angebot. »Ich weiß nicht«, nuschelte er.

»Sie müssen nicht mitkommen«, versuchte Matilda, ihm die Entscheidung abzunehmen. »Das wird eine gefährliche Aktion.« Sie wollte ihn nicht dabei haben, wie sie sich ehrlich eingestand. Er war nicht der Typ Mensch für so eine Unternehmung. Martin Berryfield gehörte auf die heimische

Couch mit einem Bier in der einen Hand und einer Tüte Chips in der anderen.

»Was für einen Eintopf?«, erkundigte sich Martin, als würde das Einfluss auf seine Entscheidung haben.

»Süßkartoffeleintopf«, antwortete Samuel.

»Ich mag Süßkartoffeln«, murmelte der Baugutachter nachdenklich. »Ich denke, ich werde besser hierbleiben und auf euer Gepäck aufpassen. Ihr könnt das ganze Zeug ja nicht auf so eine Jagd mitnehmen.«

»Das ist eine gute Idee, Martin«, bestärkte ihn Matilda. Und er hatte recht: Die Reiserucksäcke würden sie nur unnötig aufhalten. Im besten Fall waren sie am nächsten Morgen wieder zurück in Marrys Grave und spätestens am Nachmittag in Charles Lynbrooks Lager. Allerdings wollte Matilda nicht vom besten Fall ausgehen. »Wir sollten ein bisschen Proviant mitnehmen. Wer weiß, ob alles nach Plan verläuft.«

»Den Koffer nehme ich auch mit«, beschloss Albert. Er war nur schwer davon zu trennen.

Matilda sah, wie Cynthia die Munitionsstreifen in ihrer Jacke verschwinden ließ. »Packt euch noch ein bisschen Proviant ein«, riet ihnen die rothaarige Frau.

Samuel begleitete sie vor die Tür. »Haltet euch am Fluss und ihr werdet das Bergwerk nicht verfehlen.« Das schien in den Marschlanden ein allgemeingültiger Tipp zu sein. Wenn man dem Wasser folgte, kam man früher oder später immer an ein Ziel.

Unter den aufmerksamen Blicken der Dorfbewohner verließen sie die Siedlung Marrys Grave wieder. Wenn alles nach Plan verlief, würde man sie bei ihrer Rückkehr als Befreier von Tzunath feiern. Im schlimmsten Fall würde es keine Rückkehr geben. Nicht nach Marrys Grave und auch nicht nach England, aber Matilda versuchte, darüber nicht nachzudenken. Sie wussten ja noch gar nicht, womit sie es zu tun bekommen würden.

Kapitel 11

Albert Tubbs

Wieder ein neues Ziel, wieder eine neue Ungewissheit. Albert fühlte sich wie ein Esel, der einer Karotte durch die Marschlande folgte. Immer ein weiterer Hinweis, wo dann irgendjemand mit einem Bogen auf sie zielte oder mit ihnen reden wollte. Albert ging im Kopf durch, wie lange sie jetzt schon hier waren. Es müsste der zweite Tag sein. Genug Zeit also, um rechtzeitig zur nächsten Show in London zu sein.

Vorausgesetzt, sie fanden diesen dämlichen Tzunath.

Was auch immer es war, es musste schnell sterben, damit er wieder zaubern konnte. Fakt war, dass die ganze Region Angst davor hatte, aber niemand in der Lage war, auch nur zu erklären, worum es sich dabei handelte. Das war die schlimmste Art von Monstern, beschloss Albert. Denn eine Sumpfechse mit geifernden Fangzähnen und Krallen so groß wie Küchenmessern war eine greifbare Gefahr. Die eigene Vorstellungskraft konnte sich entspannt zurücklehnen. Aber beim Tzunath lief sie auf Hochtouren und stellte sich sehr viel schlimmere Sachen vor.

Mittlerweile war sich Albert mit seiner Kraken-Theorie auch nicht mehr so sicher. Es konnte auch ein Haifisch, ein Krötenmensch oder ein Piranha-Mutant sein. Oder eine Gottheit, die Jahrhunderte auf dem Grund des Flusses gelebt hatte, wegen irgendeiner Prophezeiungen geweckt worden war und nun Menschenkinder verschlang.

Er seufzte. Es war wirklich mühselig, Gedanken daran zu verschwenden.

Matilda und Cynthia liefen ein Stück vor ihm. Die beiden Frauen waren sportlich und hatten mit der sengenden Hitze weitaus weniger zu kämpfen. Das lag sicherlich auch daran, dass sie weder Zaubererfrack noch Zylinder trugen, sondern funktionale Outdoor-Kleidung. Auf den Verpackungen standen bestimmt Sachen wie *atmungsaktiv* und *wasserabweisend*.

Albert war auch atmungsaktiv. Er atmete viel ein und aus, und bei dem ganzen Schweiß auf seinem Körper hatte es fast den Anschein, dass er auch Wasser abwies.

Die glatten Schuhsohlen waren nicht für den matschigen Boden am Flussufer gemacht. Immer wieder rutschte er weg. Es wäre falsch gewesen, zu behaupten, dass Albert die Marschlande nicht mochte. Nein, er hasste sie regelrecht. Das Klima, die Menschen, die mit Bögen auf sie zielten, die vielen Insekten und die großen Sumpfechsen, die ihnen nachts auflauerten. Dieser Ort war aus gutem Grund auf keiner Karte verzeichnet – denn er war keinen Abstecher wert. Man zog ja auch nicht in eine Schlangengrube oder in eine Höhle, in der ein Bär Winterschlaf hielt. Okay, es gab auch Menschen, die zogen freiwillig nach Australien, wo es handtellergroße Spinnen gab. Aber das war lange genug eine Gefangenenkolonie gewesen, und zwar aus guten Gründen.

Albert rutschte weg und fand erst im letzten Moment sein Gleichgewicht wieder. Er fluchte laut, und Matilda drehte sich im Laufen um.

»Komm schon, wir wollen noch vor Einbruch der Nacht zurück in Marrys Grave sein«, rief sie ihm zu.

Albert schüttelte den Kopf und marschierte weiter. Die Sonne hatte den höchsten Punkt am Horizont bereits passiert. Sie mussten sich beeilen, wenn sie die Nacht nicht unter freiem Himmel verbringen wollten.

Es dauerte nicht mehr lange, bis sie das Bergwerk fanden. Das lag daran, dass das Bergmassiv kaum zu übersehen war. Am Horizont hatten sich die Klippen schon früh abgezeichnet und ihnen die nötige Sicherheit gegeben, dass sie immer noch auf dem richtigen Weg waren.

»Komischer Berg«, fand Albert und stemmte die Hände in die Hüften. Der Berg war eigentlich eine Klippe, und der Fluss stürzte an der Stelle viele Meter in die Tiefe. In der Steinwand prangte ein Loch, das von Holzbalken gestützt wurde. »Da hat man bestimmt nach Erz geschürft«, sagte der Zauberer und Cynthia und Matilda warfen ihm einen Blick zu, der vermuten ließ, dass er gerade etwas Offensichtliches ausgesprochen hatte. Am Ufer lagen große Wannen, in denen das Gold gewaschen wurde. Kalte Asche und verkohltes Holz deuteten auf eine Feuerstelle hin. Sie waren richtig.

Matilda war zum Ufer gegangen und trat gegen einen Stein, der ins Wasser flog. Sie warteten, ob etwas passierte, aber ein Monster tauchte nicht aus den Tiefen auf. »Wäre auch zu einfach gewesen«, murmelte sie.

Cynthia ging in die Hocke und fuhr mit den Händen über den Boden. »Hier sind sie immer ins Wasser zum Waschen der Erde gestiegen«, erkannte sie.

Albert nickte, damit er nicht komplett tatenlos in der Gegend rumstand.

»Die Männer sind verschwunden, als sie das Gold wuschen, oder?«, fragte Matilda.

»Ja, das hat Samuel gesagt«, erwiderte Albert.

»Dann brauchen wir im Stollen nicht nach dem Vieh zu suchen«, schlussfolgerte sie.

Albert sah hinüber zum finsteren Schlund. Nein, da wollte er nur ungern rein. Es erinnerte ihn an ihren Ausflug in das Bergwerk im Gwydir Forest. Damals hätte nicht viel gefehlt und er hätte eine Kugel direkt zwischen die Augen bekommen. Niemand hätte ihn da unten gesucht. Und in den Marschlanden würde ihn erst recht niemand suchen. »Ich glaube, das können wir uns sparen«, bestätigte er. »Wir sollten uns auf das Wasser fokussieren.«

Das Rauschen des Wasserfalls sorgte für eine ständige Geräuschkulisse. Albert sah hinauf und schirmte seine Augen ab. Er hätte eine Sonnenbrille einpacken sollen. Er war kein guter Detektiv, das spürte er selbst.

»Kann der Tzunath nicht einfach auftauchen, damit ich ihm eine Kugel verpassen kann?«, fluchte Cynthia.

»Ich glaube, es gibt nur eine Lösung«, meinte Matilda. »Einer von uns muss ins Wasser. Die Männer sind dort verschwunden, also schlägt es auch dort zu. Niemand ist im Bergwerk oder an der Feuerstelle entführt worden. Alles geht auf das Wasser zurück.«

Damit hatte sie recht, und es ergab absolut Sinn. »Auf keinen Fall gehe ich da rein«, sagte Albert sofort. Er war doch kein Opferlamm, das sich von Krakententakeln oder den Fangzähnen einer Echse in Stücke reißen ließ. Nein, so dumm war er nicht.

Matilda und Cynthia tauschten Blicke aus.

»Ich weiß nicht«, grübelte die Schuldeneintreiberin laut,

»das erscheint mir schon gewagt. Wir wissen nicht, was es ist und was es mit uns macht, wenn es uns erwischt. Es könnte uns unter Wasser ziehen und dort behalten, bis wir ersticken, oder uns vergiften. Das erscheint mir ziemlich riskant.«

Matilda nickte. »Richtig, aber wenn wir rechtzeitig in Lynbrooks Lager zurück sein wollen, müssen wir ein bisschen was riskieren.«

»Aber das alles nützt nichts, wenn wir dabei draufgehen, Matilda«, hielt Cynthia dagegen, und Albert kam es komisch vor, dass ausgerechnet sie die Stimme der Vernunft war. Ihretwegen waren sie überhaupt erst hier. »Albert, was ist mit deinem Hamster? Wir könnten ihn in so eine Waschwanne setzen und auf den Fluss schieben.«

»Butterscotch?«, fragte Albert und bekam große Augen. »Du möchtest, dass ich meinen Freund da rausschicke, um dann zuzuschauen, wie er von einem Monster gefressen wird?«

Cynthia hob abwehrend die Hände. »Schon gut, ich finde es wichtig, dass man bei so was jeden Gedanken ausspricht.«

Albert schüttelte den Kopf. Was für ein unsagbar dummer Vorschlag. Auf keinen Fall würde er Butterscotch opfern, damit sie achttausend Pfund für Mrs Lynbrook bekamen. Nein, der Hamster hatte zu viel geleistet, um jetzt so sein Leben zu riskieren. Schließlich war er es, der bei der Jadefuchsjagd für die nötige Ablenkung im Kampf gegen Conteville gesorgt hatte. »Ausgeschlossen«, schob er noch mal nach. »Der Hamster bleibt in meinem Zylinder.«

Matilda seufzte. »Du willst es nicht machen, weil du ja die Pistole hast«, sagte sie und sah Cynthia an.

Die nickte zögerlich. Albert vermutete, dass auch sie

Angst hatte, was er ihr nie vorwerfen würde. In diesen Fluss zu steigen war eine dumme Idee.

Aber wenn sie sich von dummen Ideen von etwas abbringen lassen würden, wären sie jetzt nicht hier. Er ließ den Blick schweifen. Nichts war auffällig. Eine unwirtliche Gegend wie der Rest der Marschlande.

»Also will keiner von uns ins Wasser steigen?«, resümierte Matilda.

»Nicht, bevor wir alles andere ausprobiert haben«, erwiderte Cynthia und hob eine der Wannen auf. Im hohen Bogen flog sie ins Wasser und ein lautes Platschen ertönte. Wenn da irgendwas lauerte, dann musste es das mitbekommen haben. Sie warteten ab, beobachteten, wie sich die Oberfläche langsam beruhigte und die Wellen, die vom Einschlagszentrum ausgingen, verschwanden.

Nichts passierte.

»Warum haben wir uns bloß auf diesen Deal eingelassen?«, murmelte Albert.

»Ich hätte schlecht das ganze Lager erschießen können«, erinnerte ihn Cynthia. »Irgendwas an dieser Geschichte kommt mir komisch vor. Ein Monster, von dem alle gehört haben, das jedoch noch niemand gesehen hat.«

»Zumindest hat niemand überlebt, der es gesehen hat«, korrigierte Albert sie.

»Wir warten«, schlug Matilda vor. »Wir werden zwei Stunden abwarten, was passiert. Wenn es nicht auftaucht, werde ich ins Wasser gehen.«

Albert sah zur Sonne hinauf. Es wurde Abend, aber die zwei Stunden konnten sie noch entbehren. »Möchte jemand einen Müsliriegel?«, fragte er.

Die Gruppe ließ sich an der Feuerstelle nieder, die schon

lange erloschen war, und öffnete Riegel und Wasserflaschen. Unter anderen Umständen wäre es ein nettes Picknick gewesen, so konnte Albert den Moment aber nicht genießen. »Kommst du aus England, Cynthia?«, erkundigte er sich und schluckte die Reste des Riegels runter. Smalltalk war besser als die Stille und die Kaugeräusche der anderen.

»Nordirland«, antwortete sie. »Bin in Belfast aufgewachsen und zur Schule gegangen, und als ich dann in das Familiengeschäft eingestiegen bin, bin ich um die ganze Welt geflogen.«

»Gibt es auch jemanden, für den du nicht arbeiten würdest?«, wollte Matilda wissen. Natürlich war das eine Anspielung auf Mrs Lynbrook.

Cynthia zuckte mit den Schultern. »Diktatoren vielleicht. Also die Art, die ihr Volk massakrieren«, spezifizierte sie. »Grundsätzlich höre ich mir aber erst mal jeden Auftrag an. Fünfzig Prozent lehne ich ab: zu riskant, zu wenig erfolgversprechend. Ich werde nur bezahlt, wenn ich den Auftrag beende.«

Albert sah sie von der Seite an. »Und warum zum Teufel hast du dann diesen Auftrag angenommen? Was daran erschien dir erfolgversprechend?«

Cynthia grinste und zeigte ihre makellosen weißen Zähne. Er erinnerte sich wieder, warum er sie auf die Bühne geholt hatte, und verfluchte diesen Moment. Aber ihr wäre bestimmt ein anderer Grund eingefallen, wie sie an ihn und Matilda rankam. »Lynbrook zahlt gut, weit mehr, als ihr Mann ihr schuldet. Zugegeben, als sie mir erzählt hat, wo ich hinmuss, habe ich kurz gezögert. Aber das hier ist eine exzellente Möglichkeit für mich, meinen Horizont zu erweitern.« Sie ließ ihren Blick schweifen, als hätte sie es wörtlich gemeint. »Ich will diesen Job so lange machen, bis er langweilig wird. Bei diesem Auftrag hat alles gestimmt: die Bezahlung, die Erfolgsaussichten, die Gesellschaft.« Sie zwinkerte Albert zu.

Matilda schnaufte und schüttelte den Kopf. »Wenn diese Frau es anschließend noch einmal wagt, mir auf die Nerven zu gehen, werde ich persönlich in ihre Bank fahren und mich um das Problem kümmern.«

»Bitte schick keine Briefbombe, das erwischt irgendein armes Schwein in der Poststelle und kommt nicht bei Lynbrook an«, mahnte Albert und erinnerte sich an seine kurze Zeit bei der Bank.

»Ich habe ihr Wort, dass sie euch in Ruhe lässt«, sagte Cynthia.

»Du vertraust ihr wirklich, oder?«, fragte Matilda.

»Sie wird es sich nicht mit meiner Familie versauen wollen. Wir haben schon ganz andere Summen für sie eingetrieben. Summen, die auch für eine Lynbrook viel sind. Sie kann also nicht auf unseren Service verzichten.«

»Aber ihr seid doch nicht das einzige Inkasso-Unternehmen.« Albert kam es naiv vor, zu glauben, dass Lynbrook keinen Ersatz für Cynthia finden würde.

»Das stimmt, aber du wirst niemanden finden, der auf unserem Level operiert«, erwiderte sie. Albert fand diese Bemerkung sonderbar, bohrte aber nicht weiter nach. Stattdessen wanderte sein Blick zur Wasseroberfläche.

»Sind das Wellen?«, fragte er.

Matilda schob ihren Kopf nach vorne und formte ihre Augenlider zu Schlitzen. »Möglich. Vielleicht ist auch nur eine Libelle auf dem Wasser gelandet.«

»Vielleicht werden wir langsam bekloppt«, überlegte Albert laut.

»Da ist nichts«, beendete Cynthia die Diskussion. »Eure Vorstellungskraft spielt euch einen Streich.«

»Ich gehe da rein«, beschloss Matilda.

»Das tust du nicht«, erwiderte Cynthia sofort. »Die Zeit ist noch nicht abgelaufen. Solange Albert sein Frettchen nicht opfern möchte, muss jemand von uns früher oder später ins Wasser gehen. Aber wir sollten es lieber später machen.«

»Er ist ein Hamster«, erklärte Albert ruhig, »und sein Name ist Butterscotch.« Der Zauberer nahm den Zylinder vom Kopf und griff hinein. Sofort fühlte er den flauschigen Pelz und zog den kleinen Nager hervor. Dessen Nase zuckte gleich auf und ab. »Er riecht den Müsliriegel«, erklärte Albert und gab ihm ein paar Krümel, die in der Verpackung zurückgeblieben waren. Der Hamster stürzte sich darauf, als hätte er die letzten Wochen nichts zu futtern bekommen. »Wie kann man dich nur dem Tzunath zum Fraß vorwerfen wollen?«, fragte er mit viel zu hoher Stimme und ließ ihm wieder im Zylinder verschwinden. »Darin bist du sicher.«

»Solange du nicht selbst vom Tzunath gefressen wirst«, warf Cynthia ein.

»Keine zehn Pferde treiben mich da rein«, sagte Albert und zeigte auf die braune Brühe. In dem Moment sah er, was ihm bisher aufgrund des Hamsters entgangen war. Matilda hatte die Schuhe ausgezogen und die Hosenbeine hochgekrempelt. Bis zu den Waden stand sie bereits im Wasser. »Tu das nicht«, rief er ihr hinterher.

»Passt schon, ich will das abhaken, damit ich meine Eltern suchen kann.«

Albert bemerkte, dass Cynthias Hand zum Waffenholster wanderte. Auch sie war aufgesprungen und sah nicht überzeugt aus. »Matilda, lass uns doch warten.«

Aber Matilda wollte nicht warten. Sie wollte den verdammten Tzunath erlegen, ganz egal, was es war, zurück zu Charles Lynbrook, die Unterschrift und das Geld abholen und dann ihre Eltern suchen. Sie legte einen Pragmatismus an den Tag, um den sie Albert beneidete. Nicht, weil er gerne an ihrer Stelle ins Wasser gestiegen wäre. Aber sie war in der Lage, Dinge anzupacken. Albert hätte noch Stunden im Sand sitzen und warten können. Irgendwann hätten sie entschieden, dass der Tzunath nicht mehr auftauchte, und wären zurück nach Marrys Grave gegangen. Da hätten ein Dach über dem Kopf und nicht nur ein schimmliges Zelt und ein Eintopf auf sie gewartet. Pech gehabt, aber immer noch am Leben!

Matilda setzte nun alles auf eine Karte. Langsam watete sie durch das Wasser, bis es ihr bis zur Hüfte ging. Die Arme hielt sie über der Wasseroberfläche. »Das gibt eine verdammte Blasenentzündung«, fluchte sie.

»Wenn das alles ist, kommst du noch richtig gut davon«, rief Albert.

»Das kann auch nur jemand sagen, der noch nie eine Blasenentzündung hatte«, kommentierte Cynthia seelenruhig und ließ Matilda nicht aus den Augen.

Damit hatte sie recht, Albert hatte noch keine Blasenentzündung gehabt. Aber er konnte sich nicht vorstellen, dass sie schlimmer als ein abgerissener Arm oder vielleicht sogar ein abgebissener Kopf war.

Als das Wasser bis zu ihrem Bauchnabel reichte, drehte Matilda sich um und sah die beiden erwartungsvoll an.

Albert hielt die Luft an, Cynthia hatte ihre Hand immer noch auf der Pistole.

Nichts passierte.

»Komm da raus«, forderte Cynthia. »Du willst keine Blasenentzündung in den Marschlanden bekommen.«

Matilda machte einen Schritt, dann wurden ihre Augen groß und sie zeigte auf etwas hinter Albert und Cynthia. »Vorsicht!«

Die beiden drehten sich um und wichen gerade noch dem geifernden Kiefer einer Sumpfechse aus. Das musste eine von der Art gewesen sein, die sie auch letzte Nacht angegriffen hatte. Die Kreatur sah aus wie ein Krokodil, bloß hatte sie längere Beine. Albert rollte sich weg und der Angriff der Echse ging ins Leere. Ein Teleskopstab landete in seiner Hand. Er ließ ihn herausfahren. Nicht so gut wie eine Pistole, aber besser als gar nichts.

Die Echse stand nun zwischen Cynthia und dem Zauberer und drehte sich im Kreis, als könnte sie sich nicht entscheiden, wer den besseren Snack abgab. Der schuppenbehaftete Schwanz peitschte ungeduldig hin und her.

Cynthia hatte ihre Pistole erhoben und versuchte, eine gute Gelegenheit zu erwischen. Aber der Kopf der Bestie hielt nicht still. »Sie muss mich angreifen«, rief sie.

Albert hatte damit kein Problem. Es war ja nicht so, als brannte er darauf, von dem Monster gefressen zu werden. Aber leider war das auch nicht seine Entscheidung. Die Sumpfechse hatte ihren eigenen Kopf, und der hatte entschieden, dass an Albert mehr dran war. Mit einer schnellen Bewegung fegte der Schwanz Cynthia von den Beinen und sie machte einen Satz nach vorn. Albert drehte sich zur Seite und hieb mit dem Teleskopstab nach der Schnauze. Seine

Waffe gelangte zwischen die Kiefer und wurde zermahlen wie ein Pfefferkorn im Mörser.

»Aus der Schussbahn«, rief Cynthia. Albert wünschte sich, einen Verschwindezauber zu beherrschen, oder noch besser: ein Teleportationszauber. Dann würde er jetzt einfach auf seine Bühne zurückkehren, diese Art von Abenteuer hatte er nie gesucht. Aber da er weder das eine noch das andere konnte, sprang er einfach zur Seite. Es war ein beherzter Sprung, unterstützt vom Adrenalin, und er brachte ihn aus der Reichweite des todbringenden Kiefers. Das Monster knurrte. Es war ein tiefes, bedrohliches Grollen.

Dann fiel ein Schuss. Die Kugel prallte an der beschuppten Schnauze ab, riss eine kleine Wunde hinein, zeigte aber nicht die erwünschte Wirkung. Das Vieh war immer noch auf den Beinen und nun so gut gelaunt wie ein Fußballfan, dem im Pub nur alkoholfreies Bier angeboten wird.

Immerhin machte es auf der Stelle kehrt und rannte nun auf Cynthia zu. Albert schnaufte durch. Noch war er am Leben, und das war schon eine echte Leistung. Weitere Schüsse waren zu hören und Albert blickte auf. Das Tier lag alle viere von sich gestreckt auf dem Boden.

»Hilf mir mal«, hörte er Cynthias Stimme, aber er sah sie nicht.

»Wo bist du?«

»Unter dem Monster begraben«, ächzte sie. Mit der Vorsicht einer misstrauischen Katze, die befürchtete, in die Transportbox und zum Tierarzt verfrachtet zu werden, näherte er sich der Sumpfechse. Tatsächlich, Cynthia steckte von der Hüfte abwärts unter dem schweren, aber toten Körper. Albert stemmte sich gegen die Seite, und Cynthia kam langsam hervorgekrochen.

»Verdammte Scheiße«, schimpfte sie. Sie hatte das Blut der Echse auf ihrer Hose. »Wäre fast zu spät gewesen. Die letzte Kugel hat getroffen.«

Aber Albert antwortete nicht. Etwas war anders. Jemand fehlte. Er drehte sich um, sah in den Fluss und zum Mineneingang. »Wo ist Matilda?«

Kapitel 12

Matilda Godwins

Matilda hatte sich entschieden, doch im Wasser zu bleiben. Eine Blasenentzündung war nichts im Vergleich zu dem, was sich auf dem Land abspielte. Sie hatte Cynthia und Albert noch im letzten Moment warnen können, als sie die Sumpfechse bemerkte, die sich von hinten anschlich. Zuerst hatte sie die gelbglühenden Augen gesehen. Die Schuppen waren sandfarben, und die Echse war trotz ihrer Größe kaum zu sehen. Wie ein Löwe auf der Jagd hatte sie sich angepirscht, um im letzten Moment zuzuschlagen, wenn die Beute nicht mehr fliehen konnte. Nur weil Matilda im Wasser stand und in ihre Richtung sah, war der Angriff ins Leere gegangen. Sie verfolgte, wie Albert einen Stab schwang, der nicht mal als Kauknochen taugte.

Dann nahm alles eine unerwartete Wendung.

Erst als ihr Kopf untertauchte, bemerkte sie, dass etwas nach ihren Fußknöcheln gegriffen und sie nach unten gezogen hatte. Weg vom Ufer. Weiter rein in den Fluss. Matilda ruderte mit den Armen, versuchte, etwas zu brüllen, aber ihre Lunge füllte sich mit der braunen Brühe und die Schreie gingen in einem Gurgeln unter. Wenn sich Albert und Cynthia, die gerade ein ganz anderes Problem hatten, jetzt zu ihr umdrehten, würden sie nur ein paar Luftbläschen an der Oberfläche sehen. Sie wehrte sich, versuchte, sich freizustrampeln, aber was auch immer da nach ihren Füßen gegriffen hatte, ließ nicht locker. Vielleicht war es doch ein Kraken.

Das Wasser war zu trüb und zu dreckig, sie konnte rein gar nichts sehen. Matilda rang nach Luft, und ihre Gedanken wurden von Panik übermannt. Wenn ihr nichts einfiel, würde sie hier unten ersticken. Sie versuchte verzweifelt nachzudenken, wurde jedoch von ihrer Angst übermannt. Immer weiter zog sie das, was sie da an den Füßen gepackt hatte, und sie konnte nichts anderes machen, als es gewähren zu lassen. Keine Minute mehr, und sie würde das Bewusstsein verlieren. Sie spürte, wie ihre Lunge nach Sauerstoff schrie. Ihre Brust brannte. Ihr ganzer Körper war nun in Alarmbereitschaft, aber es nützte nichts.

Matilda hatte verloren.

Langsam gewann die Schwärze die Oberhand über ihre Gedanken und sie driftete weg. Wie in einem Fiebertraum glitt sie durch das Wasser.

Matilda sog die Luft ein und schreckte hoch. Sie hustete, spuckte Wasser. Ihre Lunge fühlte sich an, als hätte sie Schlamm getrunken. Unter ihren Handflächen spürte sie rauen Stein, und ein undefinierbares Rauschen übertönte alles. Hastig sah sie sich um und versuchte zu verstehen, was passiert war. War sie nicht gestorben? Gefressen von einem Kraken am Flussgrund?

Nein, sie war eindeutig am Leben und lag auf dem glatten Felsboden einer Höhle. Das Rauschen kam von einem Wasserfall. Sie sah sich um, aber es war zu dunkel, um etwas zu erkennen. Nur schemenhaft konnte sie Steinwände ausmachen.

»Aufgewacht?«, fragte eine Stimme aus der Schwärze. Sie sprach klar und deutlich, aber trotzdem lag etwas Fremdes in ihr.

Matilda hob den Kopf. Ihr war immer noch schwindelig und schlecht. Sie presste sich gegen die Felswand und starrte in die Dunkelheit, schwieg aber.

»Nicht sehr redselig, wie es scheint«, sagte die Stimme kalt und bohrend wie ein Eispickel.

Matilda versuchte, Augen zu erkennen. Aber da war nichts, da war niemand. War die Stimme nur in ihrem Kopf? Nein. Sie schüttelte sich, versuchte, ihr volles Bewusstsein wiederzuerlangen. Sie musste in die Offensive übergehen. »Wer bist du?«

Die Stimme lachte. »Das fragen sich viele. Wer bin ich? Was bin ich? Bin ich überhaupt?«

»Bist du Tzunath?«, fragte Matilda geradeaus.

»Wenn dem so wäre, was dann?«

»Dann müsste ich dich wohl umbringen«, erwiderte Matilda und wusste, dass das keine sehr diplomatische Antwort war. »Also, weil du mich bestimmt umbringen willst«, schob sie hinterher.

»Du wärst nicht die Erste, die das versucht, und du wirst auch nicht die Letzte sein, so viel ist gewiss«, verkündete die Stimme aus der Dunkelheit.

»Was willst du von mir?«, verlangte Matilda zu erfahren.

»Dich fressen«, schrie die Stimme und Matildas Eingeweide verkrampften sich.

»Ich lasse das nicht zu«, zischte sie, wusste aber, dass sie keine Chance hatte.

Wieder lachte Tzunath. »War auch nur ein Witz. Nein, mit dir habe ich etwas anderes vor.«

Matilda schluckte schwer. War das gut oder schlecht? Sie sah in die Richtung, aus der sie das Rauschen vermutete. Wenn sie schnell war, könnte sie vielleicht fliehen. Aber ihre Beine fühlten sich an wie weichgekochte Nudeln.

»Bring sie nach unten.«

Noch bevor sie verstand, was da passierte, packte sie eine große Pranke an der Schulter und ihr wurde etwas über den Kopf gezogen.

»Lasst mich«, schrie sie und wehrte sich mit aller Kraft, aber wer auch immer sie im Griff hatte, war zu stark. Sie drehten ihr die Arme auf den Rücken. Der Stoff kratzte im Gesicht. Sie lief vornübergebeugt und hatte Mühe, bei dem Tempo mitzuhalten. Es ging eine gefühlte Ewigkeit durch die Finsternis. Das Rauschen des Wasserfalls wurde immer leiser, bis es irgendwann völlig verstummte. Die Luft wurde kühler, und ihr wurde immer kälter. Ihre nassen Kleidungsstücke klebten auf ihrer Haut. Sie musste dringend etwas anderes anziehen, wenn sie nicht krank werden wollte, auch wenn das gerade nicht ihre größte Sorge war.

Sie hatte Tzunath gefunden, dachte sie. Aber eigentlich hatte er sie gefunden.

Ihre Handgelenke waren so auf den Rücken verdreht und fixiert, dass sich beim kleinsten Widerstand sofort ein brennender Schmerz über die Arme in den ganzen Körper ausbreitete. Wer auch immer sie da gepackt hatte, wusste, was er tat. Es waren keine Bauern oder Sumpfechsen, sondern Leute vom Fach. Also ließ Matilda sie machen. In ihrer Situation hatte sie die besten Chancen, wenn sie einfach abwartete, was passierte.

Es fühlte sich wie Stufen an, was sie unter ihren nackten

Füßen spürte. Die Person, die sie im Griff hatte, schwieg die ganze Zeit. Keine Worte wurden gewechselt, keine Laute von sich gegeben. Sie waren wie Schatten, die sie gepackt hatten.

Matilda hörte, wie eine Tür geöffnet wurde. Die Scharniere quietschten und sie wurde gestoßen. Unsanft kam sie auf dem rauen Steinboden auf. Dann schloss sich die Tür hinter ihr wieder. Matilda zog sich den Sack vom Kopf und sah sich um. Aber sie erkannte nichts. Es war finster.

»Wozu dann der verdammte Sack?«, fluchte sie und warf das Teil in die Ecke. Sie massierte ihre Handgelenke, die immer noch brannten. »Arschlöcher«, murmelte sie.

Matilda lauschte, ob sie etwas hören konnte. Ihre Ohren waren gerade ihr wichtigstes Sinnesorgan. Aber es war still in der Kammer. Kein rauschender Wasserfall, keine Stimmen, kein Atmen. Sie war ganz alleine. Langsam rappelte sie sich auf. Sie fror. Der kalte Steinboden, auf dem sie mit ihren nackten Füßen stand, und ihre nassen Klamotten waren eine schlechte Kombination. Vorsichtig und misstrauisch ging sie den Raum ab. Mit ihren Händen fuhr sie über die glatten Felswände. Sie hatte eine Ahnung, wo sie war: im Bergwerk. Aber sie waren nicht durch den normalen Eingang gegangen. Es musste einen geheimen Zugang geben, der wahrscheinlich hinter dem Wasserfall lag.

In Gedanken ging sie die Strecke nach, die sie zurückgelegt hatte. Ja, das könnte funktionieren.

Matilda kam an der Tür an. Sie war aus Holz und hatte eine Klinke und natürlich passierte nichts, als sie die herunterdrückte. Ihre Wachen und Entführer hatten daran gedacht, sie einzuschließen.

Was wollten sie von ihr? Offensichtlich hatten sie nicht

vor, sie zu fressen, wenn sie der Stimme, die vorgab, Tzunath zu sein, glaubte. Aber sie war sich noch nicht sicher, ob das Schicksal, das sie ereilen würde, besser war. Manchmal war kurz und schmerzlos die bessere Variante.

Sie dachte an Albert und Cynthia.

Hoffentlich hatten sie den Kampf gegen die Echse überlebt. Das Letzte, was sie gesehen hatte, war, wie das Monster Alberts Kampfstock, den er herbeigezaubert hatte, zermahlte. Aber sie traute Cynthia zu, mit dem Vieh fertigzuwerden und, das würde sie Albert nie erzählen, die rothaarige Frau war auch ihre eigene Chance, aus diesem Gefängnis rauszukommen. Wenn die beiden ihr Verschwinden bemerkten, würden sie sie hoffentlich suchen.

Matilda schlug mit der Faust gegen die Tür. »Hallo?«, rief sie, aber niemand antwortete. Sie drehte sich um und sah in die Finsternis. Eine leere Kammer ohne Licht, das war ihr Gefängnis.

Langsam glitt sie an der Tür hinab und setzte sich hin. Ihre Kleidung stank nach dem Fluss, und ihre Augen füllten sich mit Tränen. Die Lage sah schlecht aus.

Sie hörte Schritte, die sich näherten. Schnell sprang sie wieder auf. Vielleicht würde sie eine Chance bekommen, hier zu verschwinden.

Es klopfte. »Weg von der Tür«, raunte jemand.

»Bin ich«, gab Matilda zurück.

Sie hörte, wie ein Schlüssel eingesteckt und umgedreht wurde. Durch den schmalen Türspalt fiel fahles Licht in ihre Kammer. Ein Mann mit breiten Schultern und einer Knollennase sah hinein. »Du bist die Neue?«, brummte er.

»Möglich.«

Der Mann trug keine Waffe bei sich, aber so, wie er aussah, brauchte er auch keine. Seine Hände waren Bärenpranken. »Mitkommen.«

Er öffnete die Tür weiter, damit Matilda heraustreten konnte. Sie schlüpfte an ihm vorbei. Er stank nach Schweiß und säuerlich, als hätte er seit Wochen nicht geduscht. Seine ungewaschenen, fettigen Haare unterstrichen den Eindruck.

Sie sah den Gang hinab. Laternen hingen in regelmäßigen Abständen von der Decke. Sie konnte ihn vielleicht nicht im Kampf besiegen, aber ihm möglicherweise davonlaufen. Er war so stark wie behäbig, vermutete sie. Als hätte ihr Aufpasser ihre Gedanken gelesen, legte sich seine Hand wie ein Schraubstock um ihren Oberarm. »Entkommen kannst du eh nicht, aber es macht auch keinen Spaß, euch hier unten zu suchen. Und die Bestrafung tut mir genauso weh wie euch. Also keine Spielchen, verstanden?«

Matilda erwiderte nichts. Stattdessen ließ sie sich von dem Kerl wegführen. Sie passierten weitere Türen und Gänge, die irgendwo hinführten. Matilda beschloss, das Spiel so lange mitzuspielen, bis sich eine Gelegenheit bot zu verschwinden. Ein leises Geräusch ertönte, und Matilda sah im Augenwinkel noch den Schokotaler auf den Boden fallen, den Albert ihr geschenkt hatte. Er musste völlig durchgeweicht sein. Ihre Wache hatte das nicht bemerkt und Matilda entschied, es dabei zu belassen. Mit einem Schokotaler würde sie sich aus der Situation auch nicht retten können.

Sie liefen Stufen hinab und der Mann öffnete eine weitere Tür. Dahinter lag ein hell beleuchteter Raum, die Wände mit Holz verkleidet, und es gab ein Regal, in dem allerhand Sachen standen: Phiolen, eine Schreibmaschine, Stifte, Papiere, Bücher.

Aber der Stuhl in der Mitte machte Matilda nervös. Es sah

aus, als würden darauf Leute sitzen, die sich was zu Schulden hatten kommen lassen. Diebe und Mörder, die verhört wurden.

»An die Wand da«, verlangte der Mann und zeigte auf eine freie Stelle. Matilda zögerte, erkannte dann aber die Zahlen daneben, die jemand mit Kreide angebracht hatte. Sie kam der Aufforderung nach und spürte das raue Holz an ihren klammen Klamotten. »Gerader Rücken«, knurrte sie ihr Aufpasser an, und sie streckte sich. »Ein Meter dreiundsiebzig«, notierte er auf einem Stück Papier. »Bitte Platz nehmen.« Er zeigte auf den freien Stuhl in der Mitte.

Matilda kam der Aufforderung nach. Der Mann setzte sich ihr gegenüber an einen Tisch und sah auf das Blatt. »Bitte einfach antworten, umso schneller sind wir hier fertig und Sie bekommen etwas Trockenes zum Anziehen, verstanden?«

Matilda reagierte nicht.

»Verstanden?«, wiederholte der Mann ungeduldig.

»Ja«, flüsterte sie.

»Gut, bitte laut und deutlich antworten, das spart mir die Rückfragen. Name?«

»Matilda Godwins.«

Der Mann stutzte kurz, notierte dann ihre Antwort auf demselben Papier, auf dem er auch schon ihre Größe aufgezeichnet hatte.

»Herkunft?«

»England.«

»England«, wiederholte er langsam und schrieb es auf.

»Alter?«

»Fünfundzwanzig.«

»Geburtstag?«

»Fünfter Dezember.« Matilda fühlte sich wie bei einem Verhör, und nichts anderes war es auch. Sie hatte aber keine Ahnung, warum oder wofür sie verhört wurde.

»Erlernter Beruf?«

»Ich …«, Matilda zögerte, »studiert, aber abgebrochen.«

Der Mann grunzte. »Also gar nichts.«

»Wenn Sie so wollen.«

»Eltern?«

»Williams und Elizabeth Godwins.«

Er zögerte kurz, überlegte vielleicht, wie man die Namen schrieb, dann notierte er sie. Auf einmal stand er auf und ging zum Regal, zog nach kurzem Suchen ein dickes Buch mit blauem Umschlag heraus und kam wieder. Er blieb vor Matilda stehen, blätterte darin herum und hielt es ihr nach einer erfolgreichen Suche vor die Nase. »Bitte zeigen Sie mir, aus welcher Gegend von England Sie kommen.«

Matilda sah vor sich eine Karte des Vereinigten Königreiches. Sie war schon älter, die Seiten vergilbt. Sie hatte keinen blassen Schimmer, was all das hier sollte, spielte aber lieber mit. »Da«, sagte sie und zeigte auf die Stelle.

»Interessant«, murmelte der Mann, nahm wieder Platz und notierte seine angeblich interessanten Erkenntnisse. »Da befindet sich auch ein Zugang zu den Marschlanden, korrekt?«

»Direkt in meinem Keller.« Matilda seufzte.

»Das erspart mir meine nächste Frage, wie Sie in die Marschlande gekommen sind«, gab er zurück. »Aber warum sind Sie hier?« Er blickte von seinem Papier auf und sah sie an.

Die Frage überraschte Matilda. Sie wusste nicht, ob sie lügen oder die Wahrheit sagen sollte. »Ein Auftrag.«

»Ein Auftrag«, wiederholte der Mann und notierte sich das. »Was für ein Auftrag?«

»Ich sollte eine Nachricht überbringen.« Sie bog die Wahrheit ganz bewusst zurecht. Matilda hielt es für klug, die Existenz ihrer Begleiter nicht herauszuposaunen.

Wieder notierte der Mann ihre Worte. »Wie haben Sie von den Marschlanden erfahren?«

Matilda hätte fast von Martin Berryfield erzählt, wie er die Muschel fallen gelassen hatte und verschwunden war. Aber sie entschied sich für eine etwas weniger aufregende Geschichte. »Ich wohne in einem Haus mit Zugang, die Marschlande gehören für mich zu Großbritannien wie Nordirland oder Schottland«, log sie.

»Aber es ist Ihr erstes Mal hier, korrekt?«, fragte der Mann misstrauisch und musterte sie.

»Wie kommen Sie darauf?«

»Nur wenige sind so dumm und waten in einen Fluss. Wer schon häufiger hier war, kennt die Gefahren.«

»Sie waren es, der mich unter Wasser gezogen hat?«, keuchte Matilda.

»Nein«, der Mann schüttelte den Kopf. »Das macht er schon noch selbst. Ich bin nur für die Schreibarbeit zuständig. Aber ich informiere mich vorher.«

Er.

Matilda hatte eine Vermutung, wen er damit meinte. Also handelte es sich bei ihm nicht um das Wesen, das die ganzen Marschlande in Angst und Schrecken versetzte. Das wäre auch eine unterwältigende Auflösung gewesen. Schließlich hatten sie auf einen Kraken und ein Echsenmonster gesetzt. Wenn sie einen grobschlächtigen Kerl sehen wollte, konnte sie auch in England in den Pub gehen.

»Mein erstes Mal«, bestätigte sie.

»Seien Sie nicht traurig, wir haben viel Beifang, der das erste Mal hier ist. Sie bilden da keine Ausnahme.«

Matilda verstand nicht, was er ihr damit sagen wollte und wie sie das trösten sollte. Sie hatte sich nicht dümmer angestellt als der Rest?

»Wer oder was war Ihr Ziel?«

Langsam bekam sie das Gefühl, beim Geheimdienst der Marschlande zu sitzen. »Warum wollen Sie das alles wissen?«

Der Mann seufzte und blickte wieder auf. »Bitte antworten Sie einfach, dann sind wir hier beide schneller durch. Also, wer war Ihr Ziel?«

Matilda schüttelte den Kopf. »Nein, Sie beantworten mir jetzt ein paar Fragen: Was soll der Mist hier?«

»Die Fragen wird er Ihnen bestimmt gerne später alle beantworten, ich bin nur für die Schreibarbeit hier, damit alles seine Ordnung hat. Also?«

Immerhin klang es so, als würden sie sie nicht direkt nach dem Verhör umbringen. Das war gut. »Charles Lynbrook«, erwiderte sie.

Nun hatte sie ernsthaftes Interesse bei ihrem Verhörer geweckt. Er richtete sich auf. »Charles Lynbrook? Was wollen Sie denn von dem?«

»Schulden eintreiben.«

Die Überraschung in seinem Gesicht wurde immer größer. »Faszinierend«, murmelte er und notierte sich auch das. »Das ist mir in all den Jahren auch noch nicht untergekommen.«

»Was kommt Ihnen denn sonst so unter?«

»Oh, von zu Hause weggelaufene Jugendliche vor allem.

Wenige finden den Weg in die Marschlande, weil sie ihn aktiv suchen. Abgesehen von den Händlern und Schmugglern.« Er blickte wieder auf das Papier. »Wann gedachten Sie, uns wieder zu verlassen?«

»So schnell wie möglich«, antwortete sie.

»Sofort«, sagte der Mann langsam und schrieb es nieder. »Das hört er immer gerne, auch wenn es jetzt keine Bedeutung mehr hat.«

»Was –«

»Ich stelle die Fragen«, schnitt er ihr das Wort ab.

»Also, Matilda Godwins, aus England, ungelernt, was können Sie mir noch über sich sagen? Was darf nicht fehlen? Haben Sie ein körperliches Leiden oder ein besonderes Talent? Können Sie ein Instrument spielen? Letztendlich möchte ich so viel wie möglich über Sie wissen.«

Was für ein Mist war das hier? »Ich habe das Jadefuchsturnier gewonnen«, sagte sie mit einer Selbstverständlichkeit, als hätte sie ihm gerade gesagt, dass sie von Englands Volk zur neuen Queen ernannt worden war.

»Jadefuchsturnier«, wiederholte er und schrieb es nieder. »Das ist etwas Besonderes, da wo Sie herkommen, ja?« Er sah sie erwartungsvoll an.

»Nur wenige können das von sich behaupten.«

»Sehr gut, das wird er spannend finden. Achten Sie immer darauf, dass Ihnen die Geschichten nicht ausgehen. Kleiner Tipp von mir.«

Matilda wollte nachfragen, sparte es sich aber. Sie wusste schon, wie die Antwort ausfallen würde.

»Sonst noch etwas?«

»Ich habe viel Geld.«

Der Mann schüttelte den Kopf. »Nein, das lassen wir lieber weg. So etwas interessiert ihn nicht. Er hört sich gerne Geschichten an.«

»Ich kenne einen Zauberer, einen richtigen.«

Der Mann sah wieder von seinem Papier auf. Sein Mund formte ein O. »Das ist gut, das ist sehr gut. Er hört gerne Sachen über das Sonderbare im Normalen, wenn Sie verstehen. Sachen, die man nicht nachlesen kann.«

»Davon kann ich ein bisschen was bieten«, murmelte Matilda und hatte das Gefühl, dass sie sich auf einen Job bewarb, den sie gar nicht haben wollte.

»Sie sind ein guter Fang, glaube ich«, stellte der Wärter fest und sah sie an. »Ich werde Sie empfehlen.«

»Empfehlen?«

»Ja, für eine bevorzugte Behandlung. Dass er sich wirklich Zeit für Sie nimmt und Sie uns nicht nur ein paar Tage hier Gesellschaft leisten.«

»Wozu das alles?«

»Das darf ich leider nicht sagen«, erwiderte er.

»Dürfen Sie dann zumindest sagen, wo wir hier sind?« Sie sah sich im Raum um. Das Licht der Öllampen flackerte.

»Wir sind in seinem Domizil. Ein Irrgarten aus Gängen und Räumen tief unter der Erde. Hier fühlt er sich am wohlsten, geschützt vor neugierigen Blicken.«

»Gemütlich ist anders«, befand Matilda und dachte an den karg ausgestatteten und nicht ausgeleuchteten Raum, in dem sie gefangen gehalten wurde.

»Ich werde Sie für eine Verlegung empfehlen. Das war sozusagen unser Erstaufnahmezimmer.«

Matilda hatte Fragen. Viele Fragen. Aber immerhin machte es den Eindruck, dass man sie nicht umbrachte. Zumindest nicht gleich.

»Allergien?«, fragte der Wärter.

»Was – nein?«

»Gut, gut, wir hatten mal jemanden mit einer Nussallergie, was er uns verschwiegen hat. Das konnten wir dann natürlich im Speiseplan nicht berücksichtigen. Armer Kerl, konnten ihm nicht mehr helfen.«

»Ich mag Nüsse.«

Der Mann nickte. »Wir werden gut miteinander auskommen, denke ich. Machen Sie keine Umstände, und Sie werden eine gute Zeit hier haben, das verspreche ich. Aber er mag es überhaupt nicht, wenn jemand Probleme macht, aus der Reihe tanzt, verstehen Sie?«

Matilda verstand, dass es sich um eine direkte Drohung handelte. Wer nicht mitspielte, wurde aus dem Kader genommen. Und das bedeutete nicht, dass man auf die Strafbank gesetzt wurde.

»Gut, wir hätten dann eigentlich alles. Ich würde Sie jetzt zurück zu Ihrer Zelle bringen und dann bekommen Sie frische Kleidung. Danach wird er Sie sehen wollen, vermute ich. Auch wenn es spät ist, entspricht das eher seinem Rhythmus.«

Matilda stand auf und ließ sich zurück zu dem Raum führen. Dieses Mal war kein fester Griff an ihrem Oberarm nötig, und sie hatte auch eingesehen, dass eine Flucht hier schwierig war. Wenn sie loslief, hatte sie nicht die leiseste Ahnung, in welche Richtung sie rennen musste. Die Gänge und Türen sahen alle identisch aus. Es war ein Labyrinth aus Steinen und Holz.

»Bin gleich zurück«, sagte ihr Aufpasser und schloss die Tür wieder. Das mechanische Geräusch des Schließmechanismus verriet, dass er ihr nicht vertraute.

Sie war alleine in der Finsternis.

Aber bevor Matilda einen Gedanken daran verschwenden konnte, was das alles sollte, hörte sie schon wieder den Schlüssel. »Bitteschön«, sagte der Mann und reichte ihr neben einer Laterne einen Stapel Kleider. »Sollten passen. In zehn Minuten bin ich zurück.« Die Tür schwang wieder zu.

Matilda entledigte sich ihrer klammen Sachen und war froh, sie endlich los zu sein. Sie stanken nach Dreck und Sumpf. Ihre neue Kleidung bestand aus einer simplen Leinenhose und einem Hemd. Beide waren in Erdtönen gehalten. Nichts Verspieltes oder Kompliziertes. Nur das Nötigste. Der Stoff kratzte auf ihrer Haut, und der kalte Boden unter ihren nackten Füßen ließ sie frieren.

Es klopfte. »Sind Sie so weit?«, fragte ihr Wärter.

»Ja«, murmelte Matilda. Es war eh egal, was sie antwortete.

Die Tür schwang wieder auf, und im Türrahmen stand der bärenhafte Mann. »Folgen Sie mir bitte.« Er ging vorweg und Matilda hinterher. Sie hatte keine Ahnung, ob es der gleiche Weg wie in den Verhörraum war oder ob sie woanders hingingen. Aber sie hatte eine Ahnung, wem oder was sie gleich begegnen würde.

Als sie an einer Tür ankamen, stellte der Mann sich an die Seite und verschränkte die Arme. »Gehen Sie rein, er erwartet Sie.«

Matilda zögerte, dann gewann aber die Neugier die Oberhand. Sie drückte die Türklinke nach unten und trat ein. Es handelte sich um ein schönes Zimmer. Auf dem Boden war ein Teppich, kein kahler Stein. Laternen spendeten Licht und Regale voll Büchern reihten sich an den Wänden auf.

Eine große Couch stand in der Mitte. Daneben ein Sessel und in dem saß ein Mann.

Tzunath.

Kapitel 13

Albert Tubbs

»Matilda?«, schrie Albert und watete ins Wasser. Mit seinen Händen fischte er nach ihr, griff aber ins Leere. »Matilda?«

»Komm da raus!«, rief Cynthia. Die Pistole hielt sie immer noch fest umklammert, und sie suchte die Umgebung ab. »Was auch immer sie gepackt hat, es hat sie nicht gefressen. Sonst hätten wir das an der Wasseroberfläche gesehen.«

Albert, der bis zu den Knien im Gewässer stand, ließ den Blick schweifen. Sie hatte recht. Das Wasser war so ruhig und dreckig wie immer. Er war der Einzige, der es aufwühlte. Es hatte also keinen Kampf und auch keine abgerissenen Gliedmaßen gegeben, so viel stand fest. Aber war sie noch am Leben?

»Raus da«, forderte ihn Cynthia noch mal auf, und Albert watete langsam zurück. Cynthia näherte sich dem Ufer, die Pistole auf das Wasser gerichtet. »Sie wurde entführt, denke ich. Außer bei Tzunath handelt es sich um eine Würgeschlange, dann sieht es schlecht für sie aus. Aber es gab keinen Kampf, kein Blut, sie ist einfach verschwunden, während wir abgelenkt waren. Ich glaube, sie ist noch am Leben.«

»Ja«, sagte Albert, weil er hoffte, dass es stimmte. Er ließ sich in den Sand fallen. Es wurde dunkel, und er überdachte mal wieder gewisse Lebensentscheidungen. Er war in einer fremden, unwirtlichen Welt, sie wären zum wiederholten Male fast von einer Riesenechse gefressen worden, und Matilda war wie vom Erdboden verschluckt. Dass sie lebte, hoffte er mehr, als dass er es wusste. In ihm wuchs die Angst, dass das eine Sache war, die sie nicht mehr geradebiegen konnten.

»Jetzt müssen wir nicht nur den Tzunath finden, sondern auch Matilda«, dachte Cynthia laut nach. »Aber es wird dunkel, und da haben wir keine Chance, irgendwas zu finden.«

»Zurück nach Marrys Grave?«, fragte Albert mit einer Spur Hoffnung in der Stimme. Der Ausblick nach vier Wänden, die ihn im Schlaf schützten, tröstete ein bisschen.

»Nein, wir schauen uns mal den Stollen an. Morgen früh gehen wir mit den ersten Sonnenstrahlen hier auf Tauchstation. Es wird jetzt dunkel, und ich befürchte, dass der Kollege«, sie zeigte auf die tote Riesenechse, »nur die Vorhut war.«

»Aber mit jeder Stunde schwinden doch Matildas Überlebenschancen.« Falls sie noch lebt, wollte er hinzufügen, brachte es aber nicht übers Herz, es auszusprechen.

»Richtig, aber wir müssen auch an unsere Überlebenschancen denken. Wenn diese Echsen zu zweit angreifen, sind wir geliefert. Also würde ich sehr gerne aufhören zu diskutieren und in den Stollen.«

Albert sah hinüber zu dem Loch im Bergmassiv. Wer wusste, was darin alles hauste und sich vor dem Sonnenlicht versteckte. Schlangen, Skorpione, Spinnen, vielleicht eine Echse im Winterschlaf. »Marrys Grave?«, schlug Albert abermals vor.

»Nein, kostet uns zu viel Zeit. Wir sollten hier bleiben, falls jemand auftaucht.« Auch wenn sie es nicht aussprach, wusste Albert, dass mit jemand Tzunath gemeint war.

Er nickte. Sie hatte recht, auch wenn sich alles in ihm dagegen sträubte. Matildas Überlebenschancen würden sich nicht verbessern, wenn sie zurück nach Marrys Grave gingen.

»Komm«, sagte Cynthia, die schon einen Teil des Gepäcks geschultert hatte. »Nimm Matildas Sachen mit, sie wird sich freuen, wenn wir sie hier nicht einfach im Dreck liegen lassen.«

Albert fühlte sich wie ein Packesel, als sie auf den Stolleneingang zumarschierten. Cynthia holte eine Taschenlampe aus ihrem Rucksack und leuchtete in die Dunkelheit. Grobe, große Steine an den Wänden und verwitterte Holzbalken, die die Decke stützten, wurden sichtbar. Es war gerade mal hoch genug, dass Albert nur ein bisschen den Kopf einziehen musste. Den Zylinder hatte er sich unter den Arm geklemmt. Die Luft war staubig und schwer, als würde sich der Dreck gleich auf den Lungenflügeln ablegen.

Cynthia ging vorweg. Der Kegel ihrer Taschenlampe reichte hier völlig aus, um ihnen den Weg zu leuchten. Tausendfüßler und andere Insekten flüchteten sich in Ritzen, als sie die Eindringlinge bemerkten.

Weit kamen sie aber nicht. Ein Eisengitter versperrte ihnen den Zugang. Cynthia rüttelte daran, es quietschte und knarzte. Albert sah zur Decke, Staub rieselte hinab.

»Eigenartig«, sagte seine Begleiterin.

»Vielleicht, damit sich Kinder nicht beim Spielen hier drinnen verirren?«

»Gut möglich, oder sie wollen nicht, dass Fremde ihnen

die Mine nachts ausräumen. Komm, wir lassen uns hier nieder.«

Sie legten das Gepäck ab, und Albert setzte sich und lehnte den Rücken gegen die Wand. Der Gang war kaum breit genug, dass er sich richtig ausstrecken konnte. So eine Mine war nichts für Menschen mit Platzangst.

Cynthia hielt ihm ein Stück Trockenfleisch und eine Wasserflasche hin. »Hier.«

»Danke, keinen Appetit.«

»Iss«, verlangte sie mit Nachdruck. »Du musst bei Kräften bleiben.«

Also griff Albert zu und biss ein Stück von dem zähen Stück Fleisch ab. Es schmeckte salzig, wahrscheinlich, um es haltbar zu machen, und er verzog das Gesicht. Schnell kippte er Wasser hinterher.

Cynthia setzte sich ihm gegenüber und aß auch. Sie richtete die Taschenlampe auf die Decke, so dass sie genügend Licht hatten. »Sie lebt noch«, sagte sie.

»Warum bist du dir da so sicher?« Albert hoffte es natürlich, aber er war nicht ganz so optimistisch. Matilda war schon bei der Fuchsjagd in zahlreichen Situationen volles Risiko gegangen, irgendwann musste auch sie mal verlieren.

»Sie war wie vom Erdboden verschluckt. Das passt nicht zu der blutrünstigen Bestie, von der uns immer erzählt wird. Ich muss meine Einschätzung korrigieren, ich glaube, der Tzunath ist keine Monsterechse, sondern irgendwas völlig anderes.«

»Nämlich?«

»Keine Ahnung, auf jeden Fall auch kein Kraken. Irgendwas, das leise operiert, klug ist und taktisch vorgeht. Matilda war erst verschwunden, als wir abgelenkt waren. Das ist kein Zufall.«

Albert zuckte mit den Schultern. Für ihn war der einzige Beweis dafür, dass Matilda noch lebte, die Tatsache, dass er kein Blut gesehen hatte. Er hatte sein Stück Trockenfleisch fast vollständig verdrückt, bekam den Rest jedoch nicht mehr runter. Er wusste aber, wer sich darüber freuen würde. Seine Hand wanderte in den Zylinder und holte den karamellfarbenen Hamster hervor. Butterscotch quiekte vergnügt.

»Na, alter Freund, du ahnst nicht, was du alles verpasst hast«, sagte Albert. Die Hamsternase zuckte hin und her, witterte das Trockenfleisch. Der Zauberer hielt ihm ein kleines Stück hin.

»Frisst er das?«, fragte Cynthia.

»Ich habe bisher noch nichts gefunden, was er nicht frisst. Er ist wie ein Müllschlucker.«

»Aber ich weiß nicht, ob wir hier einen Tierarzt finden, sollte es ihm nicht bekommen.«

Albert schüttelte den Kopf. »Mach dir darüber keine Gedanken. Wie du schon bemerkt hast, ist er kein normaler Hamster. Der steckt so was gut weg.« Albert hatte immer noch keine Ahnung, was Butterscotch eigentlich war. Seit der Zylinder in seinem Besitz war, besaß er auch den Nager. Nur so viel war klar: Gewöhnlich war das karamellfarbene Fellbündel auf keinen Fall.

Das Tier schnappte sich mit seinen kleinen Pfoten das Stück Fleisch und fing an, es zu fressen. Albert und Cynthia schwiegen, beobachteten Butterscotch, der schwer beschäftigt war, und vergaßen für einen Moment die schwierige Situation, in der sie sich befanden. Albert hatte keine Ahnung, wie sie es hier wieder heil und vor allem gemeinsam rausschaffen sollten.

»Ich hätte euch nicht mitnehmen sollen«, sagte Cynthia, als hätte sie ihm seine Sorgen ansehen können.

»Wir hätten ja auch nein sagen können«, erwiderte Albert ruhig.

»Nein, wir wissen beide, dass ihr keine Wahl hattet. Lynbrook hätte euch das Leben zur Hölle gemacht, und ich war ihr dankbar, dass sie eure Namen in den Ring geworfen hat. Aber ich hätte mich weigern sollen.«

»Warum?«

»Ihr seid nicht dafür gemacht, und das meine ich als Kompliment«, erwiderte Cynthia, und Albert dachte kurz darüber nach, was das wohl zu bedeuten hatte. »Ich will gar nicht wissen, was ihr angestellt habt, um die Fuchsjagd zu gewinnen. Das war wahrscheinlich schon wider alle Erwartungen und lief nicht ganz ohne Tricks ab.«

»Dazu äußere ich mich nur in Anwesenheit meines Anwalts«, versuchte sich Albert an einem Witz.

»Diese Gegend hier ist verrückt mit ihren Sumpfechsen, Lynbrooks Bande und irgendwelchen vermeintlichen Monstern, die Menschen entführen. Das ist nicht Matildas Ding und vor allem nicht deines. Du gehörst wirklich auf eine Bühne.«

Ein schöneres Kompliment konnte sie ihm kaum machen. »Du fandest die Show gut?«

»Natürlich fand ich die Show gut, du warst großartig. Das meine ich jetzt ganz frei von jeglicher Ironie.«

»Danke«, sagte Albert. Etwas Besseres fiel ihm nicht ein. Er wusste nicht ganz, wie er mit dem Kompliment umgehen sollte, dafür bekam er zu selten welche. Er wusste, dass er ein guter Zauberer war, und auf Kindergeburtstagen hatte er immer viel Applaus erhalten. Aber eine eigene Show im eigenen Theater war eine völlig andere Nummer.

»Warum hast du mich ausgewählt?«, fragte Cynthia, und Albert spürte, dass ihm die Wärme ins Gesicht stieg.

»Ich … ähm … Zufall«, druckste er rum.

Cynthia lachte vielsagend. »So, so, Zufall, also. Du bist ein besserer Zauberer als Lügner.«

»Auch das nehme ich einfach mal als Kompliment«, erwiderte Albert. »Und du machst den Job wirklich des Geldes wegen oder hat Lynbrook dich auch irgendwie in der Hand?«

Cynthia zögerte kurz. »Es ist das Geld, das lockt. Ich weiß, keine sonderlich sympathische Antwort, aber wenn ich mit dem Geld, was ich bekomme, klug haushalte und es richtig anlege, kann ich mich vielleicht in ein paar Jahren zur Ruhe setzen.«

»Und wer übernimmt dann das Familiengeschäft?«, fragte Albert. Er hatte bisher den Eindruck gehabt, dass es Cynthia viel bedeutete.

»Ich bin mir sicher, dass einer meiner sieben Brüder dafür bereit wäre«, meinte sie und grinste.

»Sieben Brüder?«

»Exakt, und ich bin die Jüngste. Du kannst dir bestimmt vorstellen, wie ich groß geworden bin.«

Das konnte Albert nicht. Als Einzelkind war er es gewohnt, die volle Aufmerksamkeit seiner Eltern zu bekommen. Sich die mit sieben Geschwistern zu teilen, stellte er sich fürchterlich vor. »Und die sind alle in der Welt unterwegs und jagen Schuldner?«

»Fast, Erwyn arbeitet bei uns in der Buchhaltung. Ich

freue mich schon auf seine E-Mail bezüglich meiner Spesenabrechnung. Der will wirklich für alles einen Beleg haben.«

»Das klingt schon viel weniger aufregend als alles, was du bisher so erzählt hast.«

»Ich befürchte, du hast eh ein sehr verqueres Bild von meiner Arbeit. Der Großteil unserer Aufträge sind ganz normale Inkasso-Aufgaben. Schulden eintreiben, die jemand Stinknormales gemacht hat, weil er seine Raten nicht zahlen konnte. Mal ist es ein Handy, mal ein Haus. Aber die besonderen Kreise, die auch zu Jadefuchsjagden gehen, brauchen hin und wieder ein besonderes Inkasso-Unternehmen. Dann wenden sie sich vertrauensvoll an uns.«

Das ergab durchaus Sinn. Auch die Superreichen mussten manchmal Probleme lösen und wenn Anwälte nicht weiterkamen, konnte ein Gang zum Inkasso-Unternehmen helfen. »Ihr kauft die Schulden dann auf und versucht, das Geld wiederzubekommen?«

»Bei normalen Aufträgen«, erklärte Cynthia, »aber in solchen Fällen wie diesen nehmen wir Honorare. Manchmal liegen die am Ende des Auftrages über den Schulden, aber darum geht es unseren Auftraggebern nicht, sondern ums Prinzip. Sie wollen Gerechtigkeit.«

»Sie wollen Rache, weil sie nicht ertragen können, dass jemand mit ihrem Geld ein schönes Leben hat.«

»Meistens ist Gerechtigkeit auch ein Stück weit Rache, oder nicht?«, fragte Cynthia und aß ihr Trockenfleisch auf.

Albert überlegte. »Wahrscheinlich schon, das ist immer eine Frage des Blickwinkels, denke ich. Hast du auch schon mal einen Job abgelehnt?«

»Viele«, bestätigte Cynthia sofort. »Die wirklich gefährlichen lehne ich ab.«

Albert konnte sich nicht vorstellen, was noch gefährlicher als die Marschlande war. Er sah sich übertrieben um und dann wieder zu Cynthia. Sie verstand seine Andeutung.

»Das hier ist nur die Spitze des Eisbergs, der uns angeboten wird, glaub mir. Und die Marschlande haben mich gereizt. Wann bekommt man schon mal die Gelegenheit, so einen Ort zu sehen?«

Albert hätte gut darauf verzichten können. »Eigentlich wollte ich auch wissen, ob du schon mal aus moralischen Gründen einen Job abgelehnt hast.«

»Ach so«, sagte Cynthia, und ihre Stimmung kühlte sich spürbar ab. »Freunde sagen mir oft, dass sie meinen Job nicht machen könnten. Aber es ist nicht so, dass ich die hier immer dabei habe«, sie zeigte auf ihre Pistole. »Oft zeigen wir unseren Klienten Wege aus den Schulden und erarbeiten mit ihnen einen Plan. Dieses Bild, was du von meinem Job im Kopf hast, ist ein bisschen antiquiert.«

Albert fühlte sich ertappt. Tatsächlich hatte er sich vorgestellt, wie Cynthia und ihre sechs Brüder vor Haustüren auftauchten und drohten, während sich der siebte Sohn um die Buchhaltung kümmerte. »Aber mit Drogenbossen und anderen Größen machst du das nicht, oder?«

»Nein, da hast du recht. Da kommt man mit einem Rückzahlungsplan nicht weit. Es ist ja auch nicht das Geld, an dem es scheitert. Das ist oft in Hülle und Fülle vorhanden. Es ist ein gewisser Unwille, Geschäftsbeziehungen vernünftig zu beenden.«

»Und dann kommt die da ins Spiel?« Albert deutete auf die Pistole an Cynthias Gürtel.

Sie schüttelte den Kopf. »Ich befürchte, auch damit käme ich nicht weit. Die Zielpersonen sind in der Regel von Bodyguards umringt, Ex-Militärs und Söldner. Die haben mich schneller entwaffnet, als Mrs Lynbrook einem Kind Angst einjagen kann.«

»Dafür braucht sie höchstens einen bösen Blick.«

»Diese Typen auch. Nein, in solchen Fällen sammeln wir lieber Informationen, Dinge, die nicht an die Öffentlichkeit gelangen sollen. Manchmal schleusen wir auch jemanden ein, aber das war erst ein paarmal nötig.«

»Du bist nicht vom Geheimdienst, oder?«

»Nein, aber ich denke, die Arbeit würde mir liegen.« Cynthia grinste. Für einen Moment hatte Albert die schreckliche Lage vergessen, in der sie sich befanden. »Glaubst du wirklich, dass Matilda noch lebt?«

»Ich habe nichts gesehen, was mich etwas anderes vermuten lässt. Es gab keinen Kampf, kein Blut, keine Hilfeschreie. Sie war einfach verschwunden, als hätte sie jemand gepackt und mitgeschleppt.«

Albert nickte. Dieser Standpunkt leuchtete ihm ein. Aber trotzdem machte er sich große Sorgen um Matilda. Er wusste, dass sie hart im Nehmen war, aber wenn all die Geschichten über Tzunath stimmten, glaubte er nicht, dass es oder er Gefangene nahm.

»Und wo wir schon bei *einfach verschwinden* sind: Wo ist dein Hamster hin?«, fragte Cynthia und riss ihn aus seinen Gedanken.

Albert sah nach unten zwischen seine Beine, wo bis eben noch Butterscotch gesessen und am Trockenfleisch genagt hatte. Hastig sah er sich um. »Butterscotch«, rief er.

»Ob das auch Tzunath war?«, erkundigte sich Cynthia nicht ganz ernst.

Albert sprang auf und dann sah er ihn. Im Schein der Taschenlampe war er kaum noch zu erkennen, aber das karamellfarbene Fell hob sich klar vom dunkelgrauen Stein ab. Butterscotch war ein Stück den Tunnel hinabgelaufen, saß auf dem Hintern und hatte die Nase in die Höhe gereckt. Zwischen ihm und Albert befand sich das Gitter, das den Abstieg in die Mine verhinderte. »Oh nein«, fluchte Albert. Er machte einen Satz und war am Metallzaun. Er presste seinen Arm durch und griff nach dem Hamster, aber kam nicht ran.

Butterscotch interessierte sich für all das nicht. Sein Kopf drehte sich hin und her, als hätte er eine Fährte aufgenommen.

»Komm gar nicht auf die Idee, du verdammter Nager«, drohte Albert ihm. »Hast du irgendwas, womit ich ihn packen kann? Ich komme nicht ran.«

Cynthia kramte in ihrem Rucksack. »Hier, versuch das«, sie reichte ihm eine Wasserflasche. Damit ließ sich der Hamster zwar nicht greifen, aber vielleicht wieder einfangen und in Richtung Gitter schieben. Albert drehte sich um, nahm die Flasche an und wollte sich gerade ans Werk begeben, da machte Butterscotch noch einen Satz. »Bleib hier«, rief Albert.

»Wo will er hin?«

»Das Schnuppern erkenne ich. Das macht er immer, wenn er eine Süßigkeit riecht.« Er kam nun auch mit der Wasserflasche nicht mehr an ihn ran. »Butterscotch«, rief Albert, dann verschwand der Hamster völlig im Dunkeln.

»Jetzt sind aus vier schon zwei geworden«, murmelte Cynthia.

Albert war nicht zum Lachen zumute. »Wir müssen da irgendwie durch«, sagte er und rappelte sich wieder auf.

»Ich gehe nicht ohne meinen Hamster zurück.« Er rüttelte an dem Gitter, und Staub rieselte von der Decke.

»Hast du einen Dietrich?«, fragte Cynthia und zeigte auf das Schloss.

Albert hatte keinen Dietrich dabei, aber er wusste, wie einer aussah. Er konzentrierte sich, was ihm in dieser Situation gar nicht so leicht fiel, und ein kleines Stück Metall landete in seiner Hand. Die Spitze war dünn und fein. »Hier.«

»Wirklich ein nützliches Talent«, stellte Cynthia fest und nahm das Werkzeug entgegen. Sie machte sich an dem Schloss zu schaffen, und Albert war zum Warten verdammt. Dass Matilda verschwunden war, ließ sich nur als beschissen bezeichnen, aber sein eigenes Haustier hier zu verlieren, würde er sich nicht verzeihen. Butterscotch hatte ihn sein ganzes Leben begleitet, war sogar Teil seiner Zaubershow und unter den Kindern der eigentliche Star. Er würde diesen Verlust nicht verkraften und vor allem nicht ersetzen können. »Hast du es?«

»Sekunde«, murmelte Cynthia. »Ich brauche Ruhe. Schlösser knacken hat viel mit dem Hören zu tun.«

Albert hielt die Luft an und hörte sein Herz pochen. Dieser verdammte Hamster!

Es klackte, und das Tor schwang auf. »Da hätten wir es auch schon«, flötete Cynthia zufrieden und klopfte sich die Hände an der Hose ab. »Bitte schön«, sagte sie und überreichte Albert den Dietrich.

»Behalt ihn gerne.« Er war schon dabei, sich an ihr vorbei in den dunklen Gang zu drücken, da hielt sie ihn am Arm fest.

»Du meintest, dass er immer so aussieht, wenn er etwas Süßes gerochen hat?«

Albert nickte und dann dämmerte ihm, was daran nicht normal war. Beide sahen den dunklen Stollengang hinab. »Da sollte es eigentlich nichts Süßes geben«, schlussfolgerte er.

»Exakt, lass mich vorweggehen«, bat sie und griff nach ihrer Pistole.

Albert würde sich sicherlich nicht mit ihr darum streiten und ließ sie bereitwillig passieren. »Aber bitte nicht auf ihn drauftreten«, sagte er.

»Ich werde schon aufpassen«, erwiderte Cynthia und reichte ihm die Taschenlampe. »Hier, damit du auch was zu tun hast. Ab jetzt Ruhe, bis ich wieder etwas sage, verstanden?«

»Ja«, versprach Albert, und Cynthia schüttelte den Kopf, als hätte er etwas falsch gemacht.

Langsam und mit gezogener Waffe marschierte sie voran, während Albert hinter ihr den Weg beleuchtete. Sein Blick ging vor allem auf den Boden, in der Hoffnung, seinen Hamster zu finden, bevor es Cynthias Füße taten.

Der Weg fiel ab und führte tiefer unter die Erde.

»So weit kann er doch nicht sein«, murmelte Albert und fing sich einen bösen Blick von Cynthia ein. Sofort verstummte er wieder.

Irgendwann wurden aus dem in den Stein geschlagenen Pfad fein herausgearbeitete Wände und Stufen, die nach unten führten.

»Deswegen sollst du den Mund halten«, flüsterte Cynthia, und Albert nickte. Er war schon mal in einem Stollen gewesen, damals, als sie den Fuchs gejagt hatten. Außerdem hatte er schon viele Filme gesehen, in denen Minen und Bergwerke vorkamen. Er hatte also eine ungefähre Vorstellung davon, wie sie aussahen. Irgendwas stimmte hier nicht. Der Weg einer Mine sollte nicht plötzlich in Stufen übergehen. Wie wollte man so die Loren und Karren nach draußen bekommen? Es ergab auch wenig Sinn, dass die Steinmetze plötzlich so großes Augenmerk auf die Beschaffenheit der Wände legten. Dafür gab es nur eine Erklärung: Das hier war keine Mine. Es sollte lediglich den Anschein erwecken, damit Neugierige nicht dahinterkamen, was sich hier befand.

Cynthia blieb stehen und gab ihm ein Handzeichen. Ein ausgestreckter Zeigefinger nach oben. Er hatte keine Ahnung, was es bedeutete, vielleicht *leise* oder *stehen bleiben*. Also entschied er sich, beides zu machen.

»Taschenlampe aus, verdammt«, zischte Cynthia.

Er hatte das Handzeichen falsch interpretiert. Schnell betätigte er den Knopf, und sie standen in völliger Dunkelheit da. Als sich seine Augen langsam an die neue Umgebung gewöhnten, bemerkte er, dass er durchaus Schemen wahrnahm. Das ging nur, wenn es eine Lichtquelle gab.

Am anderen Ende des Ganges war ein fahles Orange zu erkennen.

»Hier wohnt jemand«, flüsterte Cynthia.

Albert hatte einen Verdacht, wer oder was das war. Vielleicht würden sie nicht nur seinen Hamster wiederfinden.

Cynthia schlich weiter, und Albert gab sich die größte Mühe, keine Geräusche zu verursachen. Sie passierten die Laterne, die ihnen genug Licht spendete, und sahen einen Flur hinab, der sich mit einem anderen kreuzte. In der Mitte saß ein Hamster.

»Butterscotch«, murmelte Cynthia.

Er hielt irgendwas in den Pfoten, und auf den zweiten

Blick erkannte Albert das goldene Zellophanpapier. Der Hamster hatte den Schokotaler gefunden, den Albert aus der Theaterbackstage geklaut und Matilda geschenkt hatte. »Das ist Tzunaths Unterschlupf«, murmelte der Zauberer.

»Die Jagd ist eröffnet«, erwiderte Cynthia und entsicherte ihre Waffe.

Kapitel 14

Matilda Godwins

Tzunath war kein Kraken und auch keine Monsterechse. Er war aber auch kein Mensch.

»Setz dich«, sagte er und zeigte auf die Couch neben sich.

Matilda kam der Aufforderung nach und ließ die großen orangen Augen nicht aus dem Blick. Sie wirkten wie mit Lebertran getränkt. Er hatte die Statur eines Menschen, aber die Haut war mit silberglänzenden Schuppen überzogen. Zwischen seinen Fingern erkannte sie Schwimmhäute. Am Hals waren Kiemen. Er trug eine weit geschnittene graue Hose und ein weißes Hemd. Seine Füße waren nackt.

Sie schwieg, und die großen, pupillenlosen Augen studierten sie. »Du brauchst keine Angst zu haben.«

Matilda schüttelte den Kopf. »Das nehme ich dir nicht ab.« Sie hatte jeden Grund, Angst zu haben. Entführt in einem fremden Land, saß sie einem Wesen gegenüber, das überall für seinen Ruf gefürchtet war. Er war eine Mischung aus Mensch und Fisch, kein Monster, nein, dafür sah er zu schön aus. Aber diese ganze Situation war nicht vertrauenerweckend.

»Entschuldige die Sache im Fluss, aber Menschen haben nicht gerade die Angewohnheit, rational zu reagieren, wenn ich sie in ein Gespräch verwickeln möchte. In der Regel flüchten sie.«

Das hätte Matilda auch gemacht. »Bist du Tzunath?«

Die Kreatur grinste kurz. »Ja, so werde ich genannt. Ich habe mich an den Namen gewöhnt, den sie mir gaben. Ich weiß nicht, ob ich ihm wirklich gerecht werde, vor allem den vielen Geschichten, die man sich über mich erzählt, aber du kannst mich gerne so nennen.«

Sie hatte ihn gefunden, und irgendwie war sie enttäuscht. Tzunath war anders, als sie ihn sich die ganze Zeit vorgestellt hatte. Tatsächlich wurde er den Geschichten nicht gerecht. Er war nicht das riesige Monster, das sie erwartet hatte, sondern wirkte einigermaßen zivilisiert. »Was willst du?«

»Ich möchte reden.«

Matilda zog die Augenbrauen hoch. Sie saß einem Wesen gegenüber, das in den ganzen Marschlanden für Angst und Schrecken sorgte, und es wollte sich unterhalten?

»Ich weiß, was man sich über mich erzählt, und sicherlich haben die Menschen Grund, mich zu fürchten. Viele sind verschwunden, weil ich ihre Knöchel im Wasser umgriff. Aber ich bin deswegen nicht das Monster, für das sie mich halten.«

»Du entführst Menschen, um mit ihnen zu reden?«

»Ja, so kann man es sagen. Ich versuche, deine Spezies zu verstehen.« Er blickte auf einen Zettel, der auf dem Beistelltisch neben ihm lag. »Du heißt Matilda und kommst aus England? Beifang, wie die Einheimischen hier sagen würden.«

»Korrekt«, erwiderte Matilda. Dafür war das Verhör also gut gewesen. »Und du machst hier genau was?«

Tzunath verschränkte die Finger auf dem Bauch, und Matilda konnte nicht anders, als die Schwimmhäute anzustarren. »Spannend, oder?«, fragte er, hielt eine Hand hoch und spreizte die Finger. »Ziemlich unfairer Vorteil im Wasser, den ich da habe. Ihr Menschen bemerkt mich in der Regel gar nicht, so lautlos gleite ich durch den Fluss.«

Das hatte Matilda nur zu gut selbst erlebt.

»Um deine Frage zu beantworten«, fuhr Tzunath fort, »lebe ich hier in erster Linie. Die Marschlande sind meine Heimat, so wie«, er schielte auf den Zettel, »England deine ist. Ich war schon vor den ersten Menschen hier, und wenn alles nach Plan verläuft, werde ich auch nach den letzten Menschen noch durch die Flüsse schwimmen.«

Matilda entschied sich, ihm nicht zu erzählen, was ihr Auftrag war.

»Wenn du gut im Kopfrechnen bist, kannst du dir jetzt schon denken, dass ich alt bin. Älter als jeder Mensch. Ich habe Generationen kommen und gehen sehen«, sagte er.

»Das ist alt«, stellte Matilda fest, um irgendwas zu sagen. Sie hatte keine Ahnung, was der Vortrag sollte. »Aber das alles erklärt nicht, warum du mich hier festhältst und mich verhören lässt.«

Tzunath lächelte. »Ich hoffe, Piotr war nett zu dir. Er kann manchmal ein bisschen grob sein, bis er Vertrauen gefasst hat.«

»Packt zu wie ein Schraubstock«, bestätigte Matilda.

»Ja, du wärst nicht die Erste, die einen Fluchtversuch wagt. Aber glaube mir, spätestens im Fluss habe ich alle eingeholt.«

»Warum entführst du Menschen?«

»Ihr interessiert und fasziniert mich. Deswegen lasse ich euch zu mir kommen.«

»Zu dir kommen? Du hast mich entführt.«

Tzunath nickte, als würde er verstehen, was sie meinte. »Es ist lange her, dass ich den ersten Kontakt zu den deinen gesucht habe. Wer nicht geflüchtet ist, hat versucht, mich umzubringen. Dazwischen gab es nichts. Das war sehr«, er machte eine drehende Handbewegung, »ernüchternd.«

Matilda brauchte nicht viel Phantasie, um sich das vorzustellen. Sie kannte Vertreter ihrer Art und hatte keinen Zweifel, dass Tzunaths Beobachtungen durchaus der Realität entsprachen. »Also hast du dich entschieden, uns einfach zu entführen?«

»Das klingt ein bisschen harsch, so wie du das aussprichst, aber ich brauche wohl nicht zu leugnen, dass du recht hast. Du musst eines verstehen: Ich bin kein Monster.«

»Sondern?«

»Ein Forscher, Matilda«, wieder schielte er auf den Zettel, »Godwins. Ist das richtig ausgesprochen?«

»Korrekt, und was erforschst du?«

Tzunath antwortete nicht sofort. »Euch Menschen«, rückte er dann mit der Sprache heraus. »Ich versuche, euch Menschen zu verstehen. Was euch antreibt, was ihr seid, warum ihr macht, was ihr macht.«

»Bitte?«, fragte Matilda. Sie hat mit vielem gerechnet, aber nicht damit.

»Ich bin ein Forscher, ich untersuche Dinge, Matilda Godwins. Über die Jahrzehnte hat sich ein Feld besonders herausgestellt: der Mensch. Ihr kamt hier in das Land und habt euch verbreitet wie ein Unkraut – entschuldige, das meine ich nicht despektierlich.«

»Und jetzt willst du mich untersuchen?«, wollte Matilda wissen. Sie fühlte sich wie einer der Frösche, die sie in der Schule seziert hatte.

»Nein, nein, ich möchte von dir lernen, das ist ein großer Unterschied. Du sollst mir erzählen, was du bist, was du machst, was dich antreibt. Ich möchte euch Menschen verstehen.«

»Das klingt ja fast wie ein Bewerbungsgespräch.«

Tzunaths Hände wanderten zu einem Block und einem Stift. »Was meinst du damit?«, fragte er ernst.

Als Matilda begriff, dass er sie nicht verschaukelte, erklärte sie ihm, was sie meinte. »Wir Menschen müssen uns, zumindest in England, auf Jobs bewerben. Wir sitzen dann anderen Menschen gegenüber, die uns Fragen stellen.«

»Interessant.« Tzunath notierte sich etwas. »Was sind das für Fragen?«

»Zum Beispiel, warum man in dem Unternehmen arbeiten möchte«, erklärte Matilda. »Dabei sind nur die wenigsten Leute wirklich ehrlich. Eigentlich würde die Antwort fast immer lauten, dass man ja irgendwie die Miete und Rechnungen bezahlen muss, aber man zieht sich dann irgendwas aus der Nase, dass man die Marke oder Produkte schon immer nutzt. Solche Sachen.«

»Ihr lügt euch an?«

»Ja, und jeder weiß es.«

»Wirklich interessant, Matilda.«

Ihr kam es so vor, als würde Tzunath ihren Namen ständig anfügen, weil er gelernt hatte, dass das eine Bindung oder Vertrauen aufbaute. Sie fühlte sich wie ein Hund, der gelobt wurde. »Du hast mich aber nicht entführt, damit ich dir so was erzähle, oder?«

Tzunath sah sie aus seinen lebertranigen Augen an. Sie jagten ihr einen Schauer über den Rücken. »Warum nicht?«

Es passte nicht zu dem, was Matilda bisher über ihn gehört hatte. Die ganzen Marschlande fürchtete sich vor der Kreatur, die diesen Namen trug, und er wollte sich nur mit ihr unterhalten? Nein, das glaubte sie nicht. »Was ist mit dem Jungen aus Marrys Grave passiert, der gestern hier verschwand?«

»Ah, deswegen deine Zweifel«, sagte Tzunath und seufzte. »Es scheint mir, dass ich mittlerweile zum Sündenbock der ganzen Marschlande geworden bin. Wann immer etwas passiert, was nicht passieren soll, bin ich schuld. Ein Kind verschwindet? Tzunath muss es entführt und gefressen haben. Händler werden während der Fahrt angegriffen? Tzunath will nicht, dass sie seine Gewässer nutzen. Eine einfache Antwort auf Fragen, die kompliziert sind. So müssen sie sich nicht mit den wahren Gründen beschäftigen. Sie können die Dämonen ihrer eigenen Spezies ignorieren. Vielleicht schlafen sie nachts besser, wenn sie glauben, dass ich die Wurzel allen Übels bin. Auf jeden Fall gibt es dort draußen noch sehr viel gefährlichere Kreaturen, deren Taten mir zugeschrieben werden. Diese Kreaturen gehören deiner Spezies an und sind keine Sumpfechsen.«

Matilda schüttelte langsam den Kopf. Ja, so was würden sie ihrer Spezies durchaus antun. »Also entführst du keine Kinder?«

»Das wiederum habe ich nicht gesagt«, erwiderte Tzunath und zeigte wieder ein Grinsen. Seine Zähne waren spitz und lang wie bei einem Haifisch. Matilda mochte es nicht, wenn er grinste. »Ich lerne von ihnen. Eure Kinder sind so ganz anders als ihr Erwachsenen. Sie reden frei von der Leber weg, ohne Hintergedanken oder Zweifel. Sie sind ehrlich. Versprichst du mir, auch ehrlich zu sein, Matilda Godwins?«

»Klar«, antwortete Matilda sofort, und wer mit zwischenmenschlicher Interaktion vertrauter gewesen wäre, hätte sofort den Sarkasmus rausgehört, aber Tzunath nickte zufrieden.

»Danke«, sagte er. »Du bist zwar eine Gefangene, aber du sollst es gut haben. Nach unserem Gespräch wird dich Piotr in ein Zimmer bringen, das eher deinen Ansprüchen genügen dürfte als die Kammer von vorhin.«

Er wollte sie also nicht fressen, das war gut. Aber was er mit ihr vorhatte, konnte sie sich immer noch nicht vorstellen. »Was soll ich hier?«

»Dich mit mir unterhalten, wie wir es gerade tun. Ich werde dir viele Fragen stellen und sie mit meinen bisherigen Studien abgleichen. Wie gesagt, versuche ich, euch zu verstehen, und wenn ich ehrlich bin, wird es mit jedem Vertreter eurer Spezies ein bisschen unwahrscheinlicher. Aber ihr fasziniert mich.«

»Warum?«

Tzunath zögerte, dann stand er auf. Er verschränkte die Arme hinter dem Rücken und ging ein paar Meter. Seine Füße machten sonderbare Geräusche auf dem Steinboden, als würden sich Saugnäpfe lösen. »Das frage ich mich auch oft. Du musst verstehen, dass ich in den Marschlanden nicht oft unterwegs war, bevor der Mensch kam. Die Sumpfechsen und Riesenratten waren da, auch die Fische im Fluss und die Schlangen in den Gebüschen, aber sie alle haben etwas gemein: Sie können nicht sprechen. Und du glaubst gar nicht, wie einsam man sich fühlt, wenn man das einzige, intelligente Lebewesen ist. Man versucht zu kommunizieren, und alles, was man zurückbekommt, ist im besten Fall ein Grunzen und im schlimmsten Fall ein Knurren.«

»Du bist der Einzige deiner Art?«

Tzunath griff nach einer Dose, die im Regal stand, und studierte sie, als würde er sie das erste Mal sehen. »Ja, ich weiß weder, wo ich herkomme, noch wie ich gezeugt wurde. Meine Existenz ist mir ein Rätsel, dessen Erforschung ich aufgegeben habe. Zu mühselig, zu belastend. Als die ersten Menschen hier ankamen, war es mir eine freudige Abwechslung. Ich lernte schnell ihre Sprache und manche von ihnen wurden auch meine Freunde.«

»Dabei ist es aber nicht geblieben«, warf Matilda ein und sah sich in dem Raum um. »Warum sonst solltest du dich verstecken und sie entführen?«

»Richtig«, sagte Tzunath und stellte die Dose zurück. »Als Dinge passierten, die sie sich nicht erklären konnten, gaben sie mir die Schuld. Ich floh, aber mein Interesse für euch blieb. Ihr seid anders als die Sumpfechsen.«

»Danke.«

»Sehr gerne«, erwiderte Tzunath, dem Matildas Sarkasmus erneut entgangen war.

»Also, was kann ich dir erzählen, damit du mich wieder gehen lässt? Ich habe da draußen Freunde, die sich bestimmt schon Sorgen machen.« Matilda glaubte nicht, dass Albert und Cynthia nur besorgt waren, nein, sie hoffte sogar, dass sie sie suchten. Sie würden sich nicht damit zufriedengeben, dass sie verschwunden war.

»Nein«, entgegnete Tzunath, und seine Stimme wurde ernst. »So funktioniert das nicht, Matilda. Wir werden uns unterhalten und ich werde von dir lernen. Das braucht Zeit, wir müssen eine Verbindung aufbauen.«

»Verstanden«, sagte Matilda. Jemand anderem wäre vielleicht aufgefallen, dass ihre Antwort nicht ganz ehrlich war, aber nicht Tzunath. Sie würde sich damit nicht zufriedengeben und war sicher, dass sie einen Weg ins Freie fand, wenn Albert und Cynthia nicht zu ihr gelangen konnten.

»Sehr gut, das ist gut«, meinte er. »Ich hatte hier schon Fälle, die sich nicht so einfach mit ihrem Schicksal abgefunden haben. Das kostet mich jedes Mal viel Kraft.«

»Was passiert mit denen?«

Tzunath nahm ein Buch in die Hand. »Die Bibel«, sagte er und hielt sie empor. »Hast du sie gelesen?«

Matilda schüttelte den Kopf. Ihr war nicht entgangen, dass er gerade vom Thema ablenkte.

»Schade, ich hätte gehofft, dass du mir mehr über das Konzept Religion hättest erzählen können. Ich finde es faszinierend. Es ist wohl eine ähnliche Art von Glauben, die mir zu meinem zweifelhaften Ruf in den Marschlanden verholfen hat.«

»Wir Menschen suchen in komplizierten Situationen gerne nach einfachen Antworten. Die Menschen konnten sich früher nicht erklären, warum Blitze vom Himmel schießen und was der Sinn des Lebens ist. Deswegen hat man Religionen erfunden«, versuchte sich Matilda an einer Erklärung.

»Und wie ist es heute?« Tzunath blätterte in der Bibel. Matilda fragte sich, ob er lesen konnte. Die Art, wie er sich ausdrückte, ließ auf eine hohe Intelligenz schließen.

»Die Wissenschaft hat viele Fragen beantwortet. Viele Regierungen haben Staat und Kirche getrennt.«

»Was ist die Antwort der Wissenschaft auf die Frage nach dem Sinn des Lebens?«

»Ich … weiß es nicht«, gab Matilda zu. Das hatte sie überrumpelt.

»Schade«, erwiderte Tzunath, klappte das Buch zu und

legte es zurück ins Regal. »Das hier sind alles Fundstücke vom Ufer oder aus dem Fluss. Manches finde ich auf Booten, anderes bringen mir meine Studienobjekte mit.«

Matilda zog eine Augenbraue hoch. Hatte er sie gerade als Studienobjekt bezeichnet? »Ich kann dir leider nichts anbieten. Als ich in den Fluss gestiegen bin, hatte ich nichts bei mir. Liegt noch alles am Strand.«

»Sehr schade, aber das macht nichts. Ich werde nachher Piotr rausschicken und es holen lassen.«

Das war gut. Vielleicht würden Cynthia und Albert so einen Ansatzpunkt bekommen, wo sie Matilda finden konnten, wenn sie auf Tzunaths Mann stießen. »Du lässt ihn für dich arbeiten?«

Das Wesen nickte. »Er war eines meiner Studienobjekte und wurde zu einem Freund. Eine große Schwäche, die ich habe. Ich baue eine Bindung auf, was nicht sehr professionell ist. Ich müsste mich um mehr Distanz bemühen.«

Für Matilda war das nur gut. Wenn sie es schaffte, selbst in den Freundeskreis aufgenommen zu werden, würde er sie auf jeden Fall nicht fressen oder entsorgen, sobald er mit ihr fertig war. Aber sie wusste nicht, ob sie so lange warten wollte. Jeder Tag in Tzunaths Höhle war ein Tag, an dem sie nicht nach ihren Eltern suchen konnte. »Wie viele Studienobjekte gibt es hier?«

Tzunath drehte sich zu ihr um, und seine lebertranigen Augen bereiteten ihr Übelkeit. »Eines.«

»Also bin ich -«, stammelte Matilda.

»Genau, und wenn es gut läuft, wirst du es auch die nächsten fünf Jahre sein. Das ist der Durchschnitt, den die Menschen hier bei mir verbringen.«

Matilda wurde schwindelig. Fünf Jahre, so lange wollte

sie wirklich nicht in den Marschlanden verbringen – wenn sie dann überhaupt gehen durfte. »Aber ich habe anderes zu erle-«, versuchte sie es, aber wieder unterbrach sie das Geschöpf.

»Nein, du hast jetzt nichts anderes mehr zu erledigen. Für dich wird gesorgt werden. Dir wird es weder an Essen noch an Trinken fehlen.«

Als wäre das alles, was ein Mensch brauchte, um glücklich zu sein. Aber Matilda akzeptierte, dass es keine Sache war, bei der sie mitzureden hatte. Sie musste Tzunath in Sicherheit wiegen, ihn glauben lassen, dass ihr das hier Spaß machte, bis sie eine Möglichkeit fand, auszubrechen. »Welcher Mensch hat dich bisher an meisten beeindruckt?« Sie versuchte, interessiert zu klingen.

»Oh, das ist eine gute Frage. Eigentlich bin ich es ja nicht gewohnt, sie zu beantworten, sondern sie selbst zu stellen. Aber da das heute unsere erste Stunde ist, werde ich eine Ausnahme machen. Am meisten hat mich Piotr beeindruckt. In seinem vorherigen Leben war er Kapitän auf hoher See, so hat er es genannt. Dort, wo du herkommst, gibt es nicht nur Flüsse, sondern auch Weltmeere?!«

»Genau, du kannst Wochen auf dem Wasser verbringen, ohne eine Küste oder ein Ufer zu sehen.«

Tzunath schüttelte den Kopf, als ob das die Grenzen des Vorstellbaren sprengte. »Unglaublich. Eines Tages muss ich es selbst sehen.«

»Du warst noch nicht auf der Erde?«

»Nein.« Tzunath kam wieder zu Matilda und ließ sich im Sessel nieder. »Und ich möchte auch nicht hin. So sehr ihr mich fasziniert, so sehr macht ihr mir auch Angst«, erklärte er. Seine Stimme klang fast gleichgültig, als er das aussprach. »Ich habe hier gesehen, was geschieht, wenn ihr Macht bekommt. Die Verunreinigungen des Flusses durch die vielen Minen, das Morden und die Kämpfe um Port Exit. Wusstest du, dass ein Banditenlager irgendwo in den Sümpfen existiert und die Bande nur darauf lauert, den Hafen einzunehmen?«

Sie war im Auftrag des Mannes hier, der die Banditen befehligte. Aber etwas verriet ihr, dass sie diesen Kontakt leugnen sollte. »Nein, das klingt ja schlimm.«

»Ja. Ich zweifle nicht daran, dass sie mich fangen und unter eine Lupe legen würden, wenn ich zu euch komme.«

Matilda wollte einwerfen, dass er genau das mit ihr gerade machte, verkniff es sich aber. »Piotr, warum war er so spannend?«, fragte sie und führte das Gespräch zum Thema zurück.

Tzunath nickte. »Entschuldige, ich schweife schnell ab und halte Vorträge. Piotr war Kapitän und kennt wohl jeden Hafen deiner Welt. Seine Geschichten würden all diese Bücher da füllen«, er zeigte auf das bis zum Anschlag vollgestopfte Regal hinter sich, »und noch ein paar mehr. Die Marschlande sind nur ein Mikrokosmos von eurer Welt, und Piotr kennt jeden Winkel.«

»Ein echter Seebär«, sagte Matilda, um irgendwas zu sagen.

Tzunath legte den Kopf schräg. »Seebär? Den Begriff musst du mir erklären.«

»Das ist schwer.« Matilda merkte, wie sie selbst das erste Mal über diesen Begriff nachdachte. »Große Kerle, die auf Schiffen arbeiten und viel gesehen haben«, versuchte sie sich an einer Erklärung.

»Ich glaube, ich kann mir vorstellen, was du meinst. Ja,

dann ist Piotr wohl ein Seebär. Er kam in die Marschlande, weil irgendeine Reederei neue Kapitäne für die Transportboote brauchte, die Waren durch die Sümpfe brachten. Und ich fand ihn.«

»Du hast ihn auch entführt.«

Das Fischmenschwesen zögerte kurz. Die Kiemen an seinem Hals blähten sich auf. »Er ist gerne hier, vergiss das nicht.« Für Matilda klang es wie eine Drohung, aber vielleicht lag das an Tzunaths fehlendem Verständnis, wie man Wörter und Dinge betonte, um ihnen eine andere Bedeutung zu geben.

»Ich werde es mir gut merken. Also, wie läuft das jetzt hier? Hast du einen Fragenkatalog? Soll ich einfach in meiner Kindheit anfangen?«

»Nein, nein, so funktioniert das nicht. Das würde keinen Spaß machen. Du wirst gleich auf dein Zimmer gehen und morgen werden wir uns dann richtig kennenlernen.« Er sprach es mit einer Monotonie aus, die Matilda einen kalten Schauer über den Rücken jagte.

»Deine Freunde«, sagte er, »werden doch keinen Ärger machen, oder? Ich hatte mal einen Fall, dass jemand hier eingebrochen ist, um seine Frau zu befreien. Das war ein ganz schöner Ärger, vor allem, weil sie nicht länger hier war.«

Für einen kurzen Augenblick entglitten Matilda alle Gesichtszüge, aber sie fing sich gleich wieder. »Der eine ist ein großer Angsthase und die andere mag mich eh nicht, glaube ich.«

»Gut, sehr gut«, murmelte Tzunath und machte sich eine Notiz. »Angsthase, Seebär, ihr Menschen habt einen Hang zu diesen Begriffen, oder?«

»Kann schon sein«, erwiderte Matilda geistesabwesend.

Hoffentlich würden Albert und Cynthia sie schnell hier rausholen. Ihre Antwort war zwar ehrlich, aber sie war sich sicher, dass Albert seine Angst überwand und Cynthia so etwas wie ein Arbeitsethos besaß, das es nicht zuließ, dass sie sie hier zurückließen.

»Gut, das reicht. Piotr«, rief er, und sofort schwang die Tür auf, und der hünenhafte Mann stand im Rahmen.

»Ja, Meister?«

Matilda zog die Augenbrauen hoch. So redeten Freunde nicht miteinander.

»Bring sie bitte auf ihr Zimmer, nicht in die Kammer.«

»Ja, Meister«, bestätigte Piotr.

Matilda stand auf und verließ Tzunaths Verhörzimmer. Nichts anderes war es gewesen. Sie spürte, wie seine lebertrangefüllten Augen ihr hinterherstarrten, und gruselte sich. Irgendwas stimmte mit dem Kerl nicht.

Sie marschierten einen Gang hinab. Piotr verfolgte sie gewissenhaft. Dann sagte er etwas, was ihre Angst weckte wie ein Donnergrollen in der Nacht. »Zwei Sachen: Vertraue ihm nicht, er ist nicht dein Freund und auch nicht meiner. Er ist ein Psychopath und wir werden alle früher oder später sterben.«

»Verstanden«, flüsterte Matilda und lief weiter. »Und die andere Sache?«

»Ich habe deine Mutter sehr gemocht, sie war eine höfliche und nette Frau.«

Kapitel 15

Albert Tubbs

»Zurück mit dir in den Zylinder und gib mir den verdammten Schokotaler«, fluchte Albert und stopfte Butterscotch wieder in seinen Hut. Der Hamster quiekte unzufrieden, als ihm Albert die wertvolle Beute aus den Händen riss.

»Zeig mal her«, flüsterte Cynthia. »Ja, das könnte der Taler sein.«

»So viele Schokotaler wird es in den Marschlanden ja wohl nicht geben.«

»Nein, aber die Frage ist natürlich, wie er hier hingekommen ist. Du weißt, was das bedeuten würde?«

»Dass Matilda irgendwo hier ist.« Langsam ließ er seinen Blick wandern. Irgendwas lebte hier, darauf ließen die Laternen, die gepflegten Gänge und die Türen schließen. Albert war sich aber nicht sicher, ob er herausfinden wollte, was für ein Ort das war.

»Dein Hamster verdient eine Gehaltserhöhung. Ohne ihn hätten wir das hier nie gefunden«, sagte Cynthia.

Albert zuckte mit den Schultern. Er war wütend auf Butterscotch. Er hatte sich noch nicht von dem Gedanken erholt, ihn verloren zu haben. »Wenn er so was noch einmal abzieht, frisst der in Zukunft nur noch Styropor«, zischte Albert.

»Lass uns herausfinden, was das hier ist, und Matilda suchen«, schlug Cynthia vor. Sie wartete gar nicht auf Alberts Antwort, sondern schlich mit gezogener Waffe den Gang weiter. Albert hatte jetzt zwei Möglichkeiten: Er konnte alleine zurückbleiben oder sich in der Nähe der Pistole aufhalten. Es war keine schwere Entscheidung.

Vorsichtig, als könnten sie in ein Schlangennest treten, setzten sie einen Fuß vor den anderen. In dem Labyrinth aus Gängen war es komplett still, Albert hörte nur ihre eigenen Schritte. Die Laternen warfen ihre Schatten an die Wände und Albert schielte immer wieder über seine Schulter.

»Lass uns hier nachschauen«, flüsterte Cynthia und öffnete wahllos eine Tür. Sie schlüpften durch den engen Spalt in das Innere und sahen nichts. Es war stockdunkel.

»Warte«, raunte ihr Albert zu und wenige Sekunden später hielt er eine Taschenlampe in den Händen. Der Lichtkegel leuchtete den kleinen Raum aus.

»Wozu haben wir eigentlich Gepäck mitgenommen, wenn du alles quasi am Körper trägst?«

»Hätte uns viel Geschleppe erspart«, gab Albert zu.

Der Raum wirkte auf den ersten Blick wie eine Lagerkammer. Holzregale ragten bis unter die Decke. Sie waren vollgestellt mit Dingen, die Albert eher auf einem Flohmarkt erwartet hätte. Kleider, Uhren, Brillen, Schuhe, Taschen, Rucksäcke. Cynthia wanderte die Regalreihen ab und zog ein Hemd hervor. Staub wirbelte auf.

»Was ist das hier?«, fragte sie.

»Ich weiß es nicht«, stammelte Albert. Ihm war klar, dass sie nicht das Hemd meinte, sondern diesen Raum. »Sieht so aus, als würde jemand hier Dinge aufbewahren, die er aus dem Fluss gezogen hat.« Er sah auch Spielzeug, Stifte, Notizblöcke und sogar einen Fußball.

»Nein«, murmelte Cynthia, »dafür ist es zu gut erhalten. Fällt dir etwas auf?«

Albert überlegte. Auf den Sachen lag eine dicke Staubschicht, aber das konnte sie nicht gemeint haben, da war er sich sicher. Es roch auch nicht muffig oder nach Schimmel. »Nein«, gab er zu.

»Die Kleider sind in Stapeln angeordnet, als würden sie immer einer Person gehören. Ganz unten die Schuhe, im Fach darüber Unterwäsche, dann die Hose und ganz oben die Oberbekleidung.« Sie hielt das Hemd hoch, um ihre These zu unterstreichen.

Sie hatte recht. Was auf dem ersten Blick wie eine zufällige Anordnung wirkte, schien System zu haben. Aber er hatte keine Ahnung, was das bedeutete. »Und?«

»Das weiß ich auch noch nicht«, gab Cynthia zerknirscht zu. »Aber es wirkt, als würde jemand hier die Habseligkeiten von anderen Menschen aufbewahren.«

»Du meinst von Verstorbenen?«

»Keine Ahnung.«

Albert behagte das alles hier nicht. Bei dem Gedanken, die Sachen könnten Toten gehören, fühlte er sich wie ein Grabschänder.

»Schau mal hier«, sagte Cynthia und hielt eine Zeitung hoch. Die Druckertinte war schon verblichen, aber der Name war immer noch zu erkennen: *The Boston Globe*. Die Jahreszahlen ließen darauf schließen, dass die Zeitung 1921 erschienen war.

»Ist das ein Antiquariat?«

»Nein, das trifft es glaube ich noch nicht«, erkannte Cynthia und überflog die Zeitung. »Es ist kein Museum, sondern eine Art Archiv.«

Albert wollte in der Situation nicht darüber streiten, wo jetzt die Unterschiede zwischen einem Antiquariat, einem Museum und Archiv lagen. »Was meinst du damit?«

»Die Sachen werden eingelagert, aber nicht ausgestellt«, erklärte Cynthia.

»Und was bedeutet das?«

»Woher soll ich das wissen? Ich habe auch nur gesehen, was du gesehen hast. Ich kann Rückschlüsse ziehen, habe jedoch noch keine Antwort auf alle Fragen.« Cynthias Ton war kalt.

»Schon gut«, murmelte Albert.

»Lass uns noch woanders nachschauen. Ich habe einen Verdacht, aber bevor du mich mit weiteren Fragen löcherst, will ich mich vergewissern.«

Albert brummte unzufrieden. Cynthia öffnete die Tür, steckte den Kopf raus und gab ihm ein Zeichen, ihr zu folgen. Auf der gegenüberliegenden Seite befand sich eine weitere Tür. Wieder war es ein Raum, der bis zum Rand mit den Habseligkeiten von Menschen gefüllt war.

»Okay, mein Verdacht erhärtet sich, aber ich brauche mehr Informationen«, sagte Cynthia. Also schlichen sie den Gang hinab, passierten weitere Türen, bis die Schuldeneintreiberin wahllos eine öffnete. Albert wusste nicht, ob sie nach einem System vorging, aber er ließ sie machen. Er hatte auch keine bessere Idee.

Als sie die Tür hinter sich schlossen, schaltete Albert die Taschenlampe wieder ein. Es waren die gleichen hohen Regale. Dieses Mal waren sie aber nicht mit Kleidern und Spielzeugen gefüllt, sondern mit Büchern. Dicke graue Wälzer. Über das trockene Leder zogen sich Risse.

»Stützt das deine Theorie irgendwie?«, fragte Albert, aber

Cynthia antwortete nicht. Stattdessen nahm sie das erstbeste aus dem Regal und schlug es auf. Eine dicke Staubwolke stob empor, und sie husteten beide. Albert wedelte mit der freien Hand in der Luft herum. »Was steht da?«, wollte er wissen.

»Ein Name: Mara Craig.« Sie blätterte weiter. »Notizen mit Daten: Erstkontakt, 13.04.1934«, las sie vor. »Mara Craig macht einen verängstigten Eindruck. Meine Präsenz scheint ihr nicht zu behagen.«

»Was für eine Präsenz?«, fragte Albert, und er spürte, wie ihm die Angst die Beine hochkroch und nach seinem Verstand griff.

»Keine Ahnung«, murmelte Cynthia ungeduldig und blätterte weiter. »Das sind Seiten voller Notizen, als wäre das hier eine psychiatrische Einrichtung«, stellte sie fest und schob das Buch zurück ins Regal. Sie griff nach einem anderen, aber dieses Mal waren sie auf den Staub vorbereitet. »Reginald Butterknife«, las sie vor. »Den hat es wohl 1956 erwischt. Gefunden am Ufer kurz vor Messiahs Cove. Von Beruf Schneider, hält sich in den Marschlanden auf, weil er nach einem Weg sucht, schnelles Geld zu verdienen. Er hat Schulden, dort wo er herkommt.«

»Wer hat das geschrieben?«, fragte Albert. Der Lichtkegel der Taschenlampe zitterte.

»Ich habe nur eine Vermutung, aber die wird dir nicht gefallen«, sagte Cynthia.

»Ist es …?«

»Ja, Tzunath. Die Sachen gehören seinen Opfern, die er im Fluss entführt. Er scheint kein Kraken und auch keine Echse zu sein, sondern etwas, das in der Lage ist zu schreiben.« Wie zum Beweis hielt sie ihm die offenen Seiten hin. Albert vergewisserte sich: Ja, da standen wirklich Buchstaben, und die Handschrift ließ vermuten, dass es kein Kleinkind war, das die Notizen verfasste. Die Schrift war fein und filigran, wahrscheinlich mit einem Füller geschrieben. Albert wusste nicht, ob diese neue Erkenntnis gut oder schlecht war. »Was machen wir jetzt?«

»Wir holen uns seinen Kopf?«, schlug Cynthia vor und hielt ihre Waffe hoch.

»Aber was auch immer es ist, es hat schon hunderte Menschen entführt«, erwiderte Albert und zeigte auf die Bücher. »Wenn das hier überhaupt alle sind.«

»Dann sorgen wir dafür, dass Matilda die Letzte war.«

»Das ist doch Irrsinn«, hielt Albert dagegen. »Wir müssen irgendjemanden informieren, die Poli-«, da fiel ihm ein, dass sie in den Marschlanden waren. Hier gab es keine Polizei.

»Sheriff Winter?«, fragte Cynthia. »Die wirkte nicht wirklich engagiert, wenn du mich fragst. Sie sitzt den ganzen Tag mit ihrem Hintern auf dem Stuhl und hofft, dass ihr Port Exit nicht wie ein Pulverfass um die Ohren fliegt. Statt selbst Jagd auf Charles Lynbrook zu machen, schickt sie lieber uns vor und verteilt Steckbriefe. Die wird einen Teufel tun, uns hier zu unterstützen. Vielleicht können wir ein paar Bewohner in Marrys Grave rekrutieren, aber die Gefahr ist groß, dass Tzunath dann etwas bemerkt und sich vorbereitet. Wir nutzen besser das Überraschungsmoment.«

Albert hasste sich. Wieso konnte er nicht einmal auf sich hören und nein zu Dingen sagen, bei denen er ein schlechtes Bauchgefühl hatte? Schon die Jadefuchsjagd war ihm nicht geheuer gewesen, und trotzdem hatte er sich in das Abenteuer gestürzt. Das hatte er fast mit dem Leben bezahlt. Nun steckte er wieder in derselben Situation. In Zukunft würde er sich von Matilda fernhalten, auch wenn er sie mochte.

Seit er sie kannte, hatte er ständig Angst um sein Leben. Auf der anderen Seite verdankte er ihr aber auch viel: das Theater und die Erkenntnis, dass er wirklich ein Zauberer war. Dennoch hing Albert an seinem Leben, und seit geraumer Zeit hatte er das Gefühl, dass es nur noch an einem seidenen Faden hing. »Was willst du machen?«, fragte er.

Cynthia schüttelte den Kopf. »Ich habe offen gesagt keine Ahnung. Als ich dachte, wir würden irgendeine Echse jagen, hielt ich das Ganze für bereits erledigt. Aber das hier«, sie deutete auf die Bücher, »lässt darauf schließen, dass wir es mit etwas Intelligentem zu tun haben. Und wenn ich die Daten bedenke, ist es wohl auch ziemlich alt.«

»Wir sollten -«, Albert verstummte mitten im Satz. Sie hörten Schritte, die näher kamen.

»Uns verstecken«, vollendete Cynthia den Satz flüsternd. Albert sah sich um, suchte eine Möglichkeit, sich unsichtbar zu machen. Wenn er ein wirklich begabter Zauberer gewesen wäre, hätte er mit dem Finger schnippen und verschwinden oder einen Umhang aus dem Ärmel ziehen können, der ihn vor neugierigen Blicken verbarg. Aber Albert hatte nur einen Hamster im Hut und allerlei Krempel, den er hervorholen konnte. Nichts, was ihm nun nützte.

»In die Ecke«, zischte Cynthia und zerrte ihn mit sich. Sie machten einen großen Satz und pressten sich gegen die Wand direkt neben der Tür. Wenn sie jetzt aufschwang, würden sie dahinter verschwinden. Es war ein tollkühner Plan, und sie würden viel Glück benötigen, aber er konnte funktionieren.

Die Schritte wurden lauter, Albert versuchte, seine Atmung zu kontrollieren. Sein Puls raste. Cynthia, die vor ihm stand und sich wie eine Personenschützerin an ihn presste, hatte die Pistole erhoben. Sie war bereit, alles zu erschießen, was hier reinkam und sie entdeckte.

Die Schritte wurden lauter. Dann öffnete sich tatsächlich die Tür. Die Scharniere quietschten fürchterlich, und Albert hielt nun die Luft an. Er traute sich nicht mal mehr, mit den Augen zu blinzeln vor lauter Angst, es könnte das, was sich hinter der Tür fand, alarmieren. Die Tür schob sich genau vor sie. Albert und Cynthia zogen die Bäuche ein, um sie nicht aufzuhalten. Jemand kam herein, und sie hörten, wie er etwas ins Regal stellte. Die Schritte waren schwer und träge wie von einem Bären.

Albert wusste nicht, was als Nächstes geschehen würde. Er traute Cynthia zu, die Tür wegzustoßen und loszuschießen. Aber zum Glück entschied sie sich dagegen. Stattdessen wartete sie einfach ab, was passierte.

»Eigenartig«, hörten sie eine tiefe Stimme. Allerdings verriet sie nicht, was so eigenartig war. Die Person verharrte einen Moment im Raum, zumindest glaubte Albert das.

Dann näherten sich ihnen die Schritte wieder. Für einen Moment passierte nichts, Albert hörte es hinter dem Holz atmen, was auch immer es war. Dann schwang die Tür zu. Cynthia hatte die Pistole erhoben, aber sie standen wieder im Dunkeln. Es dauerte noch einen Augenblick, bis sie sich von ihm löste und Albert sich traute, tief einzuatmen.

»Das war knapp«, japste er.

Cynthia nickte. »Ja, knapp, aber wir hätten gewonnen«, sagte sie und senkte langsam den Arm mit der Pistole.

Sie verharrten noch einen Moment in der Dunkelheit, lauschten, wie sich die Schritte wieder entfernten, dann betätigte Albert den Schalter seiner Taschenlampe.

»Wer war das?«, stammelte Albert. »Oder was?«

Cynthia löste sich von ihm. »Keine Ahnung, aber es oder er hat ein neues Buch gebracht, denke ich.« Sie zeigte auf einen Streifen im Staub eines Buchrückens. »Darüber wird er sich gewundert haben. Wir müssen vorsichtiger sein.«

»Verstanden«, stammelte Albert. Sein Puls raste. Das Leben als Einbrecher war nichts für ihn. Zu viel Aufregung, und er hatte das Gefühl, dass der Bewohner dieser Höhle nicht in diplomatische Verhandlungen mit ihnen treten würde, sobald er ihr Eindringen bemerkte. Albert schätzte die Einwohner der Marschlande eher als pragmatische Typen ein, die so was mit dem metallischen Ende ihrer Schaufel lösten.

»Lass mal schauen, was unser Freund hier abgestellt hat«, schlug Cynthia vor, und ihr Blick wanderte über die Buchrücken. Für Albert sahen sie alle gleich aus. Es war eine Wand aus grauen Büchern.

»Wie genau willst du das anstellen?«

»Der Staub«, antwortete sie. »Außerdem wird das Leder noch frisch sein, vermute ich.«

Das leuchtete ihm ein. Er stellte sich neben sie und studierte die Einbände, lauschte aber mit einem Ohr immer noch auf das, was hinter der Tür passierte. Wahllos nahm er ein Buch heraus und schlug die erste Seite auf. »Oliver Sturm, 1991«, sagte er.

»Wir kommen der Sache langsam näher.« Auch Cynthia zog ein Buch heraus, legte es aber gleich wieder zurück. »Das war von 2001.«

»Der war Physiker, steht hier«, erzählte Albert und studierte die Seiten. Sie sogen ihn ein wie ein Strudel. Es hatte etwas Voyeuristisches, wie ein Blick durch ein Küchenfenster in eine fremde Wohnung.

»Ich glaube, ich habe es«, murmelte Cynthia, und Albert zog seine Nase wieder aus dem Buch, klappte es zu und stellte es zurück. »Noch kein Staub, ganz frisch.« Sie schlug den Deckel auf, und ihr Gesichtsausdruck verriet, dass sie etwas gefunden hatte. »Matilda Godwins«, las sie vor. »Das ist ihr Buch.«

»Dann haben wir sie gefunden«, schlussfolgerte Albert. »Hoffentlich kommen wir nicht zu spät.«

Cynthia blätterte weiter. »Was ist das hier für eine Einrichtung? Hier stehen Notizen über sie. Irgendjemand hat das Wort Seebär notiert, aber auch, wo sie herkommt, wie ihre Eltern heißen, was für einen Beruf sie erlernt hat und vieles mehr.«

»Alles Dinge, die man bestimmt auch auf irgendwelchen sozialen Medien findet«, sagte Albert und versuchte, die Situation aufzulockern.

Cynthia ignorierte den unangebrachten Kommentar und blätterte weiter. Albert hatte das dringende Bedürfnis, etwas zu tun. Er fühlte sich überflüssig, also griff er sich das Buch, neben dem Matildas gestanden hatte. Es war bedeutend älter, das Leder trocken und rissig. Die Staubschicht fehlte, aber ansonsten deutete alles darauf hin, dass es schon lange hier stand.

Albert klappte es auf und las den Namen. Er las ihn ein zweites Mal. Er schüttelte den Kopf. Nein, solche Zufälle gab es nur in Filmen oder Büchern, das konnte nicht sein. Langsam hob er den Kopf. Cynthia sah ihn an, anscheinend hatte sie gemerkt, dass etwas nicht stimmte.

»Was ist?«, fragte sie.

»Ich glaube, wir haben auch Matildas Mutter gefunden.«

Kapitel 16

Matilda Godwins

Bevor sie realisierte, was der Mann zu ihr gesagt hatte, war die Tür schon wieder zugegangen und abgeschlossen worden. Es war, als würde ein Sturm in ihrem Kopf toben und jeden Gedanken davonfegen wie Blätter auf dem Boden.

Ich habe deine Mutter sehr gemocht.

Was meinte er damit? Matilda rüttelte an der Türklinke, aber sie gab nicht nach. »Komm zurück!«, schrie sie und hämmerte mit der Faust gegen das Holz. Keine Reaktion.

Sie sank auf die Knie, und ihre Augen füllten sich mit Tränen. Ein lautes Schluchzen entrang sich ihrer Kehle, und sie vergrub den Kopf auf den Knien. Sie steckte tief in der Scheiße, daran bestand kein Zweifel. Tzunath war nicht das, für was er sich ausgab. Er war nicht ihr Freund, das durfte sie nicht vergessen. Sie hatte genau hingehört und darauf geachtet, was er nicht gesagt hatte. Bei einer entscheidenden Frage war er ihr ausgewichen, hatte sie ignoriert, und sie war sich sicher, dass es kein Zufall war. Cynthia und Albert würden herkommen, wenn sie herausfanden, was sich hinter dem Wasserfall befand.

Matilda fasste einen Entschluss: Sie würde nicht als Versuchskaninchen enden. Sie wollte leben und vor allem wollte sie herausfinden, was es mit dieser Anmerkung mit ihrer Mutter auf sich hatte.

Sie wischte sich die Tränen aus dem Gesicht. Dafür war jetzt nicht die richtige Zeit, sie durfte sich nicht aufgeben. Wenn sie sich nicht um sich selbst kümmerte, machte es keiner. Sie konnte nicht auf Albert und Cynthia warten, nein, sie musste das Problem selbst in die Hand nehmen. Sie würde hier rauskommen, und wenn das Wesen, das sich Tzunath nannte, sie aufhalten wollte, würde sie ihm zeigen, wozu eine Godwins in der Lage war.

Sie sah sich im Zimmer um. Eine Laterne auf einer Kommode spendete genug Licht. In der Ecke stand ein großes Himmelbett, die Wände waren aus glattem Fels geschlagen, wie der Rest des Höhlensystems, in dem Tzunath und seine Bediensteten wohnten.

Ein großer, schwerer Schrank stand an der Wand. Hätte sie Gepäck dabei, hätte sie etwas darin verstauen können. Matilda ging hinüber und öffnete ihn. Außer Staub fand sie nichts. Ein Schreibtisch und ein Stuhl, die sich ebenfalls im Zimmer befanden, würden ihr auch nicht beim Ausbruch helfen.

Matilda setzte sich auf die Bettkante. Die Matratze sank tief unter ihrem Gewicht ein. Sie hasste diese Dinger und bekam davon immer Rückenschmerzen. Eher würde sie auf dem kalten Steinboden schlafen. Aber sie hatte nicht vor, hierzubleiben. Sollte Tzunath sein Interesse an der menschlichen Spezies doch mit anderen Vertretern ihrer Art stillen. Sie hatte das dumpfe Gefühl, dass niemand hier lebend rauskam. Tzunath hatte unmissverständlich durchblicken lassen, dass es nun ihre Bestimmung war, ihm möglichst viel über sich und ihr Leben zu erzählen. Sie ließ sich ungern vorschreiben, wie sie ihr Leben zu führen hatte. Damit hatte schon ihr Vater wenig Erfolg gehabt. Ihr Weg als Godwins war eigentlich vorgezeichnet: ein Studium an einer angesehenen englischen Universität, arbeiten im Unternehmen eines Familienfreundes, heiraten, Kinder bekommen. Aber Matilda hatte sich geweigert. Das Studium hatte sie geschmissen und den ihr vorgegebenen Pfad verlassen.

»Komm schon«, stachelte sie sich an, »irgendwas muss es hier doch geben.« An den nackten Wänden hingen keine Bilder, und auch Bücher und Objekte, die ein Zimmer freundlicher und gemütlicher gestalteten, fehlten komplett. Allerdings hätte es für diese Zelle ohne Fenster und mit ihren Steinwänden schon sehr viele Bücher und Bilder gebraucht, um irgendwie das Gefühl von Gemütlichkeit zu erwecken.

Ihr Blick blieb an der Laterne haften.

Es war eine dumme Idee. Im schlimmsten Fall hätte sie nach wenigen Sekunden eine Rauchvergiftung. Aber der Gedanke ließ sie nicht los. Die Kerze darin war ganz still, brannte langsam herunter.

Sie würden kommen und sie retten, wenn sie das Feuer bemerkten. Dann würde sie das Chaos nutzen und von hier verschwinden. Nicht aber, bevor sie Tzunath über ihre Mutter ausgefragt hatte.

Matilda schüttelte langsam den Kopf. Das war ein verdammt dummer Plan. Ungemein gefährlich, und Tzunath war ihr körperlich klar überlegen.

Aber was war die Alternative?

Sie zog den Tisch von der Wand ab und direkt unter die Stelle, an der die Laterne hing. Sie kletterte hinauf und ging auf die Zehenspitzen. So gelang es ihr, die Laterne aus der Halterung zu ziehen. Die weiße Kerze befand sich hinter Glasscheiben, die den Schein der Flamme brachen und das Licht im ganzen Raum verteilten. Mit der Aufmerksamkeit einer Uhrmacherin zog sie den kleinen Stift zur Seite, der das Laternengehäuse verschloss, und holte die Kerze hervor. Sie musste ein bisschen Kraft aufwenden, da das Wachs heruntergetropft war und die Kerze mit dem Boden verbunden hatte.

Da stand sie jetzt mit der Kerze in der Hand auf dem Tisch und fühlte sich wie die Freiheitsstatue. Matilda sah sich um und ihr Blick blieb an der purpurnen Tagesdecke hängen, die auf dem Bett lag.

»Ich sollte das nicht tun«, murmelte sie, wusste aber, dass die Entscheidung schon längst gefallen war. Wenn Matilda Godwins einen Entschluss gefasst hatte, dann zog sie es auch durch – ganz egal, ob sie einem Jadefuchs durch einen Wald folgte oder im Begriff war, ihre eigene Unterkunft anzustecken.

Sie zog die Decke mit einer Hand vom Bett und stopfte sie zwischen den Spalt zwischen Tür und Boden. Ein langer Zipfel schaute hinaus. »Hoffentlich brennst du gut«, murmelte sie und hielt die Kerze an das Stoffende. Es dauerte kurz, dann griff das Feuer auf die Decke über und breitete sich wie ein Steppenbrand aus.

Matilda wich einen Schritt zurück.

Sie wusste nicht, aus was die Decke bestand, aber es musste ein besonders brennbarer Stoff sein. Sie verfolgte, wie die Flammen auf die Tür zuschossen und ... »Scheiße!« Sie wich zurück. Ihr Plan war nicht ganz aufgegangen, die Tür stand nicht in Brand, dafür kohlte die Decke vor sich hin und starker Rauch entstand.

»Hilfe!«, schrie sie. »Hilfe!«

Der Rauch schlängelte sich empor und sammelte sich unter der Decke. Matilda entschied, nicht mehr um Hilfe zu rufen, sondern Ruhe zu bewahren. Sie durfte von dem Zeug nicht zu viel einatmen. Sie riss einen Kissenbezug ab und hielt ihn sich vor Mund und Nase, dann legte sie sich auf den Boden, während sich immer mehr tödlicher Rauch unter der Zimmerdecke sammelte.

Matilda traute sich nicht, einen weiteren Atemzug zu machen, und schnell schmerzte ihre Lunge. Ihr Plan, die Tür in Brand zu stecken und so jemanden zum Aufschließen zu zwingen, war fürchterlich danebengegangen. Das Feuer hatte nicht auf das Holz übergegriffen und sie saß nun in der Falle. Sie hätte bei der Fuchsjagd bleiben sollen, davon verstand sie zumindest etwas.

Der Rauch sammelte sich wie dichter Nebel über ihrem Kopf. Was hatte sie sich nur dabei gedacht?

Nicht genug, so viel stand fest, und das sah sie in diesem Moment auch ein. Bisher war sie damit immer ganz gut gefahren, immerhin hatte sie so das höchstdotierte Turnier der Welt gewonnen. Aber aus Zellen auszubrechen, gehörte anscheinend nicht zu ihren Stärken.

»Was ist da los?«, schrie jemand, und Matilda hätte fast erleichtert aufgeatmet.

Sie hörte, wie ein Schlüssel ins Schloss gesteckt wurde und die Tür aufschwang, und kroch auf die Tür zu.

»Was ist -«, wollte Piotr fragen, aber seine Worte gingen in einem Hustenschwall unter.

Matilda rettete sich in den Flur und atmete tief ein. Piotr trat mit den Lederschuhen den rauchenden Stoff aus. »Was soll das?«, fragte er und fächerte mit einer Hand den Rauch weg. »Das gibt großen Ärger.«

Matilda spürte die frische Luft in ihrer Lunge. Der Rauch zog davon und waberte die Gänge hinab.

»Das wird gleich überall stinken, und er wird davon Wind bekommen.« Piotr klang ernsthaft besorgt. »Du solltest dir eine gute Geschichte einfallen lassen.«

»Was hast du mit meiner Mutter gemeint?« Matilda hustete die Worte mehr, als dass sie sie aussprach. Ihre Lungenflügel schmerzten noch immer. Wären sie nicht in den Marschlanden gewesen, hätte sie jetzt in ein Krankenhaus gemusst. Das war hier aber nicht möglich.

»Verdammt, sag nicht, dass du deswegen alles angezündet hast.« Piotr schüttelte den Kopf. »Sie hat sich auch gewehrt, das hat ihm nicht gefallen. Er mag keine Konflikte.«

»Sag mir, was du über meine Mutter weißt«, forderte Matilda ihn auf und packte ihn am Kragen. Es war ein hilfloser Akt, sie war dem Mann körperlich klar unterlegen. Es wäre ein Kampf wie David gegen Goliath.

Piotr schob ihre Hände beiseite. »Lass mich los, ich habe dir nichts getan. Ich versuche hier nur zu überleben, genau wie alle anderen.«

»Ich brauche Antworten«, flehte Matilda.

Piotr sah sich um. »Komm mit«, sagte er und stapfte den Gang hinab. Wenig später fand sie sich in einer dunklen Kammer wieder. Sie hatte keine Ahnung, was sich darin befand, denn es gab kein Licht.

»Ich gebe dir jetzt einen Tipp: Mach keinen Ärger, versuch, dich mit ihm anzufreunden, dann lässt er dich vielleicht am Leben.« Piotrs Stimme brummte durch die Dunkelheit wie das Knurren eines Bären. »Er hat eine Schwachstelle und das ist sein Bedürfnis nach emotionaler Gesellschaft. Er ist der Einzige seiner Art, zumindest glaubt er das, und er versucht, uns zu verstehen, damit er ein bisschen weniger einsam ist. Hast du das kapiert?«

Matilda nickte, was Piotr in der Finsternis nicht sehen konnte.

»Ich bin nur am Leben, weil ich seinen weichen Punkt gefunden haben. Sein Bedürfnis nach Liebe. Wenn du das nicht schaffst, landest du schneller auf dem Seziertisch als eine Wasserleiche.«

»Seziertisch?« Vielleicht war sie wirklich nichts anderes als ein Frosch, der von einer Schulklasse unters Messer genommen wurde.

»Exakt, das ist, was passiert, wenn er glaubt, dass du ihm nichts mehr erzählen kannst. Das kann schon morgen oder erst in fünf Jahren sein. Die meisten schaffen es zwei Wochen.«

»Aber warum macht er das?«

»Hörst du nicht zu?« Piotr klang ungeduldig. »Er will die Menschen verstehen. Warum wir tun, was wir tun. Wer wir sind.«

»Das wissen wir doch selbst nicht mal«, hielt Matilda dagegen.

»Exakt, aber das begreift er nicht. Er glaubt, dass er ein Teil von uns werden kann, wenn er nur genug über uns erfährt. Er will nicht mehr dieser einsame Sonderling sein, der allein und zurückgezogen in einer Höhle lebt.«

Matilda wusste, dass er auch unter den Menschen immer ein Sonderling bleiben würde. Sie würden ihn nie in ihre Reihen aufnehmen. Der Mensch war sich selbst zu fremd, wie sollte es dann mit einem Wesen wie Tzunath funktionieren?

»Er sollte seine Zeit mit irgendwas Sinnvollem verbringen«, sagte Matilda.

»Solange er es nicht aufgibt, sind wir noch am Leben«, hielt Piotr dagegen.

»Es gibt keine Flucht von hier«, schlussfolgerte Matilda. Es war keine Frage.

»Exakt, bisher hat er jeden erwischt, der es versucht hat. Egal ob durch den Wasserfall oder durch die Mine, keiner hat das Sonnenlicht je wiedergesehen.«

»Und meine Mutter?« Matilda traute sich kaum, die Frage zu stellen. Sie hatte Angst vor der Antwort. Auch wenn ihre Mutter vor vielen Jahren gegangen war, und sie kaum noch mehr als eine verschwommene Erinnerung an sie hatte, gab es da immer den festen Glauben in ihr, sie eines Tages wieder in ihre Arme schließen zu können.

Piotr schwieg eine Weile. »Ich weiß es nicht.«

Matilda schüttelte den Kopf. Sie hatte mit allem gerechnet, aber nicht damit. »Was soll das heißen?«

»Sie war von einem Tag auf den anderen verschwunden. Ihr Verhältnis«, er atmete tief ein, »war anders. Ich glaube, er hat sie geliebt.«

Matilda lehnte sich gegen die Tür. Sie brauchte Halt, um nicht umzufallen. »Geliebt?«

»Ja, und sie hat mitgespielt, bis sie es nicht mehr ausgehalten hat. Du hast die nette Seite von ihm kennengelernt, aber das kann sich schnell ändern. Er ist ungeduldig. Seit Jahrzehnten, vielleicht sogar schon seit einem Jahrhundert, versucht er, uns zu verstehen. Seine Stimmung kann sich von jetzt auf gleich ändern, wenn er glaubt, dass du ihn nicht weiterbringst.«

»Und dann werde ich aufgeschnitten?«

»Das meinte ich nicht mit einem Seziertisch. Er ist nicht an unserer Anatomie interessiert, die kennt er zu gut. Wer nicht mehr gebraucht wird, landet auf der Speisekarte.«

»Aber -«, stammelte Matilda.

»Ich weiß, aber wir Menschen halten uns auch Hunde und essen sie.« Er klang kalt und abgeklärt, vielleicht musste das so sein, wenn er hier nicht durchdrehen wollte.

»Ich werde gefressen?«

»Wenn ihr euch nicht anfreundet, deswegen solltest du so einen Mist wie mit der Decke unbedingt unterlassen.«

»Hat er meine Mutter gefressen?«

»Ich weiß nicht. Ich würde dir gerne sagen, was mit ihr passiert ist, aber sie hörte einfach auf zu existieren. Er sprach nie wieder von ihr.«

»Warum habt ihr ihn nicht einfach umgebracht?«

Piotr schnaubte. »Einfach umbringen? Was meinst du, wie viele das schon probiert haben. Aber er ist schnell, und hast du seine Zähne gesehen?«

Matilda erinnerte sich an die spitzen Beißer wie von einem Hai.

»Die Natur hat sie ihm gegeben, um damit Fleisch zu reißen. Fleisch wie unseres. Wir beide können mit Stuhlbeinen und Knüppeln auf ihn losgehen, aber er würde uns einen nach dem anderen umbringen.«

»Er ist der Einzige, der mir sagen kann, was mit meiner Mutter passiert ist?«

»Sprich ihn nicht auf sie an, auf keinen Fall.« Piotrs Worte waren so mahnend wie die eines Priesters, der von der Kanzel über das nahende Armageddon predigte.

»Wo finde ich ihn?«

»Matilda«, zischte Piotr.

»Wo finde ich Tzunath?« Es war keine Frage mehr, sondern eine Aufforderung.

»Er wird dich umbringen.«

»Weiß er, dass ich ihre Tochter bin?«

»Noch hat er es nicht bemerkt. Er ist nicht gut darin, sich Namen zu merken, und noch weniger versteht er ihre Bedeutung für unsere Gesellschaft. Dass Nachnamen weitergegeben werden, hat er bestimmt schon mal irgendwo gelesen oder gehört, aber er tut sich schwer damit, so was auf das echte Leben zu übertragen. Von mir wird er es nicht erfahren, und er wird nicht merken, wenn du lügst. Aber sprich ihn auf keinen Fall darauf an.«

Die Wörter rauschten durch Matildas Kopf wie ein ungebremster Hochgeschwindigkeitszug. Sie würde Tzunath darauf ansprechen und konnte nur hoffen, dass er eine gute Antwort darauf hatte. Charles Lynbrook, Albert und Cynthia waren vergessen. Sie dachte nur noch an ihre Mutter.

»Verstehst du das?«, fragte Piotr und packte sie an den Schultern. »Sprich ihn nicht darauf an.«

»Wo hält er sich jetzt auf?«

»Kind, mach dich nicht unglücklich, verdammt«, fluchte Piotr, und sein Dialekt kam durch, der Matilda an Botzki erinnerte.

»Der Rat kommt ein paar Jahre zu spät. Also?«

Piotr öffnete die Tür zum Flur wieder. »Komm«, sagte er und ging voraus.

Ihre Augen mussten sich an das Licht der Laternen erst wieder gewöhnen. Der Geruch von Verbranntem hing immer noch in der Luft.

Ihr Leidensgenosse zeigte den Flur hinab. »Dort hinten sind seine Kammern. Er wird dort sein und weiter über uns Menschen brüten.«

»Dann gebe ich ihm jetzt mal eine besonders harte Nuss.«

Kapitel 17

Albert Tubbs

»Was steht da?«, fragte Cynthia.

»Sie muss gehen«, las Albert vor.

»Sie muss gehen?«

»Das steht hier.« Albert las die letzte Zeile noch einmal, um sicherzugehen, dann blätterte er weiter. Aber die folgenden Seiten waren leer.

»Das kann alles bedeuten«, dachte Cynthia laut nach. »Wenn ein Mafiaboss so etwas sagt, hat es eine ganz andere Bedeutung, als wenn es von einem Arzt im Krankenhaus kommt.«

Das war richtig, aber Albert hatte das flaue Gefühl im Magen, dass Tzunath mehr Mafiaboss als Arzt war. Vielleicht lag es an den verschwundenen Menschen oder der unheimlichen Behausung, tief unter der Erde, kalt und feucht, aber Tzunath machte auf ihn nicht den Eindruck eines Wesens, das am Wohlergehen von Menschen interessiert war.

»Was machen wir jetzt?«, fragte Albert, obwohl er die Antwort schon kannte.

»Matilda retten, Tzunath erlegen und uns die achttausend Pfund von Lynbrook holen«, zählte Cynthia auf, als wäre es die Zutatenliste eines Keksrezepts.

Albert schwenkte die Taschenlampe an den aufgereihten Büchern entlang. Es waren Hunderte und jedes einzelne stand für ein Menschenleben. Er brauchte nicht viel Phantasie, um sich vorzustellen, was auf den letzten Seiten dieser Bücher stand, trotzdem wollte er es wissen.

Wahllos nahm er ein Buch aus dem Regal. Es stand zwei Reihen unter Matildas Mutter. Herbert Schmidt. Der erste Eintrag war vom 5. April 1964. Nur wenige Seiten waren gefüllt, der Großteil des Buches war leer. Schon auf der sechsten Seite las Albert: »Die Beobachtungen werden beendet.«

Er stellte es zurück und griff nach einem anderen Exemplar. Sarah Uhlig, 28. März 1994. Sie hatte das Buch immerhin bis zur Hälfte ausgefüllt, aber auch ihr letzter Eintrag las sich eindeutig. *Die Beobachtungen werden beendet.*

»Was wohl passiert, wenn mal jemand ein Buch vollmacht?«, fragte Cynthia, die Albert über die Schulter schaute.

»Dann gibt es einen Stempel ins Sternchenheft«, sagte Albert. »Mich interessiert viel mehr, was dieser letzte Satz bedeuten soll.«

»Dass sie für Tzunath nicht mehr von Interesse waren«, schlussfolgerte Cynthia. »Sie sind überflüssig geworden.«

»Meinst du?«

Cynthia zuckte nur mit den Schultern. »Keine Ahnung. Ist aber auch egal. Wenn dem so ist, dann ist es gut, wenn wir ihn aus dem Weg räumen. Dann hat er hunderte Menschen umgebracht.«

Albert legte den Kopf in den Nacken und sah bis zur obersten Reihe hinauf. Die grauen Bücher verschmolzen mit der dunklen Decke. »Was auch immer wir tun müssen, lass es uns schnell machen. Ich will hier raus.«

»Lass uns auf die Jagd gehen.« Cynthia hielt ihre Pistole in die Luft, als wäre sie die Lösung all ihrer Probleme.

Albert ließ ein Messer aus dem Ärmel in seine Handfläche fallen. »Für den Fall der Fälle, dass du verfehlst.«

»Wenn ich nicht treffe, wird dir das Ding wohl auch nichts mehr nützen«, mutmaßte sie und schenkte ihm ein Grinsen.

Sie öffneten die Tür und wagten einen Blick auf den Flur. Wer das Buch hier abgestellt hatte, war wieder verschwunden.

»Komm«, flüsterte Cynthia und lief vorweg. Albert kam der Aufforderung nach. Auf keinen Fall würde er hier alleine zurückbleiben.

Sie folgten dem Gang, ließen unzählige Flure und Türen links liegen. Es war, als würde Cynthia von einem inneren Kompass geleitet, der sie immer tiefer in das Bergmassiv führte. Eine magnetische Anziehungskraft, die sie leitete. Albert zweifelte ihre Entscheidungen nicht an und traute sich nicht, nachzufragen. Ständig warf er einen Blick über die Schulter und rechnete damit, aufzufliegen. Wahrscheinlich war ihr Eindringen schon längst bemerkt worden. Irgendwo hinter ihnen rottete sich eine Armee von Krakenwesen zusammen, und sie waren hier gefangen.

»Schau«, sagte Cynthia und riss ihn aus seinen Gedanken. Sie war stehen geblieben und zeigte auf eine Tür. Die Tür sah anders aus als die bisherigen, die sie passiert hatten. Sie war größer und bestand aus zwei Flügeln. Goldschimmernde Knäufe waren an ihnen befestigt. »Was auch immer dahinter liegt, ist anders als der Rest der Höhle.«

»Sollen wir?«, fragte Albert.

Aber für Cynthia stellte sich die Frage anscheinend gar nicht. Sie marschierte darauf zu und drehte einen Knauf zur Seite. »Nicht abgeschlossen«, flüsterte sie.

Albert rang sich ein Lächeln ab. Also gab es keine Chance

mehr, noch einen Rückzieher zu machen. »Dann lass uns nachschauen«, murmelte er und verfluchte sich dafür. Nie wieder würde er auf ein Abenteuer mit Matilda Godwins gehen. Und dieses Mal gab es nicht mal ein hohes Preisgeld zu gewinnen.

Cynthia öffnete die Tür, und die beiden schlüpften durch den Spalt.

Albert hielt die Anspannung kaum aus. Seine Hand um das Messer war verkrampft, und wenn Matilda hinter einem Stein hervorgesprungen wäre, hätte er aus Aufregung wahrscheinlich zugestochen. Er war nur noch ein Nervenbündel auf zwei Beinen und in einem aus der Mode gefallenen Anzug mit Zylinder.

Aber Matilda wartete nicht hinter der großen Flügeltür. Immerhin auch kein Monster. Sie betraten eine opulente Höhle, deren Wände nicht so fein herausgearbeitet waren wie in den Gängen. Auch gab es keine Möbel, keine Bücher und nichts, was darauf hindeutete, dass hier Menschen oder andere zivilisierte Lebewesen wohnten. In der Mitte befand sich ein Teich, umgeben von vielen Kuhlen, in denen Pfützen standen. Die Taschenlampe war nicht stark genug, um bis ans Ende der Grotte zu leuchten.

»Hier wohnt ein Monster«, schlussfolgerte Albert. Er hatte keinen Zweifel daran.

Cynthia sagte nichts, sondern ging ein paar Meter in die Höhle hinein. Die Pistole hatte sie schussbereit erhoben, und Albert spürte, dass auch ihr der Raum nicht gefiel. Es roch modrig wie ein Teich voller Entengrütze. Aber da war noch etwas. Etwas, das Albert nicht zuordnen konnte. Es verbiss sich in die Nasengänge wie eine Schlange in seine Beute. »Was ist das?«

»Ich weiß es nicht«, erwiderte Cynthia, aber die Art, wie sie es sagte, verriet, dass auch sie es bemerkt hatte. Langsam gingen sie in den Raum, und Albert begutachtete einen der kleinen Tümpel, die sich um den Teich gebildet hatten. Das Wasser war braun wie der Fluss. Luftbläschen bildeten sich an der Oberfläche und brachen mit einem ploppenden Geräusch.

»Es stinkt wie auf der Schultoilette«, stellte Albert fest und hätte sich die Nase zugekniffen, hätte er nicht in der einen Hand die Taschenlampe und in der anderen das Messer gehalten.

»Schlimmer«, erwiderte Cynthia und hockte sich vor einem der Tümpel hin. »Hast du mal etwas?«, fragte sie und hielt ihm eine Hand hin.

»Etwas?«

»Etwas, damit ich darin herumstochern kann.«

Albert hatte sich immer noch nicht daran gewöhnt, dass er der Packesel war. »Sekunde«, murmelte er und steckte das Messer in seine Hosentasche. Dann ließ er einen Zollstock in seine Hand gleiten. »Bitte schön.«

Cynthia sah ihn leicht zweifelnd an. »Daran habe ich nicht unbedingt gedacht. Aber es wird funktionieren.« Sie klappte den Stock aus und stocherte damit in der trüben Flüssigkeit herum. »Ungefähr einen Meter tief. Aber da unten ist irgendwas.« Sie klang angestrengt und sah aus, als würde sie mit einem Kochlöffel in einem großen Topf rühren.

Albert gefiel das nicht. »Lass das lieber. Wer weiß, was du damit anrichtest.«

»Das sind schon keine Alien-Eier«, tat sie seine Bedenken ab.

An Alien-Eier hatte Albert gar nicht gedacht, aber jetzt,

wo sie es ausgesprochen hatte, erschien ihm das durchaus möglich. Große, vom grünen Glibber überzogene Kokons, die in der braunen Suppe irgendwas ausbrüteten, was wie eine Spinne aussah und sich mit Vorliebe um die Gesichter ihrer Opfer schlang.

»Das fühlt sich eher an wie –« Noch bevor sie es ausgesprochen hatten, sahen sie es. Cynthia ließ den Zollstock fallen und die Finger glitten wieder zurück ins Wasser. Die Frau sprang auf und wich zwei Schritte zurück.

»War das …?«, fragte Albert, traute sich aber nicht, seine Vermutung auszusprechen.

»Ich glaube ja«, stotterte Cynthia.

Wenn es stimmte, was Albert glaubte, war es eine Hand gewesen. Zumindest wusste er jetzt, woher der Geruch kam, den er nicht zuordnen konnte. Er hatte nie zuvor Leichenteile gerochen. »Wir müssen hier weg«, flüsterte er.

»Wir sind direkt in seine Küche gelaufen«, erkannte Cynthia.

»Es ist eigentlich mein Wohnzimmer«, hörten sie eine Stimme. Sie war laut und kräftig und hallte von der Höhlendecke wider. Albert sah sofort zum See hinüber, und darin stand eine Gestalt. Schuppen überzogen den nackten Körper, und die Augen glichen oranger Tinte. Eine Kreatur, als hätte man Fisch und Mensch gekreuzt. »Sonst muss ich für Besuch immer selbst sorgen, und nun kommt er freiwillig. Wer seid ihr?«, fragte das Wesen. Es klang ehrlich interessiert.

»Tzunath«, keuchte Albert.

»Nein, ausgeschlossen, das ist mein Name«, entgegnete die Kreatur im Wasser. Albert wusste nicht, ob es ihn missverstanden hatte oder ob es sich an einem Witz versuchte.

»Wo ist Matilda?«, verlangte Cynthia zu erfahren und hob die Pistole.

»Ah, ihr seid ihre Freunde. Freut mich. Sie ist in ihren Gemächern und schläft hoffentlich. Das habe ich auch versucht, bis ihr hier eingebrochen seid.« Tzunath schritt auf sie zu. Die nassen blauen Schuppen glänzten im Schein der Taschenlampe. Er trug keine Kleider.

»Dann stören wir mal lieber nicht länger«, stammelte Albert und wandte sich zur Tür um.

»Nicht doch«, sagte Tzunath, »ihr stört nicht. Ich bin bloß nicht auf euch vorbereitet.« Er strich mit seiner Hand über den Teich, und das Wasser fing an, blau zu schimmern. Das Licht füllte die ganze Grotte aus. Albert glaubte, fluoreszierende Quallen unter der Oberfläche zu erkennen. »Ich kann leider nur einen von euch hier beherbergen, mehr Platz habe ich nicht. Aber vorher möchte ich alles über euch erfahren. Ihr Menschen fasziniert mich.«

Vorher.

Albert hatte es ganz genau gehört. Er hatte vorher gesagt. Vor was, hatte er nicht genauer definiert, aber es klang wie ihr baldiges Ableben.

»Wie lauten eure Namen?«, wollte Tzunath wissen und sah von Cynthia zu Albert.

»Abraham«, er räusperte sich, »Kadabraham.« Er wollte nicht, dass das Monster seinen echten Namen kannte. Er fühlte sich nicht wohl bei dem Gedanken, dass sein richtiger Name bald in einem der Bücher stehen und unter einer dicken Staubschicht vergessen werden würde. Dann erlaubte er Abraham lieber noch einen letzten großen Auftritt.

»Freut mich, Abraham«, erwiderte Tzunath. Er klang vollkommen gleichgültig, von der Freude war in seinen Worten nichts zu spüren.

»Elizabeth Alexandra Mary«, behauptete Cynthia und Albert zuckte zusammen. Auch sie hatte sich für einen Tarnnamen entschieden, warum es der Name der Königin des Vereinigten Königreichs Großbritannien sein musste, wusste er aber nicht.

»Ein schöner Name.« Nichts verriet, dass er den Schwindel bemerkt hatte. »Ihr seid mit Matilda befreundet?«

Beide nickten.

»Interessant.« Tzunath machte noch einen Schritt auf sie zu. »Ich habe viel über euch Menschen gelernt, ich weiß, warum ihr euch die Zähne putzt und dass euer Nachwuchs in die Schule geht. Aber Freundschaft habe ich bis heute nicht begriffen. Ich versuche es wirklich, halte mir sogar selbst einen Freund.« Es klang, als würde er von einem Haustier sprechen. »Aber es ist mir bis heute verborgen geblieben, was ihr dabei fühlt, wenn ihr jemanden als Freund bezeichnet. Sagt mir: Wie funktioniert Freundschaft?«

Alberts Augenbrauen wanderten langsam in die Höhe. Er fühlte sich plötzlich wie im Schulunterricht. »Ich … was?« Eben hatten sie noch eine Hand aus einer Pfütze geangelt, nun sollten sie das Konzept von Freundschaft erklären.

»Ich möchte es verstehen. Es ist das letzte große Rätsel von euch Menschen. Da sind noch so ein paar kleinere, aber an der Freundschaft bin ich bisher gescheitert. Ich versuche es gerade nachzuvollziehen, deswegen lasse ich Piotr hier, aber ich bin der Sache noch nicht auf den Grund gekommen. Es ist ein Gefühl, das man in sich spüren muss, oder? So hat es mir zumindest mal einer meiner«, sein Blick ging zu einer der Pfützen, »Gäste erklärt.«

»Gäste?«, wiederholte Cynthia. Der Pistolenlauf zielte direkt auf Tzunaths Kopf.

»Oh, verzeiht, ihr Menschen habt so viele Begriffe, die mal dieses und mal jenes bedeuten. Ich dachte, Gäste wäre das richtige Wort.«

»Gäste zerlegt man in der Regel nicht in ihre Einzelteile«, erklärte Cynthia.

»Ah.« Tzunath nickte. Er sah aus, als würde er darüber nachdenken. »Ja, das verstehe ich.«

Albert lief es eiskalt den Rücken runter. Das Wesen versuchte nicht mal zu leugnen, was sie gesehen hatten. Es stand einfach da und nickte die Sache ab. »Schieß, Cynthia«, murmelte er.

Aber sie ignorierte ihn. »Hast du all die Menschen umgebracht?«, fragte sie.

»Ich habe sie geschlachtet«, erwiderte Tzunath seelenruhig. »Etwas, das ich von euch Menschen gelernt habe. Vielen Dank dafür. Früher habe ich meine Beute in den Marschlanden gejagt, erlegt und gerissen wie ein wildes Tier. Aber irgendwann verirrte sich ein Metzger in meine Höhle. Er zeigte mir sein Handwerk, wie man das Beil zu schwingen hatte und an welchen Körperstellen man zuschlagen musste. Es ließ sich sehr gut von einer Kuh auf den Menschen übertragen, wie ich gelernt habe. Seitdem muss ich nicht mehr raus und Menschen jagen. Es ist also zu eurem Vorteil.«

»Schieß, bitte«, wiederholte Albert.

»Du bist ein Monster«, rief Cynthia. »Und wir sind hier, um dich zur Strecke zu bringen.«

»Nein«, sagte Tzunath und kam noch zwei Schritte näher. Er stand jetzt nur noch mit den Füßen in dem schimmernden Wasser. Er war muskulös und Albert hatte keine Hoffnung, etwas mit dem Messer auszurichten. »Alles, was ich bin, was ich tue, wie ich lebe, habt ihr mich gelehrt. Ich bin kein Monster, ich bin ein Mensch!« Nun klang er wütend. Sie hatten die Bestie gereizt.

»Wir Menschen schlachten uns nicht gegenseitig«, hielt Cynthia dagegen.

»Viel schlimmer, ihr bringt euch wegen irgendwelcher Kriege und Streitereien um. Zu Tausenden fallen eure Körper auf irgendwelchen Schlachtfeldern, werden dort vergessen und irgendwann zu Kompost. Ihr tötet euch ohne Sinn und Verstand. Das hier«, er zeigte auf die Pfütze, in der sich die Hand befand, »tue ich, um zu überleben. Es ist kein Vergnügen, keine Langeweile, keine Gier, die mich antreibt. Es ist eine Notwendigkeit.«

»Ausreden«, zischte Cynthia. Tzunath kam aus dem Wasser. »Stehen bleiben«, rief Cynthia, und Albert wich unwillkürlich einen Schritt zurück. Die Distanz zur Tür war kürzer als zu Tzunath, aber irgendwas verriet ihm, dass er einen Wettlauf verlieren würde. Vielleicht war es die sportliche Erscheinung des Wesens, vielleicht das rasende Herz in seiner Brust, das jeden Moment zu kollabieren drohte.

Tatsächlich tat ihr das Wesen den Gefallen. Seine Füße mit den Schwimmhäuten verharrten still auf dem Steinboden. »Ich kann euch nicht mehr gehen lassen, das wisst ihr doch. Matilda auch nicht. Es war ein Fehler von euch, hierherzukommen und sie zu suchen.«

»Du wolltest doch wissen, was Freundschaft ist«, stammelte Albert. »Da hast du deine verdammte Antwort: Freundschaft ist, wenn man bereit ist, für den anderen etwas extrem Dummes zu tun.«

Die lebertranartigen Augen fixierten ihn für einen Moment, Albert kam es wie eine Ewigkeit vor. Dann öffnete Tzunath den Mund und Albert fielen zum ersten Mal die spitzen Reißzähne auf. Damit durchtrennte er Menschenfleisch, als würde es sich um Zuckerwatte handeln, da war er sich sicher. »Aber das ist nicht logisch. Warum sollte man so etwas tun? Warum solltet ihr sterben, nur weil Matilda es auch tun wird?« Er begriff es wirklich nicht.

»Das ist aber Freundschaft. Wenn man bereit ist, für den anderen so etwas zu tun«, wiederholte Albert. »Wenn du das nicht verinnerlichst, wirst du nie jemandes Freund sein können.«

»Ihr verlangt, dass ich mein Leben riskiere, um mich Freund nennen zu können?«

»Nein, das hat er nicht gemeint«, warf Cynthia ein. »Du musst nicht jedes Mal dein Leben für jemanden aufs Spiel setzen, um jemanden zu deinem Freundeskreis zu zählen. Aber du musst bereit sein, für diese Personen eine Extrameile zu gehen, auch wenn es mal weh tut.«

»Extrameile?«

»Über das Nötige hinaus. Du tust etwas für sie, nicht weil du es tun musst, sondern weil du es tun willst. Weil es dir wichtig ist, der Person zu helfen, auch wenn es in dem Moment vielleicht nicht zu deinem Vorteil ist oder dir sogar Nachteile beschert.« Sie zeigte mit ihrer freien Hand in der Höhle rum. »Manchmal setzt man leider auch sein Leben aufs Spiel, um Freunde zu retten. Zugegeben, das hier passiert eher selten, bei uns auf der Erde gibt es keine –« Sie zögerte.

»Keine?«, hakte Tzunath nach. Anscheinend wollte er wissen, als was ihn Cynthia bezeichnete.

»Wesen wie dich«, sagte sie.

Das war der Moment, in dem sie eine rote Linie überschritten hatte. Albert spürte es, noch bevor Tzunath sich rührte. Es war, als würde ein Sturm über den kleinen Teich hineinbrechen.

Ein Knall ertönte, und Albert hielt sich vor Schreck die Ohren zu. Der Lärm war ohrenbetäubend gewesen und kam aus dem Pistolenlauf. Cynthia musste auch gespürt haben, dass die Zeit des Redens vorbei war und Tzunath sich ungern als Wesen bezeichnen ließ. Er hatte wer weiß wie lange daran gearbeitet, einer von ihnen zu werden, ein Mensch zu sein. Und dann kamen sie hier einfach reinmarschiert und beleidigten ihn als Wesen.

Die Kugel schoss durch die Luft, angetrieben von Schwarzpulver, Funken und Qualm. Cynthia war eine gute Schützin, das hatte sie schon mehrere Male in den Marschlanden bewiesen. Auch dieses Mal hatte sie Maß genommen, da war sich Albert sicher. Wenn es um ihr Leben ging, war sie ein sehr gründlicher Mensch. Aber trotzdem schlug die Kugel nur in der Felswand ein und ließ Steinsplitter herunterrieseln. Sie war für die Stelle zwischen den Augen bestimmt gewesen, aber Tzunath war in mehreren Punkten kein echter Mensch. Es war nicht nur seine Unfähigkeit, Freundschaft zu verstehen, sondern auch seine Geschwindigkeit. Er war der Kugel ausgewichen und hatte sich fallen lassen.

»Scheiße«, murmelte Cynthia. »Wir haben ein Problem.«

Albert nickte.

Tzunath sah sie aus der Hocke ruhig an. Die Lebertranaugen fixierten sie. Dann zeigte er seine Reißzähne. »Ich werde an euch Matildas Freundschaft testen. Mal sehen, wozu sie so bereit ist«, zischte Tzunath. Er sprang wie ein Frosch auf sie zu, katapultierte sich über mehrere Meter durch die Luft.

Albert hörte den Knall weiterer Schüsse und versuchte, irgendwas in seine Hände zu zaubern, was ihnen half. Aber er konnte im Angesicht des Todes keinen klaren Gedanken mehr fassen.

Kapitel 18

Matilda Godwins

Matilda eilte durch den langen Flur, als ein lauter Knall durch die Gänge hallte. Wie eine ertappte Katze blieb sie stehen. War das ein Schuss gewesen? Möglich, vielleicht auch ein Knallkörper oder ein explodierender Teekessel. Aber sie war sich sicher, dass irgendwas nicht stimmte. Ärger lag in der Luft wie der Rauch, der unter der Decke gehangen hatte.

Piotr war zurückgeblieben. Er hatte ihr keine Hilfe angeboten, und seine Verabschiedung klang, als hätte er keine Hoffnung, sie noch mal lebend wiederzusehen.

Matilda rannte weiter. Der Mann hatte nur den Gang hinuntergezeigt, aber als sie dem Ende des Flures immer näher kam, wusste sie, was das Ziel war. Die Flügeltür war nicht zu übersehen und fiel auf wie ein Zebra unter Kühen. Eine Tür war nur angelehnt, und blaues Licht fiel in den Flur. Matilda hörte Schreie, und da wusste sie, was passiert war.

Der Knall war tatsächlich ein Schuss gewesen. Ein Schuss aus Cynthias Pistole. Die beiden waren hinter das Rätsel um Tzunath gekommen, hatten ihn aufgespürt und … sie durften ihn auf keinen Fall umbringen, dann würde sie nie herausfinden, was ihrer Mutter zugestoßen war.

Sie rannte auf die Tür zu, riss sie auf und taumelte in die Grotte.

»Matilda«, keuchte Albert erleichtert. Er lag gekrümmt auf dem Boden und hielt sich die Rippen, aus seinem Mundwinkel tropfte Blut auf den Boden. Aber er freute sich, sie zu sehen. »Keine Sekunde zu spät.«

Cynthia umklammerte die Pistole mit beiden Händen und drehte sich langsam in Kreis. »Schön, dass du noch lebst«, sagte sie, suchte mit ihrem Blick aber die Umgebung ab.

»Was wird das hier?«, fragte Matilda.

»Wir bringen unseren Auftrag zu Ende«, erklärte Cynthia. »Leider ist das Monster verdammt schnell.«

Von irgendwo war ein lautes Zischen wie von einer Schlange zu hören. Matilda nahm eine Bewegung im Augenwinkel wahr. Cynthia zögerte nicht, drehte sich um und schoss. Für ein paar Sekunden hörte Matilda nur ein Dröhnen. Die Höhle warf den Knall zurück.

»Er versteckt sich im Wasser und hinter den Steinsäulen. Albert hat sich schon eine eingefangen«, erklärte Cynthia.

»Hat sich von der Decke fallen lassen«, hustete der Zauberer. Neben ihm lag ein Messer auf dem Boden.

»Wir dürfen ihn nicht töten«, schritt Matilda ein.

Die beiden sahen sie an, als hätte sie vorgeschlagen, Mrs Lynbrook zum Tee einzuladen.

»Alles okay?«, fragte Albert. Er klang ernsthaft besorgt, obwohl er derjenige war, der verletzt am Boden lag.

»Er ist der Einzige, der weiß, wo meine Mutter ist.« Sie zögerte. »Falls sie noch lebt.«

Für einen Moment war es komplett still in der Grotte. Albert und Cynthia tauschten einen Blick, der verriet, dass die Nachricht sie nicht so sehr überraschte, wie sie es hätte tun müssen.

»Was wisst ihr?«, fragte sie.

»Er hat ein Buch über sie. Aber der letzte Eintrag ist … mysteriös«, erklärte Albert.

»Was heißt das?«

»Da stand, dass er sie gehen lassen musste«, präzisierte Cynthia.

Matilda schüttelte den Kopf. Das ergab keinen Sinn; das konnte alles bedeuten. »Ich brauche Antworten.« Ihre Worte waren fast flehend. »Bitte, gebt mir die Chance.«

»Könnte eh eine Pause gebrauchen«, murmelte Albert und rappelte sich langsam auf.

»Er soll sich von uns fernhalten«, verlangte Cynthia und suchte wieder die Wände und Decke ab. »Geh nicht zu nah ans Wasser.«

»Danke«, erwiderte Matilda und wandte sich dem Teich in der Mitte der Grotte zu. Sie wusste nicht, wo sich Tzunath befand, also hob sie die Stimme. »Vorhin hast du mir jede Menge Fragen gestellt, jetzt habe ich ein paar. Was ist aus meiner Mutter Elizabeth Godwins geworden?«

Sie lauschten auf eine Reaktion, aber es war still in der Grotte.

»Tzunath, ich brauche Antworten!« Matilda hatte keine Lust auf Spielchen oder Andeutungen. Sie war in die Marschlande gekommen, um das Schicksal ihrer Mutter aufzuklären. Nun stand sie kurz vor der Antwort, und sie würde nicht gehen, bevor sie alles erfahren hatte.

Kaum sichtbar brach die Wasseroberfläche und die lebertrangetränkten Augen starrten sie an. »Du bist ihr Kind?«, fragte er.

»Ich bin ihre Tochter.«

»Ich hätte es bemerken müssen, oder?« Er klang, als würde er sich über sich selbst ärgern. »Piotr hat mir schon mal erzählt, was es mit den Namen auf sich hat, die ihr an letzter Stelle tragt. Sie zeigen eure Zugehörigkeit, aber auch nicht immer. Manche tragen den gleichen Namen, sind jedoch nicht vom selben Stamm. Und andere tragen diesen Namen wiederum an erster Stelle.«

»Ja, du hättest es merken können«, bestätigte Matilda. »Aber das ist jetzt egal. Was ist mit meiner Mutter passiert?« Sie ging auf den Teich zu und blieb dicht vor dem Ufer stehen.

Tzunaths unheimliche Augen starrten zu Cynthia hinauf. Sie hatte die Pistole immer noch erhoben. Matilda gab ihr ein Zeichen und nach kurzem Zögern senkte sich der Lauf in Richtung Boden.

»Auf deine Verantwortung«, murmelte Cynthia.

Tzunath kam ein Stück aus dem Wasser, so dass sein Kopf bis zu den Schultern sichtbar wurde. »Sie hat viel von dir geredet«, berichtete er. »Wäre ich aufmerksamer gewesen, hätte ich Parallelen entdecken können. Manchmal sieht man den Fisch im Schwarm nicht. Ich war so fokussiert auf mein neues Studienobjekt, dass ich meine alten komplett vergessen habe.«

»Klartext«, forderte ihn Matilda auf.

»Bevor ich das Konzept Freundschaft verstehen wollte, habe ich mich an der Liebe versucht«, erklärte Tzunath. »Heute weiß ich, dass es die völlig falsche Herangehensweise war. Ich hätte es erst mit Freundschaft, dann mit Liebe versuchen sollen. Aber ich war ungeduldig und wollte nachvollziehen, was ihr meint, wenn ihr Menschen sagt, dass ihr jemanden liebt. Ich habe in Büchern davon gelesen und war neugierig.«

Matilda beschlich ein ungutes Gefühl.

»Dass ich deine Mutter fand, ist nun schon viele Jahre her. Sie war als Beifang in die Marschlande gekommen, noch ganz frisch. Ich beobachtete sie an einem sonnigen Nachmittag. Sie wusch sich am Fluss. Da beschloss ich, dass sie das perfekte Exemplar für meinen Versuch war. Ich lud sie zu mir ein.«

»Du hast sie entführt«, warf Matilda ein.

Tzunath ignorierte ihre Bemerkung. »Sie brauchte einige Zeit, bis sie akzeptiert hatte, nun hier zu leben. Wenn es dich beruhigt: Es war ihr ein dringendes Anliegen, zu dir zurückzukehren. Sie war hierhergekommen, weil sie auf der Suche nach einer Lösung war.«

»Für welches Problem?«

»Das Problem der Godwins«, antwortete Tzunath, als würde Matilda schon verstehen, was damit gemeint war. Ihre Eltern hatten bereits damals Geldsorgen gehabt und sich häufig gestritten. Vielleicht hatte sie gehofft, in den Marschlanden neue Geschäfte aufzutun.

»Und was ist dann passiert?«

»Wir redeten viel. Ich hörte ihr zu und sie mir. Oft saßen wir dabei am Wasserfall und sahen zu, wie der Mond unterging. Ich war stets bestrebt, für eine romantische Atmosphäre zu sorgen, so hatte ich es in den Büchern gelesen. Trotzdem versuchte sie mehrere Male, von hier zu fliehen. Wenn ich sie nach dem Warum fragte, hat sie immer wieder von ihrer Tochter erzählt. Ich habe es nicht verstanden. Du warst ja alt genug, für dich selbst zu sorgen.«

»Ich war ein kleines Kind«, schrie Matilda. Ihre Hände waren zu Fäusten geballt, und sie spürte, wie die Wut sie zu übermannen drohte.

»Du warst in einem Alter, in dem die meisten Tiere ihren Nachwuchs ziehen lassen. Entweder sind sie stark genug und schaffen es oder sie sterben.« Er musterte sie. »Du machst einen starken Eindruck.«

»Was hast du mit ihr gemacht?«

»Ich habe sie geliebt, oder zumindest habe ich es versucht. Sie war eine lustige, humorvolle Frau. Das meiste, was ich über euch Menschen gelernt habe, weiß ich von ihr. Man kann viel über euch lesen, aber dennoch versteht man euch noch lange nicht. Ich weiß nicht, ob es Liebe war, was ich empfunden habe, mir fehlt der Vergleich, aber ich wollte sie nicht mehr verlieren. Es gab nur ein Problem.« Tzunaths Augen glänzten. Vielleicht lag es an dem blau leuchtenden Wasser, vielleicht war er aber auch den Tränen nahe. »Sie wollte zurück zu dir und deinem Vater.« Das letzte Wort sprach er mit so viel Verachtung und Hass aus, dass Matilda im Augenwinkel wahrnahm, wie Cynthia langsam die Pistole wieder hob. »Sie liebte mich nicht. Jeden Tag fragte ich sie, aber sie verneinte es jedes Mal. Irgendwann wurde mir dann klar, dass es nicht so weitergehen konnte, dass wir es beenden mussten. Das fällt mir immer sehr schwer. Man hat bereits so viel Zeit investiert, Zeit, die man nicht wiederbekommt.«

Albert trat an ihre Seite. »Du musst das nicht alleine durchstehen«, versprach er ihr.

»Sie wollte flüchten und kam so weit, wie niemand zuvor gekommen war. Sie war die Erste und bis heute Einzige, die es durch den Wasserfall schaffte und noch einmal den Sternenhimmel sah. Es war eine Vollmondnacht. Ich erwischte sie kurz vor Marrys Grave.«

Nun gesellte sich auch Cynthia zu den beiden. »Ein Wort von dir und ich jage ihm eine Kugel in den Kopf.«

Tränen liefen Matilda über das Gesicht. »Ich will alles hören«, verlangte sie und wusste, dass sie sich damit einer Folter aussetzte. Aber sie brauchte diesen Schlussstrich unter dem Kapitel. »Und dann?«, fragte sie.

»Ich brachte sie zurück. Sie stand hier mit mir im Wasser, als ich den Entschluss fasste, sie endlich gehen zu lassen.«

»Du hast sie umgebracht«, erkannte Albert. Er hatte verstanden, was Matilda noch nicht glauben wollte. Sie hoffte immer noch auf ein Happy End.

»Ich habe sie erlöst. Niemand verlässt lebend meine Höhle. Deine Mutter nicht, Piotr nicht, der vielleicht eines Tages ein echter Freund sein wird, und auch ihr nicht. Ich weiß, was ihr Menschen machen würdet, wenn ich euch gehen lasse. Ihr würdet mit Fackeln und Heugabeln wiederkommen und das vermeintliche Monster jagen. Dafür kenne ich euch Menschen gut genug. Ich habe eure Geschichten gelesen, ich weiß, was ihr mit Frankensteins Monster gemacht habt.«

»Das ist nur eine Geschichte«, warf Albert ein, als wäre er sich nicht sicher, ob Tzunath einen Scherz gemacht hatte.

Matilda nahm all das nicht mehr richtig wahr. Sie fühlte sich wie unter einer Glocke gefangen.

»Ihr habt es gejagt, ihr seid die Monster.«

»Das ist nicht wirklich passiert«, erklärte Cynthia. »Nur etwas, was sich jemand ausgedacht hat.«

»Ich werde diesen Fehler nicht machen. Ihr fasziniert mich, und ich wünschte, ich könnte unter euch leben. Aber ich bin intelligent genug, um zu wissen, welches Risiko es bedeutet, euch zu vertrauen. Eure Geschichte ist voller Verrat und Heimtücke. Ich habe deine Mutter wirklich gemocht, aber sie hat meine Gefühle nicht erwidert.«

»Hast du sie umgebracht?« Matilda musste es hören.

»Sie lebt nicht mehr«, wich Tzunath der Frage aus.

Matilda sackte auf die Knie. Tränen fielen auf den Steinboden und färbten ihn dunkel. »Nein.«

»Doch, ich habe sie gehen lassen. Sie war unglücklich, das habe ich geändert. Nun weißt du, was mit ihr geschehen ist. Und wir alle wissen, was jetzt passieren wird.«

»Darf ich?«, fragte Cynthia.

Aber Matilda entfuhr nur ein lautes Schluchzen. Ihre Mutter war seit vielen Jahren tot. Getötet von einem schrecklichen Monster, das sie gefangen gehalten hatte wie ein Tier. Einem Psychopathen, der verstehen wollte, was Liebe ist. Wahllos griffen ihre Hände nach einem Stein. Er war faustgroß. »Wir müssen dich umbringen«, sagte Matilda.

»Genau«, erwiderte Tzunath. »Darauf läuft es bei euch Menschen immer hinaus. Ihr tötet. Aber ich bin keine Kuh, die sich treudoof zur Schlachtbank führen lässt. Ich werde mich wehren.« Er entblößte wieder seine Zähne.

Ein Knall. Matilda zuckte zusammen. Cynthia hatte nicht mehr auf eine Abschusserlaubnis gewartet. Die Kugel traf Tzunath in der rechten Schulter. Er wurde zurückgeschleudert und versank im Wasser.

»Ist er tot?«, fragte Albert.

»Würde mich wundern, wenn das gereicht hat«, erwiderte Cynthia. »Kümmer dich um sie.« Damit war Matilda gemeint. »Ich werde schon irgendwie mit ihm fertig.«

»Nein«, schluchzte Matilda und atmete tief ein. Das würde sie sich nicht nehmen lassen. »Ich werde jetzt nicht fliehen.«

»Ist gut«, sagte Cynthia.

Matilda rappelte sich auf. Sie fühlte sich schwach und

verletzlich. Irgendwie hatte sie die naive Hoffnung gehabt, ihre Mutter hier zu finden und gemeinsam mit ihr zurückzukehren. Sie blickte auf den Stein in ihren Fingern hinab.

Albert ließ wieder eines seiner Messer in die Hand schnellen. Er war nicht gut im Umgang damit. Das Trio starrte auf die Wasseroberfläche und wartete auf den kommenden Kampf.

Denn Tzunath war nicht durch den Schuss gestorben. Wie ein Torpedo schoss er aus dem Wasser und riss Cynthia mit sich. Sie hatten ihn unter der Oberfläche nicht gesehen. Wie ein Knäuel rollten sie über den Boden, seine Zähne bissen nach ihr. Sein rechter Arm hing schlaff herunter, die Kugel musste wichtige Sehnen durchtrennt haben. Schon beim Zusammenprall mit dem Monster verlor Cynthia die Pistole. Sie wehrte sich mit aller Kraft gegen das Wesen, das auf ihrer Brust saß.

Albert zögerte nicht. Er stürzte sich mit dem Messer auf Tzunath und rammte ihm die Klinge von hinten in die noch unverletzte Schulter. Das Fischwesen hielt kurz inne, dann schlug es nach Albert und traf seine Hüfte. Die übermenschliche Kraft holte ihn von den Beinen und schleuderte ihn gegen eine Steinwand. Die Klinge steckte immer noch im Fleisch der Kreatur. Mit dem unverwundeten Arm versuchte sie, das Metall zu entfernen. Für Cynthia war das die Gelegenheit, zum Gegenangriff überzugehen. Mit bloßen Fäusten schlug sie auf das Gesicht ein – jedoch mit wenig Wirkung.

»Das ist für dich«, flüsterte Matilda, bevor sie sich mit dem Stein in den Kampf stürzte. Sie zielte direkt auf den Hinterkopf der Kreatur, die ihre Mutter getötet hatte. Schuppen knackten, als sie die Stelle über dem Ohr traf, vielleicht waren es auch Knochen. Tzunath sackte zur Seite und rutschte von Cynthia herunter.

Benommen schüttelte er den Kopf. »Seht ihr, das passiert, wenn man sich mit zu vielen von euch einlässt. In der Gruppe werdet ihr zu einem blutrünstigen Rudel.«

»Einem Rudel, das Monster jagt«, fauchte Matilda. Sie stand mit dem Stein über Tzunath, der auf dem Boden lag. Ihre Hand schnellte herunter, aber bevor sie noch mal traf, trat ihr das Wesen gegen die Beine, und sie verfehlte, taumelte und fiel hin. Tzunath sprang auf, sein Blick wanderte durch den Raum, und er schien seine Möglichkeiten abzuwägen.

»Alleine hättet ihr keine Chance«, zischte er.

»Alleine wären wir auch nicht auf die dumme Idee gekommen, einen Kampf mit dir anzufangen«, entgegnete Albert und stellte sich zwischen ihn und Matilda. In der Hand hielt er ein neues Messer.

»Gehen dir die Dinger nie aus?«, fragte Tzunath. Eines steckte ihm immer noch in der Schulter.

»Ich kann dich wie ein Stachelschwein aussehen lassen, wenn ich möchte«, hielt der Zauberer dagegen und zwei weitere Klingen tauchten in seinen Handflächen auf.

»Ich bin kein Schwein«, keuchte Tzunath. Er atmete schwer, grünes Blut quoll aus seinen offenen Wunden. Er ging in die Hocke, sprang los und packte Albert wie ein Rugbyspieler um die Hüften. Der Zauberer wurde zu Boden geschleudert, der Zylinder rollte weg und Albert ächzte, als er auf dem Stein aufkam.

Tzunath setzte aber nicht nach, sondern wandte sich Cynthia zu. »Die Pistole«, rief sie Matilda zu und zeigte auf eine

Stelle hinter ihr, bevor Tzunath gegen sie prallte und sie niederriss.

Matilda drehte sich um. Die verdammte Waffe war ihre beste Chance. Tzunath war trotz der vielen Verletzungen immer noch schnell und wendig. Ihm fehlte die Kraft in den Armen, aber um seinen Opfern die Kehle durchzubeißen, brauchte er die auch nicht. Sie suchte den dunklen Steinboden nach der schwarzen Pistole ab. Es war die berüchtigte Suche nach der Nadel im Heuhaufen. Hinter ihr hörte sie Tzunath brüllen und Cynthia aufschreien. Sie waren wie zwei wilde Tiere.

Ein kurzes Schimmern, eine kaum sichtbare Reflexion verriet ihr, wo die Pistole gelandet war. Sie lag neben einer der vielen kleinen Pfützen, direkt am Rand.

Matilda rannte los.

Hinter ihr verhallten die Kampfgeräusche. Sie konzentrierte sich nur auf die Pistole. Sie würde das Wesen, das ihre Mutter umgebracht hatte, umlegen. Matilda sprang los und langte nach der Waffe, da traf sie etwas in die Seite. Sie fiel hin und krümmte sich. Tzunath stand über ihr. Er grinste und bleckte seine Reißzähne.

Ihre Rippen schmerzten. Ihr Blick wanderte zur Pistole, ihre Finger langten danach, aber es reichte nicht. Die Waffe lag außerhalb ihrer Reichweite.

Tzunath bückte sich nach der Waffe und hob sie auf. Er hielt sie am Lauf, als würde er damit zuschlagen wollen. »Ist nicht die erste, die ich davon sehe, aber ich habe sie nie verstanden. Piotr hatte so eine auf dem Boot geschmuggelt, auf dem ich ihn gefunden habe. Aber die war größer. Was ist das?«, fragte er und sah Matilda an, als hätten der Kampf und die Geschichte mit ihrer Mutter nie stattgefunden. Er klang wieder wie in dem Zimmer mit der Couch und den Büchern, als wäre er interessiert daran, etwas Neues über den Menschen zu lernen.

Matilda wollte sich aufrichten, aber er stellte einen Fuß auf ihrer Brust ab und drückte sie zu Boden. »Nein, du sollst antworten, nicht kämpfen«, befahl er.

Sie wehrte sich, aber es hatte keinen Zweck. Es war, als würde ein Elefant auf ihrem Brustkorb stehen. »Damit kann man Typen wie dir das Licht auspusten«, ächzte sie. Jeder Atemzug schmerzte.

»Das Licht auspusten?«

»Dich töten.«

»Ah, ja, das habe ich schon gemerkt. Vor vielen Jahren hatte man mal einen Mann angeheuert, um mich zu erlegen. Er war Großwildjäger oder so was. Trug zwei Revolver an der Hüfte. Bei seinem ersten Schuss habe ich mich erschrocken, das muss ich zugeben. Der Knall, der Rauch, das Feuer – damit rechnet man nicht. Aber er war ein schlechter Schütze.«

»Nimm das«, schrie Albert, und ein Stein flog heran. Er traf Tzunath am Hinterkopf, zeigte aber keine Wirkung. Das Fischwesen zog einen Mundwinkel hoch.

»Seht ihr, deswegen versuche ich, den Bestand an Menschen in meinem Zuhause klein zu halten. Wenn ihr euch erst mal zusammenrottet, kommt ihr immer auf dumme Gedanken.« Er rieb sich mit der freien Hand über die Stelle an seinem Hinterkopf.

Matilda sah, dass Albert bei Cynthia stand, die regungslos auf dem Boden lag. Ob sie noch lebte, konnte sie nicht erkennen. In den Händen hielt er einen weiteren Stein.

»Lass sie in Ruhe«, rief Albert.

»Jetzt akzeptiert doch endlich mal euer Schicksal, verdammt!«, schrie Tzunath. »Warum könnt ihr Menschen nicht einfach mal hinnehmen, dass ihr sterben müsst? Jedes Mal dieser Ärger, das Flehen, das Wehren. Versucht doch einfach, die Dinge hinzunehmen, wie sie sind.«

In Alberts linker und rechter Hand erschienen Messer. »Das ist der schlechteste Rat, den man jemandem geben kann«, erwiderte er und rannte los. Die Klingen hatte er vor sich erhoben. Tzunath ließ von Matilda ab und warf mit der Pistole nach Albert, traf aber nicht. Die Waffe prallte gegen eine Wand und fiel zu Boden. Albert rammte eine der Klingen in die ausgestreckte Hand des Monsters, die ihn eigentlich aufhalten sollte, die andere vergrub er zwischen Tzunaths Rippen.

Aber es reichte nicht.

Das Monster wollte einfach nicht sterben. Albert wirkte fast überrascht, dass er mit seinen Messern getroffen hatte, und schaffte es nicht mehr, der Kopfnuss auszuweichen. Tzunath hatte ihn extra nah an ihn herankommen lassen. Die beschuppte Stirn traf direkt auf Alberts Nase und Blut quoll hervor. Albert sank auf die Knie und hielt sich einen Ärmel vor das Gesicht. Er jaulte wie ein angefahrener Welpe.

Tzunath packte ihn mit der unverletzten Hand im Nacken. Das Monster verzog bei jeder Bewegung das Gesicht vor Schmerzen. »Es war interessant mit euch, ich habe wieder etwas über das menschliche Wesen gelernt, dafür danke ich euch. Ich glaube, ich habe heute sogar gesehen, was Liebe bewirken kann.« Er schleuderte Albert davon, als wäre er Abfall. Dumpf schlug er auf. »Du, Matilda, hast deine Mutter geliebt, und deswegen kämpfen wir gerade. Deine Freunde lieben dich, und deswegen kämpfen sie an deiner Seite.« Matilda schaute zu Albert hinüber, der bewusstlos am Boden lag. Auf ihn mochte es zutreffen, aber Cynthia – Matilda hielt die Luft an. Cynthia war verschwunden.

Ihre Augen suchten die Umgebung ab. Wo war sie hin? Wehe, sie hatte sie hier zurückgelassen und sich heimlich davongeschlichen. Matilda hatte von Anfang an ein komisches Bauchgefühl bei der Schuldeneintreiberin gehabt. Wer für Lynbrook arbeitete, war mindestens mit Vorsicht zu genießen.

»So, jetzt werde ich auch dich gehen lassen«, fuhr Tzunath fort. »So wie ich es seinerzeit mit deiner Mutter gemacht habe. Sie hat mich nicht geliebt, konnte es nicht, wie sie die ganze Zeit beteuerte, also musste ich meine Studien als gescheitert ansehen. Es fiel schwer, mir das einzugestehen, aber ich denke, man lernt trotzdem immer etwas dazu. Manchmal dauert es, aber heute habe ich viel über die Liebe gelernt. Dafür möchte ich dir noch meinen Dank aussprechen, bevor wir uns verabschieden«, sagte Tzunath und senkte sein Haupt vor Matilda. »Hoffentlich werdet ihr Menschen mich eines Tages nicht mehr verachten. Nicht das Monster in mir sehen, das ich für euch darstelle. Ich töte nicht, weil es mir Vergnügen bereitet, sondern aus bloßer Notwendigkeit. Das müsstet ihr Menschen doch eigentlich nachvollziehen können.« Er entblößte seine Zähne.

Matilda schloss die Augen.

»Ey, Fischflosse«, hörte sie jemanden rufen, »das ist nichts Persönliches, sondern notwendig.« Ein Knall, dann sackte Tzunath in sich zusammen.

Kapitel 19

Albert Tubbs

Er fühlte sich, als hätte er eine Nacht in der tiefen, innigen Umarmung eines Bären verbracht. Bei jedem Muskelzucken schossen Schmerzen durch seinen Körper. Die eine oder andere Rippe war bestimmt gebrochen und das nächste Krankenhaus so weit entfernt wie eine entspannende Dusche. Trotzdem stemmte Albert sich langsam in die Höhe und nahm seine Umgebung in Augenschein.

Tzunath lag tot auf dem Boden. Daran gab es wenig Zweifel. Albert hatte zwar keine Ahnung, was Tzunath war, aber er war sich sicher, dass auch diese Spezies nur schlecht mit einem Loch im Kopf leben konnte. Cynthia hatte ihn direkt zwischen den Augen erwischt. Ein glatter Schuss. Matilda war daneben auf die Knie gesunken.

Sie weinte.

Nicht um das Monster, sondern um ihre Mutter. Sie war auf der Suche nach Antworten in die Marschlande gekommen und hatte sie erhalten. Leider waren es schlechte Nachrichten gewesen. Die Art, die man nicht bekommen wollte.

Cynthia stand überfordert in der Nähe. Sie wusste offensichtlich nichts mit sich anzufangen, fühlte sich deplatziert. »Verdammte Scheiße«, murmelte sie und steckte die Pistole wieder weg. Dann sammelte sie eines der zahlreichen Messer auf und machte sich daran, Tzunaths Kopf abzutrennen.

Albert wandte den Blick ab. Er wusste, dass sie einen Beweis brauchten, aber er wollte nicht sehen, wie einem Wesen der Schädel abgetrennt wurde, das bis eben noch gesprochen hatte. Eigentlich wollte er das gar nicht sehen, egal ob es gesprochen hatte oder nicht.

Er rappelte sich auf, verzog abermals das Gesicht vor Schmerzen und humpelte zu seinem Zylinder. Vorsichtig ging er in die Knie, weitere Pein durchfuhr ihn, und hob ihn auf. Sein erster Griff galt der Kontrolle eines alten Freundes. Er fühlte das warme, flauschige Fell von Butterscotch. Der Hamster quiekte vergnügt, als Albert ihn hervorholte. Er hatte den unfreiwilligen Ausflug gut überstanden, der magische Zylinder hatte ihn geschützt. Albert humpelte mit dem Hut auf dem Kopf und dem Nager in der Hand hinüber zu Matilda, die zusammengesunken neben der Leiche saß. Ihr Schluchzen erfüllte die ganze Grotte.

Albert stöhnte vor Schmerzen, als er sich neben ihr niederließ. »Mein Beileid.«

Matilda nickte, sah aber nicht auf.

»Hier«, sagte er und hielt ihr Butterscotch hin. »Er hilft mir immer, wenn es mir nicht gut geht. Außerdem ist er dafür verantwortlich, dass wir dich überhaupt gefunden haben.«

Sie sah kurz auf und nahm den Hamster entgegen, legte ihn in ihren Schoß und streichelte ihn.

»Du musst nicht drüber reden, wenn du nicht willst«, fuhr Albert fort. Er konnte sich nicht vorstellen, was Matilda gerade durchmachte.

»Es ist nicht so, dass ich es nicht schon geahnt hätte.« Ihre Stimme war dünn und brüchig. »Ich meine, sie war so lange verschwunden, ohne irgendein Lebenszeichen. Da geht einem das schon mal durch den Kopf. Aber auf diese Art und

Weise?« Sie sah sich in der Grotte um. »Durch so ein Monster?«

»Ja«, murmelte Albert, weil er nicht wusste, was er sonst sagen sollte. Es gab jetzt wenig Sinnvolles oder Kluges, das er von sich geben konnte. Das Beste war, wenn er einfach zuhörte und für sie da war.

»Ich muss mich erst mal an den Gedanken gewöhnen, glaube ich. Also, dass sie jetzt wirklich«, sie sprach das Wort nicht aus, sondern streichelte Butterscotch, der auf dem Rücken lag und seinen Bauch präsentierte.

»Sie wollte zurück zu dir«, rief Albert ihr in Erinnerung. »Sie hat dich nie verlassen.«

»Ja«, schluchzte Matilda und eine dicke Träne rann ihre Wangen hinab.

Albert war es wichtig, dass Matilda das verinnerlichte. Sie würde ihre Mutter nicht zurückbekommen, aber vielleicht konnte sie so endlich Frieden damit schließen. Er wusste, dass das Zeit und viel Hilfe brauchen würde. Außerdem gab es da ja noch jemanden aus ihrem Familienkreis, der in den Marschlanden verschwunden war.

»Wir sollten uns langsam auf den Weg machen, wenn wir noch rechtzeitig bei Charles Lynbrook sein wollen«, warf Cynthia ein. Sie hatte den Kopf vom Körper getrennt und hielt ihn von sich weg. Grünes Blut tropfte auf den Steinboden.

»Gleich«, erwiderte Albert und wandte sich wieder Matilda zu. »Schaffst du das? Wir können dich auch auf ein Boot setzen und du fährst schon heim. Der Baugutachter kann ein Auge auf dich haben. Cynthia und ich kümmern uns um den Rest.«

Matilda wischte sich mit den Ärmeln ihres Hemdes über

das Gesicht. »Nein.« Es war kaum zu verstehen. »Wir bringen das hier gemeinsam zu Ende. Trauern kann ich anschließend auch noch. Außerdem muss ich noch herausfinden, was meinem Vater zugestoßen ist.«

»Alles klar«, sagte Albert und hoffte, dass es im Falle ihres Vaters bessere Nachrichten gab. Bisher fehlte aber jede Spur vom Godwins-Patriarchen. »Aber zwing dich nicht, wir beide schaffen das schon.«

Cynthia nickte ihm verständnisvoll zu. »Gar kein Problem.«

»Nein«, erklärte Matilda und schüttelte fast trotzig den Kopf. »Ich verstehe, dass ihr euch gerade Sorgen um mich macht, aber bevor ich alleine in meinem Schloss versauere, ohne mich von meinen Gedanken ablenken zu können, jage ich lieber noch fünf von diesen Kreaturen durch die Marschlande.« Sie machte eine Kopfbewegung in Richtung von Tzunaths Überresten.

»Wenn ich ihn richtig verstanden habe, war er der Einzige. Deswegen wollte er ja so unbedingt mit uns Menschen anbandeln«, antwortete Albert.

»Es ist mir egal, was ich jagen muss, Sumpfechsen, Jadefüchse oder Tzunath. Ich will bloß nicht alleine sein.«

Das war eine Antwort, die er akzeptierte. Er mochte sich nicht vorstellen, was in ihrem Kopf passierte, verstand aber, dass sie sich davor fürchtete, mit dem alleine zu sein.

»Hier, verstau ihn wieder gut«, bat ihn Matilda und hielt ihm Butterscotch hin, dessen Nase aufgeregt hin und her zuckte.

»Hier gibt es keine Süßigkeiten«, kommentierte Albert und nahm ihn entgegen. Da fiel ihm der Schokotaler in seiner Tasche ein. Er verstaute den Hamster erst im Hut, dann holte er die in goldenem Papier verpackte Schokolade hervor. »Für dich«, sagte er und hielt sie Matilda hin.

Ihr Blick verriet, dass sie nicht ganz verstand, was sie mit der Schokolade sollte.

»Vielleicht bringt sie dir noch mal Glück. Cynthia und ich hätten dich hier nie gefunden, wenn der gefräßige Butterscotch nicht Beute gerochen hätte. Du hast den Schokotaler in den Gängen verloren«, erklärte er.

»Danke«, murmelte sie und nahm die Schokolade entgegen. Ihr war anzusehen, dass sie noch immer irritiert war, doch sie ließ den Taler in ihrer Hosentasche verschwinden.

Sie erhoben sich, und Albert wurde wieder an die Schmerzen in seinem Körper erinnert. Die drei marschierten aus der Grotte in den Gang.

»Hat jemand eine Ahnung, wo es hier rausgeht?«, fragte Cynthia.

»Nein«, antwortete Albert, und auch Matilda schüttelte den Kopf. Also liefen sie einfach los. Als sie eine angelehnte Tür passierten, verschwand Cynthia kurz in dem Zimmer. Sie fand ein Tuch, in das sie den Schädel einwickelte. Die Bewohner der Marschlande waren zwar einiges gewohnt, aber wenn sie die drei mit einem abgehackten Kopf einer ihr unbekannten Kreatur sahen, könnte das Fragen aufwerfen. Und wenn Albert eines verstanden hatte, dann dass man in den Marschlanden keine Fragen stellen sollte. Tzunath hatte über Jahrzehnte und länger viele Fragen gestellt. Am Ende hatte es ihn den Kopf gekostet.

Sie irrten durch die gleich aussehenden Gänge, und ihre Schatten wurden von den Laternen an die Wände geworfen. Albert hatte keine Ahnung, wo sie waren und wo es ins Freie ging.

Plötzlich schob sich eine Person vor ihnen aus einem Türrahmen. Es war ein großer, bäriger Mann. »Scheiße«, entfuhr es Albert vor Schreck.

»Ihr habt ihn umgebracht, oder?«, fragte der Fremde und zeigte auf das dunkel verfärbte Tuch in Cynthias Händen.

»Ja«, erwiderte Matilda. »Willst du mit uns kommen, Piotr? Du musst nicht mehr hier bleiben und seinen Freund spielen.«

Der Mann zögerte, sein Blick wanderte zwischen den dreien hin und her. »Er ist wirklich tot?«

»Willst du seinen Kopf sehen?«, bot Cynthia an, aber Piotr lehnte ab.

Albert wunderte sich. Der Mann sah nicht glücklich aus. Wenn er hier unten genau wie Matilda gefangen gewesen war, sollte er jeden Grund zur Freude haben. »Kannst du uns den Ausgang zeigen?«, fragte der Zauberer.

»Ja«, erwiderte Piotr, wandte den Blick jedoch nicht vom Kopf ab. »Irgendwie komisch, oder? Er hat die ganze Zeit versucht, einer von uns zu werden, damit genau das nicht passiert. Das war immer seine größte Angst, dass wir Menschen uns eines Tages gegen ihn verbünden und das Monster jagen. Dass er bei dem Ziel, ein Mensch zu werden, erst zum Monster geworden ist, hat er nie verstanden.«

»Vielleicht war er mehr Mensch, als wir uns eingestehen wollen«, überlegte Cynthia laut.

»Der Ausgang?«, fragte Matilda.

»Entschuldigt, kommt mit.« Piotr führte sie zielsicher durch die Gänge von Tzunaths Reich, bis sie zu dem aufgebrochenen Tor kamen, das Albert und Cynthia geknackt hatten.

Sie verließen den Tunnel und starrten in die aufgehende

Sonne. Die Nacht war dem Tag gewichen, ein neuer Morgen war angebrochen.

»Wir gehen nach Marrys Grave«, sagte Matilda. »Begleitest du uns?«

Piotr zögerte. Er kratzte sich am Kinn und schirmte seine Augen gegen die Sonne ab. »Nein, ich glaube nicht. Es braucht jemanden, der Tzunaths Vermächtnis verwaltet. Hunderte Familien vermissen Angehörige, und ich werde das Ganze aufarbeiten. Nicht wenige habe ich persönlich kennengelernt. Es wäre nicht in Ordnung, sich jetzt einfach davonzumachen.«

»Du musst das nicht tun«, warf Cynthia ein.

»Ich weiß, aber es spricht auch nichts dagegen. Ganz im Gegenteil, eigentlich spricht sogar sehr viel dafür. Matilda ist nicht die Einzige, die einen geliebten Menschen vermisst hat. Vielleicht finde ich in den Büchern Hinweise auf Adressen und Verwandte.«

»Dann willst du ihnen einen Brief schreiben, oder was?« Albert fand die Vorstellung komisch.

»Es gibt durchaus Boten, die Post aus den Marschlande in die normale Welt bringen. Mal schauen, ob das im Budget ist, wird mit der Zeit ganz schön ins Geld gehen.«

»Dankeschön.« Matilda flüsterte das Wort fast.

»Wofür? Statt dir bei der Flucht zu helfen, habe ich dich sogar noch in seine Zelle gezerrt.«

»Hättest du es nicht getan, hätte er eure Freundschaft beendet«, erklärte Matilda. »Danke, dass du hier bleibst und das alles aufarbeiten möchtest. Hätte ich vor vielen Jahren einen Brief bekommen, hätte ich mir all die Jahre keine falschen Hoffnungen gemacht.«

Albert hatte seine Zweifel, ob ein ominöser Brief aus den

Marschlanden, der über das Ableben eines geliebten Menschen aufklärte, wirklich mehr Fragen beantwortete, als er aufwarf. Aber er schwieg. Matilda brauchte jetzt Ruhe, keine Klugscheißerei.

»Sagt den Bewohnern von Marrys Grave, dass Tzunath gestorben ist. Sie haben hier nichts mehr zu befürchten.«

»Machen wir«, versprach Cynthia, und die drei machten sich auf den Weg.

Es dauerte nicht lange, da zeichneten sich die ersten Hütten am Horizont ab. Sie hatten kein Wort miteinander gesprochen. Jeder hing den eigenen Gedanken und Sorgen nach. Albert dachte vor allem an seine Rippen. Bei jedem Schritt hatte er das Gefühl, dass ein Splitter in Richtung Herz wanderte. Er brauchte dringend eine Pause, aber es lag noch so viel vor ihnen.

Feldarbeiter hielten inne, stützten sich auf ihren Hacken und Mistgabeln ab und sahen ihnen hinterher, als hätten sie nicht damit gerechnet, die drei noch mal wiederzusehen. Nach allem, was letzte Nacht passiert war, nahm Albert es ihnen nicht übel.

Eine Menschentraube bildete sich, als sie Marrys Grave betraten. Kinder versteckten sich hinter den Röcken ihrer Mütter, als würde es sich bei dem Trio um gefährliche Ganoven handeln, wagten aber neugierige Blicke. Albert sah Martin Berryfield unter den Bewohnern. Irgendjemand hatte ihm Kleidung gegeben, und abgesehen von der Kapitänsmütze fügte er sich sehr gut in das Bild ein.

»Beim Herrgott, ihr seid wirklich noch am Leben.« Samuel kam auf sie zu. »Ihr seht aus, als hättet ihr ein Sumpfechsennest ausgehoben.«

»So ähnlich«, erwiderte Cynthia und öffnete den Stoff.

Tzunaths Kopf purzelte heraus und blieb im Staub liegen. »Euer Monster ist tot.«

Ein Raunen ging durch die Menge. Die Kinder vergruben ihre Gesichter nun vollends in den Beinkleidern der Erwachsenen. Ein abgeschlagener Kopf war etwas, was selbst neugierige Kinderaugen nicht sehen wollten.

»Ist das …«, stammelte Samuel.

»Das war Tzunath«, konkretisierte Cynthia.

Das Erstaunen wich vorsichtigen Jubelrufen. »Ihr habt die Marschlande von einem Fluch befreit«, rief der Dorfvorsteher. »Kommt, ihr seht aus, als könntet ihr ein Frühstück vertragen.«

Wenig später fanden sich Cynthia, Matilda und Albert an einem Tisch in Samuels bescheidener Hütte wieder. Menschen kamen rein, stellten Brot, Breie und gepökeltes Fleisch ab, schenkten ihnen ein Lächeln und bedankten sich. Samuel war damit beschäftigt, all die Besucher wieder aus dem Haus zu komplimentieren. »Sie brauchen Ruhe«, verteidigte er sein Handeln und Albert war ihm dankbar dafür. Auch wenn er sich sonst über Applaus und Publikum freute, war ihm gerade nicht danach. Sie hatten mehr zu betrauern als zu feiern.

Der Zauberer brach sich ein Stück Brot ab und schmierte fingerdick Butter drauf. Er biss ab und spürte die Lebensgeister zurückkehren. Die schlaflose Nacht würde sich früher oder später rächen, aber sie hatten ihren Auftrag noch nicht beendet. Eine kleine Stärkung musste reichen, dann würde es weitergehen.

Er sah hinüber zu Matilda. Ihr Teller war so leer wie ihr Blick. Albert hatte das Bedürfnis, etwas zu sagen, sie aufzuheitern, aber ihm fiel nichts ein.

Dann betrachtete er das Stoffbündel auf der Fensterbank, in dem sich der Schädel befand. Sie sollten ihn schnell loswerden und dann vergessen. Tzunath hatte sterben müssen, das wusste Albert, aber gleichzeitig war da ein Gedanke, der ihn nicht losließ. Die Menschen waren in seine Welt gekommen und hatten sich hier breitgemacht. Ihm seinen Lebensraum genommen. Er wollte ein Teil von ihnen werden und das war sein Todesurteil.

In dieser Geschichte gab es nur Verlierer und das gefiel ihm nicht.

Martin hielt ihm ein großes Stück Wurst vor die Nase. »Das erinnert mich an die Wurst von meinem Cousin Ian, der eine Metzgerei in Coventry hat. Probier mal!«

Albert wurde aus seinen Gedanken gerissen, nahm das Fleisch und schlang es herunter. Gar nicht so schlecht, dafür dass sie sich mitten in einer unwirtlichen Sumpfgegend befanden. In Coventry hätte einem das Gesundheitsamt aber wahrscheinlich den Laden dichtgemacht.

»Aufessen und dann machen wir uns auf den Weg«, befahl Cynthia.

Albert war dankbar, dass sie die Führung übernommen hatte. Er wollte es nicht, und Matilda war dazu aus verständlichen Gründen nicht in der Lage. Er hoffte, dass sie Informationen über ihren Vater bekamen und diese ein bisschen positiver ausfielen. Das würde die Stimmung zwar nicht heben, könnte Matilda aber einen neuen Rettungsanker bieten.

»Samuel, Sie sollten mal in der Mine vorbeischauen. Dort ist noch ein Mann, der Ihnen alles über Tzunath erzählen kann«, merkte Cynthia an.

»Alles klar«, erwiderte ihr Gastgeber und stellte ihnen

Schüsseln mit Haferbrei vor die Nase. »Ist nicht mit dem Wasser aus dem Fluss aufgekocht, keine Angst. Wir haben einen Brunnen.«

Martin Berryfield, der bisher alles verputzt hatte, stocherte mit seinem Löffel in der grauen Masse herum. »Hat die Farbe von Baumörtel«, urteilte er, als würde er eine Baustelle abnehmen.

Albert gab dem Mann recht. »Schmeckt auch so«, fügte er nach dem ersten Löffel hinzu.

»Ihr wisst, was jetzt passieren wird, oder?«, fragte Samuel, und nachdem er nur fragende Blicke, aber keine Antworten erhielt, redete er weiter. »Die Bewohner der Marschlande werden euch zu Heiligen erklären. Ihr habt sie vom Schrecken erlöst, ihr habt den Teufel erschlagen.«

»Oh, bitte nicht«, fuhr Cynthia gleich dazwischen. »Ich kann es nicht gebrauchen, dass jedes Schwein meinen Namen kennt.«

»Nicht nur die Schweine werden eure Namen kennen, sondern auch die Sumpfechsen«, witzelte Samuel.

»Ich dachte, hier hat man es nicht so mit der Religion und den Heiligen«, warf Albert ein.

»Bis jetzt jedenfalls«, erwiderte der Mann und schenkte ihre Becher voll Wasser. »Ist abgekocht, keine Sorge.«

Jetzt war er also nicht nur Zauberer, sondern auch ein Heiliger. Sankt Abraham Kadabraham. Er war sich sicher, dass keine Kirche auf der Erde einem Hexer den Heiligenstatus zugestehen würde – selbst wenn er Luzifer persönlich erschlug. Wahrscheinlich würde direkt die Inquisition auftauchen und ihn dem Feuer übergeben.

Matilda war das ganze Gespräch über geistesabwesend. Sie hatte kurz mit ihrem Löffel im Haferbrei gestochert und anscheinend beschlossen, dass sie nicht herausfinden wollte, wie Baumörtel schmeckte. In Albert wuchs wieder der Drang, irgendwas zu ihr zu sagen, sie in das Gespräch einzubinden und sie von ihren düsteren Gedanken zu befreien. Aber was sagte man zu jemandem, der gerade seine Mutter verloren hatte? Mit einem einfachen *Kopf hoch* war es definitiv nicht getan. Er musste einen Moment abpassen, in dem sie zu zweit waren.

»Albert, gib mir doch bitte mal die Butter«, bat Cynthia und holte ihn aus seinen Gedanken. Fahrig reichte er sie rüber.

»Ihr wollt jetzt wieder zum Banditenbaron?«, fragte Samuel und meinte damit Charles Lynbrook. »Jemand wie ihr sollte sich nicht mit solchem Gesocks abgeben.«

»Auftrag ist Auftrag«, antwortete Cynthia, als hätte sie sich schon oft für ihre Arbeit rechtfertigen müssen.

»Klingt gefährlich«, murmelte Martin Berryfield.

»Du musst nicht mitkommen«, erwiderte Cynthia, und ihr Lächeln verriet, dass sie ihn gar nicht dabeihaben wollte.

Martin nickte zufrieden, als wäre das die Antwort gewesen, die er hören wollte. »Ich will zurück nach England.«

»Port Exit, Old Larry«, murmelte Matilda beiläufig.

»Ich bringe dich nach Port Exit«, versprach Samuel. »Jetzt, wo der Fluss vom Monster befreit ist, traue ich mich das wieder. Zumindest, bis die Piraten und Banditen erfahren, dass die Gefahr gebannt ist.«

»Vielen Dank«, murmelte Martin und tupfte sich mit einem Tuch den Schweiß von der Stirn. »Dieses Klima hier bringt mich noch um.«

Matilda verzog sichtbar das Gesicht, als hätten sie die Worte an etwas Unangenehmes erinnert.

»Wir sollten aufbrechen«, sagte Albert. Er hatte den Eindruck, dass Matilda hier zu viel rumgrübeln konnte. »Holen wir uns unser Geld von Charles Lynbrook und dann verabschieden wir uns aus den Marschlanden.«

Kapitel 20

Matilda Godwins

Es war schwierig für sie, den Gesprächen zu folgen. Immer wieder drifteten ihre Gedanken ab, drehten sich um ihre Mutter.

Sie war tot.

Jetzt hatte sie Gewissheit. Aber es war nicht das erlösende Gefühl, das sie sich erhofft hatte. Sie hatte geglaubt, endlich loslassen zu können, wieder nach vorne zu schauen. Stattdessen war es wie ein dicker Schwamm in ihrem Kopf, der jeden klaren Gedanken aufsaugte und nicht mehr hergab.

Tzunath hatte sie umgebracht – wie viele andere auch.

Sie versuchte, es zu realisieren, zu greifen. Aber das ging nicht. Wie sollte man akzeptieren, dass ein Fischmenschwesen die eigene Mutter getötet hatte, weil sie es nicht lieben konnte? Vielleicht wäre es Matilda leichter gefallen, hätte sie in Erfahrung gebracht, dass ihre Mutter an einem Herzinfarkt gestorben war. Daran starben Menschen eben.

Aber Tzunath …

»Matilda, wir sollten los«, hörte sie eine Stimme durch den Nebel ihrer Gedanken zu ihr durchdringen.

»Matilda?« Eine weitere Stimme.

Sie blickte auf und sah in die sorgenvollen Gesichter von Cynthia und Albert. Die beiden waren aufgestanden und hatten das Gepäck geschultert.

»Oh, ja«, murmelte sie und erhob sich. Sie hatte das Essen nicht angerührt, kippte aber das Wasser runter. Sie hatte keinen Durst, wusste aber, dass sie sonst den Marsch nicht überstehen würde.

Albert reichte ihr einen Rucksack. Sie nahm ihn entgegen und schulterte ihn. Wenig später waren sie wieder in der unwirtlichen Welt der Marschlande unterwegs, irgendwo zwischen Marrys Grave und Lynbrooks Lager.

Martin Berryfield war nicht mit ihnen gekommen. Er nahm die Abkürzung über den Fluss nach Port Exit.

Albert und Cynthia liefen vor ihr, und Matilda beobachtete, wie ihre Schuhe Spuren im Sand schufen. Spuren hatte ihre Mutter nicht hinterlassen. Es war reiner Zufall gewesen, dass sie herausgefunden hatte, was ihr zugestoßen war.

Matilda beobachtete, wie das Tuch an Cynthias Rucksack hin und her baumelte. Sie hatte es mit einem Knoten befestigt, und der Kopf zeichnete sich klar darunter ab. Es brauchte nicht viel Phantasie, um sich vorzustellen, wie die großen lebertrangefüllten Augen sie anklagend anstarrten. Tzunath war Geschichte, genauso wie die zahlreichen Namen in seinen Büchern.

Sie merkte, wie Albert langsamer wurde, und es dauerte nur einen Moment, da lief er auch schon neben ihr.

»Alles okay? Ich mache mir Sorgen.«

Sie überlegte, was sie sagen sollte. Natürlich war nicht alles okay, sie hatte gerade vom Tod ihrer Mutter erfahren, und auch von ihrem Vater fehlte immer noch jede Spur. Aber sie wusste auch, wie Albert es gemeint hatte. Er hatte ihren Zynismus nicht verdient. »Alles blöde gerade«, flüsterte sie und spürte, wie sich ihre Augen wieder mit Tränen füllten.

Albert schwieg lange, als würde er nach den richtigen Worten suchen. »Wir bringen das mit Lynbrook noch zu Ende und dann geht es weg von hier, zurück nach England.«

»Ja«, antwortete Matilda.

»Wenn du willst, kannst du mit mir nach London kommen. Du wolltest dir doch eh mal meine Show ansehen«, schlug er vor.

Alles klar, er machte sich wirklich Sorgen um sie. Sorgen, dass sie alleine in dem großen Schloss auf dumme Gedanken kam. Vielleicht wollte er sie auch nur ablenken.

»Meine Eltern sind wirklich tolle Gastgeber. Sie würden sich freuen, dich kennenzulernen.«

»Ich denk drüber nach«, versprach Matilda, aber ihr war nicht nach Gesellschaft. Sie wusste schon, wie sie sich von den düsteren Gedanken ablenken würde.

Williams Godwins.

Ihre Mutter war gestorben, so viel stand fest. Sie hatte all die Zeit gehofft, dass dem nicht so war, dass es ein Happy End gab, aber solche Dinge ließen sich nicht ändern. Zwar gab es Zauberer wie Albert, aber keiner von ihnen war in der Lage, Tote wieder zum Leben zu erwecken. Das war endgültig.

»Wenn es irgendwas gibt, was ich für dich tun kann, sagst du einfach Bescheid, okay? Du hast ja meine Nummer und innerhalb von ein paar Stunden kann ich bei dir sein. Wenn du nicht alleine sein willst, einfach durchklingeln. Wir können Filme gucken, müssen auch gar nicht reden oder so. Ich kann was kochen«, sprudelte es aus Albert heraus.

»Danke, das ist wirklich lieb.« Mit der Antwort hatte sie ihn Schachmatt gesetzt.

Albert gab seinen Versuch, sie irgendwie abzulenken,

auf und schloss sich wieder Cynthia an. Zu ihrer aller Erleichterung war schon bald Lynbrooks Lager am Horizont zu erkennen. Die wild zusammengewürfelten Zelte standen hinter der meterhohen Palisade. Schreie waren zu hören, als man sie bemerkte, und immer mehr Köpfe tauchten auf der Mauer auf. Bestimmt schaute jemand mit einem Fernglas, um wen es sich bei den drei Gestalten handelte. Viel Besuch bekam man hier draußen nicht.

Als sie näher kamen, öffnete sich das Tor und Lynbrook stand im Eingang. Er hatte die Hände hinter dem Rücken verschränkt und das Kinn hochgereckt, als wäre er der englische König persönlich, der zur Audienz lud. Die ungepflegten, knüppeltragenden Wachen und sein seidener Bademantel torpedierten diese Erscheinung.

»Ihr habt tatsächlich keine zwei Tage gebraucht«, stellte er fest und sah zur Sonne hinauf. »Anderthalb vielleicht. Das lässt darauf schließen, dass ihr aufgegeben habt. Die Sümpfe der Marschlande mit ihren Kreaturen haben schon zahlreiche Glücksritter und Abenteu-« Er verstummte, als der Kopf vor ihm in den Staub fiel. »Was ist das?«

»Wonach sieht es denn aus?«, fragte Cynthia.

Charles trat einen Schritt näher, bückte sich und kniff die Augen zusammen. »Keine Ahnung. Ich war mal vor langer Zeit in einem Aquarium. Die hatten da einen Fisch, an den mich das hier erinnert. Irgendein Vieh, das man erst in Tiefen findet, wo keine Sonne mehr scheint. War potthässlich. Habe einen Witz gemacht, den meine Ex-Frau nicht so lustig fand. Könnt euch ja denken, was ich meine.«

Die drei nickten geduldig.

»Also, das soll er sein?«

»Das ist Tzunath«, bestätigte Cynthia.

Ein Raunen ging durch die Menge.

»Das Ding«, er sprach es mit einer Mischung aus Ekel und Irritation aus, »hat die Marschlande all die Jahre in Angst und Schrecken versetzt?«

»Es hat wohl mehr von seinem Ruf gezehrt«, erläuterte Albert. »Ihr habt es größer gemacht, als es war.«

Charles Lynbrook ging noch einen Schritt näher. »Das ist … Ich habe mir etwas ganz anders vorgestellt. Etwas Großes, mit Krallen und Fangzähnen, aber das sieht ja fast …« Er suchte das richtige Wort.

»Menschlich aus?«, vollendete Cynthia den Satz.

»Ja, es hat gewisse menschliche Züge. Ich meine, so weit ich das noch beurteilen kann. Ist das ein Loch da zwischen den Augen?« Charles Lynbrook stand jetzt direkt vor dem Schädel und war in die Hocke gegangen wie ein Kind, das einen Ameisenhügel bestaunte.

»Musste leider sein«, entschuldigte sich Cynthia. »Hat sich ganz schön gewehrt und Ärger gemacht.«

Matilda spürte Alberts Blick auf sich.

»Ich habe es ehrlich gesagt nicht für möglich gehalten, dass ihr das schafft«, sagte Lynbrook und kratzte sich am Kopf.

»Du hast doch das Geld, oder?« Cynthias Worte waren scharf und kühl.

»Gewiss, gewiss, ein Lynbrook hält sich immer an Vereinbarungen«, behauptete Charles.

Matilda schnaufte, als hätte sie einen geschmacklosen Witz gehört. Sie hatte mal auf das Wort einer Lynbrook vertraut und es bereut. Sie erntete ein paar irritierte Blicke, aber niemand traute sich, nachzufragen.

»Sigrid, hol das Geld«, befahl Charles, und eine Frau mit

kurz geschorenen Haaren und einer Narbe im Gesicht, die auf ein Zusammentreffen mit Sumpfechsen hindeutete, verschwand. »Deine Pistole, hast du sie immer noch?«, fragte Lynbrook beiläufig.

Cynthia nickte und fasste sich an den Gürtel, wo ihre Waffe hing.

»Gut, gut«, murmelte Charles. »Gibt es eine Möglichkeit, sie dir abzukaufen? Ich hatte gehofft, dass ihr es nicht innerhalb der Zeit schafft.«

»Unverkäuflich«, entgegnete Cynthia.

»Jammerschade, aber gut, das musst du wissen.«

Es gefiel Matilda nicht, wie Charles Lynbrook die Worte aussprach. Vielleicht lag es daran, dass sie diesen Mann von Anfang an nicht leiden konnte. Er war ein selbstgefälliges Schwein.

Kurze Zeit später tauchte Sigrid mit einem Umschlag auf. Charles nahm ihn entgegen und warf einen Blick hinein. »Du hast dir keinen Schein eingesteckt, oder?«

»Nein, Chef«, erwiderte Sigrid und neigte unterwürfig den Kopf.

»Gut.« Charles warf den Umschlag vor Alberts Füße.

»Schau nach«, verlangte Cynthia. Matilda spürte, dass die Stimmung sich geändert hatte. Die Luft war wie elektrisiert. Lynbrooks Wachen wirkten nervös. Vielleicht lag es an Tzunaths Schädel, der vor ihren Toren lag.

Albert bückte sich und hob den Umschlag auf. »Sieht wie Geld aus«, sagte er unsicher, nachdem er einen Blick hineingeworfen hat. »Sind auf jeden Fall Pfund-Noten, aber keine Ahnung, ob es echt ist.«

»Das muss genügen«, erwiderte Cynthia und fummelte einen Zettel aus der Innentasche ihrer Jacke.

Entweder wurde Matilda paranoid, oder irgendwas würde gleich passieren. Charles Wachen waren wie Hunde kurz vor einem Gewitter.

»Der hier noch, unterschreiben!«, befahl Cynthia. Es war der Brief, mit dem Lynbrook die Schulden anerkannte und gleichzeitig bezeugte, dass er für das Geld aufgekommen war.

»Wie ihr wünscht, eure Hoheit«, witzelte Lynbrook und machte sich über Cynthias Befehlston lustig. Ein paar seiner Leute lachten nervös, aber die meisten hielten die drei fest im Blick.

Charles Lynbrook stolzierte herüber, nahm einen Stift entgegen, den ihm Matilda hinhielt, und kritzelte seinen Namen auf das Papier. »Bei der Unterschrift hätte ich auch Arzt werden können«, murmelte er, nachdem er fertig war. »Zufrieden? Habe ich meinen Teil der Abmachung erfüllt?«

»Wir haben dir Tzunath geliefert und dafür das Geld und deine Unterschrift bekommen, wie besprochen«, erklärte Cynthia.

»Sehr gut, sehr gut, damit ist das Geschäft abgeschlossen«, verkündete Lynbrook. »Dann können wir ja jetzt zum hässlichen Teil übergehen.«

Matilda hatte sich also nicht geirrt. Wie auf einen Befehl hin hoben Lynbrooks Leute Bögen und Armbrüste.

»Was soll das?«, zischte Cynthia.

»Nun, ihr habt bestimmt schon mitbekommen, wie sie mich nennen: den Banditenbaron. Ich habe mir diesen Ruf erarbeiten müssen, und glaubt mir, ehrliche Arbeit war kein Teil davon. Jetzt, wo Tzunath aus dem Weg ist, werden meine Leute endlich wieder die Boote besteigen und den Fluss hinab nach Port Exit segeln können. Wir können die Stadt von der Wasserseite angreifen. Aber mir fehlt noch etwas. Etwas, mit dem ich mich bedeutend besser fühlen würde.« Er reckte den Daumen in die Luft und streckte den Zeigefinger raus, formte eine Pistole mit seiner Hand. Dann tat er so, als würde er auf Cynthia schießen. »Deine Waffe, verdammt«, fluchte er, als sie nicht reagierte.

»Nein«, entgegnete sie und schaute sich um. »Wir hatten eine Vereinbarung.«

»Na, na, das lasse ich mir nicht vorwerfen! Ich habe mich an unsere Vereinbarung gehalten. Jeder hat bekommen, was ausgemacht war. Bloß jetzt mischen wir die Karten neu, nachdem das abgeschlossen ist. Also, die Pistole oder euer Leben!«

»Lass uns gehen oder ich werde schießen«, drohte Cynthia.

Es war eine leere Drohung, wie auch Charles wusste. »Bevor du die Pistole gezogen hast, seid ihr drei mit Bolzen und Pfeilen gespickt. Und ich warne dich, die Eisenspitzen sind zum Teil dreckiger als der Fluss. Ich hoffe, ihr seid alle durchgeimpft.«

Cynthia hatte ihre Hand an der Waffe und schien ihre Möglichkeiten abzuwägen. »Was passiert, wenn ich die Pistole aus den Händen gebe?«

»Ich lasse euch am Leben, versprochen. Ich werde mich wieder an mein Wort halten, wie schon bei den achttausend Pfund. Ich werde sie euch auch nicht abnehmen, Geschäft ist Geschäft.«

»Was hast du mit uns vor?«, fragte Albert.

»Das muss ich mir noch überlegen«, gab Lynbrook zu. »Erst mal will ich die Waffe haben und mir Port Exit zurückholen. Danach mache ich mir Gedanken über euch.«

»Ihr Lynbrooks seid ein Haufen Verbrecher«, schimpfte Matilda.

Lynbrook legte den Kopf schräg. »Ja, damit hast du wohl recht, ich kann dir in dem Punkt nicht widersprechen. Also?«

Cynthia zögerte. »Ihr lasst uns am Leben.«

»Versprochen.« Charles Lynbrook ließ es wie eine große Geste klingen.

Langsam öffnete sie das Holster und zog die Pistole hervor.

»Keine schnelle Bewegung«, ermahnte sie der Banditenbaron. »Wirf sie einfach in den Dreck.«

Cynthia bewegte sich wie in Zeitlupe. Matilda empfand in diesem Moment nichts als Verachtung für alles, was den Namen Lynbrook im Ausweisdokument stehen hatte. Wieder hatte sie einer von der Sippe reingelegt.

Die Pistole landete im Matsch vor Charles Lynbrooks Füßen, und zu Matildas Enttäuschung löste sich kein Schuss, der dem Banditenbaron die Kniescheibe zertrümmerte. Er bückte sich danach und hob sie auf. »Sie werden uns nicht aufhalten können«, rief er und hielt die Pistole in die Höhe. »Tzunath ist tot, die Flüsse sind wieder frei. Heute ist der Tag, an dem wir uns holen, was uns zusteht: Port Exit. Bringt die Boote zu den Flüssen, ich will noch vor Sonnenuntergang Sheriff Winter am Galgen sehen!«

Seine Leute jubelten, und sofort setzte im Lager geschäftiges Treiben ein. Alle waren damit beschäftigt, Proviant und Waffen heranzuschaffen.

»Sigrid, meine Liebe, dir kommt eine ganz besondere Aufgabe zu«, sagte Charles und zeigte auf die drei. »Einsperren und bewachen. Ich traue ihnen zu, dass sie meinen Sturm auf Port Exit stören könnten. Du bleibst hier und gehst sicher, dass das nicht passiert.« Dann wandte sich Charles ein paar Kerlen zu. »Fesselt sie!«

Sekunden später lag Matilda mit auf dem Rücken gefesselten Händen im Dreck.

Kapitel 21

Albert Tubbs

»Wir sind selbst schuld«, schimpfte Albert. »Einmal einem Lynbrook zu vertrauen und sich reinlegen zu lassen, ist schlimm genug, aber zweimal?« Er trat gegen die Metallstäbe des Käfigs, in dem sie saßen. Mittlerweile war fast das ganze Lager aufgebrochen, um Port Exit zu erobern. Nur Sigrid war zurückgeblieben. Sie saß auf einem Hocker und starrte sie an, als wären sie Affen im Zoo. An einem Bund um ihre Hüfte baumelte ein verrosteter Schlüssel.

»Bei mir ist es das erste Mal«, verteidigte sich Cynthia. Wahrscheinlich war es ein Witz gewesen, aber Albert war nicht nach Lachen zumute.

Matilda saß schweigend in der Ecke. Sie starrte auf den Boden, als würde da die Lösung ihrer Probleme stehen.

»Wir müssen hier raus«, flüsterte Albert.

»Ich weiß«, erwiderte Cynthia. »Ich bin offen für Vorschläge.«

Albert schüttelte sich einen Dietrich aus dem Ärmel. »Hat doch schon einmal geklappt.«

Cynthia machte eine Kopfbewegung in Richtung Sigrid. »Die hat zwei Augen im Kopf, falls es dir noch nicht aufgefallen ist. Und in ihrem Schoß liegt eine Armbrust.«

»Verdammter Mist«, fluchte Albert. »Irgendwas muss uns doch einfallen.«

Der Käfig war aus massiven Eisenstreben gebaut. Sie hatten keine Chance, mit roher Gewalt auszubrechen. Außerdem war da noch Sigrid.

Albert drehte sich um, richtete sein Jackett, das unter ihren Abenteuern in den Marschlanden gelitten hatte, und den Zylinder. »Sigrid, oder?«

Die Frau hob den Kopf. Ihr Blick verriet ihm, dass sie eher von misstrauischer Natur war. In den Marschlanden war das gut, wenn man länger als bis zum Nachmittag leben wollte. Sie nickte.

»Freut mich, ich bin Abraham Kadabraham, aber du kannst mich auch Albert nennen.« Er lächelte. »So nennen mich meine Freunde.«

Sigrids Augenbrauen wanderten auf und ab. »Okay.« Ihre Stimme war so stumpf wie ein Schmiedehammer.

»Sigrid, was ist deine Aufgabe hier?«, fragte Albert.

Sie sah nach links und nach rechts, dann starrte sie wieder Albert an. »Ich bewache euch.« Es machte den Eindruck, als fühlte sie sich veräppelt.

»Nein, nein.« Albert lachte übertrieben künstlich, wie er es auch gerne auf der Bühne tat. »Du hast mich missverstanden: Was ist deine Aufgabe hier in Lynbrooks Bande?«

»Oh.« Darüber musste sie erst nachdenken. Einen erschreckend langen Moment war es still, und Albert befürchtete schon, sie in eine tiefe Sinneskrise gestürzt zu haben. »Ich mache, was der Boss verlangt.« Sie nickte, als würde sie sich selbst bestätigen.

»Gut, gut«, sagte Albert. »Aber hast du das Gefühl, dass du fair behandelt wirst?« Er wusste, dass die Frau ihr einziger Schlüssel aus dem Gefängnis war.

»Ich weiß nicht, denke schon. Hatte schon schlimmere

Chefs. Hab mal in so einem Burger-Laden gearbeitet in Edinburgh. Da ziehe ich das hier vor.«

»Ich denke darüber nach, in Lynbrooks Dienste zu treten. Wenn er erst mal Port Exit eingenommen hat, wird er bestimmt einen Hofzauberer gebrauchen können«, log Albert.

»Du bist wirklich Zauberer?« Der dumpfe Schimmer in ihren Augen verschwand, und sie wirkte plötzlich wach.

»Einen wirklicheren Zauberer wirst du in diesem Käfig nicht finden.«

Cynthia schüttelte wegen des schlechten Wortspiels den Kopf.

»Was kannst du?«, wollte Sigrid wissen und stand auf.

»Schau her.« Albert holte eine Rose hervor. Er streckte den Arm durch die Gitterstäbe. »Bitteschön, junge Frau, die ist für Sie.« Innerlich schüttelte er sich, aber er musste das Schauspiel aufrechterhalten.

Sigrid zögerte wie ein geprügelter Straßenköter, dem man ein Leckerli hinhielt. »Nein, ich soll euch bewachen, hat der Boss gesagt.«

»Aber du wirst doch ein bisschen Spaß dabei haben dürfen, oder ist das hier auch verboten? Ich meine, während du hier sitzt und uns anstarren musst, dürfen deine Kollegen plündern und brandschatzen. Ist das gerecht?«

»Ich weiß nicht.«

»Das ist nicht gerecht! Du hast genauso das Recht wie alle anderen darauf, dir einen Teil der Beute zu schnappen. Die werden sich alle die Hosen mit Gold und Schmuck vollstopfen, während du hier sitzt und drei so arme Schlucker, die keiner Fliege etwas zuleide tun können, bewachen musst.«

»Ihr habt Tzunath erlegt«, hielt Sigrid dagegen.

Damit hatte sie recht, und Albert hätte ihr so viel Geistesschärfe nicht zugetraut. »Ja, aber der war ja auch böse. Dem mussten wir etwas antun. Lynbrook will ja nur, dass es seinen Leuten gut geht. Das hier«, er breitete die Arme aus und drehte sich im Kreis, »ist doch kein Leben.«

»Was soll das werden?«, hörte er Cynthia flüstern, aber er ignorierte sie.

»Geht es dir hier gut, Sigrid? Bist du glücklich?«

Wieder dachte die Frau lange nach, und Albert wusste, wenn er noch mehr Fragen stellte, würden sie noch bis tief in die Nacht im Käfig sitzen. »Es gab auf jeden Fall schlechtere Zeiten.«

»Du bist so genügsam, das mag ich«, lobte Albert sie. »Also, nimm die Rose als Anerkennung deiner Arbeit«, verlangte er und winkte mit der Pflanze, als würde es sich um ein Stöckchen handeln.

Sigrid erhob sich von dem Hocker. Die Armbrust zielte auf den Boden. Vorsichtig kam sie näher. Ihr Blick verriet ihr Misstrauen. Sie zögerte, ihre Hand wanderte zur Rose und wieder zurück. »Warum tust du das?«, fragte sie.

»Weil du dir das verdient hast. Du hast bisher einen so guten Job gemacht. Bitte, nur eine kleine Aufmerksamkeit!«

Sigrid griff nach der Rose und zog sich gleich wieder zurück. »Danke«, stammelte sie und roch an der Blüte. »Duftet gar nicht.«

»Ist auch nur Plastik«, gab der Zauberer zu.

Sigrid zog die Mundwinkel nach unten. »Schade, habe schon lange keine richtige Rose mehr gerochen.«

Albert musste das Thema dringend auf etwas anderes lenken. »Stellen sie dich oft für solche Jobs ab?«

»Der Boss vertraut mir bei solchen Dingen«, antwortete sie nach kurzem Nachdenken.

»Was für Dinge?« Albert hoffte, sie langsam mürbe zu machen. Irgendwie musste sich das Herz dieser Frau doch erweichen lassen.

»Aufgaben mit Verantwortung. Euer Geld zum Beispiel.« Charles Lynbrook hatte sein Versprechen gehalten: Sie durften die achttausend Pfund und den Schuldbrief behalten, auch wenn ihnen das nicht viel nutzte, solange sie im Käfig saßen.

»Das hast du sehr gut gemacht«, lobte Albert. »Danke noch mal dafür. Aber findest du es nicht gemein, dass sie dich hier mit uns zurücklassen? Wie oft bekommt man schon die Gelegenheit, Port Exit einzunehmen?«

Sigrid sah aus, als würde sie Zahlen im Kopf überschlagen. »Weiß nicht, alle paar Jahre, vermute ich.«

Nun war es Albert, der zögerte. »Ernsthaft, so oft marschiert jemand in der Hafenstadt ein?«

»Denke schon«, murmelte Sigrid und ließ sich wieder auf den Hocker fallen. »Vor dem Banditenbaron gab es jemand anderen und davor auch jemanden. Man muss nur schauen, dass man immer rechtzeitig auf der richtigen Seite steht, dann wird schon alles gut.«

Albert zeigte mit einem Finger auf sie. »Du altes Schlitzohr, nicht schlecht.« So viel Straßenschläue hatte er der plumpen Frau ebenfalls nicht zugetraut. »Also, die Sache ist so, ich bin ganz ehrlich: Wir müssen aus diesem Käfig raus. Ich habe in ein paar Tagen einen großen Auftritt und den sollte ich nicht verpassen. Wenn ich gleich beim zweiten Termin in meinem Theater fehle, gibt das schlechte Presse, verstehst du?«

Die Augenbrauen auf Sigrids Stirn zogen sich zusammen und Albert wusste, dass das schlecht war. »Aber dafür müsste ich euch freilassen.«

»Korrekt.«

»Aber der Boss hat gesagt, dass ich auf euch aufpassen soll.«

»Korrekt«, wiederholte Albert. »Aber du könntest mich ja auch auf einer Bühne bewachen, oder?«

Sigrid schüttelte langsam den Kopf. »Nein, ich glaube nicht, dass ich das könnte. Eine Bühne hat keine Gitterstäbe.«

»Richtig, gut mitgedacht«, erwiderte Albert und fluchte innerlich. Sie war eine harte Nuss.

»Lass mich mal.« Cynthia schob ihn beiseite. »Also, Sigrid, lass mich Klartext reden: Was müssen wir tun, damit du uns hier rauslässt?«

»Darum ging es also die ganze Zeit«, schlussfolgerte die Frau. »Du wolltest mich reinlegen.«

»Nein, so war das nicht gemeint«, protestierte Albert, wobei sie natürlich recht hatte.

»Jeder hat seinen Preis«, erkannte Cynthia. »Also, was ist deiner?«

»Darüber muss ich nachdenken«, gab Sigrid zu, und ihr Blick verriet, dass sie sich gleich an die Arbeit machte und angestrengt überlegte, was ihr im Leben fehlte und was die drei ihr bieten konnten.

Albert wandte sich ab, lehnte sich seufzend gegen die Gitterstäbe und rutschte an ihnen hinab. Matilda saß immer noch da und starrte auf den Boden. Sie hatte sich aus allem rausgehalten. Albert wollte sich erkundigen, ob alles in Ordnung war, aber er kannte die Antwort. Also sagte er noch etwas viel Dümmeres. »Wir finden deinen Vater, versprochen.« Er hatte keinen Grund, ihr das zu versprechen. Keinen Ansatz, wo er nach dem Godwins-Patriarchen suchen musste, und vor allem keine Ahnung, ob er überhaupt noch lebte. Es wäre klüger gewesen, sie zu fragen, ob alles in Ordnung war. Stattdessen hatte er nun etwas versprochen, was nicht in seinen Händen lag. Albert bereute es im selben Moment, als er es ausgesprochen hatte.

Matilda hob den Kopf. Ihre roten Augen verrieten, dass sie geweint hat. »Ich will nur weg hier und das alles vergessen.«

»Aber dein Vater –«

»War schuld daran, dass meine Mutter erst hierherkam«, unterbrach sie ihn. »Hätte er die Geschäfte nicht gegen die Wand gefahren und sich wie ein Haustyrann aufgeführt, wäre sie diesen Schritt nie gegangen.«

»Matilda, aber –«

»Nein, Albert. Lass uns schauen, dass wir hier irgendwie rauskommen und am besten noch die Sache mit Port Exit geradebiegen. Ich kann es nicht leiden, dass ich schon wieder von einem Lynbrook übertölpelt wurde. Mein Vater«, sie stockte, »kommt schon irgendwie klar. Wo auch immer er jetzt ist.«

»Verstanden«, murmelte Albert. Er hielt Matildas Strategie nicht für die gesündeste. Aber er hatte auch keine Ahnung, wie es war, einen Elternteil zu verlieren und den anderen nicht zu mögen. Er würde ihr nicht sagen, was sie zu tun hatte. Wenn sie ihren Vater nicht mehr suchen wollte, war das ihre Entscheidung.

Aber Albert hatte noch ein Ass im Ärmel. Die stärkste Karte, auch wenn sie eigentlich in seinem Hut steckte. Er nahm den Zylinder ab und holte Butterscotch hervor. Der Hamster quiekte bei der Aussicht auf Freigang vergnügt.

»Pass mal drauf auf«, bat er und überreichte Matilda den Nager. Sie nahm ihn mit beiden Händen vorsichtig entgegen.

»Aber in deinem Hut ist er doch sich-«

»Auch er braucht hin und wieder mal ein bisschen Zuneigung«, erwiderte Albert. Natürlich ging es ihm darum, dass Matilda abgelenkt wurde. Butterscotch nahm die Rolle dankbar an und präsentierte seinen flauschigen Bauch. »Kraulen«, verlangte Albert. Haustiere konnten zwar nicht allen Weltschmerz beenden, aber sie waren gute Tröster.

»Gibt mir den Taler, bitte.«

Matilda sah ihn mit emotionsloser Mine an. Dann verstand sie, was er von ihr wollte, und kam der Aufforderung nach. Butterscotch sah dem Schokotaler mit aufgerissenen Augen hinterher.

Albert drehte sich um. Sigrid hatte genug Zeit zum Nachdenken gehabt. »Also?«, fragte er. Sie sah auf, als hätte er sie aus einem tiefen Traum geweckt.

»Ich glaube, ihr bleibt da drinnen. Mein Boss bezahlt mich ja schließlich dafür.«

»Dann hast du jetzt einen neuen Boss«, erklärte Albert und griff in seine Jackentasche. Er holte den goldenen Schokotaler hervor. Er hätte sich auch die Mühe machen und richtiges Geld herbeizaubern können, wusste aber, dass es nicht notwendig war. »Das hier ist nur ein Vorgeschmack auf das, was dich erwartet, wenn du in die Dienste des mächtigsten Zauberers der Marschlande trittst.« Hätte sie auf die Münze gebissen, hätte sie gemerkt, dass der Vorgeschmack nach Vollmilchschokolade schmeckte.

Sigrid bekam große Augen. »Ist das Gold?«

»Wonach sieht das denn aus? Schokolade?«

Ihre Wache ließ die Armbrust sinken und stand langsam vom Hocker auf. Ihre Augen fixierten die vermeintliche Goldmünze. »Das ist hier viel wert«, stammelte sie. »Damit kann man in den Tavernen viel Bier kaufen.«

»Wenn du erst für Abraham Kadabraham arbeitest, musst du dir über solche Dinge keine Sorgen machen. Meinen Leuten geht es gut, ich kümmere mich um sie.« Er zeigte mit den Händen auf Cynthia und Matilda. Seine Lüge wäre jedem aufgefallen, der über mehr geistige Finesse als ein Frettchen verfügte, aber Sigrid hatte den Braten gefressen.

Die Schuldeneintreiberin seufzte. »Bullshit«, murmelte sie.

»Wie sieht es aus, willst du dich meiner Bande anschließen?«

Die Aufpasserin schien hin- und hergerissen zu sein. Sie war es anscheinend nicht gewohnt, dass ihr so ein Angebot gemacht wurde.

»Ich kann jemanden wie dich wirklich in meiner Truppe gebrauchen. Du würdest uns mit deiner Art«, Albert wusste nicht, was er sagen sollte, und kam ins Straucheln, »Dinge zu hinterfragen, mit deinem kritischen Geist und deiner Armbrust perfekt ergänzen.«

Bei dem Wort Armbrust nickte Sigrid. Das hatte sie verstanden. »Die gehört dem Boss.«

»Jetzt nicht mehr, nun gehört sie uns«, sagte Albert und streckte die Hand durch die Gitterstäbe.

Darüber hatte sie anscheinend noch nicht nachgedacht. Sie betrachtete die Armbrust in ihren Händen, und ja, die könnte jetzt wirklich ihr gehören, wenn sie sich dafür entschied. Albert las all diese Gedanken in ihrem Gesicht ab. Er hatte sie geknackt.

»Gut«, murmelte sie. »Wir sind alle Söldner, er wird es mir schon nicht übel nehmen.«

Daran hatte Albert so seine Zweifel, aber mit großer Genugtuung sah er Sigrid dabei zu, wie sie schlurfend und mit dem Schlüssel in der Hand auf den Käfig zukam. Als die Tür aufschwang, war es ein gezielter Schlag von Cynthia, der Sigrid zu Fall brachte.

Der Schokotaler verschwand wieder in Alberts Jackett.

Sie waren frei.

Kapitel 22

Matilda Godwins

Sie hatte nicht gleich verstanden, warum sie jetzt plötzlich auf den Hamster aufpassen sollte. Einen Großteil der Zeit lebte er in Alberts Zylinder und war dort am sichersten. Es gab keinen Grund, ihn ihr in die Hände zu geben. Aber je länger sie ihn streichelte, umso weniger Gedanken machte sie sich darüber. Sie freute sich über Butterscotch, und der karamellfarbene Hamster freute sich über die Streicheleinheiten.

Matilda bekam erst mit, was passiert war, als Sigrid in den Matsch fiel. Die Tür stand offen, sie waren frei. Sie hatte keine Ahnung, wie ihre Mitinsassen das hinbekommen hatten.

»Komm«, forderte sie Albert auf.

Matilda stand auf. Butterscotch hielt sie vorsichtig zwischen den Händen.

Sie sperrten die bewusstlose Wache im Käfig ein. Früher oder später würde schon jemand kommen und sie befreien. Albert fand in einem Zelt eine Wasserflasche und schob sie durch die Gitterstäbe. »Nur für den Fall der Fälle«, erklärte er. Es war ihm anzusehen, dass er ein schlechtes Gewissen hatte.

»Lasst uns zum Fluss gehen. Bei dem Bauern, der uns ausrauben wollte, muss noch das Boot liegen, auf dem wir Martin gefunden haben«, erinnerte sich Cynthia.

»Und dann geht es nach Hause?«, fragte Albert.

»Nein«, erwiderte Matilda prompt. »Wir haben das Ökosystem hier ins Wanken gebracht. Lynbrooks Männer hatten Angst vor dem Wasser, solange Tzunath eine echte Gefahr darstellte. Wir haben ihn aus dem Weg geräumt und nun stürmen sie Port Exit. Das müssen wir geradebiegen.« Matilda wollte den Moment der Rückkehr noch hinauszögern. Es war im Anwesen schon immer einsam gewesen, seitdem ihre Mutter verschwunden war. Aber sie hatte Angst vor einer neuen Form von Leere, nicht nur im Haus, auch in ihr. Der Gedanke, sie könnte ihre Mutter eines Tages wieder in die Arme schließen, war ihr Antrieb gewesen. Sie wollte den Moment, in dem sie sich damit auseinandersetzte, noch ein bisschen herauszögern. Außerdem hatten die Lynbrooks eine rote Linie überschritten.

Sie sah die beiden an. Sie zögerten und waren anscheinend nicht ihrer Meinung. Aber niemand traute sich, ihr zu widersprechen. Matilda wusste, dass die beiden sie wie ein rohes Ei behandelten. Schließlich hatte sie ja ihre Mutter verloren. Das Letzte, was sie jetzt wollte, war Mitleid.

Butterscotch quiekte, und sie streichelte ihm den Kopf. »Also?«

»Du willst Charles Lynbrook erledigen?«, fragte Albert unschlüssig. »Der hat Cynthias Pistole.«

»Und wir haben einen Zauberer, das muss doch auch etwas wert sein«, erwiderte sie.

»Ich bin der langweiligste Zauberer, den es gibt«, sagte Albert und schüttelte sich einen Stapel Spielkarten aus dem Ärmel. »Hätten wir jetzt Shi mit ihren magischen Tieren an unserer Seite, mit ihrem Drachen, dann würde ich mir das ja durch den Kopf gehen lassen, aber ich kann uns höchstens mit Messern ausstatten.«

Matilda hatte das Gefühl, dass Albert bereits überzeugt war, er wusste es bloß selbst noch nicht. Sie wandte sich Cynthia zu.

»Eigentlich werde ich dafür nicht bezahlt«, murmelte sie. »Aber du hast recht: Wir sind für das verantwortlich, was in Port Exit passieren wird. Tzunaths plötzliches Ableben hat Lynbrook den Weg freigemacht.«

»Dann sind wir ja alle einer Meinung«, folgerte Matilda.

»Also … ich«, warf Albert ein, verstummte aber wieder. »Ja.«

»Gut, damit ist es entschieden«, beschloss Matilda.

Sie fanden Alberts Zauberkoffer und ihre Reisetaschen neben ein paar Holzkisten. In den Wirrungen des Aufbruchs hatte niemand daran gedacht, sie zu plündern. Dafür hatten sie alle Waffen mitgenommen.

»Vielleicht brauchen wir doch ein paar deiner Messer«, meinte Matilda. Sie wollte ungern mit leeren Händen nach Port Exit fahren.

»Meine Fähigkeiten stehen euch zur Verfügung«, versprach Albert, der wieder mal sehr dick auftrug. Butterscotch wanderte unter Protest wieder in den Zylinder, und sie verließen das Lager des Banditenbarons Charles Lynbrook in Richtung Fluss.

Die Sonne stand mittlerweile hoch am Himmel und brannte erbarmungslos auf sie nieder. Matilda schwitzte unter ihren Kleidern, und Cynthia legte ein hohes Tempo vor. Wenn sie in den Kampf eingreifen wollten, war das auch nötig – vorausgesetzt, sie kamen in Port Exit an. Sie hatten keine Karte der Marschlande bei sich und keine Ahnung, wo sie lang mussten. Sie würden sich einfach vom Fluss treiben lassen.

Bald sahen sie die dichten Felder des Bauern. Dahinter schlängelte sich das Wasser durch die Sumpflandschaft. Hier irgendwo musste das Boot liegen, von dem sie Martin Berryfield gerettet hatten, falls der Bauer es nicht schon verkauft hatte. Sie marschierten die Talsenke hinab, in der sich die Felder befanden.

Matilda beschlich ein ungutes Gefühl. »Messer, Albert«, flüsterte sie, und dem Zauberer fiel eine ganze Reihe von Klingen aus dem Ärmel und landete auf dem Boden.

»Sorry, hatte mich mental schon darauf vorbereitet, da passiert das manchmal«, murmelte er und bückte sich. Die Messer wurden aufgeteilt.

Genau im richtigen Moment. »Schau an, schau an. Ihr Diebe kommt immer wieder an den Ort des Verbrechens zurück«, sagte eine bekannte Stimme.

Zwischen den Maiskolben schob sich der Bauer hindurch. In den Händen hielt er einen Bogen, der gespannt war und auf sie zielte.

»Wir wollen hier nur durch«, teilte ihm Cynthia mit. Ihr war eine gewisse Ungeduld anzumerken.

»Niemand will einfach so durch ein Maisfeld. Die Leute kommen, um Mais mitzunehmen«, erklärte der Bauer, als würde es sich um ein ungeschriebenes Gesetz handeln.

»Kein Mais, versprochen«, sagte Albert.

»Selbst wenn ihr hier wirklich nur durchlauft, ist es mein Grundstück. Ihr habt Wegezoll zu zahlen«, triumphierte der Bauer. Nun musste er ihnen nicht mal nachweisen, dass sie wirklich Mais klauen wollten.

Matilda hatte keinen Nerv für Diskussionen. »Wir haben beim letzten Mal schon genug gezahlt, um hier die nächsten drei Jahre jeden Tag durchzumarschieren, verstanden?«

Der Bauer zögerte, als würde er überschlagen, ob das hinkam. »Nein, das stimmt nicht«, zischte er. »Ich mache die Preise, verstanden? Also, wie viel hast du dabei?«, fragte er und zielte mit dem Bogen auf Albert.

Albert schüttelte die Ärmel und Matilda wusste nicht, ob es Magie oder Zufall war, aber eine Fliege flog heraus und ließ sich auf der Pfeilspitze nieder. Es war wie in einem schlechten Comic, in dem jemand bemerkte, dass seine Geldbörse leer war. »Du hast uns das letzte Mal schon alles abgenommen«, log Albert.

Der Mann wollte es nicht einsehen. Er hatte das vergangene Mal, als er sie auf seinem Grund und Boden erwischt hatte, wahrscheinlich das Geschäft seines Lebens gemacht und inzwischen alles versoffen. Eine zweite Gelegenheit ließ er sich nicht entgehen. »Das glaube ich nicht, schau noch mal nach«, knurrte er.

»Wir müssen jetzt wirklich weiter«, gab Matilda zu bedenken.

»Was könnt ihr schon so Dringendes vorhaben? Ihr Strolche marschiert hier ständig über meinen Acker.«

»Wir haben Tzunath erschlagen und werden jetzt den Banditenbaron aufhalten«, erklärte Cynthia.

Dem Mann wich alle Farbe aus dem Gesicht, und er strauchelte zurück. »Das ist gelogen!«

»Liegt hier noch irgendwo ein Boot am Ufer? Wir hatten eines an Land gezogen, als wir gestern hier vorbeikamen«, erklärte Matilda. Die Sonne brannte ihr ins Gesicht, und sie wollte endlich weiter. »Hast du eigentlich auch Sonnencreme, Albert?«

»Na klar«, erwiderte er und eine Tube Sonnencreme rutschte durch seinen Ärmel in die offene Hand. »Bitte schön.«

»Danke«, antwortete Matilda und öffnete die Tube. Ein großer Klecks landete in ihrer Handfläche. Sie rieb sich das Gesicht und die Unterarme ein. »Also, wie viel bekommst du an Wegezoll?« Sie hatte noch keine Ahnung, wie sie sich ihres Problems entledigen sollten, aber das war nur eine Frage der Zeit. Sie waren mit Tzunath klargekommen, da würde der Maisbauer kein Problem darstellen.

»Zwei Kupferstücke … nein, drei!«

»Das nenne ich mal einen Preisanstieg«, murmelte Cynthia. »Von wo bis wo geht dein Land?«

»So weit das Auge reicht.«

Matilda schaute sich um und sah nur hochgewachsene Maiskolben. »Sehr weit ist das aber nicht«, überlegte sie laut.

»Sehr lustig. Das ist eine Redensart.«

»Ich weiß«, erwiderte Matilda. »Wie viel hast du uns beim letzten Mal abgenommen?«

Wieder rechnete der Mann nach. »Viel, es war viel Geld, zwanzig Kupferstücke oder mehr.«

»Sehr gut, dann dürfen wir ja passieren«, schlussfolgerte Matilda zufrieden, drehte sich bereits um und wollte weitergehen.

»Warte«, rief der Mann. »Warum?«

»Nun, wenn wir beim letzten Mal viel zu viel bezahlt haben, ist es nur angebracht, dass wir das verrechnen. Die Durchquerung wird beim letzten Mal ja nicht zwanzig Kupferstücke gekostet haben und heute nur drei, oder?«

Die Nasenflügel des Bauern zuckten. »Nein«, gab er zerknirscht zu.

»Also dürfen wir weitergehen?«, fragte Matilda. »Oder ist das hier eigentlich ein Überfall und gar kein Wegezoll, den wir abdrücken sollen?« Sie wusste, dass es aufs Gleiche hinauslief. Der Bauer wollte irgendwie Geld aus ihnen herauspressen.

»Es ist ein Wegezoll mit wechselnden Preisen, je nach Wochentag und Sonnenstand.« Er lächelte triumphierend, als hätte er bei einer Pokerpartie im letzten Moment die entscheidende Karte gezogen.

Matilda, Cynthia und Albert zogen die Augenbrauen hoch.

»Hat er das gerade wirklich gesagt?«, fragte der Zauberer.

»Ich glaube, ja«, antwortete Cynthia.

»Albert, wollen wir diesen feinen, aufrichtigen Kaufmann bezahlen?«, fragte Matilda. Natürlich hatten sie die Möglichkeit dazu. Albert hätte das Geld einfach aus seinem Ärmel schütteln können und sie wären weitermarschiert. Aber in Matilda war ein Widerstand erwacht, der sie von dieser einfachen Lösung abhielt. Sie hatte die Schnauze voll von den Marschlanden und ihren Bewohnern. Es war ein Ort voller Halsabschneider und Halunken. Einem hatten sie bereits das Handwerk gelegt, und sie waren auf dem Weg, einen weiteren aufzuhalten. Aber es waren auch die kleinen, unscheinbaren Missetäter, die aufgehalten werden mussten. Die Monster, die ungestört andere terrorisierten.

Matilda Godwins war auf einem Feldzug gegen alles Schlechte in dieser Welt. Es würde ihre Mutter nicht zurückbringen, aber zumindest zeitweise ein Loch stopfen, das sie nicht spüren wollte. »Nein, ich glaube nicht, dass wir ihn bezahlen. Er biegt sich die Wahrheit zurecht wie ein Zauberer Löffel und Gabeln.«

»Also gut, zwei Kupferstücke«, stammelte der Bauer. »Aber keinen Deut weniger, habt ihr verstanden?«

»Zettel und Stift«, bat Matilda und Albert tat ihr den Gefallen. Sie kritzelte ein paar Worte darauf und überreichte sie dem Bauern. »Hier, das ist alles, was du von uns bekommst.«

Der Mann sah auf das Papier. »Kann nicht lesen«, gab er zu.

»Da steht, dass wir noch sechs Passagen frei haben. Ab der siebten zahlen wir wieder. Mach deine Unterschrift oder irgendein Kreuz dort, das zählt für einen Durchmarsch über dein Land.«

Es war offensichtlich, dass der Mann nicht mit so viel Widerstand gerechnet hatte, und Matilda hatte ihn richtig eingeschätzt: Er hatte kein Interesse daran, sie hier niederzuschießen, sondern nur einen einfach verdienten Taler gerochen. »Das ist ein guter Deal für dich.«

»Stimmt«, pflichtete ihr Cynthia bei.

Albert nickte so energisch mit dem Kopf, als hätte es in der ganzen Menschheitsgeschichte nie einen besseren Handel gegeben.

Der Mann nahm den Stift. Dafür war es nötig, dass er den gespannten Bogen senkte und den Pfeil von der Sehne nahm. Darauf hatte Matilda gewartet. Sie hatte ihn so zugelabert, dass er gar nicht begriff, welchen kapitalen Fehler er beging.

Matilda hatte nicht vor, ihn einfach so davonkommen zu lassen. Kaum zeigte die Pfeilspitze nicht mehr auf die drei und der Bauer konzentrierte sich darauf, zwei Striche zu einem Kreuz zusammenzuführen, rammte sie ihn mit der Schulter um. Der Bogen fiel in den Dreck, Matildas Fuß trat darauf. Das Holz knackte.

»Ey, was soll das?«, schrie der Bauer.

»Von dem Geld, was du uns das letzte Mal abgenommen hast, kannst du dir locker einen neuen kaufen, wenn du nicht schon alles versoffen hast«, fauchte sie und zeigte mit dem Finger auf ihn, als würde sie ein kleines Kind ausschimpfen. »Wenn du noch einmal jemanden behelligst, weil er über dein Land geht, komme ich persönlich vorbei und mache mit jedem deiner Maishalme, was ich gerade mit deinem Bogen gemacht habe, verstanden?«

Der Bauer sagte nichts, zog jedoch wie ein bissiger Hund einen Mundwinkel hoch. Matilda hoffte, dass er seine Lektion gelernt hatte. Die Gier hatte ihn unvorsichtig werden lassen, das viele Reden hatte ihn verwirrt.

Matilda ließ ab von ihm. »Kommt, wir müssen das Boot finden.«

»Starke Nummer«, hörte sie Albert hinter sich murmeln, als sie sich durch die Maispflanzen schob.

Sie entdeckten das Boot, auf dem Martin Berryfield festgebunden gewesen war, am Ufer. Es war umgedreht und lag mit dem Ende im Fluss, der hier aber zum Glück nur langsam durch die Marschlande floss.

Gemeinsam gelang es ihnen, die Holzschale umzudrehen und ins Wasser zu schieben. Sie sprangen hinein, bevor es richtig Fahrt aufnahm, und ließen sich dann den Fluss hinabtreiben. Wenn sie nicht völlig falschlagen, würde sie die Strömung hoffentlich eher früher als später nach Port Exit bringen. Matilda wollte Charles Lynbrook dieselbe Lektion erteilen wie dem Maisbauer. Sie hatte vollends die Schnauze voll von solchen Menschen, die immer drauf und dran waren, einen auszunehmen. Wenn sie mit Charles fertig war, würde sie sich seine Ex-Frau vorknöpfen, sollte sie noch einen Piep von sich geben und sich nicht an die Vereinbarung halten.

Kapitel 23

Albert Tubbs

Albert saß hinter Matilda und starrte ihr auf den Hinterkopf. Er traute sich nicht, etwas zu sagen, sondern verarbeitete, was eben passiert war. Irgendwas hatte sich in ihr geändert, seit sie aus dem Käfig ausgebrochen waren. Der Bauer hatte für seinen Überfall den falschen Zeitpunkt erwischt. Es wäre kein Problem für Albert gewesen, ihm die verlangte Summe zu zahlen. Sie hätten den Acker mit Gold düngen können und wären dann einfach weitermarschiert.

Aber aus Gründen, die Albert nicht ganz klar waren, hatte Matilda beschlossen, diesem Mann eine Lektion zu erteilen.

Er ließ seinen Blick schweifen. Das Boot trieb an Farnen und Gebüschen vorbei. Hin und wieder sah er eine dicke Kröte oder Vögel mit langen Stelzenbeinen, die an den Ufern nach Würmern und anderen Insekten suchten. Er war heilfroh, wenn sie die Marschlande endlich hinter sich gelassen hatten, denn er hatte hier keinen Menschen kennengelernt, dem er vertraute. Sogar Samuel aus Marrys Grave war zeitweise bereit gewesen, Martin Berryfield zu opfern. Sheriff Winter hatte einen kompetenten Eindruck auf ihn gemacht, aber es hätte ihn nicht gewundert, wenn sie Dreck am Stecken hatte.

Vorausgesetzt, sie war noch am Leben.

Albert hatte keine Ahnung, wie sie Charles Lynbrook und

seine Horde aufhalten sollten. Sie hatten einen Zauberer, der sich aber vor allem im Verzaubern eines Publikums verstand, weniger im Wegzaubern einer plündernden, brandschatzenden Meute.

Cynthia saß hinter ihm. Aus einem Stück Treibholz hatte sie so etwas wie ein Ruder gemacht und versuchte, sie über den Fluss zu lenken. Sie kamen zu einem größeren Zulauf, das Wasser wurde rauer und wilder.

»Ich hoffe, wir sind richtig«, hörte er Cynthia hinter sich sagen.

Noch sahen sie keinen Hafen am Horizont. Aber wenn er Old Larry richtig verstanden hatte, führten alle Kanäle und Flüsse früher oder später in die Hafenstadt. Im besten Fall war es also nur eine Frage der Zeit, bis sie dort ankamen.

Stille breitete sich auf dem Boot aus, und Albert kam damit schlecht klar. »Alles okay, Matilda?«

»Klar«, erwiderte sie, aber Albert nahm es ihr nicht ab. In ihr brodelte irgendwas, und er hatte noch nicht ganz verstanden, was den Vulkan ausgelöst hatte. Sie hatte jedes Recht, sich nicht okay zu fühlen, zu trauern und zu schweigen. Aber ihr Eifer, es Charles Lynbrook heimzuzahlen, verängstigte ihn.

Es war Abend, als sie die ersten Rauchfahnen am Horizont bemerkten. Sie waren wie dünne Pinselstriche eines zweifelnden Malers am Horizont. Der Rauch bewegte sich nicht und verschwamm mit dem wolkenbedeckten Himmel.

Albert zeigte mit dem Finger darauf. »Der Angriff auf Port Exit hat schon begonnen.«

»Dann werden wir uns mal einmischen«, erwiderte Matilda.

»Irgendein Plan?«, fragte er. Er hatte die Hoffnung noch nicht aufgegeben, dass sie eine Geheimwaffe besaß.

Als sie Port Exit näher kamen, hörten sie die Schreie und Explosionen. Ohne Zweifel war ein Kampf zugange. Boote kamen ihnen entgegen. Sie waren vollbesetzt mit Menschen, die nicht mehr als ein paar Habseligkeiten dabei hatten. Sie riefen ihnen zu, dass sie umdrehen sollten, von Port Exit verschwinden sollten, dass der Banditenbaron eingefallen war.

Aber die drei ignorierten die Warnungen.

»Lasst uns nicht direkt am Steg anlegen«, rief Matilda über die Schulter.

»Sieht eh schlecht aus«, schätzte Cynthia aus der Entfernung. Albert hatte den Eindruck, dass sich die vielen Boote gegenseitig blockierten. Er sah, wie Menschen von den Stegen ins Wasser fielen und sich an den Booten festhielten. Es war ein hoffnungsloses Chaos. Wer konnte, versuchte, vor dem Kampf zu flüchten.

Sie fanden eine ruhigere Stelle fernab an einer Kaimauer. Eine Treppe führte hier direkt ins Wasser. Matilda wagte als Erste den Überstieg an Land, danach folgte Albert. Sie hielten das Boot fest, und Cynthia befestigte es mit einem Tau an einem Eisenring, der von einer dicken Rostschicht überzogen war.

»Nehmt mit, was wir gebrauchen können, und lasst hier, was euch geklaut werden darf«, sagte Cynthia.

Alberts Griff ging direkt zu seinem Zauberkoffer. Ehrliche Verwendung hatte er dafür nicht. Allgemein hatte er sich in den Marschlanden als nutzlos erwiesen. Wie sich herausgestellt hatte, interessierten sich die Bewohner dieser unwirtlichen Gegend nicht für verschwindende Hamster und Luftschlangen, die er sich aus dem Ärmel zog. Sie waren dafür zu sehr mit dem Überleben beschäftigt. Trotzdem würde er ihn auf keinen Fall in der Schaluppe lassen. Das Ding war ein Familienerbstück, und ohne den Koffer fühlte er sich so wehrlos wie ein Ritter ohne Rüstung und Lanze auf einem Turnier.

»Irgendein Plan?«, wiederholte Albert seine Frage von zuvor und hielt den Koffer vor seine Brust.

»Lynbrook ist unser Ziel«, erklärte Matilda.

Das war Albert bewusst. Aber ein Ziel zu haben, war noch lange kein Plan. Ein Plan bestand aus mehreren Komponenten, wie man zu diesem Ziel gelangte. Einer zeitlichen Abfolge, einer Vorgehensweise.

»Das ist ein bisschen dünn«, sprach Cynthia aus, was er dachte. »Schlagstock bitte«, sagte sie an Albert gerichtet.

Albert musste sich kurz sortieren, bevor er den richtigen Gegenstand aus dem Ärmel schüttelte.

»Ich auch«, bat Matilda und ein zweiter Schlagstock folgte. Der Vorteil seiner Magie lag vielleicht nicht immer auf der Hand, und manchmal wünschte Albert sich, er sei der klischeehafte Feuerbälle schleudernde Zauberer, aber so war er ein nützliches Werkzeug in vielen Situationen. Er war das Schweizer Taschenmesser der Gruppe.

Matilda und Cynthia hatten die Schlagstöcke ausfahren lassen und schwangen sie zur Probe. »Sehr gut«, lobte ihn die Schuldeneintreiberin.

»Wir schauen, ob wir Sheriff Winter irgendwo finden. Sie wird diejenige sein, die die Verteidigung organisiert, und hoffentlich weiß sie, wo wir Lynbrook finden.«

»Und wenn wir Lynbrook vor Winter finden?«, fragte Albert.

»Dann machen wir ihn kalt«, antwortete sie entschlossen.

Albert war sich nicht sicher, deswegen hakte er nach: »Kalt im Sinne von außer Gefecht setzen oder kalt im Sinne von Tzunath?«

»Wir legen ihm das Handwerk«, konkretisierte Matilda, und nun hatte Albert das Gefühl, eine Vorstellung davon zu haben. Sie wollte, dass Lynbrook bereute, sie hintergangen zu haben. Dass sein kleiner Putsch misslang. Das war auch in Alberts Sinne. Er mochte diesen Mann nicht, der mal mit einer Frau liiert gewesen war, die Albert ebenfalls nicht leiden konnte. Aber wäre es nach ihm gegangen, hätten sie die Marschlande zügig hinter sich gelassen.

Aber Matilda hatte recht. Sie mussten dafür geradestehen. Sie waren es gewesen, die Tzunath erlegt und damit dem Fluss den Schrecken genommen hatten. Sie hatten ein Monster getötet, und ein neues hatte seinen Platz eingenommen.

»Wir bleiben zusammen, wenn es möglich ist. Ansonsten treffen wir uns an Sheriff Winters Büro, verstanden?«, sagte Matilda.

»Wir schlagen nur zu, wenn wir angegriffen werden«, entschied Cynthia. »Lynbrook ist das Ziel, nicht seine plündernden Horden. Der Fisch stinkt vom Kopf her.«

Albert blickte auf den Zauberkoffer herab und überlegte kurz, ob er sich auch einen der Schlagstöcke herbeizaubern sollte, war sich aber sicher, dass er damit höchstens sich selbst bewusstlos schlug. Mit seinem Koffer war er vertraut. Er hatte ihn schon unzählige Male auf einen Tisch befördert und wusste genau, wie er sich verhielt. Mit der richtigen Kraft und im korrekten Winkel konnte man auch mit dem Koffer jemanden niederstrecken.

»Also, bringen wir es hinter uns«, sagte Albert, und ihm kam das immer noch wie eine dumme Idee vor.

Matilda marschierte die Treppen hoch, Cynthia hinterher und Albert bildete die Nachhut. Auf den Straßen von Port Exit herrschte dasselbe Chaos wie auf dem Fluss. Menschen flüchteten, Häuser brannten, Schreie waren zu vernehmen. Es roch nach Ruß.

Das Trio war wie unsichtbar. Die Bewohner von Port Exit drängten sich an ihnen vorbei, versuchten, irgendwie den Fluss zu erreichen. Die Schlacht tobte im Zentrum der Stadt. Das zu finden war nicht schwer, man musste nur vom Wasser in Richtung Land marschieren. Auf den matschigen Straßen rutschten Menschen vor lauter Panik aus und fielen zu Boden. Sie wurden von nachkommenden Flüchtenden niedergetrampelt. Fenster zerbarsten unter der Hitze der Flammen, und schwarze Asche regnete auf sie nieder.

Albert zog den Zylinder tiefer ins Gesicht. Seine Augen suchten potenziellen Ärger, aber hier interessierte sich niemand für den Zauberer.

Sie passierten eine der vielen Schenken von Port Exit. Von drinnen konnten sie das dreckige Lachen einiger Männer hören, das sich unter die Schreie mischte. Dort hielten sich Lynbrooks Leute auf.

Matilda blieb stehen und starrte in Richtung des Schankraums.

»Sollen wir nachschauen?«, fragte Cynthia.

Ein Schrei aus dem Inneren der Taverne verriet, dass jemand Hilfe brauchte.

»Ja«, entschied Matilda. »Lasst uns das klären, Lynbrook läuft uns nicht davon.«

Die drei betraten die Taverne durch die Flügeltür. Es fiel

wenig Licht durch die vergilbten Fenster, und es roch nach Whiskey. Am Tresen standen zwei Kerle und eine Frau. Den Kleidern nach zu urteilen, gehörten sie zur Banditenarmee. Sie trugen wild zusammengewürfelte funktionale Kleidung. Auf dem Tresen lagen ihre Waffen: Macheten.

Sie hatten ihnen den Rücken zugewandt und das Trio noch nicht bemerkt. Stattdessen waren sie damit beschäftigt, einem hageren Mann hinter dem Tresen zu drohen. Er hatte sich eine Schürze umgebunden und ein Handtuch auf der Schulter liegen.

Der Wirt.

Anscheinend hatte er seinen Laden nicht aufgeben wollen und war nun auf drei Kunden gestoßen, die zwar viel trinken, aber nicht dafür bezahlen wollten.

»Eine Flasche von deinem besten Rum«, verlangte die Frau und fuchtelte mit der Faust.

»Hier gibt es nur eine Rumsorte«, erwiderte der Mann.

»Ist das dein bester?«

»Der einzige.«

Albert hatte das Gefühl, dass die beiden aneinander vorbeiredeten.

»Ob er gut ist, will ich wissen, verdammt.«

»Bisher hat sich noch niemand beschwert. Aber das Publikum hier hat in der Regel auch keine hohen Ansprüche. Hauptsache, die Umdrehungen stim-«

»Wie viele Flaschen hast du?«, unterbrach ihn einer der Männer.

»Nur diese eine«, behauptete er und stellte eine Flasche auf den Tisch.

Matilda überlegte, ob sie eingreifen sollten, aber sie war daran interessiert, wie sich das Schauspiel weiterentwickelte. Vielleicht schaffte es der Wirt, sich aus der Misere zu reden.

»Echsenscheiße«, fluchte der andere Mann. »Du hast mehr als eine Flasche Rum.«

Der Wirt zögerte. »Erwischt«, gab er zu und versuchte, sich ein Grinsen abzugewinnen. »Es sind zwei.«

»Niemand kann eine Kneipe mit zwei Flaschen Rum betreiben, nicht in den Marschlanden«, entgegnete die Frau. Matilda beobachtete, wie ihre Hand zur Machete wanderte, die auf dem Tresen lag.

»Für jeden eine Flasche und dann ist gut, okay?«

»Nein, so läuft das nicht. Wir sind nach Port Exit gekommen, um die Stadt zu plündern und einzunehmen. Wir geben uns nicht mit weniger als alles zufrieden.«

»Allem«, korrigierte Albert. »Wobei der Satz dann irgendwie immer noch falsch klingt.«

Die drei drehten sich um. »Scheiße, seid ihr nicht das Trio, das Tzunath erlegt hat?« Eine Mischung aus Ehrfurcht, Überraschung und Respekt lag in den Worten der Frau.

»Und solltet ihr nicht im Käfig sitzen?«, schob einer der Männer hinterher. Die drei Flaschen Rum auf dem Tresen waren vergessen. Der Wirt sammelte sie wieder ein und bückte sich. Das, was jetzt folgte, hatte er bestimmt schon unzählige Male in seinem Lokal erlebt. Es würden ein paar markige Sprüche ausgetauscht werden, dann folgten Drohungen und irgendwann flogen Fäuste. Solange er hinter dem Tresen blieb, könnte ihn nichts treffen, was als Wurfgeschoss genutzt wurde. Dazu zählten oft Krüge und Stühle.

»Kaum vorstellbar, dass so ein paar Stechmücken wie ihr das Monster erlegt haben sollt«, knurrte der Mann. In seiner

Hand hielt er eine Machete. Matilda wusste nicht, wie ihre Chancen im Kampf aussahen.

»Wir sind hier, um das nächste Monster zu erlegen«, erwiderte sie ruhig. »Wo ist Lynbrook?«

Die Frau spuckte aus. »Er hätte euch gleich umbringen sollen. Es war eine dumme Idee, das bis nach dem Sturm auf Port Exit hinauszuzögern.«

»Wir können seinen Fehler wiedergutmachen. Das wird uns bestimmt eine dicke Belohnung einbringen.« Der Mann zeigte mit der Machete auf sie.

»Wie gut bist du eigentlich im Nahkampf?«, murmelte Matilda.

»Ich mache schon Kampfsport, seit ich laufen kann«, erwiderte Cynthia. Sie wirkte wie die Ruhe selbst.

»Gut«, antwortete Matilda. »Also, Lynbrook, wo ist er?«, fragte sie ein weiteres Mal. Albert war sich nicht so sicher, wie ein Kampf zwischen den beiden Gruppen ausgehen würde. Zwar hatten sie bei der Jadefuchsjagd die eine oder andere Schlägerei überstanden, dazu hatte aber immer eine ordentliche Partie Glück gehört.

»Wir sollten sie auf dem Platz vor dem Sheriffbüro aufknüpfen. Dort haben schon genug von uns gehangen, jetzt wird es Zeit, den Spieß endlich umzudrehen«, sagte die Frau. Die beiden Männer nickten und gingen auf sie zu.

»Nicht so schnell«, rief Albert und hob mit einer großen Geste die Hände.

»Was wird das?«, fragte Matilda.

»Keine Ahnung«, flüsterte der Zauberer. Aber ihre Gegner waren stehen geblieben. Wie dressierte Löwen starrten sie ihren Dompteur an und erwarteten einen großen Knall oder ein Signal. »Ihr wollt euch nicht mit einem meines

Standes anlegen«, drohte er. »Ich bin der berüchtigte Zauberer Abraham Kadabraham!«

»Dann zeig uns mal was von deiner Macht«, forderte ihn einer der Männer auf.

Darauf war Albert nicht vorbereitet. Angestrengt dachte er nach. Weder Butterscotch noch Luftschlangen würden die drei das Fürchten lernen. In diesem Fall war er leider komplett nutzlos. »Auf drei«, flüsterte er. »Hier in meinem Ärmel habe ich die vielleicht tödlichste Waffe der Marschlande«, sprach er laut und ging sicher, dass jeder die kreisrunde Beule in seinem Ärmel sah. »Eins«, flüsterte er. »Schaut gut hin, denn wenn ich sie hervorhole, ist es das Letzte, was ihr in eurem traurigen Leben sehen werdet.« Die Kugel wanderte weiter in Richtung Handgelenk. »Zwei.« Die Finger griffen in den Ärmel. »Ihr sollt nicht sagen können, ich hätte euch nicht gewarnt.« Albert holte die vermeintlich gefährliche Waffe hervor und warf sie mit großer Geste hoch. »Drei«, rief er, und Matilda und Cynthia nutzen die Ablenkung. Mit erhobenen Schlagstöcken stürzten sie sich in den Kampf. Lynbrooks Banditen verfolgten angespannt, wie eine schwarze Billardkugel durch die Luft flog. Er wusste nicht, was sie erwartet hatten, vielleicht eine Granate, aber der Trick hatte funktioniert.

Die beiden Frauen hatten das Ablenkungsmanöver bestens genutzt. Cynthias erster Schlag traf das Handgelenk eines der Männer. Seine Machete fiel dumpf zu Boden. Matilda erwischte nur die Schulter. Im letzten Moment hatte sich ihr Gegner weggedreht. Allein die Frau, die am weitesten von ihnen weg stand, hatte nichts abbekommen.

Cynthias Widersacher entschied sich, dass er keine Waffe brauchte. Wie ein Tier stürzte er sich auf die Schuldeneintreiberin. Cynthia wich einen Schritt zurück, wurde aber zu Boden gerungen. Er war schwerer und stärker, da half ihr auch der Schlagstock nichts.

Ganz anders agierte Matildas Gegner. Er ging auf Distanz und erhob die Klinge, als würde er fechten wollen. »Dann zeig mal, wie du das Monster erlegt hast«, knurrte er.

Matilda machte einen schnellen Ausfallschritt auf ihn zu und zielte mit dem Schlagstock in Richtung Brust. Der Bandit parierte den Schlag. »Ohne eure Pistole seid ihr auch nicht mehr als ein paar –« Er brach mitten im Satz ab. An Matilda war eine schwarze Kugel vorbeigeflogen. Sie traf den Mann direkt auf der Stirn und er fiel wie eine gefällte Eiche zu Boden.

Die Billardkugel!

»Guter Wurf«, rief sie Albert zu.

»Mehr Glück als Verstand«, erwiderte er.

Matilda sah zu Cynthia hinüber. Der Typ saß auf ihrer Brust und sie rangen um den Schlagstock. Die dritte im Bunde der Banditen hatte sich endlich aus ihrer Starre gelöst. Zu Matildas großer Überraschung entschied sie aber, dass sie diesen Kampf nicht austragen wollte. »Ich warne den Boss«, rief sie ihrem Verbündeten zu.

»Du hilfst mir«, keuchte er. Aber sie hatte ihre Entscheidung schon gefällt.

Matilda stellte sich ihr in den Weg. Auch Albert wusste, dass sie das Überraschungsmoment brauchten. Wenn Lynbrook gewarnt war, würde das alles nur schwieriger machen.

Die Banditin war davon wenig beeindruckt. Sie warf Matilda einen Hocker entgegen. Matilda bückte sich, und das Ding verfehlte Albert nur um Fingerbreite.

»Hilfe«, keuchte Cynthia. Ihr Gegner hatte beide Hände um ihren Hals gelegt.

»Albert, lass sie nicht raus.« Nun musste er sich um die Frau kümmern. Matilda stürzte sich mit aller Kraft auf Cynthias Widersacher und schaffte es, ihn von ihr herunterzuzerren. Sie überschlugen sich und blieben auf dem Boden liegen. Dabei verlor sie ihren Schlagstock. Er drosch mit seinen Fäusten nach ihr. Ein Schlag traf sie in der Magengrube. Einem anderen in Richtung Schläfe konnte sie ausweichen. Sie trat gegen sein Knie, und er verlor das Gleichgewicht. Von hinten stürzte sich Cynthia auf ihn und nahm ihn in den Schwitzkasten.

Albert war so abgelenkt vom Geschehen, dass er fast seinen Auftrag vergessen hätte. Erst im letzten Moment bemerkte er, wie die Frau auf ihn zurannte. Die Machete blitzte im Sonnenlicht auf, das durch die fahlen Fenster fiel, und blendete Albert. Es war ein Reflex, der ihn den Koffer heben ließ, und die Klinge vergrub sich im Leder und nicht in seiner Haut.

Albert brachte kein Wort heraus, da war die Frau schon an ihm vorbei. Die Waffe steckte im Zauberkoffer. Er musste sie aufhalten, wenn Lynbrook nicht gewarnt werden sollte.

Der Zauberer stürzte hinterher auf die Straße und sah sie noch in den Menschenmassen verschwinden.

Kapitel 24

Matilda Godwins

Cynthia saß auf dem Rücken des Mannes wie bei einem Rodeo. Matilda drehte sich um. Sie suchte den Schlagstock. Er lag unter einem Tisch zwischen den Stuhlbeinen. Sie robbte vorwärts und streckte die Hand aus. Im letzten Moment umklammerte etwas ihr Fußgelenk und sie bekam die Waffe nicht zu greifen. Sie drehte sich um und sah in die hasserfüllte Fratze des Mannes. Cynthia hatte ihn im Schwitzkasten, was ihn aber nicht zu stören schien.

»Hier geblieben«, keuchte er.

Aber Matilda dachte nicht daran. Mit dem anderen Fuß trat sie ihm mit der Sohle ins Gesicht. Sie spürte, dass etwas brach. Der Mann jaulte auf, und Cynthia hatte Probleme, sich festzuhalten. Er bockte wie ein Pferd.

Das gab Matilda den nötigen Raum, um den Schlagstock zu ergreifen. Sie streckte ihre Finger aus und umfasste die Waffe.

»Du verdammtes Miststück, dafür bringe ich dich um«, hörte sie den Mann brüllen. Matilda würde ihm dazu keine Gelegenheit mehr geben. Sie drehte sich um und schlug zu.

Der Bandit sackte zusammen, als hätte sie ihm die Lichter ausgeknipst. So unwahrscheinlich war das bei dem Schlag gegen den Kopf auch nicht.

Matilda atmete schwer, als das Adrenalin nachließ.

»Guter Schlag«, lobte sie Cynthia, die von dem Mann abließ und sich aufrappelte. Sie streckte Matilda die Hand hin.

Matilda nahm sie und ließ sich hochziehen. »Danke.« Sie sah auf den Angreifer hinab. Sein Atem ging flach, aber er lebte. Der andere, den die Billardkugel getroffen hatte, lag bewusstlos am Boden.

Dann stockte sie. »Wo ist unserer Zauberer?« Sie suchte den ganzen Schankraum ab, entdeckte aber nur den vorsichtig aufblickenden Wirt hinter dem Tresen.

»Scheiße«, fluchte Cynthia. »Die Frau ist auch weg.«

»Sie sind seit geraumer Zeit durch die Flügeltür verschwunden«, erklärte der Wirt. »Darf ich den Damen vielleicht einen Rum anbieten? Es ist mein bester«, versprach er und wagte sich wieder hervor. »Vielen Dank, dass nicht so viel Mobiliar zerbrochen ist. Ich denke, die kommenden Tage wird es schwierig, fähige Handwerker zu finden. Die Prioritäten werden wahrscheinlich woanders liegen. Ich sehe Dächer von hier brennen«, murmelte er und streckte sich, um besser durch die Fenster zu sehen.

Cynthia winkte ab. »Keinen Alkohol, ich bin im Dienst.« Dann wandte sie sich an Matilda. »Kommt unser kleiner Zauberer da draußen zurecht?«

»Weiß nicht«, antwortete sie ehrlich. Albert war nicht auf den Kopf gefallen, aber da draußen tobte das Chaos und wenn er den Falschen in die Arme lief, sah es schlecht aus für ihn.

»Darf ich Ihnen dann zumindest eine Flasche mitgeben?«

»Brennt er gut?«, fragte Cynthia.

»Er ist eher mild im Abgang.«

»Nein, ich meinte, ob er gut brennt, wenn man ihn anzündet.«

»Oh«, rief der Wirt überrascht und sah auf das Etikett. »Auf jeden Fall steckt viel Alkohol drin.«

»Sehr gut, dann tränken Sie mir noch einen Lappen in Öl.«

Der Wirt zögerte kurz, nickte dann und verschwand im Hinterzimmer.

»Albert oder Lynbrook?«, fragte Cynthia.

»Im besten Fall beide«, erwiderte Matilda.

»Warum ist dir das mit Lynbrook so wichtig? Wir haben das Geld und seine Unterschrift, wir hätten einfach von hier verschwinden können.«

»Ich weiß«, murmelte Matilda und sah durch die Flügeltüren nach draußen. Der Lärm in der Stadt war nicht abgeklungen. »Aber es braucht jemanden, der sich den Lynbrooks entgegenstellt, egal ob in dieser oder in einer anderen Welt. Bei der Fuchsjagd habe ich nach ihren Regeln gespielt und dafür fast mit dem Leben bezahlt. Es wird Zeit, dass wir unsere eigenen Regeln aufstellen. Menschen wie er und seine Exfrau sind es gewohnt, machen zu können, was sie wollen. Überschreiten sie mal eine Linie, gibt es irgendeine Anwaltskanzlei, die die Wahrheit so weit biegt, bis sie nur noch eine gekochte Nudel ist. Das muss aufhören. Charles Lynbrook ist nur der Anfang. Ich mag nicht länger zusehen.«

»Starke Ansprache, gefällt mir«, sagte Cynthia und lächelte. Das war der Moment, in dem Matilda beschloss, dass sie die rothaarige Frau, die vor wenigen Tagen mit einem Brief von Lynbrook in ihr Haus gekommen war, doch ganz sympathisch fand. Damals hatte nicht viel gefehlt, und sie hätte sie persönlich vor die Tür befördert. Nun war sie froh, sie an ihrer Seite zu haben. Immerhin hatte sie ihr geholfen, herauszufinden, was aus ihrer Mutter geworden war, auch wenn diese Geschichte kein Happy End hatte.

»Bitteschön«, sagte der Wirt und reichte eine Flasche Rum über den Tresen. Im Flaschenhals steckte ein getränkter Lappen. »Verzehrfertig.«

»Warum verschwinden Sie nicht?«, fragte Cynthia und nahm ihm den Molotow-Cocktail ab.

Der Mann griff nach dem Handtuch auf seiner Schulter und polierte die Stellen, an denen eben noch die Macheten der Banditen gelegen hatten. »Ach, wissen Sie, das da draußen passiert hier viel zu häufig. Das letzte Mal habe ich mein Lager leer vorgefunden und mit den Tischen und Stühlen hatte man ein großes Lagerfeuer auf der Straße veranstaltet. Ich werde mich nicht mit meinem Körper dazwischen werfen, wenn jemand diesen Laden plündert, aber falls ich es mit ein paar guten Worten und feinen Drinks verhindern kann, möchte ich es zumindest versuchen. Ich würde ja einfach abschließen, aber diese Saloontüren sind unglaublich schlecht darin, jemanden draußen zu halten, der reinkommen will.« Er nickte in Richtung Ausgang, und Matilda verstand, was er meinte.

Es waren Türen wie aus einem Western-Film. Wenn man wollte, konnte man darunter durchkriechen oder drüber klettern.

»Haben Sie eine Ahnung, wo sich Lynbrook aufhält?«, fragte Matilda.

»An eurer Stelle würde ich es im Rathaus versuchen. Würde mich nicht wundern, wenn er schnellstmöglich wieder auf seinen alten Posten möchte.«

»Nach einer demokratischen Wahl sieht das aber nicht aus«, kommentierte Cynthia das Chaos draußen.

»Mit der Demokratie haben wir es hier noch nie so hochgehalten. Sie kommt und geht wie schlechtes Wetter.«

»Wir müssen los«, sagte Matilda.

»Passen Sie auf Ihren schönen Laden auf. Ich würde hier gerne mal in Ruhe einen Rum trinken«, rief Cynthia.

»Zielen Sie gut, wenn Sie das Teil werfen.«

Matilda sah sich um, als sie die Taverne verließen. Mittlerweile waren nicht mehr so viele Menschen auf den Straßen. Wem die Flucht noch nicht geglückt war, der versuchte, sich zu verstecken, vermutete sie. Von ihrem Zauberer war weit und breit nichts zu sehen. Hoffentlich ging es ihm gut. Sie wollte nicht noch jemanden verlieren.

Cynthia packte einen kleinen Jungen, der sich an ihnen vorbei in Richtung Hafen drängte, am Arm. Die angsterfüllten Augen verrieten, dass er in diesem Moment mit seinem Leben abschloss. »Zum Rathaus?«

Mit zitternden Fingern zeigte er den Hügel hinauf, und Matilda sah die Schemen eines großen Herrenhauses im Rauch der Flammen. Es erinnerte sie an eine der Kolonialvillen in Südamerika.

»Danke«, sagte Cynthia und ließ den Jungen wieder laufen. »Dann hoffen wir, dass wir Albert dort finden?«

»Wenn die Banditin ihn überwältigt hat, wird sie ihn zu Lynbrook bringen.« Vorausgesetzt, sie brachte ihn nicht einfach um, aber das traute sie sich nicht auszusprechen.

»Was machen wir mit Lynbrook?«

Darüber hatte sich Matilda keine Gedanken gemacht. Sie wusste auch nicht, wie seine Schergen reagieren würden, wenn sie den Mann aufhielten. Sie wollte ihm nicht wie Tzunath eine Kugel in den Kopf jagen, aber er musste aufgehalten werden. »Außer Gefecht setzen.«

»Ihr beide seid echt nett, aber Pläne sind wirklich nicht eure Stärke«, stellte Cynthia kopfschüttelnd, aber nicht ohne ein Lächeln, fest.

»Damit sind wir bei der Jadefuchsjagd auch schon am besten gefahren. Komm jetzt.«

Sie liefen durch die Gassen von Port Exit, wobei Ruß auf sie herabregnete. Die Sonne stand mittlerweile tief und würde bald untergehen. Das Chaos war verschwunden und immer mehr Menschen tauchten aus den Hinterhöfen und Schatten der Stadt auf, um Brände zu löschen und zu begutachten, was die Banditen noch übrig gelassen hatten. Matilda stellte eine gewisse Routine bei den Bewohnern fest. Der Wirt hatte anscheinend nicht übertrieben, als er meinte, dass so was häufiger passierte, als man denkt.

Matilda und Cynthia liefen über den Platz vor Sheriff Winters Büro. Am Galgen hing niemand. Sie hatte befürchtet, Albert oder den Sheriff dort zu sehen. Aber das Tau mit der Schlinge baumelte ungenutzt in der Luft. Die Banditen hatten noch keine Zeit gehabt, jemanden aufzuknöpfen. Matilda überlegte, ob sie bei Sheriff Winter vorbeischauen und um Verstärkung bitten sollten, aber es wäre ein Wunder gewesen, würde die Frau seelenruhig in ihrem Büro sitzen und darauf warten, dass jemand anklopfte. Falls sie noch lebte, war sie bestimmt irgendwo in der Stadt, um gegen Lynbrook zu kämpfen.

Eine breite, gepflasterte Straße führte zum Rathaus. Palmen wuchsen links und rechts in die Höhe. Aus der Ferne sah Matilda bereits die zahlreichen Fackeln. Eine Belagerung war im Gange.

Das Anwesen war von einem Zaun umgeben. Das Tor lag umgestürzt im Gras. Das Seil, mit dem man es herausgerissen hatte, war noch daran befestigt. Matilda und Cynthia brachten sich hinter einem umgeworfenen Karren in Sicherheit, der womöglich als Schutz vor Geschossen gedient hatte, die die verbliebenen Wachen des Rathauses auf die Angreifer abgefeuert hatten. Zumindest deuteten die stecken gebliebenen Pfeile darauf hin.

Matilda und Cynthia wagten einen Blick. Vor der Tür sahen sie zahlreiche Gestalten, die Knüppel, Äxte und Macheten schwangen. Nur einer hielt etwas anderes in die Luft. Sein Kopf war so rund wie ein Basketball, und Matilda hätte die Pistole in seinen Händen nicht sehen müssen, um zu wissen, wer er war.

Charles Lynbrook.

Mit der Faust hämmerte er gegen die Tür. »Lasst mich rein, sonst stecken wir das ganze Gebäude in Brand. Ich bin der rechtmäßige Bürgermeister von Port Exit, gewählt durch die Macht meiner Armee!«

Seine Leute johlten.

Matilda sah, dass die unteren Fenster verbarrikadiert waren. Scheinbar hatte man mit einem Angriff des Banditenbarons gerechnet und war vorbereitet gewesen.

»Wo bleiben die verdammten Leitern?« Lynbrooks Stimme überschlug sich und ging in ein Kreischen über. Die oberen Fensterreihen waren nicht mit Holz ausgekleidet. Wenn sie es dadurch schafften, war der Sturm des Rathauses nur noch eine Frage der Zeit. Matilda ging fest davon aus, dass die Stadtwache zahlenmäßig unterlegen war.

»Sind noch auf dem Wagen, Sir«, erwiderte einer der Männer.

»Welcher Wagen?«, fragte Lynbrook, und sie hörten die Ungeduld in der schrillen Stimme. Es brauchte wenig Phantasie, um sich vorzustellen, dass er und seine Exfrau gut zueinanderpassten. In der Wut zeigten sie beide ihr wahres Gesicht, waren gewissenlos und bereit, über Leichen zu gehen. »Ich will in das verdammte Rathaus und zurück an den Schreibtisch, der mir gehört, verstanden? Also bringt mir jetzt meine verdammten Leitern.« Er wedelte mit der Pistole und schwenkte sie über die Köpfe seiner Leute. Sie zuckten zusammen, als wären sie Neandertaler und er würde ihnen mit Feuer und Donner drohen.

»Scheiße«, murmelte Cynthia und deutete auf das, was vor ihnen im Gras lag. Der Wagen, der Pfeile und Bolzen abgewehrt hatte, war vorher als Transportmittel benutzt worden. Irgendwelche armen Seelen hatten mit ihm zahlreiche Leitern den Berg hochgezogen, die nun verstreut vor ihnen lagen. Matilda wusste, was gleich passieren würde: Lynbrooks Banditen würden herkommen, die Leitern einsammeln und dabei die beiden Frauen bemerken. In einem fairen Kampf hatten sie keine Chance.

»Wir müssen irgendwas -«, sagte Matilda, aber Cynthia hatte nicht so lange gewartet. Sie war zu einem Busch herübergerannt, der im Funkenflug Feuer gefangen hatte. Dann entzündete sie etwas.

»Weg da«, schrie sie.

Matilda hatte bisher nur im Fernsehen gesehen, was so ein Ding ausrichten konnte. Sie krabbelte vom Wagen weg, dann flog der Molotowcocktail herbei. Es krachte, als das Glas zerbrach, und ein Feuerball erhellte den dunklen Abend.

Matildas und Charles Lynbrooks Blicke trafen sich, als seine Leitern in Flammen aufgingen. Sie hatten das Monster gereizt.

Kapitel 25

Albert Tubbs

»Stehenbleiben«, schrie er.

Natürlich machte die Frau nicht, was er verlangte. Sie sprang über ein Fass und verschwand in einer Gasse.

Albert zögerte. Er war nicht der Typ Mensch, der andere verfolgte und sie aufhielt. Dafür fehlten ihm die körperlichen Voraussetzungen. Andererseits konnten sie nicht riskieren, dass Lynbrook von ihrem Ausbruch und Eingriff in den Geschichtsverlauf erfuhr. Eine offene Konfrontation würden sie nicht gewinnen.

»Ich hätte auf der Bühne bleiben sollen«, fluchte er und rannte hinterher. Der Sprung über das Fass gelang ihm nicht ganz so elegant.

Die Gasse war dunkel, und die Häuser ragten hoch zu beiden Seiten auf. Sie hielten die letzten Strahlen der Abendsonne ab, und die verrußte Luft tat ihr Übriges. Albert sah sich um. Es gab genug Schatten, Kisten und Winkel, in denen man sich verstecken konnte.

Sein Herz pochte bis zum Anschlag. Er wusste nicht, ob es an der körperlichen Anstrengung oder an der Aufregung lag. Wahrscheinlich war es eine Mischung aus beidem. Seit er nicht mehr regelmäßig Pizza ausfuhr, hatte seine Kondition gelitten. Albert nahm sich vor, wieder Sport zu treiben, wenn das hier überstanden war.

Die Gasse führte nur in eine Richtung, und die Frau hätte die gesamte Distanz nie hinter sich bringen können, bevor Albert ihr gefolgt war. Sie musste hier irgendwo lauern.

Langsam wie eine Katze, die einen Hund witterte, schritt er vorwärts. Gelegentlich hallten Schreie und Rufe durch die Gasse. Er hörte das Knistern von Feuer.

Albert hielt den Atem an.

Dann passierte, worauf er gewartet hatte. Die Frau sprang hinter einer Kiste hervor und schwang eine Planke nach ihm. Albert riss seinen Koffer hoch, der ihm zum zweiten Mal an diesem Tag das Leben rettete. Das Holz zersplitterte. Erfreut über sein gelungenes Manöver vergaß er, dass Menschen auch Beine hatten.

Der Tritt traf ihn knapp unter dem Bauchnabel und warf ihn nach hinten. Albert fiel auf seinen Hintern. Die Frau setzte gleich nach und stürzte sich auf ihn. Er schleuderte ihr den Koffer entgegen, aber es nützte nichts.

Die Faust erwischte ihn an der Schläfe, und Albert stand kurz davor, das Bewusstsein zu verlieren. Bevor er begriff, was passierte, hatte sie ihn auf den Bauch gedreht und seine Arme hinter dem Rücken verdreht.

»Mitkommen«, knurrte sie und zog ihn hoch. Albert wehrte sich, was ihm nur noch einen weiteren Schlag einbrachte. Er keuchte auf.

»Mein Koffer, er ist wertvoll. Ein seltenes Zaubererartefakt.«

Die Frau musterte den lädierten Koffer. Irgendwie hatten sie Alberts Worte überzeugt. Sie griff ihn und schleifte den Zauberer durch die Gasse.

»Du bringst mir hoffentlich ein hübsches Kopfgeld beim Boss ein.«

»Egal, was er dir zahlt«, schnaufte Albert und versuchte, nicht hinzufallen, »ich zahle dir das Doppelte.« Dadurch war er durchaus imstande, solange seine Ärmel nicht mit einem Seil zugebunden waren. Alles, was er jetzt hervorzauberte, würde stecken bleiben und ihn höchstens schwerer machen. Das brachte keinen Vorteil.

Die Banditin ignorierte das Angebot. Sie war nicht so stumpf wie Sigrid.

Sie zog ihn auf einen breiteren Weg, und sie gelangten auf einen Platz, den Albert kannte. Ein Galgen mit einem Seil stand dort. Die Schlaufe war leer. Noch.

»Vielleicht knüpfen wir dich da heute noch auf«, sagte sie und grinste. Ihre Zähne waren braun und grau. Körperhygiene gehörte zu den Dingen, die man in den Marschlanden offensichtlich schnell vernachlässigte. Der Zahnarzt bestand wahrscheinlich aus einem Beißholz, einer Flasche hochprozentigem Fusel und einer Kneifzange.

Sollten sie ihn hängen, könnte Albert vielleicht eine kleine Säge oder eine Schere herbeizaubern und sich vor aller Augen befreien.

»Jennifer, wen hast du da bei dir?«, brüllte ein Mann über den Platz. Er war in die Kleider der Banditen gehüllt, und zu Alberts Überraschung stand er im Türrahmen von Sheriff Winters Büro. Das hatte sicherlich nichts Gutes zu bedeuten.

»Einer von dem Trio, das Tzunath erlegt hat«, rief sie zurück. Sie waren wie zwei kläffende Hunde. »Will ihn zu Lynbrook bringen.«

»Der Boss hat gesagt, dass wir alle Personen von gesteigertem Interesse in die Zelle stecken sollen. Er will sich dann später um die Leute kümmern, wenn das Rathaus gefallen ist.«

Die Frau, die er Jennifer genannt hatte, blieb stehen und hielt Albert fest. »Wie schnell wird dich Charles Lynbrook sehen wollen?«

Albert überlegte, was die klügere Antwort war, und kam zu einem klaren Entschluss. »Ich glaube, Lynbrook hat gerade ganz andere Sachen im Kopf als mich. Er muss seinen Platz im Rathaus wieder einnehmen, da wird er mich momentan wohl kaum sehen wollen. Ich lauf ja nicht weg«, meinte er und rang sich ein Lächeln ab.

»Du bist schon einmal weggelaufen«, warf Jennifer ein und sprach damit ein gewichtiges Argument aus.

»Schon«, gab Albert zu, »aber der da sieht aus, als hätte er ein bisschen mehr im Kopf als Sigrid.«

Jennifer verkniff sich das Lachen nicht. »Die ist so doof, der haben wir mal eine Karotte als Kartoffel verkauft.«

»Sympathisch«, murmelte Albert.

»Also gut, sperren wir dich hier ein. Ich bin eh froh, wenn ich nicht mit dir durch die halbe Stadt laufen muss. In deinem Aufzug ziehst du viel Aufmerksamkeit auf dich.«

»Das ist Sinn und Zweck meiner Gewandung, auch wenn ich zugeben muss, dass das unter den aktuellen Umständen eher unpraktisch ist.« Albert atmete auf. Er war schon mal aus einem Käfig ausgebrochen, und vielleicht würde es ihm wieder gelingen, bevor er am Galgen baumelte.

Jennifer zog ihn wie einen störrischen Esel über den Platz. Der Mann im Türrahmen war einen Kopf größer als Albert und mindestens doppelt so breit. Allgemein schienen die Leute in Lynbrooks Armee eher zu der Sorte Mensch zu gehören, die mit Muskeln und weniger mit Hirn gesegnet waren.

»Hier«, brummte Jennifer und übergab ihm Albert. »Aber der geht auf mein Konto, verstanden?«

Der Mann grunzte. »Hab Winter geschnappt, das wird mir hoffentlich eine ordentliche Belohnung einbringen. Ich brauche diesen Clown nicht.«

Albert wollte widersprechen, dass er Zauberer und kein Clown war, denn die Worte trafen ihn persönlich. Aber als ihn der feste Griff des Hünen am Oberarm packte und in das Büro schleifte, überlegte er es sich anders. Er war doch in der Lage, seinen Stolz herunterzuschlucken und nicht auf solchen Kleinigkeiten zu bestehen.

Der Mann zerrte ihn durch das Büro in ein Hinterzimmer. Breite Gitterstäbe trennten ihn von Sheriff Winter und einem Mann, der zusammengekauert in der Ecke saß. Er war deutlich älter als Albert, das Haar grau und schütter.

Winter sprang auf, aber der frischgebackene und selbsternannte Gefängniswärter knurrte sie an. »An die Wand oder ich bring dich gleich um.«

Die Frau schien ihre Chancen abzuwägen. Dann nickte sie und tat, was ihr befohlen worden war.

»Hinsetzen.«

Auch dieser unfreundlich ausgesprochenen Bitte kam sie nach.

Alberts Wache schloss die Tür zum Käfig auf und beförderte ihn mit Muskelkraft ins Innere. Sein Koffer flog gleich hinterher.

»Macht mir keinen Ärger, ihr werdet eine hübsche Summe einbringen«, sagte der Mann und verabschiedete sich, nachdem er die Tür zugesperrt hatte, wieder aus dem Hinterzimmer.

Sheriff Winter eilte sofort zu Albert, half ihm hoch und befreite ihn von den Fesseln.

»Danke«, murmelte er und knetete seine Handgelenke.

»Du und deine Freundinnen wart vorgestern doch bei mir und habt nach Charles Lynbrook gefragt, oder nicht? Ich erinnere mich an diesen Hut.«

»Korrekt«, bestätigte Albert und ließ sich auf dem schmalen Bett nieder. Es war knüppelhart und die Mauer im Rücken unangenehm. Wer auch immer diese Zelle gebaut hatte, hielt nichts von ergonomischen Sitzgelegenheiten. »Haben ihn auch gefunden.« Er schnaufte durch.

»Nicht nur ihn, wenn die Gerüchte stimmen.«

»Stimmt, Tzunath ist tot.« Albert streckte seinen Rücken durch. Sein ganzer Körper schmerzte und sehnte sich nach einer Pause. »Ich glaube, damit haben wir den Angriff auf Port Exit erst möglich gemacht.«

»Seine Leute fürchteten die Passage über den Fluss. Um Tzunath hatten sich mehr Mythen gerankt als um das Königshaus.«

»Auch Britin?«, fragte Albert.

»Bin vor zwanzig Jahren hergekommen, aufgewachsen in Liverpool. Also, wie war es?«

»Schmerzhaft.« Albert seufzte und begutachtete das Schloss. Es sah stabil und modern aus, nicht zu vergleichen mit dem Tor, das ihnen den Weg in die Mine versperrt hatte.

»Nein, ich meine Tzunath.«

»Oh, eine Mischung aus Mensch und Fisch. Wir Menschen haben ihm ganz schon den Kopf verdreht, verrückte Geschichte. Vielleicht schreibt sie mal jemand nieder. Tzunath kam ja selbst nicht auf die Idee.« Albert sah Sheriff Winter an und bemerkte, dass sie aus seinen Worten nicht klüger wurde. »Egal, später, wenn wir hier raus sind.«

»Wenn wir hier rauskommen, dann nur, um am Galgen zu baumeln«, gab Winter zu bedenken.

»Es gibt keinen Geheimausgang?«, fragte Albert zweifelnd. Er musterte das Schloss noch einmal. »Wie gut können Sie mit einem Dietrich umgehen?«

Winter winkte ab. »Warum haben sie dich hier eingesperrt?«

»Das ist schon das zweite Mal, dass sie das tun. Bin entkommen und nun sitze ich hier. Charles Lynbrook hatte nicht vor, uns einfach gehen zu lassen. Er hatte Angst, dass wir ihm dazwischenfunken.«

»Das ist ein triftiger Grund.«

»Sie haben die Stadt verteidigt?« Ausgesprochen klang die Frage naiv, schließlich war es ja genau das, was man von einem Sheriff erwartete.

»Die haben mir gar nicht die Gelegenheit gelassen. Sie hatten mich von Anfang an im Auge. Ich war gerade auf dem Weg zum Rathaus, dort versammelt sich der größte Teil der Stadtwache. Lynbrook will wieder auf seinen Stuhl, zurück in sein Büro und über Port Exit herrschen.«

»Kann er das nicht auch ohne Rathaus?«

»Klar, aber das ist so eine Ego-Sache, denke ich. Jeder Hund will das größte Leckerli haben, und das Rathaus ist eben das größte Gebäude in Port Exit.«

Albert sah zu dem zusammengekauerten Mann hinüber. Er hatte das Gesicht hinter den angewinkelten Knien vergraben. »Und er?«, fragte Albert. »Warum ist er auf Lynbrooks Liste besonders wichtiger Gefangener?«

Sheriff Winter sah zu dem Mann hinüber. »Zur falschen Zeit am falschen Ort gewesen, das ist alles.« Sie legte den Kopf schräg und atmete aus. »Hab ihn zwei Stunden, bevor das Chaos losging, aus einer Kneipe rausgeholt. Er hat beim Spielen betrogen.«

Da hob der Mann das Haupt. Sein Gesicht war, wenn man es nett umschreiben wollte, ungepflegt. Die Haare hingen wirr hinab, Stoppeln wuchsen auf den Wangen, und die Augen hatten tiefblaue Ringe. Er sah aus, als hätte er die letzten Wochen draußen in den Sümpfen verbracht. »Die Schweine haben mich abgezogen, ich habe nach den Regeln gespielt.«

»Ist ja gut, ich lass Sie wieder laufen, sobald«, Winter machte eine Pause und seufzte, »sobald ich dazu wieder die Befugnis habe und auf der anderen Seite der Gitterstäbe stehe.«

Etwas in ihrer Stimme verriet Albert, dass sie sich keine Hoffnungen machte, dieser Moment könnte bald wieder eintreten. Er hatte aber noch andere Pläne. »Meine Freundinnen sind noch da draußen, sie wollen Lynbrook aufhalten, und ich würde ihnen gerne irgendwie helfen. Wenn sich Matilda etwas in den Kopf gesetzt hat, ist sie kaum aufzuhalten.« Albert spürte den Blick des Mannes, der ihn plötzlich ganz genau beäugte. Von oben bis unten wanderten seine Augen, und Albert verfluchte vollends, dass er in Zauberermontur hier aufgetaucht war. Er war wie ein bunter Pfau unter nackten Tauben.

»Matilda?«, wiederholte der Mann.

Albert drehte den Kopf und nickte. »Ja.«

»Du bist Zauberer?«

»Korrekt, Abraham Kada-«

»Meine Tochter heißt auch Matilda und bei unserem letzten Gespräch hatte sie mir erzählt, dass sie einen Zauberer sucht«, flüsterte der Mann, und in seinen Augen sah Albert, dass ein Feuer entfacht worden war.

»Godwins?«, fragte er.

»Williams Godwins.«

Albert sprang auf, marschierte hinüber und reichte ihm die Hand. »Freut mich, Sie kennenzulernen. Ich habe schon viel über Sie gehört, Sir.« Das entsprach zwar nicht ganz der Wahrheit, aber es fühlte sich richtig an, das zu sagen.

Williams Godwins lachte auf. »Das kann nicht viel Gutes gewesen sein. Ich weiß, was meine Tochter von mir hält, und sie hat jedes Recht, so zu denken.« Trotzdem griff er zu und schüttelte die Hand.

Albert hatte Matildas Vater gefunden. Jetzt gab es noch einen Grund mehr, hier auszubrechen. Er wusste zwar, dass sie von ihrem Erzeuger so viel hielt wie davon, am Wochenende früh aufstehen zu müssen, aber sie war nicht nur in die Marschlande gekommen, um ihre Mutter zu finden. Ihr Vater stand ebenfalls auf der Liste. Es würde den Verlust, den sie erlebt hatte, nicht wettmachen, aber vielleicht ein wenig lindern. Albert entschied sich, die Information über das, was seiner Frau zugestoßen war, für sich zu behalten. Es erschien ihm der falsche Zeitpunkt. »Matilda hat Sie gesucht.«

Wieder lachte der Mann auf. »Nein, sie hat ihre Mutter gesucht, genauso wie ich. Bloß bin ich in den Tavernen kleben geblieben wie eine Biene im Honig.«

Albert nickte. Kein Wort über den Tod seiner Frau würde ihm über die Lippen kommen. Williams Godwins sah aus, als könnte er gerade keine schlechten Nachrichten ertragen. »Wollen Sie auch Ihrer Tochter helfen?«

»Verdammt, ja«, fluchte Williams. »Ich habe ihr die letzten«, er überlegte, »na ja, wie alt sie auch ist, Jahre nicht geholfen. Wenn wir Lynbrook, dem Hund, noch eins auswischen können, ist das ganz in meinem Sinne.«

»Man kennt sich?«

»Darauf kannst du einen lassen. Schrecklicher Kerl, hat

alles und jeden übers Ohr gehauen. Das Kleingedruckte hat auf einen Fingernagel gepasst und enthielt trotzdem mehr Buchstaben als die ganze verdammte Bibel.«

»Dann brechen wir also aus«, beschloss Albert und fing gleich an, sich allerhand Dinge aus den Ärmeln zu schütteln: Dietriche, Sägen, Hämmer, Schraubenzieher. »Irgendwas dabei, was uns hilft?«

Sheriff Winter sah ihn mit großen Augen an. »Was zum Teufel habe ich da gerade gesehen?«

»Zauberer, habe ich doch schon gesagt«, erklärte Albert.

Die Rechtshüterin atmete laut aus. In den Marschlanden hatte sie wahrscheinlich schon ganz andere Dinge gesehen. Sie bückte sich und nahm die Werkzeuge unter die Lupe. »Das könnte klappen«, murmelte sie und Albert war gespannt, wie gut sie mit dem Dietrich umgehen konnte. Allerdings griff sie nach dem Hammer. »Wir machen es wie folgt.«

Nachdem Sheriff Winter jedem eine Rolle im Schauspiel zugeteilt hatte, konnte das Schmierentheater losgehen. Williams Godwins lag auf dem Boden direkt an den Gitterstäben. Er musste sich gar keine Mühe geben, krank auszusehen.

»Hilfe, Hilfe«, brüllte Albert und wenige Sekunden später kam der Hüne hereingepoltert. »Er ist einfach zusammengebrochen«, schrie Albert mit all seiner Bühnenerfahrung. Man hörte schnell raus, dass die sich auf die Zauberkunst beschränkte und Theater kein Teil seines Repertoires war.

Der Stiernacken blickte auf Williams herab und zuckte mit den Schultern. »Und deswegen machst du so einen Lärm? Einer weniger, den wir am Strick hochziehen müssen.«

»Er braucht einen Arzt«, intervenierte Winter. »Lynbrook

wird nicht gefallen, dass seine Insassen sterben, bevor er mit ihnen abrechnen kann.«

Der Hüne überlegte weiter. Hätte er schon mal ein Buch in der Hand gehabt oder einen Film gesehen, hätte er gewusst, dass es der älteste Trick im Ausbrechergewerbe war. »Aber der war doch schon hier, bevor wir dich eingesperrt haben«, schleuderte er Winter entgegen. »So wichtig kann er gar nicht sein.«

Sie hatten nicht damit gerechnet, dass ihre Wache so viel nachdachte. »Plan B«, rief Winter.

Albert sprang auf und griff durch die Gitterstäbe. Er bekam den Mann am Hemd zu fassen und zog ihn zu sich ran. Bevor der verstand, was passiert war, traf ihn der Hammer am Kopf und er segelte zu Boden. Stumpf fiel er auf die Holzbretter. Williams, Winter und Albert lauschten, ob jemand die kleine Aktion mitbekommen hatte, aber es blieb ruhig.

Williams angelte nach dem Schlüssel am Gürtel der Wache und bekam ihn zu fassen. Wenige Sekunden später schwang die Zellentür auf.

»Du musst immer klüger als die Ganoven sein«, sagte Winter, als sie den bewusstlosen Mann in den Käfig zog und die Tür hinter ihm verriegelte. »Sonst sind sie dir immer einen Schritt voraus.«

Albert richtete sein Jackett und den Zylinder. Dann begutachtete er seinen Koffer. Er hatte Dellen und einen großen Riss an der Stelle, wo ihn die Machete getroffen hatte.

»Meine Tochter, wo ist sie?«, fragte Williams. Neues Leben war in ihn zurückgekehrt, und der Mann, der bis eben noch apathisch in der Zelle gesessen hatte, war wie ausgewechselt.

»Dort, wo Lynbrook ist, befürchte ich«, antwortete Albert.

»Dann haben wir alle drei das gleiche Ziel«, sagte Winter. »Aber vorher rüsten wir uns aus.«

Kapitel 26

Matilda Godwins

Der Wagen und die Leitern brannten lichterloh.

»Fangt sie«, brüllte Lynbrook. »Lasst sie nicht entkommen.« Plötzlich wurde das Rathaus für die Angreifer uninteressant. Stattdessen wandten sich alle den beiden Frauen zu, die neben dem brennenden Wagen standen.

Nun wusste Lynbrook, wer seinen Plan durchkreuzen wollte, und es wurde mit offenen Karten gespielt. Das Problem war, dass Matilda vergessen hatte, Karten mitzubringen. Sie stand Lynbrook und den Banditen gegenüber, hatte jedoch keine Ahnung, wie sie sie aufhalten sollte.

»Was machen wir?«, murmelte sie, als die Horde auf sie zustürmte. Es waren bestimmt fünfzehn Leute, die Äxte und Macheten schwangen.

»Hätte ich meine Pistole noch, wäre das eine einfache Geschichte, aber so laufen wir wieder weg.« Die beiden drehten sich um und rannten den Weg zurück, den sie gekommen waren.

Aber sie kamen nicht weit. Jemand stellte sich ihnen in den Weg. Matilda erkannte die Frau als die Banditin, die in der Taverne vor ihnen geflüchtet war. Sie war ohne Albert unterwegs, und Matilda wusste nicht, ob das gut oder schlecht war.

Als die Banditin merkte, wer da auf sie zurannte, lächelte

sie breit. Sie war unbewaffnet, aber es reichte, die beiden nur ein bisschen hinzuhalten. Matilda und Cynthia trugen die beiden Macheten mit sich und waren zu allem bereit.

Die Frau warf sich auf Matilda, und nur Augenblicke später hatte Cynthia sie in den Schwitzkasten genommen. Die Machete drückte sich gegen den Hals der Banditin. »Eine falsche Bewegung und du bist tot«, drohte Cynthia. »Lass sie los.«

Langsam lösten sich ihre Hände von ihr. Matilda rappelte sich wieder auf und warf einen Blick nach hinten. Wegzulaufen hatte keinen Zweck. Der Zusammenstoß hatte sie zu viel Zeit gekostet.

Wie ein Rudel hungriger Wölfe kesselten sie die Banditen ein.

»Einen Schritt näher und ich schneide eurer Freundin die Kehle durch«, rief Cynthia und die Drohung zeigte Wirkung. Die Banditen blieben auf Distanz.

»Was soll denn der Mist?«, schrie ein Mann und bahnte sich einen Weg durch den Ring. Es war Charles Lynbrook. Sein Körper steckte nicht mehr im Bademantel. Er trug eine Rüstung, die aussah, als hätte man sie aus gehäuteten Sumpfechsen angefertigt. Die Lederlappen waren mit Fäden befestigt und saßen viel zu locker. Ein komischer Anblick, wäre die Situation nicht so ernst gewesen. »Was macht ihr hier? Warum sitzt ihr nicht mehr im Käfig?«, fragte er, und in seiner Stimme schwang ehrliche Überraschung mit.

»Sigrid ist kein guter Wachhund«, erwiderte Matilda. Ihr Blick wanderte im Kreis, sie traute den Banditen zu, ihr Glück zu versuchen und einen Angriff zu starten. Langsam drehten sich Cynthia und Matilda mit ihrer Geisel.

»Ach, Sigrid, du dumme Nuss.« Charles seufzte. »Ich

mag sie wirklich, aber man kann ihr nicht mal auftragen, einen Zelthering in den Boden zu schlagen. Sie stellt sich dabei so doof an, dass der Hering verbiegt und sie sich mit dem Hammer auf den Daumen schlägt. Ich hätte es ahnen müssen.«

Matilda sah die Pistole in seiner Hand und fragte sich, was sie tun sollten, wenn er entschied, dass ihm das Leben ihrer Geisel nicht viel wert war.

»Allerdings erklärt das nicht, warum ihr so doof seid, hier aufzutauchen und mich zu nerven? Warum seid ihr den Fluss nicht weiter runtergefahren und nach Hause zurückgekehrt?«

»Wir wollten uns das hier ungern entgehen lassen«, antwortete Cynthia. »So was erlebt man ja nicht alle Tage.«

»Nein, das ist nicht der wahre Grund. Ihr seid nachtragend wie meine Ex-Frau und wollt mir eins auswischen, weil ich euch eingekerkert habe.«

»Ist das so verwunderlich?«, fragte Matilda. Es war nur eine Frage der Zeit, bis die Banditen über sie herfielen.

Charles Lynbrook kratzte sich mit der freien Hand an der Schläfe. »Wahrscheinlich nicht. Ich lerne ja auch nicht dazu und hätte damit rechnen müssen. Es ist schließlich nicht das erste Mal, dass mich meine Vergangenheit in dieser Woche einholt. Aber wo ist dieser lustige Kerl mit seinem Hut? Abram Kadabaram oder so.«

»Abraham Kadabraham«, korrigierte ihn Matilda. Sie mochte Lynbrooks abfälligen Ton nicht, und es war die richtige Entscheidung gewesen, ihn nicht davonkommen zu lassen. Vorausgesetzt, sie fanden einen Weg lebend hier raus.

»Wie auch immer, wo steckt er?«

»Hab ihn eingekerkert«, presste die Frau in Cynthias

Schwitzkasten hervor. Ihrer Stimme war zu vernehmen, dass sie kaum Luft bekam.

»Oh, sehr gut gemacht, das gibt eine Belohnung, vielleicht sogar eine Beförderung. Hier müssen ja demnächst ein paar Posten besetzt werden. Vorausgesetzt, du überlebst diese kleine Geiselnahme.« Sein Grinsen verriet, dass das alles andere als sicher war. »Aber jetzt ist genau das passiert, warum ich euch eingesperrt habe: Ihr nervt. Ich wusste ab dem Moment, als ihr in mein Lager gekommen seid, dass ihr mir Ärger machen werdet. Meiner Ex ging es nie um die achttausend Pfund, nein, sie war sich sicher, dass ihr versucht, mir ein Bein zu stellen, sobald ihr mitbekommt, was hier geschieht. Wahrscheinlich habt ihr das bei ihr auch schon probiert und wart einigermaßen erfolgreich, weshalb sie sicher war, dass das hier klappt.«

Matilda und Cynthia tauschten Blicke aus. Hatte Charles Lynbrook recht? Zuzutrauen war es der Bankerin auf jeden Fall. Sie war eine Person, die immer mehrere Züge im Voraus plante. Sie hatten nach ihrer Pfeife getanzt, ohne die Musik zu hören. Matilda verfluchte die alte Kröte innerlich. »Egal, was ändert das schon?«, rief sie dem Banditenbaron zu.

»Es ändert vieles«, hielt Lynbrook dagegen. »Es bedeutet, dass ich keine Ruhe haben werde, solange meine verhasste Exfrau lebt. Port Exit ist erst der Anfang, danach werde ich mich um sie kümmern.«

»Du willst in London einmarschieren?« Matilda hoffte, ihn missverstanden zu haben.

Lynbrook zog die Mundwinkel hoch. »Langsam verstehen wir uns. Natürlich werde ich nicht versuchen, England einzunehmen. Die britische Marine hat zwar nichts mehr von ihrem alten Glanz, aber ein Boot würde reichen, um Port Exit in Schutt und Asche zu legen. Doch diese alte Ziege weiß genauso gut wie ich, dass der, der über die Marschlande herrscht, über viel Macht verfügt. Jetzt, wo Tzunath gestorben ist, sind die Flüsse wieder frei und der Handel kann florieren. Ich werde an jedem Diamanten, der durch die Marschlande an den aufmerksamen Augen der Zöllner vorbeigeschmuggelt wird, mitverdienen.« Ein gewisser Größenwahn schwang in seinen Worten mit. »Und ich werde Watts & White zu Fall bringen. Deine Mutter hat schon versucht, das zu verhindern, und ist gescheitert.«

Die letzten Worte trafen Matilda, als hätte einer der Banditen ihr einen Stein an den Kopf geworfen. »Was?«, stammelte sie.

»Es ist lange her, dass ich deine Mutter in meinem Rathaus begrüßen durfte.« Er zeigte auf das imposante Gebäude hinter sich. »Damals, als ich noch Bürgermeister von Port Exit war. Sie und ich, wir kannten uns noch aus anderen Zeiten, als wir uns in London auf Empfängen begegneten. Sie hatte von meinem«, Charles ruderte mit der Hand in der Luft, als er das richtige Wort suchte, »nennen wir es Ausflug, mitbekommen. Sie wollte mir einen Handel vorschlagen, meine Ex-Frau hatte sie geschickt. Sie kam als Überbringerin von schlechten Nachrichten. Ich weiß nicht, was die alte Schachtel ihr dafür versprochen hat, aber es war wie ein Strohhalm, an den sie sich klammerte.«

»Nein«, schrie Matilda, »nein, du lügst.«

»Ich wünschte, es wäre so. Aber sie wollte, dass ich meiner ehemaligen Frau und ihren Unternehmungen freie Fahrt durch die Marschlande garantierte. Und weißt du, was ich ihr gesagt habe?«

Matilda erwiderte nichts, sondern hielt die Luft an.

»Ich hab ihr gesagt: ›Gerne, wie könnte ich einer so hübschen Frau wie dir einen Wunsch abschlagen? Aber vorher musst du mir noch einen Gefallen tun.‹ Möchtest du hören, wie dieser Gefallen lautete?«

Matilda schüttelte langsam den Kopf. Sie beschlich ein ungutes Gefühl, eine Ahnung, worin dieser Gefallen bestanden hatte.

Charles Lynbrook ignorierte ihr Kopfschütteln. »Natürlich willst du erfahren, warum deine Mutter nie zurückgekommen ist. Ich habe sie gebeten, Tzunath zu finden und zu erlegen. Die Plage der Marschlande, wie wir ihn damals schon nannten. Sie ist losgezogen und wurde nie wieder gesehen. Eine Schande, aber eine kalkulierte Schande, wenn ich ehrlich bin. Ist es nicht ein Wink des Schicksals, dass du viele Jahre später hier auftauchst und mir genau diesen Gefallen tust? Ehrlicherweise muss ich zugeben, dass ich davon ausgegangen bin, du und deine Freunde würdet dabei ebenfalls umkommen. Aber das hier«, er zeigte auf das Chaos um sich, »ist noch viel besser.«

»Nein«, schrie Matilda und rannte los. Sie hatte die Machete erhoben und war bereit zuzuschlagen.

Ein Schuss peitschte durch die Luft, und sie blieb wie angewurzelt stehen. Erde stob vor ihr auf. »Das würde ich nicht tun«, warnte Lynbrook. »Ich bin ein guter Schütze, habe früher viele Füchse vom Pferd aus erschossen. Die Dinger sind klein und flink, im Gegensatz zu dir.«

»Du verdammtes Arschloch, du hast sie in den Tod geschickt«, kreischte Matilda. »Er hat sie gefangen gehalten.«

Lynbrook zog die Achseln hoch. »Sie hätte ja auch einfach ablehnen können. Ich zwinge ja niemanden zu etwas.«

»Sie hatte keine Wahl.« Matilda ahnte, welcher Druck damals auf den Schultern ihrer Mutter gelastet haben musste. Genau wie sie damals mit der Fuchsjagd alles auf eine Karte gesetzt hatte, musste auch Elizabeth in die Dienste von Watts & White getreten sein. Sie war nicht in der Lage gewesen, sich Charles Lynbrook zu widersetzen. »Ich bring dich um«, knurrte Matilda.

»Versprich nichts, was du nicht halten kannst«, tadelte sie der Banditenbaron. »Eine Sache noch, bevor wir das hier beenden und ich mich wieder meinem Rathaus widme: Du glaubst gar nicht, wie ich mich darauf freue, das Anwesen der Godwins als ersten Außenposten der Marschlande auszubauen. Wenn ich das richtig sehe, wird mit deinem Ableben in England ein Haus frei.«

»Mein Vater lebt noch«, zischte Matilda und hoffte, dass das der Wahrheit entsprach.

»In der Tat, in der Tat, aber wenn meine Quellen stimmen, sitzt er mit Sheriff Winter im Gefängnis von Port Exit. Dort, wo auch euer lustiger Zauberer ist. Es ist also nur eine Frage der Zeit, bis sich das ändert.«

»Du lügst«, stammelte Matilda. »Du lügst.« Ihre Augen füllten sich mit Tränen. Sie sah zu Cynthia, die nur hilflos zurückblickte. Auch sie wusste anscheinend nicht, was sie tun sollten. Sie waren Charles Lynbrook ausgeliefert. Er hatte sie gestellt wie Füchse auf der Jagd. Dieses Mal waren sie die Beute, und sie waren dem Jäger in die Falle gegangen. Sie hatten gar nicht gemerkt, wie er sie die ganze Zeit durch den Wald gehetzt hatte.

Lynbrook wanderte mit dem Pistolenlauf zwischen Matilda und Cynthia hin und her. »Die Frage ist jetzt nur, wen von euch beiden ich als Erstes erschieße.«

»Bitte nicht«, stammelte die Frau in Cynthias Schwitzkasten.

»Ich glaube, darauf kann ich keine Rücksicht nehmen«, erwiderte Charles amüsiert. Die Pistole verharrte bei Cynthia, und er kniff zum Zielen ein Auge zu.

Es knallte mehrmals und Chaos brach auf der Straße vor dem Rathaus aus.

Kapitel 27

Albert Tubbs

Sheriff Winter lief in ihrem Büro auf und ab. Das tat sie nicht, weil sie unruhig war und Bewegung brauchte, sondern weil sie etwas suchte.

»Ich bin mir nicht sicher, welches Brett es war«, murmelte sie. »Hab es seit Jahren nicht gebraucht.«

Albert und Williams tauschten irritierte Blicke. »Was genau suchen Sie denn?«, fragte der Zauberer. »Vielleicht können wir helfen, wenn wir wissen, wie es aussieht.«

Die Rechtshüterin schüttelte den Kopf. »Nein, wir müssen hinhören.« Nach und nach trat sie auf die Holzplanken. »Das hier ist sie, habt ihr gehört?«

Albert hatte nichts gehört.

»Es klingt hohler als die anderen«, erklärte sie und bückte sich, um die Finger unter die Kante zu schieben. »Ich bekomme es nicht zu greifen«, fluchte sie.

Endlich war Albert wieder von Nutzen. »Probieren Sie es hiermit«, sagte er und reichte ihr einen Schraubendreher, den er sich aus dem Ärmel geschüttelt hatte.

Winter sah ihn irritiert an, nahm das Werkzeug aber entgegen. »Danke.« Sie rammte die Spitze zwischen die Holzbohlen und nutzte die Hebelwirkung, um das Brett herauszuheben. Staub wirbelte auf, und sie hustete. »Muss hier häufiger mal durchfegen, aber die Leute in dieser Stadt machen ununterbrochen Ärger«, verteidigte sie sich. »Da kommt man zu so normalen Dingen einfach nicht.«

Albert machte ihr keine Vorwürfe, und hätte sie gewusst, wie sein Zimmer aussah, hätte sie sich nicht entschuldigt. »Womit halten wir Lynbrook jetzt auf?«, wollte er wissen.

Winter hob mit großer Vorsicht einen Gegenstand aus dem kleinen Verschlag unter dem Boden. Er war in ein dreckiges Leinentuch gehüllt. »Hoffentlich funktioniert sie noch. Hab sie hier extra für solche Notfälle deponiert.«

Albert hielt die Anspannung kaum aus. Sheriff Winter machte ein Geheimnis um das, was sich unter ihrem Büroboden befand, dass ihn langsam das Gefühl beschlich, sie würde mit Atommüll hantieren.

Sie legte den Gegenstand hin und faltete das Tuch auf, als würde es sich um eine Bombe handeln, die bei der kleinsten Erschütterung in die Luft ging.

Als Albert sah, was es war, huschte ihm ein Lächeln übers Gesicht. »Warum gibt es von diesen Dingern hier eigentlich so wenige?«, fragte er.

»Du meinst Schießeisen? Die Witterung ist nicht dafür gemacht. Das Schwarzpulver wird feucht, und der Sand zerstört das Innenleben der Waffen. Pfeil und Bogen haben sich als zuverlässiger erwiesen. Außerdem wirst du zu einem beliebten Ziel, wenn du hier offen mit so was hantierst. Es weckt gewisse Begehrlichkeiten. In den Marschlanden ist man gut damit beraten, mit seinem Reichtum nicht zu protzen.«

Albert dachte an den Bauern, der sie gleich zweimal ausnehmen wollte. »Ich kenne so was aus Filmen«, sagte er.

»Es ist eine Thompson-Maschinenpistole, oft auch einfach

Tommy Gun genannt«, erklärte Williams. »In ein Trommelmagazin passen bis zu hundert Schuss.«

»Und wir haben gleich drei davon«, fuhr Winter freudestrahlend fort und hielt die runden Magazine in die Luft.

»Wie sind Sie da rangekommen?«, wollte Albert wissen. Er verstand jetzt, warum sie so zuversichtlich war, Lynbrook und seine Banditen aufhalten zu können.

»Ist Jahre her, dass ich zu einem Vorfall gerufen wurde. Ein Boot trieb herrenlos über den Fluss, wahrscheinlich hatte sich Tzunath den Schmuggler geschnappt. An Bord war noch eine Kiste mit der Waffe und der Munition. Ich habe sie hier für den Fall der Fälle aufbewahrt.« Sie bestückte das Gewehr mit einem Trommelmagazin und lud durch. »Und ich glaube, der Fall ist jetzt eingetreten. Wenn ihr nicht mitkommen wollt, verstehe ich das, aber ich bin der Sheriff dieser Stadt und werde die Ganoven vertreiben.« Sie schulterte die Waffe.

»Auf keinen Fall, ich komme mit«, erwiderte Albert sofort. So wie er Matilda und Cynthia einschätzte, hielten sie sich dort auf, wo es den größten Ärger gab – und der war am Rathaus zu vermuten.

»Ich habe meine Tochter schon zu oft enttäuscht«, brummte Williams. »Ein weiteres Mal soll es nicht dazu kommen.«

»Sehr gut, dann seid ihr jetzt offiziell meine Hilfssheriffs. Ihr habt das Recht, Leute zu verhaften und im Zweifelsfall auch tödliche Gewalt anzuwenden, aber kein Alkohol im Dienst. Verstanden?«

Die beiden Männer nickten geflissentlich. Albert hatte eh kein Problem mit Alkohol, aber nach allem, was er über Williams gehört hatte, war diese Warnung durchaus angebracht.

»Bekommen wir auch so was?«, stammelte Albert und zeigte auf die Maschinenpistole.

Winter lächelte und schüttelte den Kopf. »Die ist ein echtes Unikat hier, tut mir leid. Kannst du mit einer Armbrust umgehen?«

Das konnte Albert nicht. »Ich kann es mal probieren«, antwortete er und wenige Sekunden später drückte ihnen Sheriff Winter je eine Armbrust und Bolzen in die Hände.

»Spannen und abschießen, ist keine Kunst.«

Albert hatte schon viel Kunst in seinem Leben gesehen und wusste, dass sie nicht immer kompliziert oder komplex war. Manchmal war sie auch ganz einfach. So einfach, wie sich selbst einen Bolzen in den Fuß zu schießen. Er zupfte an der Sehne. Hoffentlich würde ihm das nicht passieren.

»Ich bin der Sheriff, ihr seid die Hilfssheriffs, vergesst das nicht«, bläute ihnen Winter ein, dann verließen sie das Büro. Draußen war es still geworden. Die Schreie waren verstummt, nur das Prasseln des Feuers war zu hören. Albert sah ein paar Menschen, die Eimer mit Wasser heranschafften.

»Wo sind alle?«, fragte er.

»Das Plündern ist vorbei, sie werden sich jetzt komplett auf die Machtübernahme konzentrieren«, erklärte Winter. »Sie haben sich von den Bewohnern schon genommen, was sie wollten. Ihnen fehlt nur noch das Rathaus.«

»Und die Leute werden das einfach akzeptieren, dass ihr Bürgermeister sie vorher hat überfallen lassen?«, brummte Williams.

»Die Bewohner von Port Exit haben gerne ihre Ruhe. Wenn Lynbrook nach dem Überfall für Ordnung in der Stadt sorgen wird, und dazu hat er durchaus die Leute an seiner Seite, werden sie sich damit abfinden.«

»Dann sollten wir es gar nicht erst so weit kommen lassen«, warf Albert ein.

»Folgt mir«, sagte Winter und das Trio marschierte dieselbe Straße entlang, die zuvor schon Matilda und Cynthia genommen hatten.

Albert hoffte, dass alles gut ausging. Immerhin hatte er Matildas Vater gefunden, und er lebte. Er würde alles dafür tun, dass es dabei blieb.

Winter legte ein strammes Tempo vor. Williams Godwins hatte Probleme mitzuhalten.

»Matilda wird sich freuen, Sie wiederzusehen«, sagte Albert, um irgendwas gegen die Anspannung in seinem Bauch zu tun.

»Wäre das erste Mal«, knurrte Williams und begutachtete die Armbrust in seinen Händen. Er humpelte bei jedem Schritt.

»Wie lange sind Sie schon hier?«

»Wochen, glaube ich. Bin nicht weit gekommen. Port Exit mit seinen unzähligen Kneipen, Schenken und Tavernen ist für mich wie ein Spielzeuggeschäft für Kinder. Es war gut, dass die da«, er nickte in Richtung Winter, »mich erwischt und eingesperrt hat. Sonst würde ich wohl immer noch an irgendeinem Tresen sitzen und darauf bestehen, dass mich jemand bedient, obwohl die Stadt brennt.«

Albert überlegte, ob er ihm erzählen sollte, was sie über seine Frau herausgefunden hatten. Er entschied aber schnell, dass es der falsche Zeitpunkt und er auch die falsche Person war, um ihm das mitzuteilen.

Nach dem Kampf würde er das tun, falls Matilda nicht selbst die Kraft dafür hätte. Aber die Entscheidung würde er ihr überlassen.

»Schießen wir die jetzt alle über den Haufen?«, fragte er Winter.

»Mal schauen«, erwiderte sie und klang, als würde sie es ernst meinen. »Wir müssen auf jeden Fall Lynbrook dingfest machen. Der Rest seiner Leute sind Halunken und Ganoven, niemand sonst ist in der Lage, den Haufen zusammenzuhalten. Wenn wir den Kopf abschlagen, stirbt der Rest des Körpers ganz automatisch ab.«

Albert fand die Beschreibung ein bisschen martialisch, wenn man bedachte, was sie gleich vorhatten. Sie würden mit einer Maschinenpistole in eine Menschenmenge schießen.

In der Ferne sahen sie Gestalten. Es sah aus, als würden sie im Kreis stehen und auf etwas lauern. Albert bemerkte Äxte, Macheten und Knüppel in den Händen und hörte eine laute, vertraute Stimme. Lynbrook predigte mal wieder ein paar seiner Weisheiten.

»Ruhe, jetzt«, befahl Winter. Albert hätte die Aufforderung nicht gebraucht. Er hielt die Luft an und ging automatisch gebückt. Winter gab ein Handzeichen. Sie zeigte an, dass sie den Weg verlassen sollten.

Albert, Williams und Winter drückten sich an eine Hausmauer und bewegten sich langsam im Schatten des Gebäudes fort. Lynbrooks Stimme wurde lauter und selbstgefälliger.

Matilda schrie.

Albert verstand nicht, was sie sagte, aber sie wirkte aufgebracht. Wahrscheinlich standen Cynthia und sie in der Mitte des Kreises, umzingelt vom Feind.

»Wir müssen irgendwas machen«, flüsterte Albert.

Winter hielt einen Finger hoch und befahl ihm zu schweigen. Sie hatte die Tommy Gun im Anschlag.

Die drei kauerten sich hinter Fässer und beobachteten

die Szenerie. Lynbrook war nicht zu sehen. Auch Matilda und Cynthia wurden von den anderen verdeckt. Es war nur klar, dass sie sich stritten. Wenn sie noch länger zuschauten, konnte irgendwas passieren.

»Er hat eine Pistole«, drängte Albert Winter zum Handeln. »Wir müssen etwas unternehmen.« Er begann, die Sehne seiner Armbrust zu spannen, aber sie wollte nicht in der Halterung einrasten. Er fingerte nach dem Bolzen, doch er glitt ihm aus den Händen und fiel zu Boden. Albert fluchte innerlich und bückte sich, als das laute Knattern losging. Er erschrak und schmiss sich hin.

Winter hatte nicht länger gewartet.

Sie verschoss das ganze Magazin, dann war es still. Albert hatte beide Hände auf die Ohren gepresst und traute sich kaum, wieder aufzublicken.

»Da sind aber ein paar zu Boden gegangen«, hörte er Williams gedämpft sagen.

Albert kam hoch. Seine Ohren dröhnten. Waffen waren in der Realität viel lauter als in Filmen oder Videospielen.

Er sah Menschen auf dem Boden liegen. Manche bewegten sich, drückten Hände auf Wunden, andere lagen nur still da. Wieder andere hatten sich hingeworfen und hielten sich die Arme über den Kopf, als würden sie den Einschlag einer Granate erwarten. Ein paar hatten die Beine in die Hand genommen und liefen in Richtung Rathaus.

Sheriff Winter lud die Waffe nach und begutachtete ihr Werk. Ein Knall, gefolgt von einem weiteren. Albert ließ sich wieder fallen und auch Williams zog den Kopf ein. Aber Winter blieb stehen.

»Der weiß nicht, wo wir sind«, sagte sie. »Schießt auf gut Glück in die Dunkelheit.«

Albert wagte wieder einen Blick und entdeckte Lynbrook. Er hatte die Pistole erhoben und sah sich hektisch um. Jetzt erkannte Albert auch Matilda und Cynthia. Sie gehörten zu denen, die sich entschieden hatten, sich in den Dreck zu werfen und zu hoffen, dass die Kugeln an ihnen vorbeiflogen.

Dann machte Charles etwas Kluges.

Er richtete seine Pistole auf Matilda. »Wer auch immer das ist, beim nächsten Knall drücke ich ab und nehme sie mit mir.«

»Hier ist Sheriff Winter«, gab sich die Rechtshüterin zu erkennen. »Lassen Sie die Frauen gehen und ich lasse Sie am Leben, Lynbrook.«

»Ah, Sheriff Winter«, rief er zufrieden, und seine panische Stimme gewann an Sicherheit. »Was war das, womit Sie meine Leute so erschreckt haben? Ich dachte, die Stadtwache setzt eher auf Pfeil und Bogen.«

»Man muss ja seine Kundschaft hin und wieder auch mal überraschen, oder?«

Lynbrook nickte. »Das ist Ihnen auf jeden Fall gelungen. Wie auch immer, ich bin nicht hergekommen, um mit Ihnen einen Plausch zu halten. Ich möchte gerne in das Rathaus, wieder auf meinen Posten. Wenn Sie mir dann bitte die Waffe aushändigen würden.«

»Das werde ich nicht tun«, entgegnete Winter sofort.

»Das wäre eine Schande um die beiden Damen hier.«

»Ihre Leute kümmern Sie gar nichts, was? Wenn Sie aufhören, mit mir zu diskutieren, können wir davon vielleicht noch ein paar retten.«

Lynbrook schüttelte den Kopf. »Die wussten genau, auf welches Risiko sie sich einlassen. Ich bezahle sie dafür, dass sie im Zweifelsfall ihr Leben geben.«

»Hilfe«, jammerte jemand.

»Bitte, ich brauche einen Arzt«, rief eine Frau.

»Klingt nicht so, als würden die unbedingt ihr Leben geben wollen«, kommentierte Winter die Einwürfe der Banditen.

»Ach, die meinen das nicht so, das können Sie mir glauben. Die sind glücklich, dass sie hier ihr Leben lassen. Das kann ich aber von den beiden Damen nicht behaupten.«

»Irgendeine Idee?«, murmelte Winter. »Ich halte ihn weiter hin.« Dann erhob sie erneut die Stimme. »Haben Sie nicht schon genug Menschen auf dem Gewissen?«

Albert ging sein komplettes Repertoire als Zauberer durch. Kartendecks, Luftschlangen, Butterscotch, Hütchentricks, Plastikrosen und Münzen hinter dem Ohr. Nichts erschien ihm in dieser Situation hilfreich zu sein. Es gab auch nichts, das er sich aus dem Ärmel schütteln konnte. Was sollten sie jetzt mit einem Dietrich, Schraubendrehern oder ein paar Goldmünzen anfangen?

»Nichts«, flüsterte Albert. Er konnte zaubern, war aber trotzdem nicht in der Lage, seine Freundinnen zu retten.

»Die zwei mehr machen den Braten doch jetzt auch nicht fett«, rief Lynbrook. »Und sie hätten es sogar verdient. Ohne diese kleine Störung wäre mein Plan schließlich aufgegangen. Ich wäre schon im Rathaus, Sie würden wahrscheinlich immer noch im Knast sitzen, und ich hätte meine Ruhe.«

Albert hörte ein Klacken, gefolgt von einem Surren. Er blickte auf seine Armbrust herab, die neben ihm im Dreck lag. Der Bolzen lag immer noch eingespannt darin.

Dann hörte er Lynbrook schreien, und ein Schuss löste sich.

Kapitel 28

Matilda Godwins

Matilda hatte sich in den Dreck geworfen und schützte mit den Armen ihren Kopf, als das Gewehrfeuer losging. Wenig später starrte sie in den Pistolenlauf von Charles Lynbrook. Sheriff Winter war gekommen, um sie zu retten, und wahrscheinlich war Albert auch nicht weit.

Dummerweise war sie jetzt die Geisel, und sie zweifelte nicht daran, dass Lynbrook bereit war, abzudrücken. Er war kein Mensch, der mit Gewissensbissen und moralischen Fragen kämpfte.

Lynbrook und Winter tauschten ein paar leere Worte aus. Es war eine Patt-Situation, und Matilda fand sich schon damit ab, dass nicht alle lebend aus den Marschlanden zurückkehren würden.

Dann schrie Lynbrook auf. Wie ein verletztes Tier brüllte er. Schüsse lösten sich.

Matilda wartete. Sie hatte keine Schmerzen und der Fakt, dass sie darüber nachdachte, verriet ihr, dass sie nicht getroffen worden war. Sie sah auf. Lynbrook hatte einen Bolzen in der Schulter stecken. Der Pistolenarm war in die Höhe gereckt.

Jetzt oder nie.

Sie sprang auf, machte drei Schritte und riss Lynbrook um. Sie fielen zu Boden. Er schlug mit der Pistole nach ihr, aber Matilda wehrte den Schlag ab. Zweimal traf sie ihn mit der Faust am Kinn, dann verlor er das Bewusstsein, und die Waffe glitt aus seinen Händen.

Matilda schlug noch dreimal zu. Zur Sicherheit, damit es keine böse Überraschung gab.

»Lass gut sein«, hörte sie Cynthia sagen und spürte ihre Hand auf ihrer Schulter. Matilda starrte in das runde Gesicht des Banditenbarons. Ein Lynbrook weniger auf ihrer Liste.

Cynthia sammelte ihre Pistole ein. »Völlig verdreckt, Mist«, murmelte sie.

Winter kam in Begleitung von Albert näher. Er war sofort am Zylinder zu erkennen. Dann war da noch ein weiterer Mann. Er trug eine Armbrust mit sich. »Guter Schu-«, sagte Matilda, dann stockte sie. Sie kannte ihn. »Dad?«

Ihr Vater nickte, seine Augen füllten sich mit Tränen. »Konnte doch nicht zulassen, dass dir der Mistkerl etwas antut, oder?«

Matilda sprang auf, rannte auf ihn zu und schloss ihn fest in die Arme. Sie hatte nicht gewusst, wie viel er ihr noch bedeutete, bis sie ihn endlich wiedersah. Ihr Vater erwiderte die Umarmung. »Was machst du hier? Die Marschlande sind kein Ort für mein Mädchen.«

»Mum«, schluchzte Matilda. »Sie ist tot.« Sie hatte es ausgesprochen und trotzdem wirkte es immer noch nicht real.

Williams grunzte etwas Unverständliches. Er tätschelte unbeholfen ihren Kopf. »Wird schon, wird schon«, verstand Matilda. »Einen schönen Grabstein im Garten.« Es waren keine vollständigen Sätze, die Williams Godwins zustande brachte.

»Wir sollten ins Rathaus gehen«, sagte Winter und schaute sich um. »Hier ist es noch nicht sicher genug.« In den Händen hielt sie ein Maschinengewehr.

»Was ist mit den Verletzten?«, fragte Albert.

»Die können noch warten«, erwiderte Winter. »Wir kümmern uns erst um die verletzten Bewohner und die brennenden Häuser. Dann nehmen wir uns Zeit für sie.«

Matilda verstand, dass die Art und Weise der Fürsorge wenig zur Wundheilung beitragen würde. Der Galgen vor ihrem Büro stand nicht zum Spaß da.

Wenig später saßen sie im Salon des Rathauses. Der Ort, von dem aus über Port Exit regiert wurde, war voll mit Stadtwachen. Männer und Frauen, bewaffnet mit Bögen, Armbrüsten, Speeren und Macheten. Hätte Lynbrook das Rathaus gestürmt, wäre es zu einem Gemetzel gekommen. Matilda saß auf einer weich gepolsterten roten Couch. Ihr Vater saß neben ihr und hatte einen Arm um sie gelegt. Albert, der auf der anderen Seite saß, hielt Butterscotch in den Händen. Anscheinend musste auch er sich irgendwie ablenken. Cynthia hatte es sich in einem Sessel gemütlich gemacht und starrte an die Decke. Die Stille im Raum war anstrengend, sie wünschte sich, dass irgendjemand Musik anmachen würde. Aber sie sah weder einen Plattenspieler noch hatte sie die Hoffnung, dass es hier so was wie Radio gab.

Die Bürgermeisterin war eine kleine Frau mit großer Brille. Alt genug, um eigentlich schon in Rente zu sein, und ihre weißen, kurzen Haare ließen sie streng erscheinen. Nur der Mops, der laut röchelnd neben ihr stand und sie durch seine Glubschaugen anstarrte, brach das Bild. »Ich danke Ihnen, dass Sie zur Rettung von Port Exit beigetragen und dafür gesorgt haben, den Banditenbaron schlussendlich hinter Gitter zu bringen.« Die Stadtwache hatte den bewusstlosen Lynbrook in Richtung Sheriffbüro gebracht. »Ich bin mir sicher, dass die Bewohner von Port Exit sich freuen werden, wenn ihm der Prozess gemacht wird. Kann ich sonst noch etwas für Sie tun? Einer meiner Leute wird Ihnen nachher die Gästezimmer zeigen.«

»Danke, Bürgermeisterin Brandt«, sagte Sheriff Winter. »Wissen Sie schon, wie groß die Schäden in der Stadt sind?«

»Lynbrooks Banditen haben erfreulich wenig gemordet, aber leider viel in Brand gesteckt. Im Ostviertel ist nach ersten Meldungen etwa die Hälfte der Häuser abgebrannt. Aber wir Marschländer sind ja hart im Nehmen. Wenn das der Preis dafür ist, dass Lynbrook uns nicht mehr terrorisiert, bezahle ich ihn gerne.«

Matilda verkniff sich einen Kommentar. Es war leicht, diesen Preis zu zahlen, wenn man in so einer Villa lebte, umgeben von unzähligen Wachen.

»Schlafen Sie gut und wenn Sie noch etwas brauchen, zögern Sie nicht, jemanden darum zu bitten«, erinnerte sie Bürgermeisterin Brandt. Sie deutete eine Verbeugung an und verließ den Salon. Der Mops folgte ihr, als hätte er Angst, mit den anderen alleine zu bleiben.

»Was für eine Scheiße«, murmelte Albert. »Ich wollte nur ein paar mehr Auftritte als Zauberer, und nun bin ich in irgendeiner Zwischenwelt und habe gerade mitangesehen, wie ein Haufen Menschen mit einem Maschinengewehr niedergeballert wurde.«

»Es war leider nötig«, sagte Winter und nippte am Rum.

Albert winkte ab. »Ich mache Ihnen ja keine Vorwürfe. Aber es war eine extrem kurze Spanne vom Pizzaausliefern zu magische Tiergeister jagen, durch einen Keller in eine fremde Welt reisen und ein Fischmonster töten. Ist irgendwie beängstigend, wie schnell sich unser Leben auf den Kopf stellen kann.«

»Ja, da hast du recht«, stimmte Matilda ihm zu. Sie starrte durch das große Panoramafenster. Bei Tageslicht hatte man von hier aus bestimmt einen schönen Ausblick über Port Exit. So konnten sie nur die Lichter von ein paar Laternen und letzte Glutnester brennen sehen. »Es tut mir leid, dass ich dich da mit reingezogen habe.«

»Nein, so habe ich das nicht gemeint«, erwiderte Albert. »Ich will diese Erfahrungen nicht missen, so lange ich am Leben bleibe, versteht sich. Es ist einfach nur sehr verrückt.«

»Wir müssen morgen aufbrechen, wenn du rechtzeitig zu deiner nächsten Zaubershow zurück sein willst«, warf Cynthia ein.

Irgendwann verabschiedeten sich die anderen nach und nach, und Matilda saß alleine mit ihrem Vater im Salon.

»Soll ich es dir erzählen?«, fragte sie. »Was passiert ist, meine ich.«

Williams schwieg einen langen Moment. »Ich muss aufhören davonzulaufen. Irgendwann holen einen die Dinge eh immer ein. Du hast das Jadefuchsturnier gewonnen?«

»Ja, das Anwesen bleibt in unserem Besitz. Die alte Schachtel hat versucht, mich reinzulegen, aber ich habe sie überlistet.«

Williams mühte sich ein Lächeln ab. Es war nur angedeutet, aber den Gesichtsausdruck hatte sie schon seit Jahren nicht mehr bei ihrem Vater gesehen. »Kommst ganz nach deiner Mutter, weißt du? Sie war auch jemand, der die Dinge gerne in die Hände genommen hat, wenn es mal nicht rund lief. Also, erzähl es mir.«

Und Matilda berichtete ihrem Vater, was seiner Frau zugestoßen war. Sie ließ ein paar Details aus. Die waren nicht wichtig. Entscheidend war, dass er keine Frau und sie keine Mutter mehr hatte.

Sie lagen sich weinend in den Armen. Matilda wusste nicht, wann sie ihren Vater das letzte Mal so erlebt hatte. Es war, als wäre ein Knoten geplatzt. Der Tod einer geliebten Person hatte sie wieder zusammengebracht.

Am nächsten Morgen herrschte Betriebsamkeit im Rathaus. Matilda hatte den Eindruck, dass jeder aus der Stadt mit Bürgermeisterin Brandt reden wollte. Wahrscheinlich ging es um Unterstützung beim Wiederaufbau von Häusern und dem Auffinden von vermissten Personen.

Sie traf Albert und Cynthia im Salon. Ihr Vater war auf seinem Zimmer. Man hatte einen Tisch und Stühle hereingebracht. Schalen mit Aufstrichen, Fisch und Brötchen standen darauf. Die beiden langten kräftig zu.

»Der Fisch ist klasse«, lobte Albert.

Matilda hatte keinen Appetit auf Fisch, und sie vermutete, dass es nach dem Zusammentreffen mit Tzunath auch für den Rest ihres Lebens dabei bleiben würde. Sie setzte sich zu ihnen und goss sich ein Glas Wasser ein. Der klare Zustand verriet, dass es nicht aus dem Fluss kam.

»Wir brechen heute noch auf«, sagte Cynthia.

»Ich muss hier keinen Tag länger verbringen als nötig«, erwiderte Matilda und meinte es ernst. Die Marschlande waren ein Abenteuer gewesen, das sie erst mal verdauen musste. Außerdem beschloss sie, die Tür der Muschelkammer zu verbarrikadieren. Niemand sollte mehr aus Versehen hierherkommen, und auch andersrum wollte sie keinen ungebetenen Besuch erhalten.

Irgendwann gesellte sich Williams zu ihnen. Er war wortkarg, aber rasiert. Trotzdem hatte die Erschöpfung der letzten Tage weiter an ihm gezehrt. Seine Augen waren rot unterlaufen, als hätte er die ganze Nacht geweint.

Sie aßen, bis Bürgermeisterin Brandt dazu kam. »Entschuldigen Sie, dass ich so wenig Zeit für Sie habe. Der Tag nach so einem Chaos ist immer sehr betriebsam«, rechtfertigte sie sich. »Mir wurde zugetragen, dass Sie gerne nach Hause möchten. Einerseits bedaure ich Ihre schnelle Abreise, andererseits muss ich so nicht noch ein großes Fest für Sie alle organisieren. Es gibt momentan einfach zu viel zu tun. Sheriff Winter wird Sie abholen und zu den Docks bringen.«

Die vier nickten.

»Was ist mit Lynbrook?«, fragte Albert.

»Der sitzt im Knast und wird seiner gerechten Strafe zugeführt«, deutete Brandt an.

»Dem Strick?« Matilda vermutete, dass man das in den Marschlanden für eine gerechte Strafe für jemanden hielt, der eine Stadt angegriffen hatte.

»Darüber wird bei der Verhandlung entschieden. Und nun entschuldigen Sie mich«, sie warf einen ungeduldigen Blick in Richtung Flur. Gemurmel war zu hören. »Wirklich jeder will heute etwas von mir. Aber Sie sind immer gerne hier in Port Exit gesehen, vergessen Sie das nicht.« Die Frau verschwand wieder.

Matilda hatte nicht vor, sich noch mal in Port Exit blicken zu lassen.

Sheriff Winter stand wenig später im Salon. Sie trug die schweren Lederstiefel und hatte das Maschinengewehr geschultert. »Ihr braucht eine Eskorte zum Hafen, wurde mir gesagt?«

»Wozu brauchen Sie die denn noch?«, fragte Albert und wischte sich den Mund mit einer Serviette ab.

»Von Lynbrooks Leuten sind noch einige da draußen. Bis die Ratten die Stadt verlassen haben, ist es besser, wenn ich vorbereitet bin.«

Sie verließen das Rathaus und marschierten in Richtung Stadtzentrum, bis sie an Winters Büro vorbeikamen.

»Wartet hier kurz«, sagte sie und verschwand in der Hütte. Auf den Straßen war rege Betriebsamkeit ausgebrochen. Menschen wuselten umher, trugen Holzplanken über den Platz, und das Schlagen von Hämmern war zu hören. Matilda hatte den Eindruck, dass die Bewohner von Port Exit mit einer gewissen Routine an den Wiederaufbau ihrer Stadt gingen.

Winter kam mit Alberts Zauberkoffer wieder raus. »Hier, deinen Plunder lässt du nicht einfach bei mir stehen.«

Albert nahm den Koffer sichtlich erleichtert entgegen. Trotz des Lochs, das die Machete in das Leder geschlagen hatte, konnte er sich offensichtlich nicht von dem Koffer trennen. »Danke, den hätte ich mir früher oder später wieder abgeholt.«

Sie gingen zum Hafen hinab. Menschen grüßten Winter, manche deuteten sogar einen Knicks an. Matilda vermutete, dass in den Geschichtsbüchern der Stadt zu lesen sein würde, Lynbrooks Scheitern sei allein Sheriff Winters Eingreifen zu verdanken gewesen. Von Cynthia Murphy, Albert Tubbs und Matilda Godwins würde da nichts stehen. Aber das war okay für sie. Sie hatte kein Interesse daran. Außerdem würde sich irgendwann von Marrys Grave aus rumsprechen, wer für Tzunaths Tod verantwortlich war, und sie vermutete, dass das ein dickeres Pfund darstellte.

»Wir besorgen euch einen Fährmann«, sagte Winter.

»Fragen Sie nach Old Larry«, trug ihr Albert auf.

Winter nickte und verschwand im Gewirr aus Menschen. Die vier standen am Pier und schauten aufs Wasser hinaus. Große und kleine Boote schoben sich an die Anleger. Wer gestern Abend unter Hektik aus der Stadt geflüchtet war, konnte es kaum abwarten, zurückzukommen.

»Kommt«, rief ihnen Winter zu und winkte sie heran. »Dort am Ende des Stegs, er wartet schon auf euch.«

»Dankeschön«, sagte Matilda.

»Wir haben euch viel zu verdanken«, erwiderte die Gesetzeshüterin. »Ihr werdet in Port Exit immer offene Türen vorfinden, verstanden?«

Die vier nickten.

»Also, euer Fährmann wartet. Ich hoffe, ihr könnt ihn bezahlen.«

»Das lasst mal meine Sorge sein«, antwortete Albert und grinste. Matilda wusste schon, was er vorhatte.

Old Larrys Boot lag am Ende des Stegs im Wasser. Es wackelte leicht im Wellengang, aber der hagere Mann stand sicher darin, als hätte er festen Boden unter den Füßen. Er tippte sich an den Hut. »Sirs, Mams, freut mich, Sie wieder auf meinem Dampfer begrüßen zu dürfen. Schön, dass Sie nach mir gefragt haben. Wo soll es hingehen?«

»Zu der Luftschlange«, verlangte Albert und präzisierte dann: »Also zu dem Anleger mit der Luftschlange, wo Sie uns auch eingesammelt haben.«

»Sir, aye, Sir, ich erinnere mich gut. Dann steigen Sie mal ein.«

Sie kamen der Bitte nach, und Old Larry brachte sie mit seinem Paddel weg von Port Exit. Mit jedem Schlag wurde es ein bisschen ruhiger, und Matilda spürte, wie der Stress der letzten Tage von ihr abfiel. Es war wie eine kalte Dusche nach einem langen Lauf. Sie beobachtete, wie die Ufer an ihr vorbeizogen, sah Vögel und Kröten.

»Was für ein Chaos das gestern war«, palaverte Old Larry hinter ihr.

»Passiert das häufiger?«, fragte Albert.

»Ist wie die Gezeiten: Herrscher kommen und gehen. Ich hoffe, Sir, Ihnen hat der Aufenthalt in den Marschlanden gefallen, Sir.«

Albert zögerte, und Matilda verkniff sich ein Grinsen bei der Vorstellung, wie er sich um eine freundliche Antwort bemühte. »Ist spannend hier. Bisschen anders als daheim, aber interessant.«

»Aye, Sir, für Beifang sind die ersten Tage immer aufregend. Und Sie kamen gleich noch in den Genuss einer Plünderung.«

»Das war fast der langweiligste Part«, murmelte Matilda.

»Sie sollten so was nicht zu laut sagen, Mam, sonst holt Sie noch Tzunath. Er fängt die Neugierigen und Wagemutigen, wissen Sie, Mam.«

»Verstanden«, erwiderte Matilda. Sie hatte keine Lust, Old Larry zu erzählen, was in der Mine passiert war. Nicht lange, und aus ihrer Geschichte würde eine Legende werden, und Legenden hatten die Angewohnheit, ihre ganz eigenen Geschichten zu erzählen. Also sparte sie sich die Energie.

Mit geübten Bewegungen brachte sie Old Larry an den Steg. Die Luftschlange, die Albert befestigt hatte, hing immer noch an dem Pfahl und flatterte im Wind.

Das Boot wankte, als es gegen das verwitterte Holz stieß, aber Old Larry brachte es schnell wieder ins Gleichgewicht. »Vorsicht beim Aussteigen, Mam«, mahnte er, als sich Cynthia erhob. »Nicht, dass Sie mir noch ins Wasser fallen, Mam.« Er half ihnen, trocken auf den Steg zu kommen. »Das macht dann drei Taler«, sagte er und sah erwartungsvoll in die Runde.

»Bitteschön«, murmelte Albert und überreichte ihm die Münzen. »Die hier kommt noch obendrauf, für den zuverlässigen Service.« Matilda sah, wie die Schokomünze den Besitzer wechselte. Sie hatte ihren Dienst getan und gehörte nun in andere Hände.

»Sir, sehr freundlich von Ihnen, danke, Sir.« Old Larry tippte sich den Hut. »Haben Sie eine gute Heimreise.« Er stieg in sein Boot und brachte es mit schnellen Ruderbewegungen wieder in die Fahrtrinne des Flusses. Albert, Matilda, Cynthia und Williams sahen dabei zu, wie es davontrieb.

»Ich hab Lust auf eine Dusche«, gestand Albert und durchbrach die Stille.

»Hat jemand eine Ahnung, wie wir zurückkommen?«, erkundigte sich Cynthia und schaute sich um.

»Das ist ganz einfach«, erklärte Williams und ging den Steg zum Ufer entlang. »Wir suchen uns hier einfach eine Muschel und werfen sie ins Wasser. Dieser Punkt hier ist mit dem Ort verbunden, auf dem unsere Vorfahren vor langer Zeit das Godwins-Anwesen errichtet hatten. Sie wussten um die Vorteile.«

»Daher der Reichtum«, schlussfolgerte Matilda.

»Ja, auch«, gab Williams zu. »Aber ein Zugang zu den Marschlanden ist heute nicht mehr so viel wert. Die Zeiten haben sich geändert, und ich konnte mich noch nicht dazu durchringen, mit illegalen Waffen oder Diamanten zu handeln.«

»Hoffen wir mal, dass es dabei bleibt, sonst müssen wir dir auch noch das Handwerk legen«, entgegnete Matilda und grinste.

Jeder fischte sich eine Muschel aus dem Matsch.

»Einfach ins Wasser?«, fragte Albert.

»Einfach ins Wasser«, bestätigte Williams. »Aber das sollten wir nicht gleichzeitig machen. Sonst wird es sehr eng in der Kammer.«

Cynthia war die Erste, die ihre Muschel in den Fluss warf und von einer Wasserfontäne, die aus dem Boden emporschoss, mitgenommen wurde. Dann folgte Albert.

Matilda sah ihren Vater an und er blickte zurück. Ein Lächeln zeigte sich auf dem von Falten überzogenen Gesicht ab. »Danke, dass du mich gerettet hast.«

»Genau genommen hast du Lynbrook außer Gefecht gesetzt«, erwiderte Matilda, auch wenn sie ahnte, dass es ihm um etwas anderes ging.

»Nein, dass du das Anwesen gerettet und endlich eine Antwort auf die Frage gefunden hast, was mit Elizabeth passiert ist.«

»Passt schon«, tat Matilda seine Worte ab. Sie hatte jetzt keinen Nerv für so ein ernstes Gespräch.

»Ich hab dich die letzten Jahre hängen lassen, du musstest viel ertragen. Ich werde das wiedergutmachen, versprochen.«

Sie wollte nicht, dass er etwas versprach, was er wahrscheinlich nicht halten würde. Zu oft schon hatte sie ihn dabei beobachtet, wie er heimlich zur Flasche griff. Tagsüber, manchmal schon morgens. »Du brauchst Hilfe, wenn du das schaffen willst. Wenn du diesen Dämon abschütteln möchtest. Kein Zauberer kann das für dich richten«, mahnte sie.

»Ich weiß«, sagte Williams und irgendwas in seinem Gesicht verriet Matilda, dass er es ernst meinte. »Die Zeiten, in denen ich dir eine Last am Bein war, sollen endlich vorbei sein.«

Albert und Cynthia fragten sich bestimmt schon, ob die Godwins doch noch einen spontanen Urlaub in den Marschlanden gebucht hatten. »Los jetzt«, sagte sie, »wirf deine Muschel.«

Mit einem Fingerschnippen beförderte er seine Muschel in den Fluss. Nachdem er verschwunden war, blickte Matilda noch einmal aufs Wasser. Die Sonne stand am Horizont, und die unerträgliche Mittagshitze breitete sich langsam aus. Abgesehen vom Quaken der Kröten und dem Summen der Insekten war es still.

Ihre Augen füllten sich mit Tränen. Es war Zeit, Abschied zu nehmen. Nicht von den Marschlanden. »Tschüss, Mama«, flüsterte sie und warf die Muschel in die braune Suppe. Sie sah, wie Tropfen davonflogen, als sie plötzlich von einem Wasserstrahl ergriffen und wie ein Haar im Abfluss mitgesogen wurde. Sie wehrte sich nicht, strampelte nicht mit den Armen, und als sie aus der Kammer im Keller des Godwins-Anwesens taumelte, war es, als wäre ein Fluch vom Keller genommen.

Die Finsternis war gewichen und machte Platz für etwas Neues.

»Schau mal hier«, sagte Albert und hielt die Kapitänsmütze in die Luft. »Lag hier auf der Kiste.«

Auch Martin Berryfield war dem Sog des Flusses entkommen.

Kapitel 29

Albert Tubbs

Dunkel wie der Fluss der Marschlande verschwand das Wasser im Abfluss. Der Dreck, den Albert mitgebracht hatte, versteckte sich überall. Energisch und mit viel Seife schrubbte er ihn sich von der Haut. Als das Wasser klarer wurde, genoss er den Moment unter der Dusche.

Cynthia und er hatten beschlossen, noch einen Tag mit den Godwins auf ihrem Anwesen zu verbringen. Am nächsten Tag würde Albert wieder nach London müssen. Sein Theater und hoffentlich auch zahlende Kundschaft warteten auf den Zauberer Abraham Kadabraham.

Alberts erster Gang hatte ihn direkt unter die Dusche geführt. Das Wasser hatte in vielerlei Hinsicht eine reinigende Wirkung. Als er spürte, dass ihn die Anstrengung zu übermannen drohte, drehte er den Wasserhahn zu und stieg aus der Wanne. Er griff nach einem rosa Handtuch, das an einem Haken neben dem Spiegel hing, und trocknete sich ab. Seine Gedanken schwirrten die ganze Zeit um Tzunath und Charles Lynbrook. Ihn ließ das Gefühl nicht los, dass das wahre Monster Lynbrook war. Ein Parasit, der sich in den Marschlanden ausgebreitet hatte. Tzunath aber … Albert fand keine zufriedenstellende Antwort, was Tzunath war. Sicherlich auch kein Heiliger.

Er trocknete sich die Haare ab und knotete das Handtuch

um seine Hüfte. Dann ging er aus dem Bad in das angrenzende Schlafzimmer, in dem er sich ausgebreitet hatte.

Albert zuckte zusammen, als er Matilda auf der Bettkante sitzen sah. »Verdammt, hast du mir einen Schreck eingejagt«, fluchte er. Sie hatten sich erst zum Abendessen wieder verabredet.

Matilda versuchte sich an einem Grinsen. »Entschuldige«, sagte sie. Albert musste keinen Zauber anwenden, um zu spüren, dass sie etwas beschäftigte. Dafür hatte sie auch genügend Gründe. »Wie geht es deinem Vater?«, erkundigte er sich.

»Er ist jetzt seit«, sie tat, als würde sie auf die Uhr schauen, »knapp zwei Stunden nüchtern. Er ist direkt schlafen gegangen. Die Zeit in den Marschlanden hat ihn viel Kraft gekostet. Dazu kommt noch die Nachricht mit meiner Mutter.«

»Verstehe«, murmelte Albert und fischte ein T-Shirt aus seiner Tasche, das er sich überwarf. Nun nicht mehr ganz so nackt fühlte er sich in Matildas Gegenwart schon viel wohler.

»Albert, wir müssen reden.«

Seine Nackenhaare stellten sich auf. Wenn Menschen so etwas sagten, verkomplizierte sich sein Leben immer – zumindest zeitweise. Zwar half Kommunikation, Probleme zu lösen, aber wenn Redebedarf bestand, gab es auch große Baustellen. In seinem Kopf ratterten alle Möglichkeiten durch: sein Theater, ihr Anwesen, Cynthia – dann blieb es bei einem Gesicht stehen, das er nicht mehr sehen wollte. »Lynbrook?«

»Genau, du weißt ebenso gut wie ich, dass sie uns keine Ruhe lassen wird.«

»Aber Cynthia hat es versprochen«, erwiderte er energisch.

»Sie hat auch gedacht, dass uns Lynbrook wegen achttausend Pfund in die Marschlande schickt. Dabei wollte die alte Kröte nur, dass wir ihrem Mann einen Strich durch die Rechnung machen und im besten Fall dabei noch selbst draufgehen. Außerdem«, sie seufzte, und Albert ahnte, was jetzt kam, »ist sie der Grund, warum meine Mutter in die Marschlande gegangen ist.«

Das war ein gewichtiges Argument. Tief in seinem Inneren wusste Albert, dass ihnen Lynbrook keine Ruhe lassen würde. Sie hatten ihr in die Suppe gespuckt, und sie würde die beiden dafür zur Zutat machen und mit in den Kessel werfen. »Du hast von Anfang an nicht geglaubt, dass wir Frieden mit ihr schließen werden, oder?«

»Hab ihr keine Sekunde getraut«, gestand Matilda und schüttelte den Kopf. Albert fiel auf, wie sich ihre Finger zu Fäusten verkrampften. Er nahm den Zylinder vom Tisch und griff hinein.

»Hier.«

»Danke«, sagte Matilda und nahm Butterscotch in ihre Hände. Der Hamster quiekte vergnügt und schaute sich um. »Du bist zurück in England«, flüsterte Matilda. Dann wandte sie sich wieder an Albert. »Ich habe nur gehofft, meine Mutter zu finden. Lynbrook wird nicht aufhören, wenn sie nicht jemand dazu zwingt.«

»Und mit jemand meinst du?«

»Uns.«

Das war die Antwort, vor der Albert sich am meisten gefürchtet hatte. »Wir sind ein Zauberer und eine -«, er stockte, weil er keine Ahnung hatte, wie er Matilda beschreiben sollte.

Matilda sah von Butterscotch auf und zog eine Augenbraue hoch. »Ja?«

»Studienabbrecherin?«, beendete Albert den Satz und ließ es wie eine Frage klingen.

Matilda zog die Mundwinkel hoch und nickte langsam. »Das trifft es ganz gut. In den Augen vieler bin ich wohl nicht viel mehr als die reiche Erbin einer alten Dynastie, die sich um Abschlüsse und ihren Lebenslauf keine Sorgen machen muss. Aber du weißt, wie die Wahrheit aussieht. Ohne das Preisgeld vom Jadefuchsturnier würde ich jetzt mit leeren Händen dastehen: kein Anwesen, kein Zugang zu den Marschlanden, keine Mutter, kein Vater.«

»Ich weiß«, erwiderte Albert. »Aber warum können wir jetzt nicht nach vorne schauen? Vielleicht haben wir doch Glück, und Lynbrook lässt uns in Ruhe.« Noch glaubte er das nicht, aber wenn die nächsten ein oder zwei Jahre nichts passierte, es keinen Kabelbrand im Theater gab, dann würde er vielleicht wieder ruhig schlafen können.

»Wir dürfen nicht wegschauen«, hielt Matilda dagegen. »Diese Frau steht über dem Gesetz, sie ist das personifizierte Unrecht, und wir sind nicht die Einzigen, die unter ihr leiden. Es wird Zeit, dass sich das ändert.«

»Was willst du machen? Ein paar Beweise sammeln und an die Presse geben? In ihr Büro einbrechen, sie in die Marschlande entführen und mit ihrem Ex-Mann in einem Käfig einsperren? Wer lebend rauskommt, wird freigelassen?!« Es sollte ein Witz sein, aber Matildas Augen verrieten, dass sie darüber nachdachte.

»Gute Ansätze«, murmelte sie und strich Butterscotch mit dem Zeigefinger über den Kopf. »Ich habe noch keine Antwort auf diese Frage, aber deswegen bin ich nicht hier. Ich will nur wissen: Wenn ich einen Plan habe, wirst du ihn dir dann anhören?«

Alberts Herz hörte für einen Moment auf zu schlagen. Die Luft blieb ihm weg und ihm wurde kalt. Er wollte nicht mehr. Keine Abenteuer, keine Monster, nichts, was ihn umbrachte. Er wollte auf die Bühne, Menschen verzaubern. Aber Matilda hatte recht, Lynbrook würde immer weitermachen. Es gab keine Konsequenzen für diese Frau. Niemand würde sie aufhalten. »Dieses Mal brauchen wir einen Plan, einen richtigen, meine ich. Wenn du den hast, sag Bescheid, und damit das klar ist: Es ist für mich kein richtiger Plan, diese Frau einfach in der Themse zu entsorgen, okay? So was will ich nicht machen.«

»Das würde ihr auch nicht gerecht werden«, erwiderte Matilda. »Nein, es muss etwas sein, das ihre gesamte Bank einstürzen lässt wie ein Kartenhaus. Sie muss vor den Ruinen ihrer Existenz stehen.«

»Du willst nicht nur sie stürzen, sondern gleich eine ganze Bank?«

»Mal schauen«, antwortete Matilda und starrte aus dem Fenster. »Ich werde mich melden, wenn ich eine Ahnung habe, wie wir das angehen können. Wenn du dann keine Lust hast, kannst du immer noch absagen. Aber ich werde sie nicht davonkommen lassen, nicht nach all dem, was passiert ist. Meine Mutter hat verdient, dass sich jemand Lynbrook annimmt. Ich wette, es gibt noch Hunderte oder mehr, die genauso unter ihr leiden wie wir.«

Albert wusste, dass sie recht hatte. Die Godwins waren nicht die einzige Leiche im Lynbrook-Keller. Solche Menschen hatten die Angewohnheit, gleich einen ganzen Friedhof im Hinterhof zu haben. Irgendwann ging ihnen der Platz aus und dann war die Zeit gekommen, dass sie die Quittung bekamen. Aber nicht heute und auch nicht morgen. Albert war müde und froh, am Leben zu sein. »Melde dich einfach, wenn du einen Plan hast, okay?«

»Abgemacht.« Matilda überreichte ihm den Hamster.

Sie verbrachten den letzten gemeinsamen Abend bei bestellter Pizza und Softgetränken. Alkohol war weit und breit nicht zu sehen, und Albert wusste, dass das Gründe hatte. Also fragte er auch nicht nach einem Whisky. Williams verschlang seine Pizza Hawaii wie ein Verhungernder. Er hatte sich rasiert, geduscht und sah nun wieder fast wie ein funktionierender Teil der Gesellschaft aus. Es wurden nicht viele Worte gewechselt. Das Meiste war gesagt, und der Rest blieb lieber unausgesprochen.

Am nächsten Morgen wartete Lynbrooks Limousine in der Einfahrt.

»Albert, Abfahrt«, rief Cynthia durch die Flure, und er packte hastig seine Sachen. Mit dem Zylinder auf dem Kopf und dem Koffer unter dem Arm marschierte er durch die Eingangstür. Die ersten Sonnenstrahlen am Himmel kündigten einen sonnigen Tag an, aber der kalte Wind verriet, dass das ein trügerischer Schluss war. Am Auto stand ein älterer Herr, der die Tür offenhielt.

Matilda und Williams waren gekommen, um sie zu verabschieden.

»Schon wieder so ein doofer Abschied«, sagte Albert und erinnerte sich noch zu gut daran, wie Botzki und sie ihn am Bahnhof rausgelassen hatten. »Dieses Mal musst du mir aber versprechen, dass du nach London kommst und dir meine Show ansiehst.«

»Versprochen«, antwortete Matilda und grinste. »Komm her.« Sie schloss ihn in eine feste Umarmung und flüsterte ihm ein Wort ins Ohr. »Danke schön.«

»Gerne«, erwiderte Albert und würde die ganze Rückfahrt überlegen, wofür genau sie sich bedankt hatte. Aber er nahm es gerne an.

Williams versuchte sich an einem festen Händedruck, und wenige Augenblicke später saßen Albert und Cynthia in der Limousine. Albert starrte aus dem Fenster und betrachtete gerade die Bäume eines Waldes, als Cynthia ihn aus seinen Gedanken riss.

»Wann ist dein nächster Auftritt?«

Albert überlegte und versuchte, die Woche zu rekapitulieren. »Morgen, glaube ich. Wieso?«

»Nur so«, behauptete Cynthia, aber ihr Lächeln verriet, dass es nicht nur so gemeint war.

Zu Hause wurde Albert von seinen Eltern wie ein Kriegsrückkehrer begrüßt, und einen Tag später saß er endlich wieder in der Backstage des Theaters. Niemand stellte Fragen, wo er gewesen war. Für die anderen war es eine ganz normale Woche gewesen. Albert dachte über Tzunath nach, das Wesen ließ ihm keine Ruhe. Es hatte Menschen umgebracht und war eine Gefahr für alle gewesen, sie hatten es töten müssen. Aber auch Menschen bringen Menschen um, und trotzdem hatte man in den meisten Ländern die Todesstrafe abgeschafft. Es hatte sich in dem Moment richtig angefühlt, aber wenn sie denselben Maßstab für die Menschheit benutzen würden, hätte diese Spezies ein echtes Problem.

»Stillhalten«, ermahnte ihn die Visagistin, als Albert gedankenverloren darüber nachdachte. Er nahm ihre Stimme kaum wahr.

Als er wenig später auf die Bühne stolzierte, das Publikum applaudierte und die Scheinwerfer ihm wieder ins Gesicht strahlten, hatte er die Gedanken und Sorgen einfach in der Backstage gelassen.

Abraham Kadabraham war zurück auf der Bühne und fühlte sich wie ein Fisch im Wasser. Es gab nur einen kurzen Moment, als er aus der Rolle fiel. Er ließ den Blick über das Publikum schweifen, die meisten Köpfe waren wegen des starken Gegenlichts kaum zu erkennen. Aber die roten Locken gehörten einer Frau, die die Show eigentlich schon gesehen hatte.

Danksagung

Die wenigsten bleiben bei den Credits eines Films sitzen und lesen sich jeden Namen durch. Eine Danksagung am Ende eines Buches ist nichts anderes, aber ich hoffe, dass ihr euch die Zeit nehmt und die folgenden Zeilen aufmerksam lest, denn diese Menschen haben meinen Dank wirklich verdient.

Markus, mein Agent (nicht wie James Bond), der die Trilogie an den Fischer Verlag vermittelt hat.

Jeanine, Katharina und Juliane, die hier stellvertretend für das gesamte Team beim Fischer Verlag genannt werden, die dafür gesorgt haben, dass ihr das Buch in den Händen halten könnt. Denn ich kann zwar viel schreiben, aber irgendjemand muss *Signs of Magic* auch betreuen, korrigieren, drucken und in die Buchhandlungen schicken.

Alexander, der bei Band 2 nicht müde wurde, unsere Änderungsvorschläge für das Cover in die Tat umzusetzen. Ich merke immer wieder, dass ich kein sonderlich visueller Mensch bin, ich kann (hoffentlich) besser mit Worten. Danke, dass ich nicht selbst zum Stift greifen und ein Cover malen muss, das würde fürchterlich werden.

Kerstin, die diese Geschichte lektoriert und aufgepasst hat, dass ich hier keinen Unsinn verzapfe. Und glaubt mir, davon gab es in den Rohfassungen genug.

Anabelle, die trotz eines vollen Terminkalenders sich nicht davon hat abbringen lassen, dieses Buch hier testzulesen und Quatsch herauszustreichen. Solltet ihr dennoch Quatsch finden, geht der ausschließlich auf meine Kappe!

Das letzte Dankeschön in diesem Buch gilt allen, die nach Band 1 drangeblieben sind und auch den zweiten Teil von Matildas und Alberts Abenteuer gelesen haben. Ich hoffe, ihr lasst die beiden auch im großen Finale nicht im Stich.

SIGNS OF MAGIC

Die Spur des Hounds

Band 3

ISBN: 978-3-7335-5026-4

Erhältlich ab Oktober 2022!

Leseprobe

Die Spur des Hounds

Matilda Godwins war keine Zauberin. Sie war weit davon entfernt, Feuerbälle zu werfen, und einen Besen hatte sie zuletzt in der Hand gehabt, um damit ein zerbrochenes Glas zusammenzukehren, nicht, um durch die Nacht zu fliegen.

Matilda war eine Godwins.

Ein Name, der zu besseren Zeiten mehr wert war als ein Schiff, derart voll beladen mit Gewürzen und Gold, dass es tief im Wasser lag.

Aber diese Zeiten waren schon lange vorbei.

Ihr Anwesen hatten sie nur behalten können, weil Matilda mit der Hilfe guter Freunde und ein paar magischer Tricks die Jadefuchsjagd gewonnen hatte. Ihre Schummelei war zu spät aufgeflogen, um sie noch den Sieg zu kosten, aber Mrs Lynbrook, die Chefin der ausrichtenden Bank Watts & White, vergaß nichts. Einige Zeit später hatte sie Matilda und ihre Freunde – genau wie Matildas Mutter zuvor – zum Sterben in die Marschlande geschickt, doch sie waren dem Tod von der Schippe gesprungen.

Und nun bestanden die Godwins nur noch aus einem trockenen Alkoholiker, der eine Entziehungskur vor sich hatte, und Matilda.

Sie rollte sich im Bett auf die andere Seite und versuchte, den plagenden Gedanken zu entkommen. Es war früh am

Morgen, doch bisher war an Schlaf nicht zu denken gewesen.

Matilda hatte nichts gelernt und nichts studiert, und ihr Lebenslauf wartete mit einer riesigen, gähnenden Lücke auf, nachdem sie ihr Studium abgebrochen hatte, um sich um ihren Vater zu kümmern.

Für den Arbeitsmarkt war sie so etwas wie ein Totalschaden. Sollte ihr Lebenslauf doch mal in die Hände eines Personalmitarbeiters geraten, würde er kurz den Kopf prüfend zur Seite legen und ihn dann seufzend schütteln. Dann würde das Blatt Papier von den unerbittlichen Zähnen eines Reißwolfes zerstückelt werden.

Matilda überlegte, wie ihr Leben wohl in fünf Jahren aussehen würde, und bekam es mit der Angst zu tun. Es gab keine Träume, keine Ziele. Ihr ganzer Verstand wurde von einer einzigen Person beherrscht.

Agatha Magnolia Lynbrook. Kurz nach dem Zweiten Weltkrieg geboren, in einem Waisenhaus in Scarborough aufgewachsen und dank eines Stipendiums das Studium an der Universität von Oxford. Das hatte Matilda in einem Zeitungsartikel gelesen, der vom Wunder des Scarborough Children's Home berichtete. Eines der Kinder hatte es nach Oxford geschafft. Die paar Zeilen waren ihr bei ihrer Recherche zur Bankchefin in die Hände geraten. Auf dem verblichenen Schwarz-Weiß-Foto posierte ein dickbäuchiger Mann mit gezwirbeltem Bart und gescheitelten Haaren neben einem kleinen Mädchen. Er war der Heimleiter und sah so streng drein, wie man es wohl von einem Heimleiter erwartete. Das Kind war Agatha, damals hieß sie noch Millbourne mit Nachnamen. Neben ihr saß ein großer, hagerer Hund mit zotteligem Fell, die Lefzen zu einer irren Grimasse hochgezogen. Die dunklen Augen des Tiers verloren sich zwischen dem dichten Haar. Der Anblick jagte Matilda jedes Mal einen Schauer über den Rücken.

Der Artikel ließ die Frage offen, wie es Lynbrook aus dem Heim bis an die Spitze von Watts & White geschafft hatte. Das war ein ungewöhnlicher Werdegang, und es machte ganz den Anschein, als hätte Agatha Magnolia Lynbrook möglichst viele Spuren ihrer Vergangenheit verwischt.

Aber das war auch nicht weiter wichtig.

Es zählte nur, dass Lynbrook der Familie Godwins den Krieg erklärt hatte. Matilda war fest entschlossen, sich nicht länger in ihrer Festung zu verstecken und darauf zu hoffen, dass die Belagerung irgendwann nachließ. Lynbrook hatte einen langen Atem, und ihre Kriegskasse war prall gefüllt. Außerdem hatte sie Matildas Mutter in den Tod geschickt.

Das musste Konsequenzen haben.

Matilda warf die Decke ans Fußende, und sofort umfing sie die kalte Hand des Winters. Sie sprang aus dem Bett und zog sich ihren dicken Morgenmantel über. Er half am schnellsten gegen die eisige Luft. Ihr Vater und sie hatten arge Probleme, das Anwesen vernünftig durchzuheizen. Es waren zu viele Zimmer mit zu vielen Löchern, durch die der Wind pfiff. Stattdessen konzentrierten sie sich auf die Küche, das Esszimmer und das Kaminzimmer. Dort bollerten die Kamine und Öfen ununterbrochen.

Ein Umstand, der die beiden letzten verbliebenen Godwins die vergangenen Wochen öfter hatte zusammensitzen lassen. Sie waren zu Beginn wie zwei misstrauische Wölfe gewesen, die dem anderen nicht den Rücken zukehrten. Aber im Laufe der Zeit, die sie vor dem wärmenden Feuer verbrachten, hatte sich so etwas wie Vertrauen entwickelt.

Das Vertrauen darauf, dass man den anderen nicht noch weiter mit in den Abgrund riss, in den man sich selbst begeben hatte.

Immerhin hatte Matilda ihren Vater seit ihrer Rückkehr aus den Marschlanden nicht mehr mit etwas Alkoholischem gesehen. Er stank auch nicht länger nach dem billigen Fusel, sondern nur noch nach Schweiß. Das war ein Fortschritt.

Matilda öffnete ihre Schlafzimmertür und schlurfte den Gang hinab. Die Schritte ihrer Hausschuhe hallten laut von den steinernen Wänden wider und erinnerten sie überdeutlich an die Leere in diesem Gemäuer. Mit dem Verschwinden ihrer Mutter hatte auch jede Wärme und Liebe das Godwins-Anwesen verlassen. Ein Umstand, an den sich Matilda schon vor langer Zeit gewöhnt hatte. Aber die Gewissheit, dass sie nie zurückkehren würde, schmerzte immer noch.

Ihre Hand glitt über das glatte, geölte Holz des Geländers, als sie die Treppe hinunter in die Eingangshalle lief. Sie ging am Kellereingang vorbei. Der Zugang wurde nun durch eine schwere Tür versperrt. Das Risiko, dass ihnen jemand aus den Marschlanden folgte und vielleicht sogar nach Rache sann, weil sie Charles Lynbrooks Plan vereitelt hatten, war ihnen zu groß gewesen. Als Matilda sich der Küche näherte, roch sie frisch aufgebrühten Kaffee.

Sie war nicht die Einzige mit Schlafproblemen.

»Guten Morgen«, wurde sie von Williams Godwins brummend begrüßt, als sie durch den Türrahmen trat. Seine Augen waren grau unterlaufen, seine Haare fettig und wild. Aus den Bartstoppeln war ein ungepflegter Vollbart geworden. Er hatte sich weiter gehen lassen, aber wenigstens trank er nicht mehr. Zumindest hoffte Matilda das. Ihr Blick wanderte zu der Kaffeetasse, die vor ihrem Vater auf dem Tisch stand. Vielleicht war das Getränk mit Whisky oder Rum gestreckt, vielleicht aber auch nur mit Milch.

»Guten Morgen«, erwiderte sie matt und ließ sich auf einen Stuhl fallen.

»Gut geschlafen?«

Matilda stützte den Kopf auf den Händen ab. »Das letzte Mal, als ich fünf war, glaube ich. Das war nach meinem Geburtstag, zu dem ich das Stoffpferd bekommen hatte.«

»Lange her«, murmelte Williams.

»Ich würde viel dafür geben, einfach mal wieder eine Nacht durchzuschlafen.«

Williams nahm einen Schluck aus der Tasse. »Die Leute wissen den Wert von Schlaf erst zu schätzen, wenn er ihnen nicht länger vergönnt ist.«

»Wie bei so vielem im Leben«, deutete Matilda an.

»Ich hätte mich mehr um deine Mutter kümmern müssen«, gab Williams unumwunden zu. »Ich hatte nur die Geschäfte im Blick, habe versucht, den Laden irgendwie zusammenzuhalten, und dabei nicht bemerkt, was sie vorhatte.«

»Lynbrook wird für das bezahlen, was sie Mum angetan hat.«

Williams verzog das Gesicht, als hätte er auf ein Pfefferkorn gebissen. »Lynbrook kontrolliert jede Rechnung mit der Akribie einer Anwältin, die das Kleingedruckte sucht. Sie wird diese Rechnung nicht freiwillig bezahlen.«

Das war Matilda klar. Sie hatte auch nicht vorgehabt, die Rechnung per Post zuzustellen, sondern wollte sich persönlich darum kümmern. »Ich werde keine ruhige Nacht mehr haben, solange das Problem nicht aus der Welt geschafft ist.«

Ihr Vater schlürfte seinen Kaffee, nickte und starrte verträumt die Küchenwand an, als wäre dort ein Fenster eingelassen. »Ich weiß, ich weiß«, murmelte er und seufzte. »Du hast dich auf einen gefährlichen Pfad begeben, bei dem ich mich frage, ob nicht zwangsläufig jede Route in den Abgrund führt.« Er sah sie nicht an, als er die Worte aussprach, aber sie konnte die Sorge in seinen Augen sehen.

Matilda wusste einen Moment lang nicht, was sie erwidern sollte. Ihr Verhältnis war während der letzten Wochen besser geworden, aber das hatte beinahe so geklungen, als würde sich ihr Vater Sorgen um sie machen.

»Ist dein Antrag durch?«, fragte sie.

»Ja, nächste Woche geht es los.« Sein Blick wanderte wieder zu der Stelle an der Wand. »Ich fürchte mich ein bisschen.«

»Ach, du wirst eine entspannte Zeit haben. Ein geregelter Tagesablauf, viel Sport, ein paar Gespräche mit Therapeuten und lange, ausgedehnte Spaziergänge in der Natur.«

»Nicht wegen der verdammten Entziehungskur«, knurrte Williams und nahm noch einen kräftigen Schluck vom Kaffee. »Deinetwegen.«

Nun fehlten Matilda vollends die Worte.

»Als deine Mutter dich zu Welt brachte, haben wir dich förmlich mit einem Fluch belegt. Damals dachte ich, es sei ein Geschenk, ein Privileg. Godwins, ein Name, der dir mal viele Türen öffnen und ein sorgenfreies Leben bescheren sollte. Das genaue Gegenteil ist passiert. Du kämpfst gegen die Dämonen unserer Familie, und ich kann dir nicht mal helfen.«

»Du kämpfst gegen ganz andere Dämonen«, sagte Matilda, und für einen kurzen Moment sah sie zu der Kaffeetasse in den knorrigen Händen ihres Vaters.

»Nur Kaffee, versprochen«, verteidigte er sich und mühte sich ein Lächeln ab, das sie schon zu oft in seinem Gesicht gesehen hatte. Menschen logen nicht nur mit Worten.

»Willst du, dass ich Lynbrook einfach so davonkommen lasse?«

»Ich will, dass du all das hier hinter dir lässt. Die Villa, Lynbrook.« Eine kurze Pause. »Deine Mutter. Du bist wie ein Tiger im Zoo, eingesperrt und nicht in der Lage, wirklich zu leben.«

»Wenn ich ausbreche, wird sie mir nachstellen«, widersprach Matilda. Außerdem hatte sie gar nicht vor zu flüchten. Sie wollte Lynbrook zur Strecke bringen. »Ich werde nicht vergessen, was sie Mum angetan hat. Und ich glaube nicht, dass wir die Einzigen sind, denen sie so übel mitgespielt hat.«

»Du solltest eine Ausbildung machen, oder was Menschen in deinem Alter sonst so tun. Setz dir einen Rucksack auf, reise durch die Welt, lerne jemanden kennen«, versuchte Williams es noch einmal.

Matilda wollte all das. Aber das konnte es erst geben, wenn sie den Nebel vertrieb, der die Godwins seit Jahren umgab. »Du machst deine Kur und lässt Lynbrook meine Sorge sein.«

»Die Tasche ist schon gepackt«, sagte Williams und wollte noch einen Schluck aus der Tasse nehmen, bemerkte dann aber anscheinend, dass sie leer war. Seine glasigen Augen wanderten zu der Kanne, die bei Matilda stand.

»Schwarz?«, fragte sie, und der Unterton klang schärfer als beabsichtigt.

»Schwarz«, erwiderte ihr Vater matt, und Matilda goss ein. Als Williams nach dem Henkel der Tasse griff, bemerkte sie seine zittrigen Finger, die sich nach einem Halt zu sehnen schienen, bloß würden sie ihn nicht in der Tasse finden. Dafür brauchte es mehr als nur Kaffee.

»Wie lange bist du weg?«, erkundigte sich Matilda.

»Vier Wochen, vielleicht auch ein halbes Jahr, hängt ganz davon ab, was ich für Fortschritte mache.« Mit dem Preisgeld von der Jadefuchsjagd hatten sie Williams Godwins in einer Privatklinik eingebucht. Ein beschauliches Anwesen an der Ostküste bei Grimsby. Im Prospekt schaute man aus den Zimmern aufs Meer, und es gab ein Fitnessstudio und einen Koch, der sich ganz nach den Wünschen der Gäste richtete, so wurde es jedenfalls zugesichert. Dass es sich eigentlich um einen Therapieplatz für alkoholkranke Reiche handelte, konnte man beim Lesen schnell vergessen.

»Nimm dir die Zeit, die du brauchst.«

»Ich werde den Rest meines Lebens damit zu kämpfen haben«, murmelte ihr Vater, »da macht es auch keinen Unterschied, ob ich dort Wochen oder Monate verbringe. Mal schauen, welche britische Prominenz mein Schicksal teilt.« Die Einrichtung war dafür bekannt, dass Promis und Berühmtheiten dort eincheckten, um dem Alkohol den Kampf anzusagen. Wieder starrte ihr Vater an die Wand. »Du wirst nicht auf meinen Rat hören, oder?«

Matilda lehnte sich auf dem Stuhl zurück und verschränkte die Arme vor der Brust. »Hätte ich auf deinen Rat gehört, hätte ich die Startgebühr im Casino verzockt, statt an der Jadefuchsjagd teilzunehmen. In dem Fall würden wir ganz bestimmt nicht mehr an diesem Tisch sitzen.«

Williams grunzte. »Da hast du recht. Was hast du vor?«

Matilda überlegte einen Moment. Sie vertraute ihrem Vater, hielt es aber für klug, ihn möglichst aus der Sache rauszuhalten. Lügen brauchte sie aber nicht, denn sie hatte noch gar keinen Plan. »Das werde ich mit Albert besprechen.«

»Du wirst also etwas unternehmen?«, bohrte ihr Dad nach, und Matilda wurde langsam misstrauisch.

»Du spionierst jetzt aber nicht für diese alte Schachtel, oder?«

Das Lachen ihres Vaters ging in einen Hustenanfall über. »Nein. Kein Geld der Welt könnte mich dazu bewegen, meine eigene Tochter auszuspionieren.«

»Als ich vierzehn war und mich Howard besucht hat, hast du uns keine Sekunde aus den Augen gelassen.« Howard war ein Schulfreund von Matilda und nie mehr als das gewesen, wovon sich ihr Vater anscheinend selbst überzeugen musste.

»Das war etwas anderes, das verstehst du nicht«, fertigte er ihren Einwand ab. »Ich kenne ein Gerücht, etwas, das man sich hinter vorgehaltener Hand über Watts & White erzählt. Es ist nicht viel, nur ein Strohhalm, an den ihr euch klammern könnt, wenn ihr das wirklich machen wollt.«

Es war, als jagten eintausend Volt durch Matildas Körper. Ihre Nackenhaare richteten sich auf, und sie setzte sich kerzengerade hin. »Was?«

»Der Reichtum von Watts & Whites ist kein Geheimnis. Aber er bemisst sich nicht nur in Zahlen auf Kontoauszügen, in Aktienpaketen und Anlagefonds. Du warst bei Lynbrook im Büro, oder?«

Matilda konnte sich nur zu gut an ihren Besuch im Büro der Bankchefin erinnern. Die Aussicht über London, die Pastillen, die sie sich unentwegt in den Mund stopfte, wie eine Kröte Insekten verschlang. »Ja.«

»Dann ist es dir bestimmt aufgefallen«, deutete ihr Vater an.

Matilda ratterte alles Gesehene durch den Kopf. Aber sie wusste nicht, worauf Williams hinauswollte. »Sag schon.«

»Die Kunst, die Artefakte, die Schätze aus aller Welt«, raunte er. »Gestohlen von anderen Kontinenten und Kulturen und verschifft nach England. Watts & White hat sich bedient wie ein Kind im Süßigkeitenladen.«

Dieser Umstand war Matilda bewusst. Damit fügte sich Watts & White in eine ganze Reihe von unrühmlichen Organisationen und Unternehmen ein. »Das ist vielleicht ein Aufhänger in der Zeitung wert, aber deswegen wird Lynbrook nicht ihren Job verlieren«, murmelte Matilda und war unsicher, ob ihr Vater wirklich darauf hinauswollte.

Williams winkte ab. »Das wird niemanden zu Fall bringen, nein. Aber sie haben noch ganz andere Leichen im Keller. Verbrechen, die Watts & White zum Einsturz bringen könnten. Es soll einen Tresor geben, in dem die Bank ihren wahren Schatz aufbewahrt.«

Wie es weitergeht, erfährst du im großen Finale
der Signs of Magic-Trilogie.
Im Buchhandel erhältlich ab Oktober 2022!

ISBN 978-3-7335-5026-4